DIE GROENE ITALIAANSE WAGEN

LM SELBY

DIE GROENE ITALIAANSE WAGEN

VAN HUG & FUG BOOKS

www.hugnfugbooks.com

ISBN: 978-0-9924334-1-3

Opgedragen aan John Selby (oom Joe) die heenging
voordat hij de kans had dit boek te lezen

VOOR MEER INFORMATIE OVER DE AUTEUR, GA NAAR

http://lmselby.webs.com

• HOOFDSTUK EEN •

"KRIS. HI. JA, WE ZIJN IN ROME AANGEKOMEN."

Al na een uur of twee in Italië realiseerde Wanda zich dat het een dom idee was geweest om die splinternieuwe auto te bestellen. Natuurlijk. Ze zou dolgraag de hand willen leggen op het allernieuwste dat Italië te bieden heeft. Ze hield van auto's. Maar ..... haar 17 jaar oude zoon Jay had net zijn rijbewijs gehaald pal voor hun vertrek uit Sydney en hij zat te popelen om in Europa de weg op te gaan.

Hoe had ze het kunnen bedenken?

Wanda's liefde voor plaatsen, mensen en voor het leven in het algemeen was onovertroffen. Ze had eerder heel wat tijd in Italië doorgebracht, dus waarom was ze vergeten hoe krankzinnig ze daar te keer gingen in het verkeer?

Dat gold niet alleen voor het rijden. Probeer eens te parkeren. Bumper aan bumper. Zij aan zij. Ze wringen zich er koste wat kost tussen.

Het plan moest omgegooid.

Vinden van een beter geschikte tweedehands auto, zou vanaf nu de topprioriteit zijn voor het Italiaanse deel van dit nieuwe avontuur van Wanda en haar twee kinderen.

Vriend Kris is autodealer geweest van nieuwe auto's in Sydney en had nog steeds zijn connecties. Het was hem gelukt een goede prijs te ritselen voor een zeer sportief karretje direct van de fabriek, omdat ze het immers zelf in Italië kon komen oppikken. En nu vroeg ze hem de bestelling te annuleren.

"Als je er absoluut zeker van bent, dat het geen problemen oplevert?

Dat zou fantastisch zijn. Echt waanzinnig bedankt. Je hebt wat van me te goed."

Wel jammer, maar als je even logisch nadacht, was er geen andere keuze en Kris was het met haar eens, dat het op deze manier waarschijnlijk beter was. Hij verzekerde haar er van, dat het geen problemen op zou leveren. Er was een wachtlijst en er zou iemand dolblij zijn als die zou horen, dat de leveringsdatum was vervroegd.

Wanda, dochter Lou en zoon Jay, gingen op weg naar hun huurappartement vlakbij Piazza Navona. Na een ontspannen weekje op de Griekse eilanden onderweg vanuit Sydney, gaf de gedachte de stad Rome aan hun voeten te hebben, het trio een echte kick.

Geuren van heerlijk eten. Overal optredens van straatmuzikanten en artiesten. Historie alom. Ze verbleven in hartje Rome en zouden al snel voor inwoners kunnen worden aangezien.

Het septemberweer was perfect. Zon, zon en nog eens zon. De verzengende hitte van Rome's zomer was nu achter de rug. Vaticaanstad, de Spaanse Trappen, de Trevifontein, het Colosseum, unieke piazza's, parken of gewoon in een café zitten en de wereld aan je voorbij laten trekken. Dit was een fantastisch begin van hun reis, met Nederland als einddoel om eenmaal daar een nieuw thuis te maken.

Hun aanstaande bezoek aan het Colosseum zou voor altijd in hun geheugen gegrift blijven staan en dan niet vanwege de architectuur. Maar Rome als geheel was helemaal hun stad. De binnenplaats van hun kleine appartement bruiste van gezellige drukte en was duidelijk een ontmoetingsplaats voor de bewoners. Ze genoten.

Iedereen begroette hen. Ciao voor en ciao na. Veel meer dan dat konden de Australiërs niet verstaan met hun spankje kennis van het Italiaans. Antonio stelde zichzelf voor. Hij was hun buurman. Zijn broer woonde in Sydney en door hem geregeld te bezoeken had het zijn Engels een Ozzie accent gegeven.

"G'day", was zijn steevaste begroeting, vanaf het moment dat hij wist dat ze uit Sydney kwamen. Vervolgens kregen ze het hele verhaal te horen over de broer en voordat iemand er erg in had, vloeide de wijn rijkelijk naar ware Italiaanse stijl.

Jay was meteen naar boven gegaan naar hun appartement. Niet blij met het besluit van zijn moeder om van de nieuwe auto af te zien. Wanda kon hem er niet van overtuigen, dat een oudere auto het vooral voor hemzelf veel gemakkelijker zou maken.

Hij zou tenslotte nu pas echt leren autorijden en wel direct in de heksenketel van de straten van Rome of Napels en wat te denken van het tegemoetkomende verkeer aan de Amalfikust.

"Jouw zoon houden niet van wijn? Dochter is OK voor een glaasje?" Antonio was een vermakelijke oude man en wilde graag vrienden worden met zijn nieuwe buren.

Lou en Wanda namen een wijntje en zo kletsten ze wat, Jay excuserend met dat hij de vorige nacht niet zo goed geslapen had.

Wanda vroeg aan Antonio hoe in Rome een tweedehands auto te bemachtigen. Waar waren occasions te vinden? Waren er bepaalde buurten met veel autodealers? Lou noteerde alles over waar te gaan en hoe daar te komen. Ze was nog maar 14 maar een zeer gehaaide kleine regelaar.

Vandaag genoeg over auto's. Morgen zouden Wanda en Lou erop uit gaan en zien wat ze konden vinden. Jay had plannen om een online vriend te ontmoeten bij een platenwinkel even verderop.

"Mam. Ik weet zeker dat dit de bus is, die hij bedoelde. Nog 4 haltes en dan moeten we overstappen. De eerste dealer zou rechts van de 2e kruising moeten zijn, na de eindhalte van die bus."

Lou en Wanda gingen gearmd op avontuur. Dit was precies het soort uitdaging waar ze dol op waren. Een onbekende omgeving en tal van nieuwe dingen om te ontdekken.

Antonio had hen overladen met informatie, desondanks wisten ze niet precies hoe zich verstaanbaar te maken, als ze er eenmaal waren.

Als het ging om moeder-dochter relaties, was er geen zo hecht als die van Wanda en Lou. Wanda vertelde mensen vaak dat hun navelstreng nooit was doorgeknipt. Overduidelijk zeer trots op haar mooie dochter.

Lou leek veel op haar moeder en er was niemand op de wereld die zij meer bewonderde, dan haar mam.

Opgroeien was niet makkelijk geweest voor Wanda als het achtste en jongste kind van het stel zonder te weten wie haar vader was, sterker nog, zonder iemand die het gezin onderhield. Haar moeder had haar best gedaan, maar was een eenvoudige vrouw die graag kinderen kreeg en zich nauwelijks druk maakte over hoe ze te kleden en te voeden. De meeste van Wanda's oudere broers en zussen hadden het ouderlijk huis al op jonge leeftijd verlaten. Ze was eigenlijk maar met drie van hen groot geworden.

Hoewel ze erg slim was, stopte Wanda op haar 15e met school, zodat ze geld kon verdienen om haar moeder te helpen. En wat ze ook voor werk deed, het ging haar altijd goed af. Ze nam steeds meer verantwoordelijkheden op zich en leidde uiteindelijk een reclamebureau in Londen nog maar 27 jaar oud. Geen opleiding genoten. Maar altijd een positieve houding en een tomeloze energie.

Later, op het moment dat ze de communicatie voor een multinationaal softwarebedrijf verzorgde, had ze wel een master in International Business op zak.

Enkel en alleen tot die studie toegelaten op grond van haar succesrijke zakencarrière.

De bus bracht ze exact naar de plek precies zoals Antonio beloofd had, ze voelden zich volledig op koers. Het was een prachtige omgeving. Occasions zo ver als ze konden zien. Aangekomen op de derde locatie, had Wanda zich een steeds completer idee gevormd over de auto die ze precies nodig hadden. Jay had zijn rijbewijs gehaald in een automaat, dus dat was een vereiste. Met al het reizen in het vooruitzicht en veel te veel bagage, zou een stationwagen een uitkomst zijn.

Al snel ontdekten ze echter, dat een stationwagen met automatische versnellingsbak niet voor het oprapen lag.

Wanda en Lou waren vielen stil toen ze de verkoper zagen bij de volgende dealer. Lang, gebruind en aantrekkelijk was te zacht uitgedrukt. Die glimlach! Het gelikte donkerblauwe maatkostuum.

Dik haar, perfect verzorgd. Hun mond viel open. Nadat ze weer tot zichzelf waren gekomen, ontdekten ze dat hij ook nog fantastisch goed Engels sprak.

"Dus …. jullie komen in Rome wonen heh? En ik hoor zo vaak dat Australië geweldig is. Waarom jullie kiezen eh Roma?"

Zodra hij de eigenlijke plannen begreep, stak hij onmiddellijk de spreekwoordelijke stok in het wiel.

"Het is niet mogelijk ben ik bang. Om een tweede hands auto te kopen in Rome, moet je ingezetene zijn."

Verbouwereerd mompelde Wanda en Lou een 'ciao' en vertrokken. Even rustig hun gedachten ordenen tijdens de lunch was het eerste dat ze te doen stond. Een heerlijke kleine pizza aan de overkant van de weg.

Zoals ze daar tussen de plaatselijke bewoners zaten, voelde Wanda zich op en top 'ingezetene'. Ze besloot dat ze terug moesten om deze aantrekkelijke man te vragen wat dan precies aantoont dat je inwoner bent. En het bleek dat je alleen maar een fysiek adres in Rome nodig had.

Ze huurden een appartement dus ..... dat was geen enkel probleem!

Alleen dat vertelden ze hem niet. Hij kende immers het eigenlijke plan al en wist dat ze maar 2 weken in Rome verbleven. Hoe het ook zij, al zijn auto's waren te duur en er was geen automaat of stationwagen te bekennen.

Na nog vier dealers begonnen ze moe te worden.

"Misschien moeten we morgen terugkomen mam? We kennen nu in ieder geval wat steekwoorden in het Italiaans en hebben een indruk van de vraagprijzen. Er zijn nog minstens acht andere autodealers hier. We kunnen morgenochtend terugkomen om dan een frisse start te maken. Wordt wat laat nu."

Onderweg naar de bushalte, liepen ze aan de andere kant van de straat langs een dealer waar ze nog niet geweest waren.

"Wauw. Lou. Kijk die groene Italiaanse wagen daar achteraan. De kleur is fantastisch en het heeft de juiste maat voor al onze spullen."

Ze konden niet geloven wat een geluk ze hadden!

Het bleek zelfs een automaat. En de vraagprijs was niet te ver naast het budget. Terwijl ze het automobiel bekeken en een testrit maakten, werd zonneklaar dat dit dé wagen was. Met vijf broers die gek van auto's waren, wist Wanda precies waar ze op moest letten. Nu alleen de onderhandeling nog, maar daar was ze een kei in.

"Jay. We hebben een auto. Precies wat we zochten. In perfecte staat. Mam heeft het voor elkaar, dat ze er nieuwe banden onder zetten én een fikse korting op de prijs. Ze vragen cash natuurlijk, dus mam heeft ze een paar honderd gegeven als aanbetaling en afgesproken dat we over twee dagen terugkomen met de rest. Ze heeft ook gevraagd of ze zolang de auto daar kunnen houden tot op de dag dat we uit Rome vertrekken, dan hoeven we niet moeilijk te doen met parkeren. En dat geeft hun voldoende tijd om de banden en de papieren te fiksen. We moeten zelf achter de verzekering aan. Dat wordt nog leuk. Als we het geld brengen, moet je echt meegaan om de auto te zien. Je zult hem helemaal geweldig vinden. Die groene Italiaanse wagen is gemaakt voor onze grote trip."

Het duurde een paar uur voor ze bij Piazza Navona terug waren. Een verkeerd genomen bus bezorgden ze een gigantische omweg, maar ze vonden het een prima avontuur. Mengen met de lokale bevolking en de buitenwijken van Rome zien.

Eindelijk daar, wachtte Jay hen op bij een café aan het plein. Uitgehongerd als altijd. Zat daar al meer dan een uur maar, genoot van alles dat aan hem voorbijtrok.

Jay was niet lang in de platenzaak blijven hangen met de jongen. Altijd gek om online een band op te bouwen en iemand dan in levende lijve te ontmoeten. Het was nogal ongemakkelijk geweest. Ze hadden wat platen bekeken en beloofd contact te houden. Daarna had hij het grootste deel van de middag in een internetcafé doorgebracht en nu was hij diep in gedachten over het nieuws van een vriend.

Jay had diverse vrienden met wie hij in Sydney was opgegroeid. Veel van hen zaten al sinds groep één bij hem op school.

Zijn liefde voor muziek had hij al van jongs af aan en naarmate hij ouder werd, kwam hij er achter dat hij het liefst optrok met vrienden voor wie muziek ook alles was.

Thuis of in de auto was altijd muziek te horen van uiteenlopende aard. Het hele gezin greep elke gelegenheid aan om naar een optreden te gaan. Pap was nog steeds een professionele trompettist en mam had in een band gezongen….. "honderd jaar geleden, BC" (before children), zei ze vaak.

Zijn brede muzieksmaak bezorgde Jay zijn eigen lokale radio programma toen hij nog maar 12 jaar was. Hij had een geweldige stem. Sommige mensen vonden hem nogal bekakt klinken. Vast veroorzaakt, doordat hij in Londen geboren is en een Schotse vader heeft.

De vriend, aan wie Jay dacht, werkte soms met hem samen aan het radioprogramma. Nu zat hij op de universiteit en had een gaaf baantje bij het studentenradiostation, maar zijn ouders zaten hem op de huid dat hij het leven eens serieus moest gaan nemen. Voor hen betekende dat iets anders dan een beetje aanrommelen met muziek. Ze begrepen het gewoon echt niet.

Jay had met zijn vriend te doen en realiseerde zich tegelijkertijd wat een mazzel hij had, dat hij met zijn ouders zo op dezelfde golflengte zat. En dat is zo gebleven, ook al gingen ze uit elkaar toen hij nog maar vier jaar oud was. Ze konden het altijd goed met elkaar vinden.

Pap was hertrouwd, dat schonk hem een broer die hem heel nabij was en twee meer zussen. Het stiefgezin kon goed opschieten met mam en haar kant van hun grote familie. Jay wist hoe ongewoon dat was en het voelde goed om hier te zitten en dat de revue te laten passeren. Hij keek er naar uit weer in Nederland te wonen en had enorme zin in dit grote Europese avontuur.

Tegelijkertijd kon hij niet ontsnappen aan de gedachte dat hij iedereen in Sydney ontzettend zou missen.

"Scheelt dat ze hier zo laat eten hè mijn lieve zoon. Sorry hoor. We zouden hier nog veel later geweest zijn, als Lou de laatste buschauffeur niet had overgehaald om ons eruit te laten, ook al was daar niet eens een halte. Anders waren we misschien in Firenze beland, denk ik."

Lou had met haar telefoon foto's van de auto genomen en bij het zien, kreeg Jay direct zin om achter het stuur te kruipen van die groene Italiaanse wagen. Mam had gelijk (oh nee...niet weer). Dit zou beter zijn dan die gloednieuwe auto. Hij was ongetwijfeld alleen al benauwd geworden voor het raken van wat stoeprandjes, laat staan inparkeren. Met een oudere auto zou iedereen minder gespannen zijn.

Jay had niet echt veel gereden in aanloop naar zijn rijbewijs. Sterker nog, hij kon niet geloven dat hij het in één keer had gehaald. Oom Joe liet hem dikwijls in zijn automaat rijden, maar dan alleen in de directe omgeving. Rijlessen waren kostbaar, dus de meeste mensen begonnen met tien lessen en vulden dat aan door daar waar mogelijk te oefenen in auto's van familieleden. Jay vond het maar niks om te moeten leren schakelen, dus was het feitelijk alleen oom Joe die hem meenam om te leren rijden. Mam had een handgeschakelde auto en z'n vader ook.

Zodra ze de datum wisten wanneer hun vlucht uit Sydney vertrok, had Jay's rij-instructeur zijn uiterste best gedaan om te er voor zorgen dat hij kon afrijden. Het examen kon worden gepland, maar wel op de dag vóór hun vertrek.

En waarachtig. Jay slaagde! De dag er op waren ze vertrokken en nu bevond hij zich hier temidden van de verkeerschaos van Italië. Nu zou hij het autorijden pas echt in de vingers krijgen.

Die avond stond in het teken van dineren, bezienswaardigheden genieten op de piazza en ronddwalen op de andere nabijgelegen pleinen. Het was prachtig weer en dat betekende vrolijke, uitgelaten mensen.

Lou, een kunstenares in de dop, had vooral oog voor de artistieke prestaties van de straatkunstenaars. Ze had toen al besloten dat ze Kunst als hoofdvak zou kiezen voor haar Internationale Baccalaureaat eenmaal in Nederland.

Toen Lou 6 was en Jay 9, was Wanda op contractbasis voor een jaar werkzaam in Amsterdam, dus ze hadden al eerder in Holland gewoond. Wanda had de twee op een plaatselijke Nederlandse school ingeschreven en zo was er geen ontkomen aan om de taal te leren. Koppie onder. Altijd de beste manier.

Het was zo grappig om Lou toen te zien. De eerste drie maanden had ze het grootste deel van de tijd rondgelopen met haar vingers in haar oren.

"Mama. Ze spreken allemaal Nederlands," had ze geroepen.

Toen ze eindelijk haar vingers uit haar oren haalde, sprak ze de taal vloeiend, inclusief alle keelklanken. Ze zag er zelfs Nederlands uit, met haar witblonde haar. Wanda had taalles genomen, maar door haar werk voor een Japans communicatiebedrijf met multinationale klanten, kwam ze het niet zo vaak te spreken. Lou en Jay hadden er geweldig plezier in om haar slechte Nederlands te verbeteren.

Deze keer was anders. Ze zouden buiten Amsterdam gaan wonen. Wanda koos die andere gemeente vanwege de uitmuntende internationale school voor Lou en de vele radiostations voor Jay. Hij had besloten dat hij klaar was met school en had geen interesse in de universiteit. Wanda was opgelucht. Jay te helpen om zijn middelbare school af te ronden was een ware opgave geweest dus een baan ging het worden voor hem.

Jay was geboren in een topziekenhuis in Londen, tegenover de grootste klok ter wereld. Big Ben! Toen Wanda kort na de lange bevalling zag dat hij lichte stuiptrekkingen had, waren ze er daar perfect op toegerust om hem direct aan allerlei testen te onderwerpen. Het was Wanda's en Larry's ergste nachtmerrie. Hun eerste kind op de Intensive Care en onderworpen aan hersenscans. Het waren twee helse weken voordat ze eindelijk toestemming kregen om naar huis te gaan. Wanda's wereld stokte bij het zien van haar eerstgeborene vastgeknoopt aan onafzienbare hoeveelheden slangetjes en dito apparaten. Elke nacht viel ze huilend in een rusteloze korte slaap.

Eén van 's werelds meest vooraanstaande kinderartsen leidde het onderzoek naar Jay's aandoening. Zijn diagnose was een bloeding in de rechter frontale hersenkwab van vóór de geboorte en zonder duidelijk oorzaak. Het was nu littekenweefsel. Jay zou zich normaal moeten kunnen ontwikkelen, maar ze zouden hem een paar jaar volgen. Hij zou drie maanden medicijnen krijgen, om elke kans op verdere schade te voorkomen.

De impact van deze bloeding op Jay zijn ontwikkeling, was een hooggevoeligheid voor geluidssignalen in combinatie met een verminderde visuele waarneming. Hij was buitengewoon slim op het gebied van alles dat met muziek te maken had, maar vond het bijzonder moeilijk om mee te komen met de minder interessante vakken op de middelbare school.

Ze werden wakker met een opnieuw stralende dag. Tijd om aan de slag te gaan met het vinden van een passende autoverzekering. Wanda was als eerste vroeg op en ging van start in het internetcafé.

Toen ze terugkwam in het appartement, zaten Lou en Jay aan het ontbijt.

"Ik heb de drie beste verzekeraars in Rome gemaild en ze de kopie van mijn no-claimkorting gestuurd, dus hopelijk krijg ik vandaag of morgen een offerte van ze. Het lijkt erop dat ze niet dezelfde extra toeslagen hebben voor chauffeurs onder de 25 jaar als wij in Oz. Laten we het hopen. Heb ze jouw leeftijd niet onthouden Jay, dus laten we maar zien waar ze mee op de proppen komen. Ik verwacht dat het prijzig kan worden, maar we doen het sowieso."

Wanda had wat vers brood gehaald bij de bakker. Gewapend met kaas, brood en vruchtensap zette ze zich op de binnenplaats om te ontbijten en om te zien of er iemand was die zin had in een praatje.

Antonio zag haar zitten vanuit zijn raam en was vliegensvlug beneden. Hij bedacht dat hij maar wat graag 20 jaar jonger was geweest om zijn geluk te beproeven bij deze aantrekkelijke, slimme dame van downunder.

"Buon giorno signora. Geniet je van het verblijf in mijn prachtige stad?"

Hij was teleurgesteld dat ze nog niet zo veel had gezien, maar was tegelijkertijd onder de indruk dat ze de gewenste auto op de kop het getikt. "Alsjeblieft. Vandaag zou het mij een groot plezier zijn jullie mee te nemen voor een speciale wandeling door mijn stad. Als jullie dat aanbod alsjeblieft van me willen aannemen."

Jay en Lou waren er voor te porren. Antonio was een grappige man. Met hem erbij zouden ze een totaal andere dag beleven. Wanda had ook plezier in zijn bewonderende blikken en de in speciale aandacht die Antonio voor haar had.

Naarmate de dag vorderde, raakten ze meer en meer onder de indruk van het grote aantal mensen die allemaal leken deel uit te maken van Antonio's uitgebreide familie. Ze werden bij diverse mensen binnen gevraagd, waar eten en wijn op tafel kwam voordat ze er erg in hadden. Jay gaf niet veel om wijn en Lou was nog wat jong maar af en toe een glas was OK. Wanda vond het heerlijk om de verschillende wijnen te proberen en wilde bovendien altijd beleefd zijn. Maar ze was slim genoeg om niet haar glas te laten bijvullen. Elk bezoekje voelde voor hen allemaal als heel speciaal. Zulke warme gastvrije mensen.

Tenminste, tot het incident bij het Colosseum.

"Alstublieft mevrouw. Geld voor mijn kindje?" Een bedelaarster, met een zeer jong uitziende baby op haar arm, drong Wanda in de richting van een groep medebedelaars.

Wanda had Antonio, Lou en Jay even achtergelaten voor een bezoekje aan het toilet. De mensenmassa's bij het Colosseum waren gigantisch.

Antonio memoreerde de vele grandioze momenten, die in deze indrukwekkende arena hadden plaatsgevonden. Jay en Lou dachten aan films zoals de Gladiator en voelden zich, al luisterend naar Antonio, deel worden van die geschiedenis. Hij moest luid spreken om boven het stadslawaai van Rome uit te komen en onderwijl waren zij druk in de weer met het nemen van foto's. Ze dwaalden zo ongemerkt af van de ingang naar het openbare toilet, waar ze op Wanda zouden wachten.

In een oogwenk was Wanda omringd door vier, vijf andere bedelaarsters met baby's. Het was duidelijk dat ze op haar handtas uit waren. Shit! Wanda bedacht dat niemand haar geroep zou horen en zette zich schrap, rechtte haar rug, haar tas stijf tegen zich aangedrukt, en schreeuwde POLITIE!

Antonio, Jay en Lou waren nergens te bekennen.

"Geen paniek," zei ze tegen zichzelf terwijl de adrenaline door haar aderen gierde. Wanda had altijd haar mannetje gestaan. Vaak gepest en iemand die het liefst conflicten vermeed, maar tegelijkertijd klaar om in te grijpen als mensen dachten over anderen heen te kunnen lopen.

Opgegroeid in een behoorlijk ruige wijk in Sydney, kon Wanda prima voor zichzelf op komen. Als de jongste van acht had ze rond haar 12e het punt bereikt, waarop ze besloot zich niet meer door haar oudere broers te laten commanderen.

Antonio zag wat er gebeurde en schoot Wanda te hulp. Woest gebarend zwaaide hij met zijn armen, schreeuwde dat ze weg moesten wezen. Alles in het Italiaans uiteraard. Hij klonk behoorlijk ontzagwekkend en Wanda was blij hem bij zich te hebben. De vrouwen verspreidden zich.

Wat Wanda het kwaadst maakte, was het feit dat kleine baby's werden gebruikt voor deze verachtelijke daden. Ze was geschrokken maar stond er op om een officiële klacht in te dienen bij de politie in de buurt. De polizia luisterde aandachtig maar ze vermoedde dat ze dit verhaal al miljoenen keren hadden gehoord. Waarschijnlijk hadden ze de vrouwen al even zo vaak gearresteerd en belandden ze desondanks steeds opnieuw op straat. Het was een schokkende belevenis, maar Wanda wilde hierdoor niet hun gezellige dag laten bederven en Lou dacht er net zo over.

"Ben zo blij dat er niets met je is mam. Laten we gewoon teruggaan naar het appartement. Jay en ik kunnen koken. Antonio. Wil je bij ons blijven eten? Jay's spaghetti is heerlijk en ik maak de beste salade die je ooit hebt geproefd."

Lou rilde bij de gedachte dat haar moeder door die vrouwen in het nauw was gedreven.

Wat als ze een mes bij zich hadden gehad of mama op een of andere manier geweld aan hadden gedaan.

Ze wist dat haar moeder een lastige jeugd had gehad en dat ze zich niet gemakkelijk aan de kant liet zetten, maar ze voelde zich er niet minder door van streek. Jay en Antonio waren ook behoorlijk geschrokken.

Wanda was als kind van de ene plek naar de andere gesleept en deelde vaak een bed met haar zus en haar moeder. Door Sydney rijdend herkende ze vaak ineens straten uit de tijd waar ze als kind een poosje moet hebben gewoond.

Een garage, een caravan, ziltslaapkamers en al het andere dat haar moeder zich had kunnen veroorloven. Wanda's moeder werkte als kok of deed strijkwerk om de kost te verdienen. Het gros van hun kleding kwam bij diverse liefdadigheidsinstellingen vandaan. Toen haar moeder eindelijk een sociale huurwoning kreeg toegewezen, bleven ze daar voor maar twee jaar. Dat was de langste periode dat Wanda tijdens haar jeugd op een en de zelfde plek had gewoond.

Lou dacht vaak aan haar moeders zware jeugd en haar oma's nomadenbestaan. Desondanks, hield ze heel veel van haar oma. Ze konden samen uren zitten tekenen. Oma had een muzikaal gehoor en speelde zonder enige moeite een of ander wijsje op hun keyboard. Ze had altijd zeeën van tijd voor Lou en Jay. Lou was verdrietig toen ze afscheid van oma namen, voordat ze uit Sydney vertrokken. Ze was bijna 89 en ze wisten allemaal dat dit misschien de laatste keer was dat ze haar zagen.

Lou schudde alle onprettige gedachten van zich af. Ze zou er alles aan doen om deze avond voor iedereen plezierig te maken.

De supermarkt vlakbij het appartement voorzag in alle benodigde ingrediënten voor een lekkere maaltijd en ze wist zeker dat ze op de bijdrage van Antonio kon rekenen om hen te vermaken.

"Si. Grazie." Wanda bedankte de jongen van het internetcafé voor het wijzen van de weg en bevestigende op zijn vraag het nu te hebben begrepen waar het verzekeringskantoor te vinden was.

Ze was die ochtend nog vroeger wakker dan anders, nog steeds niet helemaal bekomen van de schrik veroorzaakt door die vrouwen met baby's die haar tas probeerden te stelen. Ze kreeg er kippenvel van steeds wanneer ze er aan terug dacht. Dankbaar dat het niet verkeerd was afgelopen, maar toch lichtelijk over haar toeren door die hele gebeurtenis.

Zonder de kinderen te wekken, ging ze erop uit om de autoverzekering te regelen.

Na de eerste niet te volgen reactie op haar e-mails wist ze, dat ze dit nooit voor elkaar zou gaan krijgen. Het geluk wilde echter, dat de jongen van het internetcafé precies wist bij wie ze moest zijn. Het was in de buurt en het personeel van het kantoor sprak goed Engels.

'Klaar. Auto verzekerd en alles geregeld. Formulieren invullen beetje spannend maar heb vereiste verzekeringsbewijs. Yeah! Polis wordt opgestuurd. Misschien willen ze controleren of we echt hier wonen! Over 20 minuten terug xx'

Lou lachte bij het lezen van haar moeders berichtje.

Nu Jay wakker maken zodat ze klaar waren om te ontbijten met mam.

Die middag gingen ze gedrieën op pad. ze namen de 'magical mystery tour' de busrit met oneindig veel overstappen, om het resterende bedrag voor de auto te betalen.

De verkoper was blij hen te zien en liet Jay maar wat graag zijn eerste korte testrit maken...... nadat hij eerst het verzekeringsbewijs had gezien natuurlijk.

Wanda nam plaats op de achterbank en liet Lou als bijrijder voorin zitten. De straat achter de autodealer was breed en zonder verkeer.

Een perfecte plek voor Jay om die groene Italiaanse wagen te leren kennen. Een beetje gespannen natuurlijk, maar dat was te verwachten. Jay stelde de stoel en zorgde ervoor dat alle spiegels goed stonden. Maakte zich alle knopjes en lampjes eigen. Deed eeuwen over het instellen van de radio en de bediening van de speakers. Het belangrijkste onderdeel van de auto was voor hem natuurlijk het geluidssysteem. Hij draaide het volume op en had niet nog meer onder de indruk kunnen zijn. Een geweldig geluid. Hij was verkocht. En ze hadden het terrein nog niet eens verlaten.

Lou vroeg zich af of Jay niet een beetje te voorzichtig was. Hij reed met een slakkengangetje de straat op en keek naar het leek veel te lang in alle richtingen. Hij zat tenslotte aan de voor hem verkeerde kant in de auto en reed aan de voor hem verkeerde kant van de straat. Dubbel zo ingewikkeld. Na 10 minuten heen en weer rijden op de lange brede straat, leek hij eindelijk op zijn gemak. Lou moest toegeven dat het voor haar ook vreemd voelde om aan de andere kant in de auto te zitten. Ze besloot dat haar broer het goed deed en zei hem dat wat graag.

Tijd voor een feestje. Het trio wist dat de groene Italiaanse wagen voor een groot deel het succes van hun trip zou uitmaken.

Voor nu was het met de bus terug naar 'thuis' aan de Piazza Navona. Deze keer wist Lou precies welke buslijnen ze moesten hebben. Als een vis in het water en als een echte 'local', nam ze de touwtjes in handen en bracht hen binnen recordtijd naar het plein.

Een luchtige opera werd opgevoerd door een jong talent. Ze hadden een tafel geboekt in een restaurantje pal voor het podium. Formidabel! Overheerlijk eten en een Pavarotti in wording. Ze voelden zich zeer bevoorrecht.

"Jay. Je moet echt eens wat anders proberen dan pasta vanavond. Ik denk dat ik voor de biefstuk met Parmezaanse kaas ga. Het lijkt erop dat die man daar dat ook heeft. En je krijgt er veel groente bij. Jammie. Of zal ik zeggen 'lekker'. We moeten ons favoriete Nederlandse woord weer oppakken, vinden jullie ook niet? Geen enkel ander land kent zo'n soort woord. Geweldig."

Lou maakte steeds meer avontuurlijke voedselkeuzes terwijl Jay niet verder kwam dan pasta. Maakte niet uit in welk land hij was. Hij at pasta als ontbijt, lunch en diner als het aan hem lag.

De tien dagen die volgden waren puur genieten. Zo veel te zien en doen. Muntjes gegooid in de Trevifontein. Lou viel er zelfs bijna in. Eén of andere knul bleek haar wel leuk te vinden en kwam te dichtbij.

Ze stapte achteruit om hem te ontwijken en gleed uit. Hij wist haar net op tijd te grijpen voordat ze over de rand ging. Wat galant. Misschien was hij toch niet zo verkeerd. Wanda had het moment bij toeval met haar camera vastgelegd. Een briljante foto.

Fietsen door het voornaamste park en een prachtige dag afsluiten, zittend op de Spaanse Trappen terwijl ze de drukte bekeken, was favoriet.

Op een andere dag bij het verlaten van Vaticaanstad zagen ze een podium, lichtspots en massa's beveiliging. De Paus zou de volgende morgen de gelovigen toespreken.

Die middag hadden Wanda, Lou en Jay het meeste in het Vaticaan al bekeken maar ze zouden de volgende ochtend terugkomen om de Paus te horen.

Wanda geloofde in geloven maar had haar twijfels over de invloed van de kerk. Ze had haar kinderen altijd gestimuleerd open te staan voor de verschillende geloofsovertuigingen van mensen. En boven alles moesten ze in zichzelf geloven.

Jay was tijdens de middelbare school lid geweest van een christelijke groep die regelmatig samenkwam voor bijbelstudie.

Tegenwoordig vond hij zijn heil meer in het soort religie van hindu's en boeddhisten.

Lou had ook bij een plaatselijk kerkgroepje gezeten. Ze kwamen bij elkaar in een soort buurtcentrum. Altijd veel zingen en heel gezellig. Wanda was een paar keer mee geweest. De meiden hadden een dansgroep opgericht en traden vaak op bij evenementen in de buurt.

Ongeacht je religie of geloof, het was onmogelijk om niet onder de indruk te zijn van de massale bijeenkomst op het grote Sint Pieterplein van Vaticaanstad de volgende ochtend. Duizenden mensen, stil en aandachtig gericht op de woorden van één man. Een roerende ervaring.

Tijd was voorbij gevlogen en de dag om die groene Italiaanse wagen op te halen en Rome te verlaten was aangebroken. De autohandel lag op de route naar hun volgende bestemming. Pompeï. Jay's opwinding om eindelijk de controle over een echte auto te hebben in plaats van een uit een videospel was duidelijk zichtbaar.

Nog geen weet van de dilemma's die hem te wachten stonden.

Italië wees gewaarschuwd en arrivederci Roma!

• HOOFDSTUK TWEE •

POMPEÏ WAS ONTZAGWEKKEND. Triest om te bedenken dat al die mensen zo veel jaren geleden levend werden begraven onder de hete as van de Vesuvius. Ongelofelijk om je te bedenken dat miljoenen mensen vandaag de dag nog steeds zo dichtbij wonen en een soortgelijk lot riskeren. De Vesuvius staat bekend als een van de meest actieve vulkanen ter wereld.

Wanda had niet erg lang achter het stuur gezeten vanaf het moment dat ze de auto in Rome hadden opgehaald. Eenmaal op de snelweg stopte ze bij het eerste de beste benzinestation.

"Het heeft geen zin om jou aan de bijrijderstoel te laten wennen Jay. Laten we hier even snel een kopje koffie doen en dan kun jij het overnemen."

Jay reed heel goed. Wanda was op de achterbank gekropen en Lou zat voorin, kaart in de hand, als hoofd navigatie. Lou's richtingsgevoel was niet zo sterk maar ze was een ster in het kaartlezen en in het het ontcijferen van verkeersborden. Slechts een enkele verkeerde afslag later waren ze, nog voordat ze het in de gaten hadden, in Pompeï. Wanda stond er versteld van hoe kalm Jay was gebleven. Zelfs de rare richtingaanwijzingen van Lou hadden hem niet van de kaart gebracht. Hij was dol op autorijden. Het hielp waarschijnlijk dat Jay en Lou altijd al hecht waren samen.

Lou keek naar haar grote broer op, maar naarmate ze ouder werden had zij steeds meer ook voor hem gezorgd. Ze waren goede maatjes. Ze hadden af en toe een gebruikelijk meningsverschil als broer en zus maar nooit echte ruzies.

Als peuters was Lou de onverschrokkene geweest. Geen achtbaan was te hoog en geen spookhuis te eng. Jay aarzelde vaker dan zij. Hij zei dan tegen haar dat ze te klein was en bang zou worden. Zij overtuigde hem er op haar beurt van dat het leuk zou zijn. En daar gingen ze dan, de attractie in. Zo grappig.

De eerste keer dat ze in Holland woonden, hadden ze het plan opgevat om zoveel mogelijk pretparken te bezoeken. Toen ze 6 en 9 waren hadden Lou en Jay Legoland en Tivoli in Denemarken bezocht; Disneyland in Parijs, Los Angeles en Florida; en een boel andere leuke parken in Nederland, Duitsland, Engeland, Singapore en Australië.

Pompeï uit rijden bleek net zo moeilijk als er binnen komen. Wanda had voor de komende paar dagen een hotel in Salerno geboekt, ze hadden zin om wat tijd aan zee te zijn, maar Lou vond het moeilijk om de juiste route te vinden.

"Wauw mam. Wat een geweldige kamer. Ligstoelen op ons eigen balkon met uitzicht op de Middellandse zee. Kunnen we dit wel betalen?"

Lou had altijd het beste met haar moeder voor. Ze wist dat ze geen baangarantie had bij aankomst in wanneer ze in Nederland. Niet dat ze er ook maar een moment aan twijfelde, dat mensen elke kans zouden aangrijpen om haar aan te nemen. Lou was super trots op haar zeer talentrijke moeder.

"Het was een fantastische last-minute aanbieding. Ik vond hem online toen we in Griekenland waren. Had alleen niet verwacht dat het zo chique zou zijn. Super! We blijven drie nachten dus laten we ervan genieten. Ik voel wel wat voor een ontspannen dagje aan het zwembad morgen. Wat zeggen jullie ervan?"

Toen ze uiteindelijk Salerno weer verlieten, waren ze inderdaad ontspannen. Die eerste dag aan het zwembad was perfect geweest daarna was het weer omgeslagen. Ongewoon koud en nat. Dit was de dag waarop Jay's rijvaardigheden op de proef zouden worden gesteld. Combineer slecht weer met de kronkelende bergwegen langs de Amalfikust en de problemen laten niet al te lang op zich wachten.

Jay zette zich schrap voor de uitdaging. Als fervent liefhebber van computerspellen zag hij zich graag als bestuurder die alles aankon. Hij had vaak van die op hol geslagen autospelletjes gespeeld en scoorde immer hoog. Dit kon toch niet zo heel veel anders zijn?

Die groene Italiaanse wagen was plots veel breder dan Jay had gedacht. Daar ging hij dan, hoog boven de Middellandse zee. Een kleine stenen muur links van hem. Niet veel ruimte tussen hem en de rotswand aan zijn rechterhand. Absoluut onvoldoende ruimte voor die grote toeristenbus die hen tegemoet kwam om er langs te kunnen.

De buschauffeur was vastbesloten dat het Jay was die achteruit moest, net zo lang tot ze een plek hadden bereikt waar ze elkaar veilig konden passeren. Er was weinig zicht. Zo kalm Jay tot op dit moment was gebleven, zo plots was hij nu volledig verlamd.

Lou was te bang en kon geen woord uitbrengen. Wanda zag zweetdruppels op Jay's voorhoofd verschijnen en wist dat ze hem snel achter het stuur vandaan moest halen, maar op zo een manier dat hij er niet nog meer van in paniek zou raken.

"Oké Jay. Je hebt het geweldig gedaan maar misschien is het tijd om van plek te wisselen. Laat mij maar even met deze dwaze buschauffeur afrekenen. Wie denkt hij wel dat hij is? Zorg ervoor dat je de handrem aantrekt en de auto in zijn vrij zet. Haal even diep adem en stap heel langzaam uit, dan ga ik voorin zitten. Neem je tijd. Hij wacht maar."

Jay richtte zich op de stem van zijn moeder en alles verscheen hem in super slow motion. Hoewel zijn moeder hem nadrukkelijk zei het niet te doen, keek hij over de rand van de klif. Slecht zicht maar hij kon wel onderscheiden dat het een enorm eind omlaag ging naar die dodelijke rotsen en woeste zee daar beneden in de diepte.

Wanda hielp Jay naar de achterbank en ging zelf achter het stuur zitten. Net zolang achteruit rijdend tot aan een breder stuk weg en de bus kon passeren.

Toen besloot ze de plannen te wijzigen en te kijken of ze in het nabijgelegen Amalfi een kamer konden vinden voor de nacht. Positano was in dit vreselijke weer gewoon te ver.

Jay kwam langzaam tot rust op de achterbank. Teleurgesteld dat hij de uitdaging niet had aangekund maar blij dat ze vannacht zouden stoppen. Dan kon hij deze weg morgenochtend nog een keer proberen. De weersvoorspelling voor morgen was stukken beter en Wanda herinnerde hen eraan dat het uitzicht spectaculair zou zijn.

Aangekomen in het kleine dorpje Amalfi ging Lou op pad om bij diverse kleine pensions te kijken of ze een kamer hadden voor vannacht. Ze had geoefend op hoe ze het moest vragen.

"Per favore senior. Possibile per una stanza per tre persone per la notte?" Behoorlijk lastig toen ze haar in het Italiaans antwoord gaven maar ze kreeg het wel voor elkaar.

"Geweldig gedaan mijn slimme kleine meid. Dit is fantastisch. Zelfs met een parkeerplek en de prijs is prima. Ik denk niet dat ze vannacht nog veel andere belangstellenden voor een kamer hadden kunnen krijgen." Wanda was onder de indruk van de manier waarop Lou zich van deze taak had gekweten en dat ze niet zenuwachtig was geworden van de super rappe Italiaanse antwoorden en gebaren.

Toen de zon opkwam de volgende ochtend, waren alle verschrikkingen en donkere schaduwen van de vorige dag vergeten. Ze ontwaakten met inderdaad majestueuze vergezichten. Verbluffend mooi! Het geluk lachte hen weer toe. Ongelofelijk! De zee spankelde en het geluid van het water dat op de rotsen beukte klonk hen als muziek in de oren. De unieke Amalfikust in al haar glorie. Groepjes schilderachtige witte gebouwtjes op de kliffen rondom kleine inhammen. Prachtig!

Levendige herinneringen aan de tijd die ze hier met Larry doorbracht toen hij haar ten huwelijk vroeg, vulden Wanda's gedachten. Jay en Lou gingen de omgeving ontdekken. Ze kon haar gedachten dus even de vrije loop laten.

Larry en Wanda waren zo ontzettend verliefd geweest. Als professioneel muzikant was hij in het begin van hun relatie voortdurend weken achtereen op tournee geweest, maar dat had haar niet uitgemaakt.

Ze dacht aan de nacht dat ze elkaar hadden ontmoet, in een club in Londen. Hij was zeven jaar jonger, toerde al enkele jaren en was aardig volwassen voor iemand van nog geen 20. Wanda had een paar jaar eerder zelf in een band gezongen, maar was daarna verder gegaan in de enerverende wereld van marketing. Al uitermate succesvol op haar 27ste.

Larry kon niets anders dan als een blok voor haar vallen. De nieuwe sportauto die ze reed. Het appartement dat ze bezat. Hij had nog nooit iemand zoals Wanda ontmoet.

Vanaf het allereerste moment dat ze elkaar zagen, vonkte het. Larry was een lange knappe Schot, met een zacht en zelfverzekerd accent dat leek op dat van Sean Connery. Een toptrompettist met een goede zangstem, de juiste moves en een fantastische energie op het podium.

Wanda kon zich gemakkelijk bewegen en ging altijd recht op haar doel af. Vrienden die een paar van de bandleden kenden, hadden haar meegevraagd naar de club en haar formeel aan Larry voorgesteld. Terwijl ze met haar vrienden pal voor het podium stond te dansen, wist ze dat Larry naar haar keek. Haar bewegingen waren verleidelijk en ze voelde dat hij haar mooie benen en strakke lichaam observeerde.

Uitdagende blikken werden uitgewisseld en haar grote rollende blauwe ogen vertelden hem duidelijk dat ze interesse had. De band overnachtte in een hotel in de buurt en Wanda greep meteen haar kans. Toen iedereen op het punt stond te vertrekken nam ze Larry apart.

"Mijn appartement is hier niet ver vandaan en ik zou je wat van de Londense attracties kunnen laten zien als je dat leuk vindt. Mijn auto staat voor de deur." Wanda is een ster in het vinden van goede parkeerplekken.

Ze herinnerde zich de intense begeerte die explodeerde toen ze die eerste nacht eindelijk haar appartement op de bovenste verdieping bereikten.

De hartstocht die in de daaropvolgende jaren almaar dieper werd. Elkaars lichamen leren kennen en onuitputtelijke manieren ontdekken om te delen in het genot van een intens seksuele en tedere relatie. Knuffelen en zoenen was in de beginperiode van hun relatie heel belangrijk geweest en dat was precies dat waar ze aan het eind in tekortgeschoten waren.

Larry nam Wanda mee naar Amalfi en vroeg haar ten huwelijk. Ze waren zo verliefd als een stel maar zijn kon. Ze probeerde hem te overtuigen dat ze te oud voor hem was maar in de praktijk had het leeftijdverschil niets om het lijf.

Achttien maanden na hun eerste ontmoeting waren ze getrouwd en genoten ze van het goede leven. Fantastische skivakanties of reisjes naar exotische oorden over de hele wereld. Een leven gevuld met muziek en liefde. Hun seksleven liet niets te wensen over. Het perfecte paar.

Drie jaar na hun trouwen raakten ze in verwachting van hun eerste kindje en hun wereld was compleet.... zelfs met de complicaties waarmee Jay geboren werd. Een tweede prachtkind en in tien jaar was het huwelijk voorbij.

Het bedroefde Wanda nog regelmatig als ze eraan terugdacht, maar ze brak die gedachtegang onmiddellijk af en herinnerde zichzelf eraan dat uit elkaar gaan het beste besluit was geweest.

Die houding van gevoelloze aanvaarding van het lot dat hun relatie allang niet meer was wat ze wilde, had haar de levenslust ontnomen. Het werd haar duidelijk dat ze iets moest veranderen nu de kinderen nog zo jong waren.

De scheiding was hartverscheurend maar beschaafd geweest. Ze maakten nooit ruzie en waren niet gemeen tegen elkaar. Ouderschap is iets dat je voor het leven aangaat en ze wisten hoe belangrijk het zou zijn om een goede verstandhouding te bewaren.

Larry hertrouwde enige jaren later en kreeg nog drie geweldige kinderen. Jay en Lou hadden er een broer en twee zussen bij en dat betekende voor iedereen een warme en liefdevolle uitbreiding van het gezin. Larry en zijn tweede vrouw Dee hadden zo hun momenten maar leken over het algemeen tevreden.

Wanda had een paar langlopende en ongelofelijk gepassioneerde relaties gehad maar was nooit op het punt beland dat ze weer wilde trouwen.

"Mam. Slaap je?" Wanda liet aan Lou blijken dat ze inderdaad even was weggezakt. Ze had Jay en Lou er niet aan herinnerd dat dit de plek was waar hun vader het huwelijksaanzoek had gedaan. Het was allemaal zo lang geleden.

"Tijd om te gaan."

Jay kroop zonder aarzelen achter het stuur. Smalle weggetjes langs steile kliffen. Totale verkeerschaos in de straten van Napoli. Proberen de omgeving te zien, terwijl hij die groene Italiaanse station wagen voorzichtig over de klinkers van Florence manoeuvreerde.

Hij voelde zich goed en genoot, zelfs van de adrenalinestoot vanwege de bijna botsingen. Hij beleefde het als was het een van zijn computerspellen.

Pisa, Venetië .....Verona en de geest van Shakespeare. Milaan en de bruisende haven van Genua. Italië in al haar glorie.

Nu passeerden ze de grens met Frankrijk. Na Rome hadden ze niet langer dan drie dagen op één en dezelfde plek doorgebracht. Het zou heerlijk zijn om weer ergens wat langer te blijven.

Een week in de prachtige appartementen van de exclusieve Baie des Anges aan de Cote d'Azur bijvoorbeeld. Er woonden meerdere goede vrienden in de buurt, maar ze besloten dat het te gek werd om te proberen bij hen allemaal te logeren. Van korte bezoekjes zouden ze veel meer genieten. De eerste avond was iedereen uitgenodigd voor een kleine samenkomst in een bar aan de haven.

Drie verschillende vriendengroepen kwamen die avond opdagen.

Ze waren bijna net zo blij elkaar te zien als om Wanda, Lou en Jay weer te treffen. Om de een of andere rare reden zagen ze elkaar alleen als Wanda langskwam. Raar eigenlijk. Ze konden allemaal zo goed met elkaar overweg en de afstand tussen hun huizen in Antibes, Cagnes sur Mer en Monaco was eigenlijk te verwaarlozen.

"Weet je nog die keer dat je in Monaco aan dat grote evenement van de fotobranche werkte Wanda? Je verblijf in de Hermitage en de fotosessies met al die topmodellen en fotografen.

Die winnende foto van Naomi was één van mijn meest favoriete foto's ooit. Je had dat evenement Monaco Moments genoemd volgens mij." Janet probeerde het zich weer voor de geest te halen.

Zij verkocht zeegande jachten en woonde al bijna twintig jaar in Zuid Frankrijk. Was Engels van geboorte maar sprak vloeiend Frans. Dus Wanda had haar een paar keer te hulp gevraagd toen ze een opdracht had in deze omgeving.

Over het algemeen kon Wanda zich goed verstaanbaar maken in het Frans. Het was een taal waarvoor ze meerdere avondlessen volgde en wat ze tijdens haar laatste jaar op de middelbare school onderwezen kreeg toen ze net 15 was.

Monaco Moments was inderdaad de naam van het eindproduct dat ontstond uit die geweldige zesdaagse fotoshoot waar Janet naar verwees. Het Japanse communicatiebureau waar Wanda in Amsterdam voor werkte, was gevraagd een evenement te organiseren dat professionele modefotografen stimuleerde over te gaan op digitale fotografie. Er was een nieuwe uiterst moderne kleurenfotoprinter opgesteld en fotografen werden uitgenodigd de foto's, die ze met de nieuwe digitale camera's hadden gemaakt, te bewerken. Die afbeeldingen werden de volgende ochtend tentoongesteld in de lobby van de Hermitage. Briljant! Een revolutionaire overgang naar digitale fotografie. Aartsconservatieve fotografen waren sprakeloos van al de mogelijkheden waarmee ze hun creativiteit konden uitbreiden.

"Ik denk dat die keer dat je hier was met de Formule 1 Grand Prix en met al die eigenaars van camerawinkels de beste was." Dan mengde zich in het gesprek.

Hij was ook een Ozzie. Met gegarandeerd de beste barbecuemaaltijd aan de Cote d'Azur en met een geweldige humor. Dan woonde hier al net zo lang als Janet en was gezagvoerder op een paar enorme privéjachten. Het waren eigenlijk meer kleine oceaan kruizers, vol weelde en vrijwel allemaal eigendom van rijke Arabieren. Hij en Janet hadden elkaar ontmoet toen ze voor dezelfde sjeik werkten. Janet was één van de vele huishoudsters van de oliebaron. Wanda had Janet en Dan ontmoet via Blossom, haar buurvrouw in Londen.

Blossom werkte bij een beroemd hotel in Londen toen de sjeik dit met cash kapitaal kocht. Ze werd zijn persoonlijke bloemist en vloog de hele wereld over om de bloemarrangementen in zijn diverse huizen, op zijn boten en tijdens zijn feesten te verzorgen.

Dan had het niet op de Fransen maar hij en Janet waren uiteindelijk getrouwd en hadden hier hun thuis gezocht. Hij had zelfs de taal geleerd....ook al sprak hij het met tegenzin.

"Was die Grand Prix trip niet een fantastische tijd?" antwoordde Wanda. "Weet niet zeker of de lunch op het balkon van de Hermitage tijdens de oefendag, of de Jeu de Boules competitie in de bergen met de plaatselijke bevolking ook tot mijn favoriete momenten behoren. Nigel was hilarisch met zijn korte speech tijdens de lunch.

Ook te gek dat hij een paar van die gasten een ritje liet maken in die auto van de Williams' renstal."

Wanda dacht ook terug aan die aantrekkelijke eigenaar van een fotohandel die ze had ontmoet tijdens het promotie evenement dat ze had georganiseerd. Ze kende het merendeel van die heren al enkele jaren maar tijdens die trip zag ze een nieuw gezicht. De heerlijke en talentvolle Kane.

Hij was twee jaar geleden gescheiden en Wanda en hij voelden zich meteen tot elkaar aangetrokken. Jammer dat het niets was geworden.

Er volgden een paar afspraakjes na die eerste ontmoeting in Frankrijk. Als stel pasten ze niet bij elkaar maar ze raakten zeer goed bevriend. Ook heel kostbaar.

Jay had niet zoveel zin om aan het zwembad te liggen als Wanda en Lou. Hij had liever gewoon doorgereden. Het weer was geweldig en ze hadden de omgeving meermalen verkend. maar was blij toen de laatste dag in het appartement aanbrak en ze weer de weg op konden.

Maar eerst ..... een afscheidsbarbecue bij Janet en Dan. Zou zeker een geslaagd feest worden. Lou en Jay vonden hun zwembad geweldig. Heel veel drijvende dingen om mee te dollen. De poort naar hun geweldige landgoed ging open en daar was Dan om hen te begroeten. Hij staarde met een blik vol van onbegrip.

"Ik dacht dat je in Rome een nieuwe auto zou oppikken?"

Wanda vertelde hem in geuren en kleuren over hun avonturen tijdens de zoektocht naar de perfecte auto en hoeveel ze van die groene Italiaanse stationwagen zijn gaan houden.

Nadat Dan was bijgekomen van zijn lachbui en hij alle geweldige auto's had opgesomd waarin Wanda door de jaren heen had gereden, gaf hij uiteindelijk toe dat het een goede zet was geweest.

De Cote d'Azur lag nu ver achter hen terwijl ze hoger en hoger de Alpen inreden. Eén van hun doelen was op tijd in München aan te komen voor de Oktoberfeesten, maar dat plan viel nu in duigen. Wie had kunnen bedenken dat het evenement met die naam eigenlijk in september plaatsvond? Oktober was al een paar dagen aan de gang. Over ongeveer een week was Lou jarig.

Massa's skiërs op de gletsjers, zelfs in deze tijd van het jaar. Hoewel ze alle drie gek van skiën waren, zorgden de beperkte mogelijkheden en hoge toegangsprijzen voor de gletsjers ervoor dat ze deze keer blij waren met de rol van toeschouwer.

Zwitserse chalets van het oudste donkere hout dat ze ooit hadden gezien. Glooiende valleien en uitzonderlijke toppen. Gewoonweg spectaculair! Ze zouden hier in de toekomst zeker terugkomen om naar hartenlust te skiën.

De jeugdherberg in het centrum van Bern lag op een perfecte locatie. Geweldige faciliteiten, gemakkelijk bereikbaar en genoeg parkeerruimte. Een gigantisch schaakspel bij de ingang diende als vermaak en als de algemene ontmoetingsplaats voor gasten. Lou en Jay hielden van schaken. Ze hadden het bord een uur bezet gehouden terwijl Wanda uitzocht waar ze terecht konden voor een bijzonder verjaardagsdiner.

"Zwitserse fondue! Bedankt mam. Echt origineel. En ik ben gek op de laarzen. Dank je. Die pet is ook geweldig, dankjewel Jay. Hoera. Lang zal ze leven voor mij!" Ze zongen allemaal en de obers deden mee.

Op de pet die Jay voor Lou had gekocht stond een beer. Het symbool van Bern. Bern betekende beer.

De volgende dag bezochten ze de berenkuil in het grootste park. Zielig om die dieren in gevangenschap te zien maar hier waren ze geboren, wisten dus niet beter en de geschiedenis werd er goed uitgelegd.

Lou moest al over een week beginnen op haar nieuwe school.

Favoriete dingen tijdens het laatste deel van hun reis waren onder andere de knoedels-in-vleesstoofpotje uit Beieren, het carillon in München, uren langs de Rijn rijden en even uitstappen om de enorme schepen te bekijken en kastelen te bezoeken. De kathedraal in Keulen was een waar juweeltje en het allerbeste waren ... de grootse molens toen ze Nederland bereikten.

"De afspraak met de directeur is om 10 uur morgenochtend, dus we moeten iets in de buurt van de school vinden." Wanda had nog niets geboekt. Ze zouden bij een vriend op diens boot in Amsterdam logeren totdat ze eigen woonruimte hadden gevonden, maar ze wist niet precies wanneer ze zouden aankomen. Ze kon de vrienden niet telefonisch bereiken dus was ze van plan ergens een kamer voor een nacht te boeken, zodra ze in Nederland zouden aankomen.

"Wat denken jullie van dat daar?" Lou wees naar een schilderachtig gebouwtje. Toen las Wanda het bordje...Honden Hotel. Ze schaterde.

"Je bent het Nederlands echt helemaal kwijt hè Lou. Denk even goed na. Wat betekent Honden?" Ze moesten allemaal lachen toen door hadden dat het een hondenkennel was. Die fout was makkelijk gemaakt. Het woord 'Hotel' moest voor de gemiddelde toerist vrij misleidend zijn.

Iets verderop aan de weg stond nog een opmerkelijk pand. De hele omgeving zag er eigenlijk eigenaardig uit. Dit keer was het een pension en er waren een paar kamers vrij. Uitstekend!

Gek dat ze zich alle drie zo thuis voelden nu ze na negen jaar terug in Nederland waren. Jay kreeg het zelfs voor elkaar zijn diner grotendeels in het Nederlands te bestellen.

Hij deed zijn uiterste best om duidelijk te maken dat hij 'patats met' wilde (hij wist dat het frites met mayonaise betekende).

Ze waren vroeg op en maakten zich druk over wat Lou aan moest voor de afspraak op school. Wanda had de school een paar keer gebeld vanuit Australië. Ze wilde er graag zeker van zijn, dat het voor Lou goed zou uitpakken. Het begin van het schooljaar in Nederland valt totaal anders in het kalenderjaar dan in Australië. Om die reden hadden ze allemaal besloten, dat het beter was als Lou een stap terug deed in plaats van vooruit.

Voordat de school een uitspraak deed, zelfs over de vraag of Lou zou worden toegelaten, moest ze een toelatingsexamen doen zodra ze er was.

Wat ze het fijnst vonden aan deze Internationale School was dat het zo 'Nederlands' was. Er waren diverse internationale scholen in Nederland, maar Wanda vond die alternatieven te Brits of te Amerikaans. De studenten werd niet eens verplicht om Nederlands te leren.

Het curriculum van het Internationale Bachelor programma was zo veel wereldser dan de standaard vakken op middelbare scholen. Wanda wist dat dit een groot verschil zou maken voor Lou's latere mogelijkheden. Jammer dat Jay niet dezelfde kans had. Maar daar was nu niets aan te doen.

Het afgelopen jaar, ofwel Jay's laatste jaar op de middelbare school, hadden de leraren hem opgegeven, niet een uitgezonderd. Wanda was in alle staten geweest. Jay hield van de omgang met vrienden en klasgenoten op school, maar de bloeding in zijn rechter frontale hersenkwab bij zijn geboorte had enorme invloed op zijn vermogen om dat alles te leren dat hij voor zijn examens moest weten.

Wanda had geregeld contact met de leraren. Ze zocht bijles voor Jay en hielp hem ook zelf bij al zijn schoolwerk. Jay was getest door een onderwijspsycholoog die voor de leraren een rapport had opgesteld, zodat zij hem beter konden ondersteunen en hem niet gewoon zouden afdoen als lui. Niets had geholpen.

"De zoon van mijn zus heeft precies hetzelfde als Jay." had een goedbedoelende vriendin tegen Wanda gezegd. "Ze heeft hem naar een privé-school in Bathurst gestuurd en daar wisten ze het tij te keren. Hij haalde geweldige cijfers voor zijn eindexamens."

Wanda zou er alles aan doen om Jay te helpen.

Ze gingen naar Bathurst voor een gesprek met het schoolhoofd. Een aardige man en hij had ze echt overtuigd dat het een goede zet zou zijn voor Jay. Kostte een vermogen maar dat kon Wanda niks schelen. Als dit de oplossing was, zou ze het geld wel vinden.

Jay zou elke avond studiebegeleiding krijgen. Bleek uiteindelijk dat de leraren slechts door de gangen liepen om te controleren of de leerlingen wel in hun kamers waren. Na een paar maanden belde Jay's schoolhoofd en dat wat hij zei, was de druppel die de emmer deed overlopen.

"We denken echt dat Jay antidepressiva moet slikken......"

Wanda kon dit niet aanhoren. Dit was niet de juiste plek voor Jay. Hoe durfden ze medicijnen zelfs maar te suggereren als het antwoord op zijn leerprobleem? Ze walgde er van.

Direct de volgende dag haalde ze Jay bij die privéschool op en de daaropvolgende week was hij weer terug op zijn oude school.

De leraren waren erg aardig en hielpen hem waar ze konden.

Hij was populair en ze waren dol op zijn komische natuur en muzikale talenten. Jay haalde zijn diploma met de hakken over de sloot. Wanda kon weer opgelucht ademhalen en ze waren niet lang nadien onderweg naar Europa.

Nu waren ze in Nederland, waar ze hun nieuwe domicilie zouden maken. Tegelijkertijd voelde het als thuiskomen.

Jay zou de komende dagen werk gaan zoeken en kon nu serieuze rijervaring aan zijn cv toevoegen. Hij had er geen probleem mee om te gaan werken. Hij wilde altijd graag zijn eigen geld verdienen. Op de middelbare school had Jay steeds parttime baantjes gehad die allemaal kon gebruiken voor zijn lijst met vaardigheden. Hij was erg voorkomend en kon goed overweg met alles wat met IT of muziek te maken had. Moest alleen nog de loopbaan vinden dat bij hem paste.

Wanda moest ook werk vinden. Ze had nog steeds contact met diverse mensen die ze had ontmoet toen ze dat jaar voor het grote Japanse communicatiebedrijf werkte, negen jaar geleden. Ook tijdens haar werk in de reclamewereld van Londen had ze verscheidene klanten in Nederland gehad. Al met al een goed netwerk van contacten om het balletje aan het rollen te brengen.

Ze konden een paar maanden bij de vriend met de woonboot bivakkeren, wat Wanda de tijd gaf om een vaste woonplek te zoeken. Hoe gaaf zou het zijn om in een oude woonboot in de gracht achter het Centraal Station van Amsterdam te wonen.

De groene Italiaanse wagen zou elke dag de 20 km van de boot naar Lou's school afleggen. Of Lou kon de trein nemen als het beter uitkwam, maar eerst moest Lou op de school worden toegelaten.

Lou zat wiskunde te stampen. Ze wist dat dit een van de vakken was waarop ze morgen getest werd. Het lag als een steen op haar maag. Wat als ze niet werd toegelaten? Mam zou er kapot van zijn. Ze wist dat de wens van haar moeder om haar en Jay een groter scala aan toekomstmogelijkheden aan te kunnen reiken, één van de hoofdredenen achter deze verhuizing naar Nederland was. Ze mocht haar onder geen beding teleurstellen.

· HOOFDSTUK DRIE ·

"YES! IK BEN TOEGELATEN. Kan niet geloven dat ik die toetsen zo goed heb gemaakt. Ik dacht dat mijn hersenen zaten vastgeroest omdat ik al maanden niet naar school ben geweest. Wat een opluchting. En iedereen is super aardig. Zo gaaf om die familie uit Israël tegen te komen met een dochter die even oud is als ik en die daar ook net begint. Leanne lijkt me echt heel aardig. Een heerlijke babbelkous." Lou kon zichzelf bijna niet stoppen, zo opgewonden was ze.

Wanda was ook heel blij.....en evenzo opgelucht. Dit was een belangrijke eerste stap in het creëren van hun nieuwe thuis. Jay was ook blij voor Lou en vond dat de school er gaaf uitzag een perfecte plek om een beetje te hangen.

Toen ze die ochtend wakker werden in het aparte logies, zagen ze tot hun prettige verrassing dat er overal om hen heen prachtige meren lagen. Het was donker toen ze aankwamen en de meren waren verscholen achter de huizen aan weerszijden van de weg. Een reuze ontdekking. Ze zouden hier terug komen om dit verder te bekijken, daar kon je van op aan.

Nu school was geregeld, zouden ze de plaats gaan bekijken. Overal in het centrum eenrichtingsverkeer. Voetgangersgebied in het centrum. Jay vond het allemaal best dat ze verdwaalden en rondjes reden, maar die groene Italiaanse wagen had dringend brandstof nodig.

"Oké. Laten we daar even parkeren. We kunnen wat door het centrum lopen en op weg terug naar de auto iemand vragen waar de dichtstbijzijnde benzinepomp is." Wanda had inmiddels honger gekregen.

Wat een geweldig klein stadje. Heel veel gezellige cafés en overal mensen die tegen bomen zaten geleund.

Ergens verdekt vonden ze een groot winkelcentrum, met elke winkel en voorzieningen die je maar kon wensen. Boetiekjes en platenzaken. Bars met straatborden die hun komende live muziekoptredens aankondigden. Een filmhuis en twee bioscopen met meerdere zalen. Nog een enorm theater voor live muziek en cabaret. Wauw! Ze waanden zich in de hemel. Overal vriendelijk ogende mensen op de fiets en een heerlijk ontspannen sfeer.

Met de meeste Nederlandse radio- en televisiestations en ontzettend veel platenmaatschappijen hier gevestigd, stond de plaats Hilversum bekend als Mediastad en werd zij vaak Hillywood genoemd.

Tijdens latere fietsavonturen zouden ze ontdekken dat het volledig omgeven was door prachtige bossen. De meren die ze eerder hadden gezien lagen op slechts 25 minuten fietsen afstand door de bossen en langs smalle kanalen. Allemaal op fietspaden in een volledig vlak landschap. In de velden waar ze langskwamen zagen ze wilde bizons, herten, schapen en koeien die vredig stonden te grazen en totaal geen last hadden van de constante stroom fietsers. Heel bijzonder.

"Mijn hemel. Het is al half 3. Ik heb met Al afgesproken dat we rond 4 uur bij de boot zijn en ik weet niet precies hoe we er moeten komen. En we hebben dringend benzine nodig. Denk dat ik nu beter het stuur kan nemen Jay. Al heeft me heel gedetailleerde instructies gegeven en ik denk dat ik abrupt afslagen moet nemen als ik plots in de gaten heb waar we ook al weer zijn. Straks op de ring van Amsterdam kan het er ook een beetje gestoord aan toegaan."

Vond Jay helemaal niet erg. Hij voelde zich nog rozig van het nieuwe eten dat hij had ontdekt. Hij had, heel gedurfd, een uitsmijter ham kaas besteld. Er werd hem een enorm bord met eten gebracht. Drie sneetjes brood bedekt met kaas en ham en op alle drie een gebakken ei. Hij had nooit eerder drie gebakken eieren in één keer gegeten. De augurk en frisse tomaat die ernaast geserveerd werden pasten er perfect bij. Lekker!

"Dat was op het nippertje. Het rode lampje brandde al tijden. Stel je voor dat we op de Hillywood Ring stil kwamen te staan. Al dat verkeer. Het enige minpuntje van deze leuke stad, tot nu toe." Ze vogelden uit hoe de zelfbedieningspomp werkte en waren snel weer op weg.

Wanda had een heel goed gevoel bij deze stad. Ze zou Lou vanaf de woonboot in Amsterdam naar school brengen, en vervolgens haar dagen besteden aan het zoeken naar een huurwoning, tot aan het moment dat Lou weer opgehaald moest worden.

Eerst zouden ze dit weekend Amsterdam verkennen. Op zoek naar al die oude plekken waar ze vroeger vaak heengingen en natuurlijk de verplichte rondvaart in de waanzinnig mooie grachten van deze uiterst unieke stad.

"Je boot is zo gaaf Al. Heeft 'ie ooit door de grote rivieren bevaren of is het altijd een woonboot geweest?" Lou, de kunstenares in wording, wilde het meteen op doek vastleggen.

Wat een geweldig oud schip. Al vertelde Lou, dat bij de meeste grote binnenvaartschepen de motor eruit gehaald was en dat ze nooit van hun kostbare ligplaatsen af kwamen. Riolering, water, elektriciteit en gas waren allemaal aangesloten, net als op elk ander woonadres.

Je moest op je hoofd letten bij de lage balken en elke passerende boot veroorzaakte een lichte deining. Ze vond het allemaal erg cool.

Al was ontwerper, dus deze woonboot was bijzonder trendy ingericht. Alleen jammer van het lawaai van de lenspomp als je's nachts probeerde te slapen.

De volgende dag zwierven ze samen door Amsterdam. Huurden fietsen om door het Vondelpark te peddelen. Een veilige keus. Buiten het park fietsen,betekende dat je de trams en de vele tramrails moest ontwijken. Taxi's, auto's, fietsen, bussen en verwarde toeristen krioelden overal. In het Vondelpark bezochten ze het Filmmuseum. Later gingen ze langs bij het huis waar ze negen jaar geleden hadden gewoond. Ze bewoonden de bovenste twee verdiepingen van een schitterend huis van rond de eeuwwisseling, met een eigen voordeur en een eigen deur naar de tuin. Voordat zij erin trokken had er een oudere dame gewoond, die had een stoellift laten installeren om de ongelofelijk steile en bijkans eindeloze trap te nemen.

Vrolijke en droevige herinneringen aan hun geliefde cockerspaniël die daar samen met hun woonde, kwamen weer boven. Frimley kwam van een hondenfokker in Wales. Hij was Larry en Wanda's eerste kind geweest.

Toen Jay werd geboren moesten ze Frimley opnieuw trainen zodat hij niet langer op bed zou springen. De hond sliep onder de dekens aan Larry's voeten. Ze hadden hem meegenomen toen ze naar Sydney verhuisden. Daarna bracht Wanda hem mee terug naar Nederland voor die één jaar durende opdracht, toen Jay en Lou 6 en 9 waren. Wanda hoopte dat het niet bij dat ene jaar zou blijven, maar dat zat er helaas niet in.

Frimley was te oud voor een volgende lange reis en goede vrienden in Amsterdam wilden hem wel houden, dus lieten ze hem daar achter toen ze teruggingen naar Sydney.

Frimley genoot volop tijdens zijn laatste levensjaren bij zijn nieuwe familie. Het drietal had hem een jaar later opgezocht en zag duidelijk hoe gelukkig hij was. Ze namen hem mee naar zijn favoriete strandcafé, maar hij wilde maar wat graag terug naar zijn nieuwe Nederlandse thuis. Hij is ruim 16 jaar geworden en door iedereen geliefd.

"Mam. Dit is die speeltuin waar Jay en ik altijd speelden. Ze hebben die wipwap nog steeds. Te gek!" Jay en Lou speelden alsof ze weer 6 en 9 waren. Een genot om naar te kijken.

Wanda nam een koffie verkeerd (dat betekende letterlijk verkeerde koffie.... Men vond blijkbaar dat er niet zo veel melk in hoorde!) en keek naar ze vanachter het raam van het naburig cafeetje. Het werd kouder. Er was bijna niemand in het café. Haar gedachten dwaalden af.

Tim de brandweerman was helemaal vanuit Sydney naar Amsterdam gekomen in de veronderstelling dat Wanda met hem zou trouwen. Die acht weken waarin ze elkaar leerden kennen, voordat ze negen jaar terug Sydney achter zich liet voor die opdracht van een jaar, waren ongelofelijk geweest. Onweerstaanbare aantrekkingskracht.

Een geweldige liveband in de pub van Woolloomooloo samen met een gunstig gezind lot had haar rechtstreeks tegen Tim aangeduwd in de grote menigte. De pub was afgeladen vol. Hij was ondeugend. Zij ook. Vrienden die mee waren, leken elkaar ook leuk te vinden. Perfect.

Na het optreden aten ze gebak bij Harry's. Wandelen over de pier, zingend en lachend, tot ver na 3 uur's nachts. Uiteindelijk kwamen ze bij Tim thuis. Ze knuffelden en praatten en besloten voor het moment niet op hun heftige gevoelens in te gaan. Dit was speciaal. Ze wilden geen one night stand.

Wanda ging naar huis om te slapen. Die avond was ze terug en Tim had heerlijk voor haar gekookt. Hun vurige gevoelens rolden tijdens de verrukkelijke maaltijd door de kamer. Hij had vier dagen verlof en voelde zich heerlijk uitgerust. Matig met de rode wijn. Ze wilden allebei niet dat de alcohol mee zou spelen. Het was een voortreffelijk feestmaal en ze praatten onophoudelijk, wilden elk detail over elkaar weten.

Tim was naar de badkamer gegaan. Hij nam z'n tijd. Plotseling stond hij totaal naakt voor Wanda. Wat een geweldig lichaam. Als brandweerman had hij alle tijd voor zichzelf. Zijn lichaam was zijn pronkstuk. Ze had de tijdschriften over bodybuilding in de woonkamer zien liggen. Wanda had nog nooit zo'n perfectie gezien. Lang, gespierd en toch met een bepaalde zachtheid. Zijn lippen waren warm en teder. Met het grootste gemak tilde hij haar op om haar daarna zo te neer te leggen, zodat hij elke lustgedachte die bij hem opkwam vrij kon volgen om er vervolgens samen in op te gaan. Ze had nog nooit zo'n intens genot gekend. In de acht weken voor Wanda's vertrek brachten ze elke nacht samen door. Gedurende de volle drie jaar van hun knipperlichtrelatie hadden ze nooit in hetzelfde bed kunnen slapen zonder de liefde te bedrijven. Dat was gewoon uitgesloten. Ze konden niet in dezelfde ruimte zijn zonder door die intense hartstocht te worden overvallen.

Tim kon niet geloven dat Wanda Sydney en het land zou verlaten.

Zodra ze in Amsterdam was, spraken ze non-stop aan de telefoon en voordat Wanda het kon bedenken, zei Tim dat hij verlof nam en naar haar toe kwam.

Wanda vertelde Tim dat hij niet met te grote verwachtingen moest komen. Als hij Europa wilde zien, was dat prima. Ze zou hem rondleiden en ervoor zorgen dat hij een leuke tijd had. Hij had een broer in Engeland. Die kon hij dan ook meteen opzoeken.

Tim was 13 jaar jonger, Wanda wist dat hij wilde trouwen en kinderen krijgen. Hoeveel ze ook van hem hield, het niet zou werken. En toch werd ze verpletterd door zijn aanblik, toen ze hem op Schiphol in de aankomsthal zag.

Zo knap. Stralend van blijdschap en haar omhelzend, totdat ze echt dacht dat ze geen adem meer kon krijgen.

Wanda had een inwonende au pair. Voor haar werk was ze vaak een nacht van huis. De au pair hielp de kinderen ook met hun Nederlands. Jay in het bijzonder, met de eindeloze rijtjes woorden die hij moest leren. Ze was in Engeland geboren maar in Nederland opgegroeid en dus volledig tweetalig. Met de au pair in huis kon Wanda Tim meenemen op een paar speciale tripjes, zonder de kinderen.

Parijs was magisch maar tegen de tijd dat ze in Brugge waren, wilde Tim weten waar hij aan toe was. Elke keer dat hij had geprobeerd diepe en zinvolle gesprekken te voeren over 'waar dit alles heen ging', was Wanda van onderwerp veranderd. Hij kwam niets te weten.

Tim was tot over zijn oren verliefd geworden op Wanda. Hij hield ook van Jay en Lou. Ze hadden met de Kerst samen een fantastische skivakantie in Oostenrijk beleefd en hij vond dat ze het als gezin heel goed deden.

Terwijl ze in het café zat, wachtend tot Lou en Jay klaar waren met spelen, besefte Wanda ineens hoe bijzonder die week in Oostenrijk eigenlijk was. Een groot deel van Tim's verblijf was ze gespannen geweest omdat ze het uit wilde maken, maar tijdens dat skiweekje had ze die gedachte losgelaten en een geweldige tijd gehad.

Misschien had ze met Tim moeten trouwen. Toen hij uiteindelijk wegging uit Amsterdam waren ze allebei radeloos geweest. De film 'The Bodyguard' was net in de bioscoop en ze gingen erheen.

'I will always love you' zou voor altijd hun liedje zijn.

Ze hadden nauw contact gehouden en pakten hun relatie weer op toen het drietal terug was in Sydney. Naarmate de tijd verstreek werd het Wanda almaar meer duidelijk dat een huwelijk niet zou werken. Uiteindelijk, na drie jaar, had Tim dat feit geaccepteerd. Ze beleefden samen nog één nacht van wilde drift en ongelofelijke seks, op Wanda's verjaardag in mei. Tegen de tijd dat Tim zijn 30ste verjaardag vierde in november, had hij een nieuwe vriendin en was zij in verwachting van een tweeling. Een paar maanden later waren ze getrouwd.

Hun rit die eerste schooldag over de A1, zouden ze nooit vergeten. Wanda en Lou gingen vroeg weg. Ze wisten niet zeker wat de beste afrit was, omdat ze nu van de andere kant kwamen.

Jay ging op banenjacht in Amsterdam.

Terwijl ze langs het weidse water van het IJsselmeer reden, kwam juist de zon in haar volle glorie op. Niet alleen adembenemend om te zien maar ook een duidelijk teken dat dit een buitengewoon nieuw hoofdstuk van hun levensverhaal zou worden.

Wanda gebruikte die dag om de stad beter te leren kennen. Ze bezocht vier sportscholen en wierp bij alle makelaars een blik naar binnen. Eén leek de meeste huurwoningen aan te bieden. Een paar daarvan kon ze nog diezelfde middag bezichtigen. Ze was niet onder de indruk. En de prijzen waren belachelijk.

"Wat heb je hier nodig om een woning te kopen?" vroeg Wanda aan de makelaar. Ze had een Australisch paspoort en een Brits, omdat ze met een Brit getrouwd was geweest. Jay en Lou hadden ook beide. Nu de Europese Unie opgericht was, kon je in principe in alle lidstaten wonen, werken en onroerend goed kopen.

Wanda bezat een huis in Sydney, dat ze had gekocht toen zij en Larry uit elkaar gingen. Daar had ze doorlopend krediet op kunnen krijgen, dat als overbrugging diende, totdat ze in Nederland geld begon te verdienen. Ze verhuurde het huis, dus de hypotheek was gedekt en zou er misschien zelfs wat van overhouden.

Verder onderzoek naar het kopen van een huis in Hillywood wees uit dat de rentetarieven ontzettend laag waren en ze tot wel 120% kon lenen. Wauw! Dat zou de kosten voor de makelaar en van de renovatie kunnen dekken.

De maandelijkse uitgaven zouden zelfs lager zijn dan wanneer ze zou huren. Ze was er snel uit. Er was slechts een klein probleem. Ze had een verklaring van haar werkgever nodig als bewijs dat ze een baan had.

"Al. Mag ik jou een idee voorleggen?" Hij had zijn eigen kleine onderneming en Wanda had al met hem gesproken over de opdrachten die zij voor hem kon binnenhalen. Omdat hij de eerste keer, dat ze hier woonde, al werk via Wanda had gekregen, wist Al dat hij van haar op aan kon. Nu vroeg Wanda hem om haar op papier in dienst te nemen. Hij aarzelde geen moment. De makelaar kreeg het gewenste bewijs en de lening werd goedgekeurd.

"Jongens. Jullie zullen er helemaal weg van zijn. Er is veel mogelijk door slechts enkele renovaties. Ik heb al een kleine opzet gemaakt van wat ik graag wil doen. Het staat leeg, dus we kunnen erin zodra alle officiële zaken geregeld zijn."

Jay en Lou stonden weer eens versteld van hun moeder. Twee weken lang had ze Lou bij school afgezet en de rest van de dag besteed aan het zoeken van eenkoopwoning. En met twee weken was alles geregeld.

Het was drie minuten fietsen van hun nieuwe huis naar het centrum. En Lou's school stond vanaf daar drie minuten verderop. Het was niet één van die enorm chique huizen en lag misschien aan de verkeerde kant van het spoor. Het was vreselijk aardig van Al dat ze twee maanden bij hem op de boot mochten blijven maar echt goed geslapen hadden ze geen van drieën en ze waren blij dat ze naar een eigen plekje konden verhuizen.

Jay zou elke dag de sneltrein naar Amsterdam nemen. Hij was aan de slag gegaan bij een callcenter en dat leek allemaal goed te gaan. Zodra ze een beetje genesteld waren in hun nieuwe huis zou hij bij radiostudio's langsgaan om zo een vervolg te geven aan zijn eigenlijke loopbaan.

"De zolder is enorm. Wacht maar tot die plafonds eruit zijn, dan pas zal je echt de mogelijkheden zien.

Er komt een grote ouderslaapkamer. Met een inloopkast en garderobe. Een ensuite badkamer met een deur naar de overloop en een ruim bad. En er blijft ruimschoots plek over voor de verwarmingsketel, een wasmachine en een droger. Veluxramen voor heel veel daglicht. Open balken constructie. Dat wordt mama's stek." Wanda gniffelde en was meer dan tevreden met zichzelf. Ze had een grove schets gemaakt en zag glashelder voor zich hoe het zou zijn als het werk gedaan was.

Toen Wanda en Larry samen waren ging als timmerman aan de slag in de bouw om zijn inkomsten als muzikant aan te vullen. Hij en Wanda werden aardig bedreven in het renoveren van een woning en zij wist onderhand precies wat er allemaal bij kwam kijken.

Jay en Lou waren onder de indruk. Maar toen begon het echte werk.

Waarom was Wanda ervan uitgegaan, dat mensen in de bouw goed Engels zouden spreken? Ze kwam ondervond al snel dat ze de

Nederlandse taal beter moest beheersen om de mannen te kunnen instrueren, zodat ze een offerte konden uitbrengen en om hun antwoorden te kunnen verstaan.

Ze had verschillende wensen. Ze wilde op de begane grond een muur gesloopt hebben om de woonkamer en de minuscule keuken samen te trekken. Om dat op te vangen, zou er een steunbalk geplaatst moeten worden. De zolder moest volledig worden verbouwd en ze wilde aan de huidige badkamer een toilet en nieuwe wastafel toevoegen.

Het oubollige behang moest van de muren gestoken worden. Wanda kon haar ogen niet geloven toen ze tapijt onder het behang aantroffen. Verder had het huis centrale verwarming, een lik verf, keukenkastjes en nieuwe vloerbedekking nodig. De voor- en achtertuin waren een nachtmerrie. Er moesten een heleboel doornen struiken uit en ze zou ruimte maken voor die groene Italiaanse wagen. In de straat een parkeerplek vinden was een ramp.

De bibliotheek werd Wanda's huiskamer tijdens de schooluren. Ladingen boeken en ook CD's om haar Nederlands rap te verbeteren.

Gratis internettoegang.

Al snel had ze uitgebreide discussies in het Nederlands over offertes voor de verbouwing en tegen de tijd dat ze konden verhuizen, had ze een timmerman annex aannemer in de arm genomen.

Wanda wist precies wat wanneer zou gebeuren. De koopprijs van het huis was goed uitonderhandeld en de verbouwing bleef mogelijk zelfs onder budget. Grandioos!

Ze woonden nu al drie weken in een bouwput en keken smachtend uit naar de geplande trip naar Engeland, om daar Kerst en Oud en Nieuw te vieren. In de tussentijd zou de aannemer de verbouwing grotendeels afmaken. Althans, daar hoopten ze op.

Hun schema voor de reis naar Engeland stond bol van de afspraken. Op bezoek bij verschillende vrienden, proberen om voor anderen voldoende tijd te hebben. Geen accommodatie nodig. Ze zouden bij vrienden kunnen overnachten.

Het was niet eenvoudig om het reisschema zo te maken dat alles aaneensluitend op een route lag. Ze zouden ook langsgaan bij Larry's familie in Schotland. Grootmoeder en grootvader hadden ze al heel lang niet gezien en Larry's broer woonde in weer een andere stad.

Jay had zin om weer eens achter het stuur te kruipen en wat serieuze kilometers te maken. Hier in de buurt rijden was leuk en aardig maar het was niks vergeleken bij het rijden van een flinke afstand. Ze namen tegenwoordig vaker de fiets en die groene Italiaanse wagen stond daar maar op de door hen zelf aangelegde parkeerplaats in het overgrote deel van de voortuin van het huis. Ze zouden de oversteek van Calais naar Dover maken. Hij zag zich de grote ferry oprijden. Jay kon niet wachten.

Het was een historisch moment voor Europa. De meeste landen van de EU zouden in het nieuwe jaar overstappen op dezelfde munt. De euro zou zijn intrede doen. Eenmaal terug in Nederland zou alles zijn omgezet. Geen guldens meer.

In Hillywood ontvouwde zich een andere maar ook vrij historische avond.

Lou had een heleboel vrienden gemaakt en genoot volop van het uitgaan's avonds, al was de minimumleeftijd voor het drinken van alcohol 16 jaar. Lou fietste op vrijdag- en zaterdagavond naar het centrum om haar schoolvrienden te zien. Ze hadden een paar favoriete bars. Voornamelijk om te poolen of te darten. Lou hield niet eens van alcohol.

Ze dansten en kletsten. De meeste bars waren aardig klein. Erg knus.

Op deze specifieke avond ging Jay na het werk uit met wat vrienden van werk. De Nederlanders noemen het een borrel. Wij zeggen drinks & nibblies. Wanda was alleen thuis.

Wanda had er altijd op vertrouwd dat Lou haar verstand zou gebruiken, maar ze wist dat dit nieuwe leven voor Lou verleidingen mee kon brengen die niet gemakkelijk waren te weerstaan. Iets in haar zei dat ze moest gaan zien wat Lou die avond uitspookte.

Larry was gaan roken, een paar jaar nadat hij en Wanda uit elkaar waren. Lou en Jay verafschuwden het dat alles naar rook stonk, als ze bij hem thuis waren geweest. Ze hadden plechtig gezworen nooit aan deze smerige gewoonte te beginnen. Wanda had nimmer gerookt. Nooit drugs gebruikt. Mensen hadden haar er vaak van beschuldigd stoned te zijn, omdat ze altijd opgewekt en blij was, maar ze had iets dergelijks nog nooit aangeraakt. Ze dronk wel eens wat, maar kon ook makkelijk zonder. Lou en Jay dachten er net zo over.

Wanda wist niet wat ze zag. Ze was het dorp in gefietst en reed langs de bars, waarvan ze wist dat Lou er vaak kwam. Daar was Lou. Ze zat buiten voor één van de meest louche tentjes, met Elaine en een gast die twee keer zo oud moest zijn als zij. Biertje in haar hand. Ze zag Wanda niet. Elaine reikte Lou de brandende sigaret aan die zij aan het roken was. Lou pakte hem aan en pafte er op los.

"Dit bevalt me totaal niet," had Wanda geroepen terwijl ze naar Lou gereden was. "Ik zie je thuis!"

Lou werd vuurrood. Sprong op en liep naar haar fiets. Elaine zou eigenlijk blijven slapen, maar dat was nu van de baan.

Tegen de tijd dat Lou haar fiets in de schuur had gezet, lag Wanda al in bed met het licht uit. Lou wist wat dit betekende, haar moeder wilde er die avond niet over praten.

Het geladen zwijgen deed altijd het meeste pijn.

Lou stond de volgende dag vroeg op en bood aan ontbijt voor haar moeder te maken. Wanda schudde enkel met haar hoofd. Lou had er een knoop van in haar maag omdat haar moeder zo kwaad op haar was.

"Mam. Ik was niet aan het roken. Ik hield hem alleen even voor Elaine vast en nam een trekje. Ze bleef me er maar mee jennen, dus ik dacht dat ze dan zou kappen."

Wanda kende haar dochter veel te goed. Ze wist dat Lou prachtige verhalen kon opdissen. Jay daarentegen, kon niet liegen.

Jay zou je recht aankijken en het proberen, maar zijn gezicht kreeg dan zo'n rare uitdrukking dat je wist dat het niet waar was. Je hoefde alleen maar je wenkbrauwen op te trekken en hij gaf toe.

Wanda vertelde hen altijd dat liegen het allerergste was.

Lou gooide het over een andere boeg. "Nou goed dan. Ik heb een paar sigaretten gerookt. De meesten op school doen het. Ik vind het niet eens lekker. Mam, ik kan er niet tegen als je boos op me bent. Ik wil helemaal niet roken. Kun je me alsjeblieft helpen stoppen?"

Als ze eenmaal voor de waarheid uit kwam, was Wanda altijd aanspreekbaar. Ze sprak lang met Lou over roken, hoe mensen beginnen gewoon om erbij te willen horen en dat ze er dan verslaafd aan raken.

"Mam. Ik denk dat ik hulp nodig heb. Het lijkt erop dat ik nu niet zonder die ene of twee sigaretten per week kan."

Wanda was opgelucht te horen, dat het er niet meer waren. Ze zou nicotinepleisters voor Lou halen zodat de behoefte die ze voelde zou verdwijnen. Lou gebruikte de pleisters en was heel tevreden met zichzelf dat ze prompt van de verslaving af was. Ze rookte nooit meer.

"Hoe geweldig zal het zijn als we straks van die dikke stoflaag af zijn mam?" Jay pakte de autosleutels. Alles was in die groene Italiaanse wagen geladen. Het trio ging weer op weg.

Jay had de auto weggebracht voor een grote beurt en de tank vol laten gooien. Wanda had ervoor gezorgd dat hij wist hoe hij de banden en olie moest vervangen en dat hij weet had van de belangrijkste autoaangelegenheden, vanaf het eerste moment dat hij achter het stuur plaats nam. Hij was beslist de kapitein van dit schip op vier wielen.

Ze hadden nog maar 100 km gereden toen ze werden overvallen door een dichte mist. Het zicht was bijzonder slecht. Jay deed de mistlichten aan en reed geconcentreerd verder. Hij schatte de risico's goed in tijdens het rijden onder barre omstandigheden. De snelweg was vol vrachtwagens. Toen de mist optrok, begon het te regenen. Opnieuw was het zicht slecht. Ze stopten voor koffie.

Ze waren al laat voor hun geboekte ferryovertocht en moesten door. Wanda had aangeboden het van Jay over te nemen maar hij was vastbesloten zijn missie te volbrengen.

Mam mocht het overnemen zodra ze in Engeland waren. Hij was er niet zo zeker van hoe het rijden aan de andere kant van de weg hem nu af zou gaan.

"Idioot! Dat scheelde weinig. Zagen jullie dat? Hij sneed me gewoon. Ongelofelijk zulke mensen! Je kunt niet verder dan een auto vooruit kijken en hij moet dan zo nodig veel harder rijden dan is toegestaan."

Wanda complimenteerde Jay dat hij zo goed reed. Hij had de kunst van het rijden onder de knie en wist dat de veiligheid van de passagiers het allerbelangrijkste was.

Jay dacht terug aan de allereerste keer dat hij achter het stuur van die grote Italiaanse wagen was gekropen in Rome. Deze auto was op de één of andere manier anders dan de rest. Leek de magische component te zijn dat hem hielp een heel goede chauffeur te worden.

De idioot die hen voorbij was geraasd, tartte zijn geluk. Hij heeft de vrachtwagen niet kunnen vermijden, zijn beide in een slip gekomen en van de weg geraakt.

"Kijk uit!" schreeuwden Wanda en Lou tegelijk.

• HOOFDSTUK VIER •

EEN RIJBAAN WAS INMIDDELS AFGEZET en Jay moest stapvoets rijden. Zo triest. Eén roekeloze actie en het leven van die arme mensen zou nooit meer hetzelfde zijn. Het zag er niet goed uit.

Jay had snel gereageerd. Het had maar een haar gescheeld. Een klein defect in zijn concentratie en het had heel anders af kunnen lopen. Hij reed nu voorzichtig langs de plek van het ongeluk. Het geluid van naderende sirenes deed hem huiveren. Die gestoorde automobilist had even zo goed hen kunnen raken. Jay's moeder had hem altijd op het hart gedrukt hoe belangrijk het was om te kunnen anticiperen op het slechte rijgedrag van anderen. Dit dramatische voorval was daar een levendige illustratie van.

"Daar is het richtingbord van de ferryhaven." Jay zuchtte, hij was blij met de paar uur van ontspanning op de boot.

Wanda was ook behoorlijk geschrokken van dat bijna-ongeluk, maar nog even en ze waren in Engeland. Zoveel bestemmingen en zoveel mensen weer terug te zien. Ze had er reuze zin in. Haar gedachten dwaalden ook naar de toestand waarin ze hun nieuwe thuis hadden achtergelaten. Duimen dat het werk werd afgemaakt in hun afwezigheid.

"Mam. Waar slapen we vannacht?" vroeg Lou. Ze was druk met het doorbladeren van haar muziekbestanden en liet haar gedachten gaan over een jongen die ze op school had ontmoet.

Danny zat in hetzelfde jaar als Lou maar was iets jonger. Indonesische moeder en Nederlandse vader. Gangsterrap stond ook hoog op zijn lijst met favoriete muziek.

Wanda herinnerde Jay en Lou aan de dagplanning van deze Engeland trip. De meeste dagen zouden ze zowel ontbijt, als lunch en diner steeds bij verschillende vrienden nuttigen. Ze konden meestal daar blijven slapen, waar ze voor het avondeten waren uitgenodigd.

"Vannacht logeren we bij Aaron, Sarah en de kinderen. Heb ik al verteld dat hij promotie heeft gemaakt? Hij geeft nu leiding aan dat grote reisbureau. En ze hebben een nieuwe hond. Hoop dat we hun huis kunnen vinden. De laatste keer dat ik erheen ging, een aantal jaar geleden, reed Aaron. Misschien moet jij hem even opbellen als we in de buurt zijn Lou. Dan kan hij ons door het doolhof van dat dorp naar hun huis loodsen."

Wanda en Larry hadden twintig jaar geleden een goedkope skivakantie in Oostenrijk geboekt en Aaron was de reisleider in de bus, hij regelde de skipassen en zorgde er voor dat iedereen zich welkom voelde. Ze konden erg goed met elkaar opschieten en zijn een paar keer samen gaan skiën. Toen Aaron aan het eind van het seizoen terugkwam naar Engeland, zocht hij Wanda en Larry in Londen op. Veel gedeelde toevallige overeenkomsten in deze vriendschap. Jay's verjaardag viel samen met die van Aaron. De trouwdag van Aaron en Sarah was dezelfde als die van Wanda en Larry – zij het in een ander jaar. Lou was pas drie dagen oud toen ze op hun bruiloft was. Aaron bracht een dronk uit op haar en zijn grootmoeder..... de jongste en de oudste gast op de receptie.

Zes dagen lang genoten ze van het gezelschap van de ene vriend na de ander. Hoe bijzonder, dat ze er zoveel hadden? Ze waren gezegend met zoveel ware vriendschappen die de tand des tijds hadden doorstaan ondanks de vele verhuizingen en andere ingrijpende veranderingen die er kunnen zijn in een mensenleven. Maakte niets uit hoeveel jaar er tussen zat. Het waren altijd bijzondere momenten. Alleen de kinderen veranderden enorm naarmate ze ouder werden, verder bleef alles hetzelfde. Fascinerend om te zien.

Wanda reed het eerste grote deel van de trip. Opnieuw aan de 'verkeerde' kant van de weg rijden, terwijl je aan de andere kant van de auto zat, had Jay enigszins afgeschrikt.

Tegen de tijd dat ze naar Schotland gingen, was hij er klaar voor om het stuur over te nemen. Hij wilde wat graag zijn bekwaamheid tonen als ze bij grootmoeder en grootvadervaders' huis aankwamen.

Grootvader was geweldig. Speelde nog steeds saxofoon, terwijl hij de 70 al ruimschoots gepasseerd was. Jammend op het podium met funkbands en grote jazzorkesten, vaak bezet door mensen die drie maal jonger waren dan hij. Een onvoorstelbaar aanstekelijke schaterlach, zoals je die nooit eerder gehoord had. Wiskundeleraar en zeer slim. Hij betuttelde Jay en Lou en kookte al hun lievelingseten. Grootmoeder was moeilijker mee om te gaan.

Wanda dacht aan de eerste keer dat ze hen ontmoette.

Larry had een optreden in zijn geboortestad. Hij reisde samen met de band en zij had het vliegtuig genomen vanuit Londen op de dag van het optreden. Larry leende die avond de auto van zijn vader en ze zouden samen rechtstreeks van het vliegveld naar het optreden rijden en daarna bij zijn ouders slapen.... ieder in een eigen kamer. Ze woonden toen zes maanden samen in Londen, dus Wanda verwachtte al dat de gemoederen mogelijk gespannen zouden zijn.

"Guid eenin ta ya. An affa fine eenin at uz." Deze vriendelijke heer aan wie Larry de weg vroeg, vervolgde zijn uitleg in het meest ongewone Schotse accent dat Wanda ooit had gehoord. Ze begreep er niets van. Zelfs Larry had er moeite mee, maar uiteindelijk vonden ze de plek.

Larry was één van vier kinderen. De oudste had het nest in zijn vroege tienerjaren al verlaten. Was eveneens saxofonist en woonde in Edinburgh. Dan had je nog zijn zus. Woonde nog thuis, maar droeg de last van een zeer dominante moeder. Hetzelfde gold voor de jongste zoon die bekend stond als heibelmaker. Hij had eens zijn vaders auto gepakt. Geen rijbewijs en kon niet rijden. Een behoorlijke dondersteen. Larry deelde zijn kamer met hem, die twee nachten van hun eerste bezoek. Wanda kreeg de kamer van de zus toegewezen. Zij logeerde bij een vriendin.

De gewoonlijke beleefdheden werden uitgewisseld, toen ze na het optreden eindelijk bij Larry's ouders thuis aankwamen.

Zijn ouders waren nachtuilen en dus nog op. Het voelde voor Wanda onwennig om alleen te slapen, maar die extra speciale knuffel van Larry had ietwat geholpen.

De volgende ochtend trof Wanda tot haar verbazing alle kinderen in de slaapkamer van Larry's moeder, waar van ze verwacht werd op de rand van het bed te komen zitten en verslag te doen van hun avondje uit. Grootvader was verse rowies (een soort platte croissant) gaan halen en bracht grootmoeder ontbijt op bed. Nogal een ritueel.

Wanda deed er niet aan mee. Ging in plaats daarvan naar beneden om met grootvader te kletsen.

Hij had reisfolders van Australië en zijn ogen straalden toen hij vertelde dat hij er op een dag naartoe zou gaan. Twee broers waren naar downunder geëmigreerd en hij droomde ervan een keer te gaan kijken wat ze ervan hadden gemaakt. Kon niet geloven dat zijn zoon voor een Ozzie gevallen was. Fantastisch. Wanda en grootvader konden het heel goed met elkaar vinden.

Maanden later, toen Larry's ouders zich realiseerden dat zijn relatie met Wanda serieus werd, kwamen ze regelmatig in Londen op bezoek. Wanda regelde altijd theater- en concertkaarten. Ze leerden elkaar beter kennen en het leek erop dat Wanda door hen geaccepteerd was. Zij werkte in de reclamewereld en Larry's moeder was model geweest, kende heel veel mensen uit de media en beiden hadden gezongen ineen band. Ze hadden heel veel gemeen. Een heerlijke tijd.

Totdat Larry haar ten huwelijk vroeg.

"Als ze een Schots meisje geweest was, zouden we het beter begrijpen. Niemand uit deze omgeving zal voor de bruiloft naar Londen kunnen komen. Waarom blijf je niet gewoon samenwonen," was het enige dat Larry's moeder te zeggen had. De vriendschapsband werd abrupt verbroken, toen ze haar starre houding als Schotse moeder hernam.

"Misschien moeten we er heen en ze betrekken bij het plannen van de bruiloft," opperde Wanda aan Larry, in een poging het contact met ze te herstellen.

Die paar nachten in het kleine huis van Larry's ouders in Schotland, die daarop volgden, werden een nachtmerrie voor een ieder. De spanning was om te snijden.

Zodra grootmoeder Wanda alleen had, begon ze met "tja, als hij nu een meisje uit de buurt trouwde ...." Wanda verloor uiteindelijk haar zelfbeheersing en alles kwam eruit. De ingeslikte woorden. De tranen die ze al die maanden had achtergehouden. Wanda stond te trillen op haar benen en grootvader viel, voor de eerste keer ooit, tegen grootmoeder uit.

"Kijk wat je gedaan hebt," brulde grootmoeder tegen Wanda. "Nog nooit heeft hij zo'n toon tegen mij aangeslagen!"

Larry en Wanda keerden eerder dan verwacht terug naar Londen. Het schokschouderen begon steeds opnieuw telkens als Wanda in een huilbui schoot en zwoer nooit meer een stap in dat huis te zetten. Larry was het volkomen met haar eens.

Larry's broers en zus kwamen naar de bruiloft. Zijn ouders niet. In de drie jaar na dat laatste bezoek schreef Larry's moeder brieven aan hem zonder ook maar één keer de naam van zijn nieuwe vrouw te noemen.

Wanda moedigde Larry aan zijn familie te bezoeken, wanneer zij op zakenreis was. Het was belangrijk dat hij toch in enige mate een band met hen onderhield. Het bedroefde haar dat ze zijn vader niet meer zag, maar ze wilde niets met zijn moeder te maken hebben.

Toen Wanda en Larry hun eerste zwangerschap aankondigden, werden de brieven plots aan hen beiden gericht. Een eerste kleinkind was voor grootmoeder te veel om van buitengesloten te zijn.

Wanda bleef nooit lang boos en liet zich vermurwen. Ze wilde dat haar kinderen grootouders hadden. Larry's vader zou hun enige grootvader zijn en geen betere die je kon hebben. Wanda had geen idee wie haar vader was, dus haar kant van de familie leverde geen grootvader op. Haar moeder woonde in Sydney, waardoor de kinderen haar hoogstwaarschijnlijk weinig zouden zien.

Zes maanden zwanger en Wanda stemde ermee in Larry's ouders te bezoeken, voor het eerst sinds het drama van voor hun trouwen.

Grootmoeder gedroeg zich voorbeeldig. Grootvader was even verrukkelijk als altijd en Larry was dolgelukkig met de verzoening.

Door de jaren heen deed grootmoeder haar uiterste best om de beste grootmoeder te zijn die ze maar zijn kon. Nooit sloeg ze een verjaardag of Kerstfeest over en ze schreef regelmatig. Zelfs nadat Larry en Wanda uit elkaar gingen.

Het tweede kind, een meisje, was voor grootmoeder de slagroom op grootmoeders' spreekwoordelijke taart. Een klein modelkind om mee te tutten en om te verwennen.

Bij grootmoeder logeren, bleef echter altijd een opgave. Alles op zijn plek en een speciale plek voor alles.

Maaltijden op vaste tijden en vrijwel altijd gevolgd door onafgebroken televisie kijken. Grootmoeder duldde geen tegenspraak en niemand moest het in zijn hoofd halen om de rinkelende telefoon op te nemen.

Lou en Jay hadden blije herinneringen aan grootvader, die zich heerlijk ontspannen met hun op de grond vermaakte toen ze klein waren. Hun gelukkigste herinneringen waren die momenten dat hij op zijn saxofoon slaapliedjes speelde, nadat mam een verhaaltje had voorgelezen. Larry bleef in Sydney nadat hun huwelijk voorbij was, maar Wanda bracht veel tijd in Europa door dus Jay en Lou zagen hun Schotse grootouders geregeld.

Nu Jay volwassen was, gingen de meeste van zijn gesprekken met grootvader en grootmoeder over muziek.

Lou bladerde nog steeds met grootmoeder door modetijdschriften en paste kleding. Grootmoeder ging altijd goed gekleed en was een zeer imposante vrouw.

'Dit bezoekje wordt vast interessant,' dacht Wanda. Het toeval wilde dat grootvader de 2e dag van hun verblijf een optreden had.

"Yer al lookin jest fane. Git yersels unside un tha warm. Ets affa frosty oot here." Grootvaders' welkom maakte hen aan het glimlachen.

Lou had gebeld toen ze op een uur rijden afstand waren en grootvader had het avondeten op tafel toen ze aankwamen. Gehakt en piepers. Lekker. Eén van hun lievelings kostjes.

Grootmoeder was in opperbeste stemming. Ze had bergen kleding die Lou kon passen. Hun privémodeshow de volgende dag duurde een paar uur. Langspeelplaten werden van zolder gehaald om samen met Jay te beluisteren. Oude jazz. Jay was in de zevende hemel. Een paar klassiekers, die hij het einde vond, mocht hij houden. Fantastisch!

De pub zat die avond stampvol voor grootvader's optreden.

"Moet je grootvader zien Jay! Is hij niet geweldig?" Lou was onder Wanda's arm naar binnengesmokkeld en stond nu vooraan met Jay te dansen op de muziek van bigband. De meeste bandleden hadden jonge fans waar Jay en Lou precies tussen pasten en ze werden aan het oog onttrokken door de menigte. Optredens op Kerstavond resulteerden altijd in een groot dansfestijn. Grootvader's onuitputtelijke energie klonk door in zijn levendige saxofoonspel. Magnifiek!

De volgende ochtend vóór het ontbijt cadeaus uitpakken. Dit jaar niet de standaard kousen die door de Kerstman moesten worden gevuld. Weer een zwart T-shirt met een schreeuwerige boodschap voor Jay. Grootmoeder hield van winkelen en kocht dingen lang voor de grote drukte. Het T-shirt voor Lou had een opdruk van een schattig klein meisje met een fiets. Niet iets wat ze ooit aan zou trekken, maar het gaat om de gedachte.

Kerstlunch bij Larry's zus thuis. Neef Blane had Jay binnen tien minuten na de begroetingen aan het gamen. Heerlijk om je familie om je heen te hebben. De radicale jongere broer van Larry kwam weer eens niet opdagen.

Jay zat achter het stuur toen ze die 'affa frosty' (zeer koude) ochtend bij het huis van grootmoeder en grootvader wegreden. Nog maar een paar dagen en het was Hogmanay (oudejaarsavond). Tegen die tijd zouden ze bij Larry's oudere broer in zijn appartement in Edinburgh zijn.

Bobby en zijn vrouw Carla hadden een speciale avond gepland om het nieuwe jaar in te wijden.

Jay hoopte dat oom Bobby zou spelen, maar dat gebeurde dit keer helaas niet. Eveneens een uitmuntende saxofonist.

"Er is hier een geweldig zwemparadijs met een goed café. Breng de kinderen morgenochtend maar langs. Ik heb het hier aan de receptie gevraagd en ze vinden bezoekers geen probleem." Wanda haalde Bobby over om met Carla en de jongens naar het hotel te komen dat ze had geboekt een paar kilometer buiten Edinburgh. Twee nachten daar en met Hogmanay bleven ze bij Bobby en Carla slapen in hun appartement in het centrum.

Hoewel dit bezoek aan grootmoeder en grootvader goed was verlopen, was Wanda blij dat ze een paar dagen kon relaxen in een aangenaam hotel. Ze had grootmoeder het voorhuwelijkse drama vergeven, maar vergeten was ze het niet.

Het was nu 2002. Het tij keerde voor Europa. Landen van de EU hadden hun nationale bankbiljetten en munten weggedaan om over te gaan naar de gemeenschappelijke euro. Groot-Brittannië deed er niet aan mee .

"Mam. Waarom denkt Engeland beter af te zijn door de pond te behouden?" Lou pikte wat op uit de gesprekken om haar heen op de ferrytocht terug naar Calais.

Terwijl Wanda haar visie op het economische beleid van de verschillende Europese landen uiteenzette, wenste Lou dat ze er nooit naar had gevraagd.

Jay zat met zijn neus in een nieuwe editie van de Broons, die hij van oom Bobby had gekregen. Onmogelijk om daarom niet hardop in de lach te schieten.

Wanda stond versteld van de snelheid waarmee men van de ene op de andere dag op de euro was overgestapt. Ze waren Antwerpen ingereden voor een bliksembezoekje en om wat te eten, alvorens aan het laatste deel van hun reis terug naar Nederland te beginnen. Parkeermeters accepteerden alleen euromunten. Het restaurant gaf prijzen op de menukaart weer in euro's (de Belgische francs stonden er nog tussen haakjes achter). Wauw. Moet jaren van plannen en voorbereiden hebben gekost en nu was het slechts in een paar dagen verwezenlijkt.

Werd zelfs nog duidelijker toen ze eenmaal de grens met Nederland over waren.

Bijna nergens werden er nog bedragen in guldens vermeld. De oorspronkelijke prijs was gehalveerd, wat het voor de Nederlanders eenvoudiger maakte. Rondreizen in de vele verschillende landen van Europa zou voor iedereen nu veel eenvoudiger zijn met een gemeenschappelijke munt.

"Goeie hemel. Het ziet er fantastisch uit!" Jay opende de voordeur van hun nieuwe thuis om te worden verwelkomd door een volledig gerenoveerde benedenverdieping.

Boven Wanda's verwachting. Ver buiten wat Jay en Lou zich hadden kunnen voorstellen.

Wanda belde onmiddellijk met de aannemer. Dankjewel en een paar goede Nederlandse zinnen volgden. Hij begreep dat ze er tevreden mee was. De renovatie van de bovenverdieping was helemaal ongelofelijk. Nu was het enkel nog het wachten op hun spullen uit Australië.

Volgens de leveringsdata zou alles een dag na hun terugkomst uit Engeland worden bezorgd. Geen telefoontje over vertraging. Geen e-mails. Wanda was inmiddels meer dan een tikkeltje ongerust.

"Luister. Ik hoop dat u beseft dat wij momenteel op de grond slapen. Nogal koud in de winter. Gelukkig konden onze vrienden ons een stel slaapzakken lenen." Wanda hing elke dag met het transportbedrijf aan de lijn en haar geduld raakte op.

Uiteindelijk bleek de vrachtwagen met al hun persoonlijke bezittingen erin gestolen van een parkeerplaats. De chauffeur was bij een wegrestaurant gaan eten. Kwam buiten en de vrachtwagen spoorloos. Bijzonder vreemd allemaal.

Politie had het voertuig een behoorlijk eind verderop teruggevonden. Men vermoedde dat de dief simpelweg van punt A naar punt B had willen komen. Eenmaal daar was de vrachtwagen achtergelaten. Nu was het aan de politie om alles te doen wat nodig was om de dief te achterhalen en te arresteren. Daarna kon het vervoersbedrijf iemand sturen om de vrachtwagen op te halen. Klonk ingewikkelder dan de filmproductie van Ben Hur.

Toen hun spullen uiteindelijk arriveerden, bleek er nogal wat schade te zijn. Veel van het servies was gebroken. Een doos of twee ontbraken volledig. Het kostte Wanda ontzettend veel tijd om de inventarislijst door te ploegen om te zien wat ze miste en om de verzekeringsclaim op te kunnen stellen. Ze verwachtte dat het een eeuwigheid zou gaan duren voordat de vergoeding eindelijk binnen zou zijn.

Jay nam met plezier de kleinste slaapkamer. Het was een hoekwoning dus geen buren achter zijn muren en dus hoefde hij zich niet zo om zijn eventuele geluidsoverlast te bekommeren. En daarbij had Lou toch meer kleren dan hij. Zij kon beter de grotere kamer nemen met de kleine inloopkast. Hij vond het ook prettig dat zijn kamer op de hoek was gelegen en dat het twee kleine ramen had die naar verschillende kanten uitkeken. Hij kon uren uit zijn ramen staren, fietsende voorbijgangers bekijken en bedenken dat het toch van de gekke was dat sommige buurtbewoners hun hond op straat lieten poepen .... zonder zelfs maar een poging te doen het op te ruimen. Lomp!

Niets van Jay's spullen was door het transport beschadigd. Zelfs zijn draaitafel was nog intact. Geen van zijn platen was verbogen of geknakt. Hij had een groot eenpersoonsbed. Was dol op dat bed en het paste perfect in zijn nieuwe kamer. De speakers stonden mooi op de ladenkast. De computertafel had een perfect formaat voor zijn videospellen en attributen. Hij was helemaal geïnstalleerd.

Wanda had besloten een nieuw bed te kopen. Lou kreeg haar oude tweepersoons. Genoeg ruimte in haar nieuwe kamer. Het beddengoed van haar moeder vond ze maar niks. Iets dat wat meer abstract en kleurrijk was, paste meer bij Lou.

Ze hadden een lijst gemaakt met vanalles dat ze voor het huis nodig hadden. Een dagje winkelen bij hun favoriete meubelgigant stond al een paar dagen op de planning.

Het duurde even, voordat ze gewend raakten aan de zeer steile en smalle trappen in hun nieuwe huis. Werd zelfs nog steiler als je van de eerste verdieping naar Wanda's domein ging. De bezorgers konden hun lol op toen ze Wanda's nieuwe bed naar boven brachten. De nieuwe wasmachine zorgde voor nog meer vermaak. De aansluiting bevond zich namelijk op dezelfde verdieping.

Die trap kon je enkel beklimmen door je voeten schuin op de treden te zetten. Daar raakte je snel genoeg aan gewend. Was maar één glijvlucht voor nodig en het kwartje was gevallen.

"Gaat het mam?" Lou kon niet geloven hoeveel treden mam had overgeslagen voordat ze geland was. Auw!

Hun belangrijkste aankopen waren de fietsen. Een vereiste om erbij te horen en om je in en rondom Hillywood te kunnen verplaatsen. Deze hadden ze gekocht vóór hun trip naar het Verenigd Koninkrijk. Vrienden hadden hen gewaarschuwd geen nieuwe of luxe fietsen te kopen.

Hoe ouder en afgeleefder, hoe beter. Anders werden ze toch maar gestolen. En een goed slot was noodzakelijk. Grote omafietsen waren het helemaal. Een kleine advertentie in de plaatselijke supermarkt bood precies was ze zochten. Een gepensioneerde heer die oude fietsen kocht en opknapte. Zeer redelijk geprijsd. Wanda had plezier in het gesprek met hem over de verschillende kwaliteiten van de fiets. Haar Nederlands werd overduidelijk beter.

Wonderlijk genoeg duurde het bij Lou en Jay veel langer voordat ze weer vloeiend Nederlands spraken. Hoeveel ook zij van taal hielden, waren ze lichtelijk zelfgenoegzaam geraakt, omdat toch iedereen Engels sprak.

"Ja oma. We zijn in Holland. Nee. We komen deze week niet langs. Heeft u de ansichtkaarten ontvangen die we hebben gestuurd? Eén uit Londen. Eén uit Schotland. Op de kaart van vorige week staan tulpen en molens. Te gek. Vind ik ook. Molens zijn mooi hè oma? Mam heeft u gisteren een pakketje gestuurd voor uw verjaardag. Ik denk dat u dat volgende week hebt. Ja. We bellen om de paar dagen. Oké oma. Ik geef u nu aan mam. Ik hou van u."

Jay had deze keer als eerste oma aan de telefoon, daarna was hij naar boven naar zijn slaapkamer, achter de computer.

Wanda vertelde haar moeder nog eens dat ze nu in Nederland woonden. Haar 89e verjaardag kwam eraan en haar geheugen werd steeds selectiever. Eten was altijd het belangrijkste gespreksonderwerp. Elke laatste maaltijd werd besproken en ze wilde altijd weten wat je van plan was de volgende keer te eten.

In Sydney woonden ze slechts vijf minuten bij oma vandaan. Wanda had ervoor geknokt om voor haar moeder een plekje te bemachtigen in een fantastisch complex voor begeleid wonen.

De meeste bewoners hadden hun huis van de hand moeten doen om zich in te kopen, maar de overheid had een paar plekken beschikbaar gesteld voor mensen zonder inkomen naast hun overheidspensioen. Wanda's moeder had een eigen zitslaapkamer met een klein keukentje en badkamer. Een van de mooiere leefeenheden met schuifdeuren naar de tuin. In het achterste gedeelte van het complex kon je over het nationale park heen kijkend in de verte de oceaan zien liggen. Maaltijden werden in de centrale eetruimte geserveerd en er werden voortdurend uitjes en activiteiten georganiseerd.

Toen Wanda jaren geleden met Larry en de twee jonge kinderen naar Sydney terugkeerde, huurde haar moeder een kamer in een gedeelde woning met een kakkerlakkenplaag. Ze namen haar onmiddellijk in huis. De kinderen vonden het heerlijk om met oma samen te kunnen spelen. Na de scheiding ging oma met hen mee naar het nieuwe huis. Ze paste op de kinderen terwijl Wanda parttime werkte. Wanda vond het belangrijk om ten minste een jaar of langer wat meer tijd thuis met de kinderen door te brengen en was daarom als figurant gaan werken, om wat geld te verdienen en de geest actief te houden.

Zij en Larry waren als vrienden uit elkaar gegaan zonder tussenkomst van advocaten. Ze verkochten hun grote huis en konden allebei een kleinere woning kopen. Larry had een kleine hypotheek en Wanda had genoeg geld om haar huis meteen contant te betalen.

Liever zo, dan het ontvangen van alimentatie. Dat was immers vaak de oorzaak van voortdurende ellende wanneer paren uit elkaar gingen. Wanda wist dat ze meer dan genoeg in staat was om voor haarzelf en voor haar kinderen te zorgen.

Wanda's moeder vond het vanzelfsprekend dat haar eigen kinderen en de overheid voor haar zorgden. Het was alsof ze meende dat ze dat verdiend had. Ze dacht er nooit aan dat ze acht kinderen op de wereld had gezet, zonder dat ze die eigenlijk kon onderhouden. Ze vertelde vaak aan mensen hoeveel ze er van hield om kinderen te krijgen en dat het de beste jaren van haar leven waren.

Wanda had haar moeder nooit gevraagd wie haar vader was. Ze wist dat haar moeder zelf een mooi verhaaltje had verzonnen dat haar goed uitkwam bij wat ze wilde geloven. Als kind had Wanda haar moeder aan anderen horen vertellen dat de eerste vier kinderen door één vader waren verwekt en de andere vier door een ander. Dat was overduidelijk niet waar. Haar vijfde kind kon zich het moment herinneren dat zijn vader hen verliet en dat er niemand anders ooit zijn plaats had ingenomen.

Andere familieleden vertelden Wanda dat haar moeder met twee verschillende mannen uitging in de tijd dat zij was verwekt. Één daarvan was blijkbaar een Franse marineofficier geweest. Perfect. Wanda had hem tot haar vader gebombardeerd.....zonder zelfs maar te willen weten wie hij was.

Na die paar jaar dat haar moeder bij hen inwoonde, nadat zij en Larry uit elkaar waren, wist Wanda dat het tijd was om voor oma een eigen woonruimte te vinden. Heel veel afspraken en voortdurend de wooncommissie lastigvallen, leidde al gauw tot de toewijzing van een prachtig nieuw appartement. Oma was daar vele jaren gelukkig, totdat ze het niet meer zelfstandig aan kon. Wanda was vervolgens maanden in touw om voor haar een plek te reserveren in het exclusieve bejaardentehuis. Ze vond het daar heerlijk.

Wanda en de kinderen gingen vaak langs of haalden oma op om te winkelen of samen te eten. Ritjes naar het strand voor vis met patat aan zee was een favoriet uitje. De meeste familieleden bezochten oma niet graag. Wanneer ze belden, kon oma slechts klagen dat ze nooit opbelden.

Voordat Wanda Sydney verliet had ze met haar broers een schema opgesteld, zodat ze haar om beurten konden bezoeken. Iedereen wist wie wanneer ging. Dat was voor hen allemaal het eenvoudigst. Er waren nog maar zes van de acht kinderen over en Wanda's zus was aan één zijde verlamd, sinds een auto-ongeluk op haar 15e, dus voor haar was het bijna onmogelijk om de reis naar oma te maken. De vier jongens hadden ingestemd met de regelmatige bezoekjes en tot nu toe werkte dat prima. Het bood hen de perfecte kans om nog een hechtere band met hun moeder te krijgen, voor ze heenging. Het plan pakte goed uit.

Wanda had met Lou en Jay besproken, dat de kans bestond, dat ze oma niet meer in levende lijve zouden zien. Ze werd erg oud en het was mogelijk dat haar tijd zou komen, terwijl zij in Nederland woonden. Ze waren alle drie spiritueel aangelegd en begrepen dat mensen je niet verlieten als hun lichamen het opgaven. Herinneringen en magische momenten bleven je bij voor altijd.

"Oké mam. Moet nu gaan. Lou heeft een feest op school en we moeten die kant op. Ja. We bellen donderdag weer. Nee. We komen morgen niet langs. We zijn in Nederland, weet je nog?

Ja. Precies. Molens zijn echt mooi, toch? Oké, dag. Ik hou van je." Wanda legde de telefoon neer en zuchtte bedroefd.

• HOOFDSTUK VIJF •

"GOED JAY. Volgende week ben je drie dagen vrij en dan hebben we dus alle tijd om bij radiostations langs te gaan. Gebruik dit weekend om je cv bij te werken, dan kunnen we maandag beginnen. Ik rijd je rond en dan kun jij gewoon met je cv binnenwandelen en bij de receptie vragen of je iemand kunt spreken die verantwoordelijk is voor het aannemen van nieuw personeel. Met een open sollicitatie laat je zien dat je gretig bent en dat kan net het verschil maken. Geeft niet wat voor functie het is. Het gaat erom dat je een voet tussen de deur krijgt." Wanda had rondgevraagd bij een paar van haar contacten in aanverwante mediabedrijven, maar tot dusver gingen er geen deuren open voor Jay.

"Goed idee mam. Lijkt me sowieso interessant om ze allemaal eens te zien. Ik heb de meeste websites bezocht en ik denk dat het inderdaad de gok waard is om gewoon langs te gaan."

Wanda en Jay gingen alle radiostations af, maar nergens vacatures. Wel zeer vriendelijke mensen. Ze deden Jay suggesties aan de hand van andere wegen die hij kon bewandelen en sommigen mailden hem over baantjes die ze ergens anders hadden gezien. Jay had voor een paar van die baantjes een sollicitatiegesprek, maar het feit dat hij geen foutloos Nederlands kon schrijven bleek een groot struikelblok. Hij bleef werken bij het callcenter voor marktonderzoek. Ze gaven hem steeds meer verantwoordelijkheden en leerden hem nieuwe software. Hij maakte een paar goede vrienden en had het er over het geheel genomen naar zijn zin.

Gedurende hun bezoekjes aan de vrienden in het Verenigd Koninkrijk kwam het gesprek dikwijls op skiën.

Het kwam zelfs zo vaak ter sprake, dat Wanda voorstelde een skitrip te organiseren voor alle vrienden die interesse hadden. Nu dacht ze er over na, waar ze naartoe zouden kunnen gaan.

"Lou. Wanneer is je volgende schoolvakantie? Ik zit eraan te denken dat wij drietjes misschien met die groene Italiaanse wagen wel wat skioorden kunnen bekijken. Als we een skireisje willen organiseren voor onze grote groep vrienden, moeten we wel eerst de plek hebben gezien."

Als het over skiën ging, hoefde ze het geen twee keer te vragen. Jay en Lou stonden al op de latten vanaf het moment dat ze konden lopen. Dit was die ene sport waar ze allebei gek van waren. Jay regelde vrijaf van zijn werk en het duurde nog maar een paar weken tot Lou vakantie had.

Wanda had al een email verstuurd naar vrienden die interesse hadden om te gaan skiën en het leek erop dat er zo'n veertig zouden deelnemen aan de geplande week in de sneeuw rond Kerst/Oud en Nieuw. Nu was het zaak dat ze ergens hoog in de Alpen een locatie vond, waar een aardig pak sneeuw viel rond die tijd van het jaar.

Die groene Italiaanse wagen snorde wederom over de Europese wegen. Langs de prachtige Rijn en dan even stoppen voor een lunchpauze van een uur of twee. Ze waren gefascineerd door de enorme schepen die over de Rijn voeren. En logeerden die eerste nacht in een uitstekende 'Jugendherberge' (jeugdherberg) net buiten München.

Een gigantische kamer met vier bedden en een eigen badkamer. Uitstekend! Heel veel interessante reizigers om een praatje mee te maken.

Met Jay achter het stuur liet Wanda haar gedachten gaan over een project waarover zij was aangesteld voor een grote klant uit de fotobranche in Nederland. Dat zou een aardige duit opleveren om hen in hun natje en droogje te voorzien. Het creatieve werk liep via Al's bedrijf. Het voelde goed om haar belofte aan Al na te komen. Ze zouden nu niet in hun mooie nieuwe huis kunnen wonen, als Al Wanda niet op papier had aangenomen, waarmee ze voor de Nederlandse hypotheek in aanmerking kwam.

Wanda had contact opgenomen met enkele chalets verhuurders, die verschillende onderkomens hadden in zowel Oostenrijk als Zwitserland. Het trio zou een paar van die chalets inspecteren en skiën wanneer ze daar zin in hadden. Hiervoor hadden ze elk hun eigen paar ski's nodig en Wanda had al gezien dat er een grote uitverkoop was bij het eerste skioord waar ze zouden stoppen.... Zell am See.

"Mam het is hier geweldig mooi! Dat meer is zo groot. Moet ongelofelijk zijn als het heeft gevroren en iedereen erop schaatst. Prachtig turkooisblauw ..... en de weerspiegeling van de bergen in het water ... waanzinnig." Lou zou heel graag willen om nu een doek voor zich te hebben om dit plaatje vast te leggen. Eh. Lastig. Schilderen of skiën? Keuze gemaakt. Simpel. Geen verfgerei bij de hand.

Het is geen geheim dat skischoenen niet zijn gemaakt voor het comfort.

Omdat ze al een tijdje geleden voor het laatst hadden geskied, kostte het moeite te bepalen hoe hun nieuwe schoenen precies moesten aanvoelen. Gelukkig hadden diverse winkels uitverkoop. Het grootste deel van die eerste dag in de stad liepen ze heen en weer tussen de verschillende winkels om de meest geschikte skischoenen te vinden.

Toen de ski's. De verkoper zorgde ervoor dat ze de juiste lengte hadden en dat de skibindingen pasten bij de relevante skivaardigheden en hun gewicht. Tot slot skistokken met de juiste lengte.

Kleur was immer een belangrijk onderdeel van alles dat met skiën te maken heeft. Het witte decor leent zich prima voor felle kleuren. Eén van de charmes van skiën was de heldere, lichtgevende kleding die iedereen droeg. Frisse lucht en majestueuze bergen. Mensen die zich na een inspannende dag verzamelen om hun verhalen te delen en gezamenlijk van de après-ski te genieten. Werkelijk fantastisch!

Terwijl ze daar in de winkel zat en toekeek hoe Lou en Jay met de ski-attributen in de weer waren, dacht Wanda terug aan een dierbare vriend die enkele jaren eerder was overleden.

Dat Wanda had leren skiën en zo intens genoot in de bergen was grotendeels aan Mike te danken.

Ze werkten samen in Sydney en hij had een lang weekend naar de Australische sneeuw georganiseerd, toen ze begin twintig was. Mike kwam uit Engeland maar had ook enkele jaren in Zwitserland gewoond, waar hij als skileraar werkte. Ze werden goede vrienden en Wanda had hem als nog een broer aan haar familie toegevoegd.

Zijn aanstekelijke enthousiasme voor skiën werd het begin van één van Wanda's grote liefhebberijen in het leven. Van alle avonturen, die Wanda ooit zou ondernemen, stond skiën onbetwist aan de top van haar favoriete bezigheden.

Mike had Wanda binnen afzienbare tijd de kneepjes van het skiën geleerd. De glühwein en Jägermeister speelden wellicht ook een helpende rol. Absoluut een goede manier om je gedachten af te leiden van de angst om eventueel onderuit te gaan. En eerst Icy VoVo-koekjes op de parkeerplaats, alvorens de ski's onder te binden. De snelle kick van suiker vaak samen met een paar coupletten van Rocky Mountain High. Het zingen en jodelen ging onophoudelijk door, dag en nacht.

Mike was een briljant skiër. Een wonderlijk figuur. Kon net zo gek doen als Wanda en had een onwijs aanstekelijke lach. Een geweldige vriend.

De dag van Mike's dood stond in de gezinsagenda voor een gezellig diner op het balkon van Mike's gehuurde kamer, pal onder de uitloper van de Sydney Harbour Bridge. Ze zouden allemaal luidkeels moeten schreeuwen om zich verstaanbaar te maken, als de treinen boven hun hoofden over de ongelofelijk reusachtige stalen brug denderden. Lou zou Mike haar nieuwste kunstwerk laten zien. Ze was zijn protegé geworden en ging wel eens mee naar de kunstlessen die hij volgde.

In al zijn jaren als succesvol civiel ingenieur, had Mike veel te veel rode wijn en kaas tot zich genomen. Enkele jaren terug besloot hij meer rust in zijn leven in te bouwen en verdiepte zich in het Boeddhisme en meditatie.

Hij vertrok naar Nepal, om de bergtocht naar het klooster van zijn keus te maken, tot een hartaanval zijn plannen verijdelde en hij met een helikopter van de berg gevlogen werd. Hij moest enkele weken herstellen in een ziekenhuis in Nepal.

Terug in Sydney mat hij zich een rustiger tempo aan en bracht hij zoveel mogelijk van zijn tijd schilderend door. Een meesterlijk kunstenaar ontpopte zich. Zijn 'Sunflowers' had overal op de prominentste plek gehangen van elke woning waar het drietal sindsdien woonde.

Mike nam zijn mobiele telefoon niet op, die noodlottige dag. Wanda, Lou en Jay hadden in het theater een matinee filmvoorstelling bezocht en waren onderweg naar Mike. Ze lieten een grappig voicemailbericht achter en zeiden dat ze een milkshake gingen halen, wachtend op zijn antwoord. Hij heeft nooit teruggebeld. Ze reden naar zijn huis. Belden aan. Riepen naar het balkon.

"Hij klaagde na de lunch dat hij zich niet helemaal lekker voelde. Leek trouwens niet zo ernstig. Zijn auto stond achter ons huis geparkeerd en tegen de tijd dat hij was omgereden naar de voorkant, op weg naar het ziekenhuis verderop aan de weg, vond hij dat er beter iemand met hem mee kon gaan. Daarom kwam terug via de voordeur. Don sprong direct in de auto om hem naar de spoedeisende hulp te brengen. Mike was dood toen ze daar aankwamen!" De gemeenschappelijke vriend die Wanda belde, struikelde over zijn woorden, in shock. Ze huilden allebei zielsbedroefd.

Mike's lichaam was bij de lijkschouwer. Zodra de doodsoorzaak was vastgesteld, zou zijn lichaam worden vrijgegeven aan een uitvaartcentrum.

Wanda en Mike hadden dikwijls gesproken over de belachelijke kosten voor het afvoeren van het stoffelijk overschot, zodra iemand was heengegaan. Ze waren het erover eens dat het lichaam niet langer de persoon was, maar een voertuig waarin de persoon zich had voortbewogen. De persoon bleef voor eeuwig bij geliefden..... in hun hart.

"Lichamen moeten natuurlijk met respect behandeld worden als waardering voor de dienst die zij de personen hebben bewezen, maar het vertoon rondom begrafenissen is gewoon zonde van het geld." had Mike vaak tegen Wanda gezegd.

Ze wilden allebei gecremeerd worden. En daaraan voorafgaand bepaalde delen afstaan, als die door iemand anders gebruikt konden worden, fantastisch. Daarna wilden ze dat hun as symbolisch zou worden verstrooid op een mooie plek, bereikbaar voor hun geliefden. Absoluut niet tussen al die dode lui op een begraafplaats. Tijdens de herdenkingsdienst zouden liedjes gezongen worden en moesten mensen zich focussen op de goede dingen die waren ontsproten uit iemands bestaan op aarde.

Wanda vroeg of Mike's as over twee verschillende urnen kon worden verdeeld. Eén ging naar zijn familie in Engeland. Om daar, indien mogelijk, over het veld van zijn favoriete voetbalteam in Manchester uitgestrooid te worden. De tweede urn werd gebruikt voor een herdenkingsdienst die Wanda voor alle vrienden van Mike zou organiseren.

"Larry, wil jij Mike's as in zijn favoriete theepot doen?" Wanda, Lou en Jay hadden Mike's schilderijen al verspreid geplaatst in de schilderachtige zandstenen ruimte.

Zijn lievelingsmuziek speelde en gasten deden zich te goed aan Icy VoVo's, Jägermeister, Cracker Barrel-kaas en andere favoriete delicatessen van Mike. Zelfs vrienden uit Perth en Brisbane waren gekomen. Larry was ook hecht bevriend geweest met Mike en hij speelde trompet ter afscheid van zijn vriend. Hij was ontzet toen er wat as op de vloer viel terwijl hij het in de theepot probeerde te krijgen.

Mensen waren uitgenodigd naar voren te komen en een paar woorden te spreken, als ze dat wilden. Lou had een prachtige tekst geschreven. Wanda volgde na haar maar stokte halverwege. De herinneringen aan hilarische lunchpauzes toen ze collega's waren, waarbij Mike skisprongen maakte in de hoofdstraat, deed Wanda lachen gevolgd door tranen. Jay loste haar af met een paar van zijn eigen gedachten. Enkele vrienden uit zijn ashram zongen een lied. Vele mensen spraken. Het was een schitterend afscheid van een schitterende man.

Wanda en Lou kozen voor gelijke zilveren skischoenen. Lou had al een grotere maat dan haar moeder en ze was nog maar 15.

Wanda ging voor een heldergroen paar ski's. Lou koos blauwe. Voor Jay was het, zoals gewoonlijk, zwart op zwart. Mike zou trots op ze zijn geweest, met hun flitsende nieuwe uitrusting.

Na Zell am See, skieden ze in Kaprun .....waar Wanda en Larry een paar keer waren geweest, toen hun vriend Aaron daar woonde en als manager in het skioord werkte. Het lag een eindje verder dan Zell am See. Jay was er eerder geweest .... toen hij nog maar twee jaar was.

Wanda had toen lederhosen-kleding voor Jay gekocht voor een speciaal feestje op oudejaarsavond. Ze hadden een paar leuke foto's voor hun familiealbum overgehouden aan die avond. Hij zag er zo schattig uit.

Gewapend met hun nieuwe skiuitrusting toog het trio richting de verschillende afdalingen. Ze bleven een aantal dagen in de buurt van Zell am See, voor het geval ze ergens mee terug moesten naar de winkel.

Naar hartenlust geskied en met alles prima in orde, reden ze verder naar Innsbruck en vervolgens naar de Arlberg regio.

St Anton was geweldig, maar er was binnen hun budget geen geschikt chalet voor een groep van veertig personen te vinden. Wanda beloofde zichzelf plechtig een andere keer naar St Anton terug te keren, zonder de kinderen. Zo veel lange aantrekkelijke mannen. Er hing een geweldige feeststemming.

Die groene Italiaanse wagen reed als een zonnetje. Klom niet hijgend de Alpen op. Startte altijd de eerste keer, hoe koud het ook werd. Ze reden door naar Zürich en kwamen door fabelachtige Zwitserse skioorden. Een dagpas voor skiliften was hier niet zo prijzig als in Oostenrijk ....bij lange na niet. Doorgaans zelfs maar de helft van de prijs. Met hun eigen ski's bij zich konden ze stoppen waar ze wilden. Er leek altijd een zimmer (kamer) beschikbaar wanneer ze een slaapplaats zochten.

Eén overnachting was mogelijk een tikkeltje bijzonderder dan de andere, om louter één enkele reden.

Ze kwamen s ochtends buiten maar die groene Italiaanse wagen was nergens te bekennen. Was tijdens de nachtelijke sneeuwstorm volledig bedolven. Wat een gein om hem uit te graven.

Ze inspecteerden verscheidene chalets en één was oké, maar Wanda had het voorgevoel dat de laatste, die ze zouden aandoen in deze trip van twee weken, voor hun groep de juiste zou zijn. Het chalet was van een Nederlandse organisatie. Het lag in Crans Montana. Je kon skiën tot op een hoogte van 3000 meter en het oord had een uitstekende reputatie wat Kerstsneeuw betreft. Het was perfect.

De mensen die de berghut runden waren heel vriendelijk. Ze zouden twee volledige verdiepingen toegewezen krijgen voor hun groep en de maaltijden werden verzorgd.

Ze verbleven een nacht in die berghut. Skieden anderhalve dag. Bekeken de schaatsbaan, de bowlingbaan, het theater en een aantal wellness centra. Sommigen hielden er niet van elke volle dag op de latten staan en deze stad bood zeeën van andere activiteiten. Uitstekend! Wanda begon onmiddellijk te onderhandelen met de reisorganisatie in Nederland, zodra ze thuis waren.

"Ik kan de deal die ze onze groep aanbieden bijna niet geloven.

Fantastisch!" Wanda had net de hoorn neergelegd na het gesprek met de eigenaars van de berghut. De deal was rond.

"Even kijken.....Jay, zo te zien is dit voor ons twee de meest geschikte opleiding voor een cursus Nederlands. Maar jij hebt al een veel uitgebreidere woordenschat dan ik, dus ik denk dat jij naar een meer gevorderde groep moet. Het lijkt erop dat beide tijden overeenkomen." Wanda en Jay hadden flink wat tijd gestoken in het uitzoeken van hun opties voor een taalcursus. Nu hadden ze hun keuze gemaakt. Aanstaande maandag begonnen ze met een avondcollege.

Na twee weken van rondtoeren tussen verschillende skioorden, waar ze een fantastische tijd hadden, moest het trio moeite doen om weer tot de orde van de dag over te gaan. Wanda hoopte dat Jay makkelijker een passender functie zou krijgen als zijn Nederlands verbeterde.

Zijzelf leerde ook graag bij. Eén van de beste manieren om onderdeel te worden van een nieuw land, was het beheersen van de taal en het kennen van de plaatselijke gebruiken. Lou kreeg Nederlands op school dus zij zat goed. Ze leerde daarbij ook Spaans.

Alle IB studenten moesten twee talen leren en als ze zelf niet de Nederlandse nationaliteit hadden, kwam Nederlands automatisch als één van de twee talen op het rooster.

Jay en Wanda sloten een paar fijne nieuwe vriendschappen tijdens de Nederlandse lessen die ze volgden. Mensen van over de hele wereld. Senegal, Frankrijk, Ierland en Bulgarije om er een paar te noemen.

Omdat Jay's verjaardag eraan kwam, halverwege maart, planden ze thuis een feestje waarbij ze al hun nieuwe vrienden uitnodigden. Lou nodigde ook een paar klasgenoten met familie uit. Jay was vrienden geworden met de broer van Lou's Israëlische vriendin, Leanne. Dan was een stuk jonger dan Jay maar hij had de nieuwste computerspelletjes en een brede muzieksmaak. Wanda kon ook goed opschieten met Leanne's vader en moeder. De vader had een softwarebedrijf en kon Wanda in de nabije toekomst werk aanbieden. Hij bracht binnenkort een nieuw product op de markt en zou haar in dienst nemen voor haar hulp bij het lanceren daarvan.

Lou en Jay waren in maart en oktober jarig, wat perfect paste tussen alle grote feestdagen in het jaar.

Jay's werk bij het callcenter stopte in mei. Het project was afgerond. Direct daarna begon hij bij een grote detailhandel op de IT afdeling ... al was dat maar een tijdelijke opdracht. Nog steeds geen succes bij de radiostations. Had ook veel geluidstudio's benaderd. Niets.

Wanda's broer .... oom Joe voor Lou en Jay .... droomde ervan naar Europa af te reizen. Hij had een aantal jaar voor hun vertrek uit Sydney bij het drietal gewoond. Toen hij en zijn vrouw na vijfentwintig jaar uit elkaar gingen, kon hij nergens heen en bezat geen cent.

Wanda had tijdens haar jeugd altijd naar Joe opgezien als naar een vader.

Hij was bijna 19 toen zij werd geboren en was de oudste van de acht kinderen. Ten tijde van de scheiding van z'n vrouw had Wanda een fulltime baan in de reclamewereld. Ze kon wel wat hulp in huis gebruiken. Oom Joe kwam bij hen wonen en fungeerde als huishouder en naschoolse chauffeur. Lou en Jay deden veel aan buitenschoolse activiteiten zoals theater, dans- en muzieklessen en hadden overvolle agenda's.

Oom Joe hield van gokken, altijd al gedaan. Hij had racehazewindhonden en runde in zijn jongere jaren verschillende biljartzalen. In de achterkamer werd er vaak gekaart, voor geld.

Hij leek altijd blij en behulpzaam wanneer Wanda hem als klein meisje bezocht, samen met hun moeder. Oma kwam vaak bij Joe's biljartzaal langs om te zien of hij wat geld voor haar had.

Toen Wanda Sydney verliet, vertelde ze Joe, dat als hij genoeg geld kon sparen om een vliegticket naar Holland te kopen, hij voor niets bij hen kon logeren en ze samen wat zouden reizen. Oom Joe had het voor elkaar gekregen. Hij kocht het ticket en zou begin juli in Nederland aankomen.

Ondertussen was het tijd dat de groene Italiaanse wagen de Nederlandse nationaliteit aannam. Sterker nog, die tijd was allang verstreken en er werd zelfs gedreigd met juridische sancties. De Italiaanse nummerborden moesten weg. Wat een gedoe. Papieren en nog eens papieren. Test na test. Kosten voor de vreemdste zaken.

Het voelde raar toen Wanda uiteindelijk de nieuwe nummerborden liet bevestigen. Dat avontuur in Rome lag haar voor altijd na aan het hart.

"Mam. Het maakt niet uit van die nummerborden. Voor ons blijft hij altijd die groene Italiaanse wagen." verzekerde Lou. Zij en Jay deelden de gevoelens met Wanda over dit uiterst belangrijke gegeven.

De lente ontsprong. Het weer was simpelweg subliem. Precies goed. Ze hielden ontegenzeggelijk veel van skiën, maar het was heerlijk als de dagen plots warmer werden en je de hele dag buiten kon zijn. Bedenk je wel .... Nederlanders fietsen het hele jaar door, weer of geen weer.

Zonder twijfel de reden dat ze er allemaal zo gezond uit zagen.

Die verbazingwekkende wedergeboorte wanneer bomen uitliepen en bloemen ontloken, altijd zo oogverblindend mooi. Hun eigen tuin werd een plek van nieuwe ontdekkingen.

Gele rozen in bloei naast de voordeur. Rode azalea's ergens verstopt in hun hoektuin. Het winterse begin van hun Hollandse thuis had al die pracht voor hen verborgen gehouden. De kleine coniferen naast hun hek in de voortuin maakten plots een groeispurt door.

Op de fiets door de bossen rond Hillywood zagen ze overal wilde struiken groeien en bloeien. Bizons graasden op de heidegronden en reetjes sprongen dartel in het rond, helemaal door het dolle. De cafeetjes aan het water werden druk bezocht. Een lievelingscafé had nieuwe zitzakken aangeschaft om mee op hun 'strandgedeelte' te zitten. Heel gaaf.

Wanda was mee uitgevraagd door haar eerste Nederlandse date. Er hing romantiek in de lucht. Hij was een collega van Leanne's vader. Wanda had een paar vergaderingen bijgewoond op hun kantoor. Ze had de marketing voor het nieuwe softwareproject op zich genomen en dat liep voorspoedig. De eerste keer dat hij Wanda zag, was die arme kerel meteen verloren. Zijn overduidelijke interesse was niet geheel wederzijds ..... maar waarom zou ze niet een afspraakje maken en kijken hoe het liep.

Wat een ramp!

Hij begon totaal bij het verkeerde eind. Een eerste date en hij had het al over wat hij van zijn volgende vrouw verwachtte en vroeg of Wanda ooit meer kinderen had overwogen. Mon dieu! Op kantoor had hij zo ontspannen en aangenaam geleken. Om de één of andere reden hadden Wanda's vriendelijke begroetingen en praatjes hem het idee gegeven dat hij haar al veroverd had.

Dat was de eerste en meteen ook laatste date met hem. Wanda wist niet hoe snel ze thuis kon komen.

• HOOFDSTUK ZES •

"GELUKKIG ARRIVEERT OOM JOE over een paar dagen. Ik zou het niet kunnen aan kunnen als mam uitging met die man die we gisteravond hebben ontmoet. Ze lijkt echt niet te klikken met de Nederlandse mannen die haar pad kruisen, Jay. Ik begrijp niet waarom ze desondanks met ze uitgaat. Je ziet toch meteen dat het niet haar type is. Vertel me niet hoe, maar ik weet gewoon dat ze niet bij haar passen."

Lou wist dat hun vrienden het goed bedoelden, maar ze hoopte vurig dat ze zouden ophouden met het koppelen van haar moeder aan elke man die ze maar tegenkwamen.

Wanda was nou eenmaal beleefd aangelegd en ging op die uitnodigingen in. Nu oom Joe bijna aan kwam, konden ze spoedig aan hun rondreis door Europa beginnen en daarmee zou ze het perfecte excuus hebben om nee te kunnen zeggen.

Lou's zomervakantie was net begonnen en Wanda had alles omtrent haar diverse projecten zo geregeld, dat zij en Lou zes weken lang met oom Joe een rondreis konden maken.

Jay had een paar goede sollicitatiegesprekken in het vooruitzicht en werkte nu bij de plaatselijke videotheek. Hij ging deze keer niet mee. Die groene Italiaanse wagen had een onderhoudsbeurt gehad en Wanda en Lou hadden een bijzonder goed doortimmert reisplan opgesteld.

Met de zomervakanties in Europa in zicht, wisten dat ze er slim aan zouden doen om nu alvast overnachtingen te boeken.

Jay zou niet volslagen alleen achterblijven. Leanne's familie ging deze vakantie naar Israël en Jay werd gevraagd op hun hond PJ te passen.

Ze zouden voor 3 weken weg zijn en de hond voor hun vertrek bij Jay langsbrengen.

Oom Joe maakte een tussenstop in Vietnam tijdens zijn reis naar Nederland. In Sydney reed hij soms een taxi van een aardige Vietnamese man en die had voor hem geregeld, dat een familielid hem zou komen ophalen en rondleiden. Joe genoot van zijn tijd in Vietnam en zijn privé-gids had hem meer laten zien dan het geëigende toeristische werk. Wanda dacht onwillekeurig terug aan de verschillende momenten waarop haar grote broer zich tamelijk racistisch had uitgelaten en moet je hem nu zien. Nu mengde hij zich onder de mensen over wie hij zich in het verleden zo negatief uitsprak. Het was hartverwarmend om te zien hoe hij een man van de wereld werd. Dit was de allereerste keer dat hij buiten Australië kwam.

Wanda en Lou reisden probleemloos met hun Britse paspoorten door Europa, maar oom Joe was natuurlijk slechts in het bezit van zijn Australische. Ze hadden zich niet gerealiseerd, dat hij een visum nodig had voor één van de landen die ze zouden bezoeken. Gelukkig was er een ambassade in Den Haag waar hij dat kon regelen. Een paar dagen om Holland te ontdekken stond bovenaan hun reisschema. Nu werd daar een bezoek aan Den Haag aan toegevoegd. En voor een evenwichtige balans ook het Scheveningse strand en de wereldhavenstad Rotterdam.

Wanda, Lou en oom Joe vertrokken voor hun Europese rondreis in die groene Italiaanse wagen onmiddellijk oostwaarts, Duitsland in. Met als eerste stop Hannover. Oom Joe was als een kind in een speelgoedwinkel. Alles was even boeiend. Zijn ogen wijd open gesperd. Zijn blik viel daarbij voortdurend op de schijnbaar meest gewone dingen en over elk daarvan wist hij iets interessants te melden.

Hoewel oom Joe school en het ouderlijk huis al op zijn 13e verliet, groeide hij op als fanatiek lezer. Voornamelijk geïnteresseerd in alles over Duitsland en de Tweede Wereldoorlog, was hij sprakeloos dat hij nu daadwerkelijk die plekken bezocht, waarover hij zoveel had gelezen.

"Kun je bedenken dat dit de beelden zijn van voor en na die vernietigende bombardementen? Ongelofelijk." Lou was ook sprakeloos, al neigde zij meer naar ongeloof: Hoe kon het menselijk ras de medemens zulke afgrijselijke dingen aandoen?

Wanda bedacht dat zij en oom Joe elkaar wel af konden wisselen. Hij had veel meer rijervaring dan zij. Als taxichauffeur in Sydney had hij de meest denkbare moeilijkheden op de weg wel meegemaakt. Ze gaf het stuur aan hem over, nadat ze bij een benzinestation langs de snelweg waren gestopt. Zou een lekker ontspannen ritje voor haar worden, dacht ze. Lou en Wanda gilden het uit en krompen ineen, toen oom Joe de vrachtwagens, die hij passeerde, op een haar na miste. Er was meer dan voldoende ruimte op de zesbaans snelweg maar hij kon er eenvoudigweg niet aan wennen dat hij aan de verkeerde kant in de auto zat. Eenmaal de snelweg af, Berlijn binnen rijdend, raakte hij volledig de draad kwijt.

Belandde aan de verkeerde kant van de weg en schoot onmiddellijk in de paniek. Iedereen was het erover eens dat Wanda het stuur weer overnam. Oom Joe mocht het over een paar dagen nogmaals proberen.

Ze waren diep onder de indruk van de geschiedenis van Berlijn. Hoe je door Oost-Duitsland naar Berlijn moest rijden en dat Berlijn zelf was gespleten in Oost en West. Wanda had deze route eerder gereden toen ze voor het eerst in Europa was.... langs Checkpoint Charlie om het niemandsland over te steken tussen het vrije Westen en het communistische Oostblok. De alom tegenwoordige Amerikaanse overvloed in West-Berlijn. En achter de Berlijnse muur de armoede en de militaire onderdrukking van Oost-Berlijn. Families, door de splitsing van de stad uit elkaar gerukt. Aan nagenoeg alles gebrek in het Oostelijk deel. Wat moet dat een ongelofelijke gebeurtenis zijn geweest in de nacht toen de sloop van de Berlijnse muur begon en de massa's het vrije Westen instroomden.

Dresden was hun volgende stop. De stad werd volledig van de kaart geveegd tijdens de oorlog. Na de hereniging van de Duitslanden in 1990, vond er in het voormalige Oost-Duitsland een omvangrijke wederopbouw plaats. De koningin van Engeland had een belangrijke rol in de totale financiering daarvan. Het waren tenslotte de Britten geweest, die veel van de verwoestende bombardementen uitvoerden.

"Wat een ironie," zei Wanda. "Zien jullie wat er voor nodig is om die klok opnieuw gegoten te krijgen? Klaarblijkelijk zijn er maar weinig mensen met de specialistische vaardigheden om die klok overeenkomstig de oorspronkelijke gietvorm te reproduceren. Het werk wordt uitgevoerd door de kleinzoon van één van de piloten uit het Britse eskader dat dit stadsdeel tijdens de oorlog platgegooid heeft."

Lou, Wanda en oom Joe lazen elk woord op de tekstborden, die over het terrein verspreid stonden, waar de kathedraal was herbouwd.

Lou zuchtte bedroefd toen ze het stuk over de klok las. Ze wist dat er ongeveer 30.000 mensen in Dresden waren omgekomen ten tijde van die verzengende bombardementen.

Het was verbazingwekkend om te zien hoe de sierlijke constructies van de gebouwen in barok- en rococostijl perfect gereconstrueerd waren. De rivier de Elbe bood een glorieus decor voor dit culturele juweel van een stad.

Zuidwaarts gingen ze en reden de Tsjechische Republiek binnen. Praag was een prachtige stad, maar een aanvaring met de openbaarvervoerpolitie wierp een kleine schaduw over die betovering. Wanda had flink wat moeite gedaan om de juiste kaartjes te kopen voor de ondergrondse. Met de vervoersbewijzen naar behoren gekocht, stapten ze de metro in. Uitgestapt op het gewenste station, werden ze aangehouden door een man die hun kaartjes wilde controleren. Geen probleem. Ze hadden de juiste kaartjes gekocht. Maar.....ze hadden hun kaartjes niet afgestempeld in het apparaat op het station vanwaar ze vertrokken. Er werd hen een forse boete opgelegd. Wanda protesteerde uit alle macht. Ze werden bijna naar het dichtstbijzijnde politiebureau afgevoerd. Na een verhitte discussie die wel een half uur duurde, moest de boete ter plekke betaald worden. Op naar het schitterende Wenen. Paleis Schönbrunn .... een meesterwerk. Oorspronkelijk zo genoemd vanwege de artesische put op het landgoed, want Schönbrunn betekent letterlijk 'mooie bron'. Eeuwenlang was dit het thuis van de machtige Habsburgers. Wanda had een speciale verrassing geregeld.

Ze hadden kaartjes voor een Mozart concert in de oranjerie van Schönbrunn. Een locatie die zich erop beroemt één van de belangrijkste bijdragen te hebben geleverd aan Mozart's faam. "We moeten tijdens het concert Jay stiekem even bellen mam. Zo'n pech, dat hij dit allemaal mist. Ik heb afgesproken, dat we hem zouden bellen en aan de lijn zouden houden, zodat hij iets meekrijgt van het concert." Lou dacht ook altijd aan Jay.

Ook de Spaanse rijschool was een hoogtepunt voor oom Joe. Ruim vierhonderd jaar geculmineerde kennis en ervaring over de bewegingen van het paard opgebouwd door systematische training. Tradities en gebruiken uit de renaissance werden verbeeld. De grootsheid van zowel de prachtige witte edeldieren als hun berijders, een topsensatie voor iedereen om intens van te genieten. Onovertroffen!

Van Oostenrijk naar Kroatië, een stop in Zagreb onderweg naar de spectaculaire Plitvicemeren. Dit bergachtige merengebied bestond uit opeenvolgende terrassen, lijkend op gigantische traptreden, waarop de meren lagen. Water van het ene meer vloeide in het volgende. Zestien meren op rij.

De unieke hemelsblauwe tinten constant variërend door steeds wisselend invallend zonlicht. Planken paadjes leiden de bezoekers veilig door het nationale park zonder de flora of fauna te verstoren; één van de schatten van de Werelderfgoedlijst.

Larry's echtgenote Dee kwam uit Kroatië. Ze was nog maar 3 toen haar familie naar Australië emigreerde. Ze kwamen van een eiland met de naam Korcula. Daar woonden nog familie en die verwachtten een bezoekje van Wanda, Lou en oom Joe.

"We hebben voor overmorgen een overtocht met de ferry vanuit Split geboekt. Slechts een paar uur naar Korcula. Een heerlijk boottochtje op de Adriatische Zee. Denk dat we onderweg een eiland of twee aan doen. Het zijn grote veerboten geschikt voor auto's en de weersverwachting is uitstekend dus prima allemaal." Wanda liet Lou en Joe de kaart zien en vertelde hen over het appartement op Korcula, dat ze had gehuurd.

"Mam. Denk je dat Dee's familie het ongemakkelijk vindt om ons te zien? Ze hebben papa nog niet eens ontmoet en dan treffen ze zijn ex-vrouw en dochter." Lou had zo haar twijfels over het familiebezoek.

Ze had er niet verder naast kunnen zitten. Dee's familie bleek buitengewoon gastvrij. Haar oom leerde oom Joe hoe je wijn maakt. Ze hadden het voorrecht uit zijn privé-vat te mogen proeven. Er werden flessen wijn aan oom Joe gegeven voor Dee's vader in Sydney.

Wat een opzienbarend eiland was Korcula. Het was recentelijk door de rijken en beroemdheden ontdekt. Kolossale jachten hadden er een belangrijke kust van gemaakt om af te meren. De oorspronkelijke ommuurde oude stad en burcht waren nog steeds intact. Prachtig!

Terug op de autoferry naar Split en meteen door naar de volgende ferry voor de overtocht naar Italië. Direct achter hun appartement in Korcula lag de zee, dus hadden ze luchtbedden gekocht om mee het water op te gaan. Nu gebruikten ze de luchtbedden als matras op het dek van de veerboot. Het was een nachtelijke oversteek en ze waren van plan onder de blote sterrenhemel te slapen.

Een paar dagen in Venetië en dan door naar het land van Shakespeare in het magische Verona.

Uiteindelijk in Milaan aangekomen, was oom Joe buiten zichzelf van opwinding, omdat hij de in geboorteplaats van de drafsport was aangekomen. De 'draverijen' waren in Milaan ontstaan en de baan van het San Siro Hippodrome was legendarisch.

"Ik heb gewonnen! Zag je hem aan het einde naar voren stuiven? Verdomd gaaf! Zal veel opleveren ook. Ik wist dat het een loper was. Moest gewoon voor de winst gaan. Verrekte kampioen!" Oom Joe had de winnaar eruit gepikt. Wanda en Lou waren wat gaan rondlopen om het terrein te verkennen en kwamen net op tijd terug om de race te zien.

Tot zijn grote ontsteltenis kwam oom Joe erachter dat hij niets gewonnen had, toen hij zijn winst wilde ophalen aan het loket. Veel armgebaren en een poging tot communiceren met het meisje dat hem hielp.

Hij had gevraagd om nummer 2 in de 3e maar ze had hem niet begrepen. Het ticket zei nummer 3 in de 2e. Hij had het niet gecontroleerd. Verdorie! Hij kon het niet geloven. De winnaar, die hij dacht te hebben gekozen, leverde een flinke winst op....maar niet voor hem.

Het duurde even voordat oom Joe over zijn blunder in San Siro heen was. Wanda en Lou leden in stilte. Wanda kreeg altijd de bibbers als de gokker in haar broer naar boven kwam.

De grens met Frankrijk gepasseerd en oom Joe had er toen gelukkig vrede mee en keek weer om zich heen. Daarbij wellicht geholpen door het vooruitzicht op het bezoek aan het casino van Monte Carlo. Hoewel hij geen kans kreeg op iets te wedden, was hij betoverd door de weelde. Hij kneep zichzelf even in de arm, om er zeker van te zijn, dat hij het zelf was daar op de plek die hij in zovaak en in zoveel films had gezien en geen zinnebeeld.

De bergen in vanuit Nice en ze hadden het geluk in een dorp terecht te komen dat net de vriendschapsbanden met Corsica vierde. Traditioneel uitgedoste muzikanten traden op in het dorpscentrum. Ze dineerden op de plaatselijke bazaar. Ze genoten van een zeer bijzondere avond en het weer was nog altijd perfect.

Ter ere van oom Joe hadden Janet en Dan een speciale barbecuelunch georganiseerd bij hun thuis nabij Antibes. Daarna liepen ze gezamenlijk over de Croisette in Cannes en benoemde de vele sterren van het witte doek, die daar geweest waren voor verscheidene edities van het beroemde filmfestival. Dan nam oom Joe ook mee in zijn flitsende cabriolet, het dak omlaag, voor een ritje naar de privé-kade waar alle megarijken hun gigantische jachten hadden afgemeerd. Oom Joe gaf de voorkeur aan die ene met zijn eigen helikopter. Hij was enorm onder de indruk dat Dan deze speciale toegang had. Dan's jaren als kapitein op één van de grote jachten maakte dat hij nog steeds een vooraanstaande positie had in Antibes.

Ze brachten een dag door op het strand van Cannes en oom Joe ging zelfs het water in.

Hij kon niet zwemmen maar Lou verzekerde hem ervan dat hij op een luchtbed veilig was. Zeer gedenkwaardige foto's voor het familiealbum.

"Jay, je moet Ivan in Londen bellen. Hij denkt dat hij misschien een mogelijkheid voor je heeft bij het bedrijf. Hij had het over de facilitaire afdeling, maar ik heb niet opgepikt wat de functie precies inhoudt. Het belangrijkste is, dat je er een voet tussen de deur krijgt. Het is één van de grootste reclamebureaus ter wereld, dit zou een geweldige kans kunnen zijn. Ze hebben een gigantische afdeling voor radio en overige media, wellicht is dit iets voor jou. Niet één van de radio-omroepen in Holland heeft toegehapt, dus ik denk dat dit de beste stap vooruit is naar een potentiële loopbaan. Hoe dan ook, bel Ivan en bespreek het met hem. Je weet dat hij een goede vriend is en dat hij alleen het beste met je voor heeft."

Wanda was zo enthousiast, toen Ivan haar benaderde over deze kans voor Jay. Hij was almaar moedelozer geworden, omdat hij geen goede baan kon vinden en de videotheek gaf hem ook nog eens steeds minder uren. Mensen zouden een moord plegen voor een kans bij een groot concurn als dit. Een buitenkans.

Lou was er nog niet uit of ze het leuk zou vinden als Jay naar Londen verhuisde, maar ze was het met haar moeder eens; hij zat in een neerwaartse spiraal waar het werk betrof. Mama had ook geregeld dat Jay bij een stel andere goede vrienden kon logeren als hij werd aangenomen, dus dat was geregeld.

Ze bekeken St. Tropez en de prachtige grotten i n Zuid-Frankrijk en bleven overnachten in Marseille. Wat een bruisende haven. Overal aroma's uit Afrika. De volgende dag reden ze verder naar Serignan en logeerden ze bij Engelse vrienden, die daar een vakantiehuis hadden.

"Leanne's vader heeft een baan aangeboden gekregen om het hoofdkantoor van zijn bedrijf in de VS te runnen, maar zou dan direct moeten verhuizen. Ze willen hun vakantie daarom inkorten en snel naar Nederland terug komen om in te pakken. Ze vragen of wij PJ willen houden?" Lou was overrompeld door dit verzoek toen Leanne haar opbelde.

Jay had voor PJ gezorgd, maar hij zei dat het niet het soort hond was dat bij hun als gezin paste. Hij zei, dat ze de hele tijd blafte en in huis haar behoefte had gedaan. Ze was wel eens bij Leanne thuis geweest, maar had de hond nooit ontmoet, dus Wanda maakte zich enigszins zorgen. Jay hield van honden. Vreemd dat hij over dit beestje zulke dingen zei. Lou had verschillende keren bij Leanne gelogeerd en vond het een leuke hond. Klaarblijkelijk hadden ze PJ opgesloten gehad tijdens Wanda's bezoek. Ze vonden het niet fijn als de hond om mensen heen drentelde terwijl ze zaten te eten. Al deze zaken gaven Wanda het idee dat dit niet echt een geschikte hond voor hun was.

"Als Leanne terugbelt, kun je haar vertellen dat we de hond voorlopig houden. Wanneer we in Holland terug zijn, kijken we wel of ze bij ons past."

Wanda zei tegen Jay en Lou, dat ze in het ergste geval contact op zou kunnen nemen met het kantoor van Leanne's vader om de hond naar de VS te verschepen zodra zij daar gesetteld waren. Plan B, voor het geval PJ niet bij hun gezin paste.

De week in Serignan werd onderbroken door een paar nachtjes in Barcelona. De dochter van hun vrienden hield hen gezelschap tijdens dat uitstapje. Sangria, tapas, Gaudí …… Barcelona was een favoriet waar Wanda steeds opnieuw naartoe terugkeerde. Een goedkoop appartement middenin het centrum volstond deze keer prima.

Niet zoals Wanda's bezoek aan Barcelona jaren geleden, met haar gekke Frans-Italiaanse geliefde. Hij bezocht een conferentie en had Wanda gevraagd hem te vergezellen als zijn partner. Ze hadden een suite in het fabelachtige Hotel Arts.

Marco en Wanda hadden elkaar door de jaren heen tijdens diverse gelegenheden in verschillende delen van de wereld ontmoet, maar ze was verrast met deze ongewone uitnodiging.

Op dat moment waren ze eigenlijk slechts vrienden. Iedereen bracht zijn of haar partner mee naar de conferentie.

Ze vermoedde dat hij gewoon niemand anders had kunnen vinden.

Tot haar grote verbazing bleek het veel meer te zijn dan dat. Eenmaal aangekomen in de suite, overlaadde hij haar met prachtige sieraden. Hoffelijker dan hij ooit geweest was. Na het eerste welkomstdiner gingen ze terug naar de suite en troffen naast het bad verse aardbeien en champagne aan. Hij had geregeld dat het bubbelbad was gevuld en door de hele suite stonden brandende kaarsen. Samen in het hete bad gezonken, voerde hij haar aardbeien middels hunkerende kussen. Hij leek een eeuwigheid aan haar tenen te sabbelen. Hij sprak over een toekomst samen en dat hij vond dat ze zo goed bij elkaar pasten. Wanda ging op in de hartstocht, maar wist maar al te goed dat dit niet echt was. Hij was een playboy en dat zou hij altijd blijven. Ze zou van het moment genieten en meer niet.

"Voortreffelijk. Goed gedaan!" Iedereen riep felicitaties door de telefoon, omdat Jay bij het reclamebureau in Londen was aangenomen. Hij zou wat spullen pakken en de bus nemen op de dag nadat Wanda, Lou en oom Joe in Nederland terug zouden zijn. Dat was over een week. Er waren maar twee telefonische sollicitatiegesprekken voor nodig geweest.

Nog een paar dagen in Serignan en daarna een bezoek aan meer Engelse vrienden in hun verbluffend mooie landhuis nabij Cahors. Het koetshuis was voor hun bezoek gereedgemaakt. Zo'n prachtige omgeving. Zandstenen plavuizen in en rondom hun zwembad. Adembenemende vergezichten. Ze genoten.

Twee nachten in Parijs, als onderbreking van hun reis terug naar Nederland. Hun bijzondere trip liep bijna ten einde.

Gelukkig hield Wanda van autorijden. Ze hadden een paar pogingen gewaagd om oom Joe weer achter het stuur te krijgen, alleen wilde het hem maar niet lukken. Was allemaal te ingewikkeld, dus besloten ze al in Italië dat het verder geen zin had om het te blijven proberen. Wanda zou gewoon als enige rijden, helemaal geen probleem.

Bij hun vertrek uit Cahors, die heerlijke zonovergoten ochtend, voelden ze zich allemaal reuze content. Zo veel fantastische avonturen beleefd.

Ze wisten op dat moment niet dat één van de grootste avonturen nog moest komen.

"Alle waarschuwingslichtjes branden! De motor valt terug." Wanda was machteloos. Gelukkig kon ze die groene Italiaanse wagen in zijn vrij naar de andere kant van de rotonde sturen, weg van het verkeer.

Het was een vrijdag aan het begin van een lang weekend. Hun planning was om die zondag in Nederland terug te zijn. Lou moest maandag weer naar school. Oom Joe's vlucht terug naar Sydney vertrok op dinsdag en Jay had voor diezelfde dag een ticket voor de bus naar Londen geboekt.

Wanda zou in haar beste Frans met de mensen van de wegenwacht proberen te communiceren. Ze had het nog niet eerder bij de hand gehad, dus wilde ze eerst zeker weten dat ze de juiste informatie paraat had. De wegen waren afgeladen met vakantieverkeer en dat betekende ontegenzeggelijk veel voertuigen met pech onderweg. Kon even duren.

Enkele uren verstreken voordat er een sleepwagen arriveerde. De uiterste inspanningen om de auto weer aan de praat te krijgen, leverden niets op. Nadat hij had bepaald welk onderdeel vervangen moest worden, liet de chauffeur / monteur zijn kantoormedewerkers op uitzoeken naar de dichtstbijzijnde een garage, die het betreffende onderdeel in huis had.

Wanda was blij dat ze volledige Europese dekking had voor die groene Italiaanse wagen. De auto had het tot dan toe zo voortreffelijk gedaan. En nu plotseling, zonder enige waarschuwing, viel hij uit.

Wanda drukte de wegenwachtmensen op het hart hoe belangrijk het was, dat ze weer snel op weg konden. Ze vertelde tot in elk detail de verschillende dringende verplichtingen van iedereen in die auto. Het was echter de vrijdag van een lang weekend. Garages waren al gesloten en het leek erop dat het onderdeel moest worden besteld, maar zelfs dat kon niet voor pas aankomende dinsdag gebeuren. Mon dieu!

Er bestond een kans, dat een garage in Toulouse hen uit de brand kon helpen. De wegenwacht regelde een hotel en ze sprongen in de dubbele cabine van de enorme sleepwagen. Als de auto de volgende dag niet gerepareerd kon worden, zou de wegenwacht zorgen dat oom Joe en Lou met de trein terug naar Nederland konden.

Wanda zou bij de auto moeten blijven, in Toulouse.

"De trein kwam aan in Parijs op station Montparnasse en we moesten naar Paris Nord aan de andere kant van de stad, om op de trein naar Amsterdam te stappen. Zo blij, dat je alles wat ik moest zeggen voor me had opgeschreven. Kan nog niet geloven, dat de taxichauffeur me ook daadwerkelijk begreep." Lou was in haar schik met haar plotselinge beheersing van het Frans.

Wat een manier voor oom Joe om zijn rondreis door Europa af te sluiten. Hij was natuurlijk teleurgesteld, dat ze Parijs niet konden bekijken maar het drama met de auto, de treinreis en de ongeplande nacht in Toulouse, waren ontzettend vermakelijk geweest. Om maar te zwijgen van de briljante manier waarop hij en Lou zich wisten te redden met die Parijse taxichauffeur.

Wanda vond, dat het lot haar goed gezind was. Hier zat ze in een prachtig en volledig betaald hotel in Toulouse, terwijl het thuis in Holland een grote chaos moest zijn. Ze had zich waarschijnlijk de haren uit het hoofd getrokken in een poging alles voor iedereen georganiseerd te krijgen. Maar zonder haar bemoeienis was alles prima op zijn pootjes terecht gekomen.

Die groene Italiaanse wagen bleek iets langer in de garage te moeten blijven dan verwacht. Het onderdeel was meteen die dinsdag besteld, maar zou woensdag pas geleverd worden. Het leek erop dat Wanda op donderdag eindelijk aan haar ritje naar het noorden kon beginnen.

Lou was zonder problemen weer begonnen op school. Oom Joe's vlucht terug naar Sydney was ook dik voor elkaar. Jay's reis naar Londen begon echter minder voorspoedig.

"Mam. Mijn tas stond daar gewoon tussen mijn benen op de grond. Die aso kwam uit het niets aanrennen, graaide het mee en bleef rennen." Jay had zijn busticket opgehaald bij de balie van het busstation in Amsterdam.

In een ogenblik had de dief zijn tas weggegrist en was de stationshal uit gerend. Verdwenen!

• HOOFDSTUK ZEVEN •

GELUKKIG HAD DE BALIEMEDEWERKER Jay's paspoort al gescand. De politie was snel ter plaatse en er werd onmiddellijk verbaal opgemaakt. De medewerker van het busstation belde voor Jay het Britse Passport Office en liet weten, dat hij zijn reis kon voortzetten. Zijn geld zat veilig in zijn zak. Zijn hoofdbagage stond al bij de overige tassen, die nu in de bus geladen werden. Jay was blij dat hij zijn reis kon vervolgen.

Terwijl hij alle documentkopieën van de medewerker aannam, drong plots tot hem door dat ruim dertig van zijn lievelingscd's, zijn discman en de nieuwe koptelefoon allemaal in die gestolen kleine rugzak zaten. Toen dit tot hem doordrong kwam het hard aan en Jay was kapot.

Wanda wist hoeveel Jay's muziek voor hem betekende. Ze kon met geen mogelijkheid al zijn cd's vervangen, maar ze hadden wel een reisverzekering en ze zou een claim opstellen zodra ze kon.

"Kun je wel verder reizen Jay? Moeilijk te accepteren dat mensen tot zulke narigheid in staat zijn hè? Een jongeman die op het punt staat in een internationale bus te stappen en dan duikt er een andere jonge knul op die je spullen jat. Gelukkig heeft hij je geen pijn gedaan. Nou, doe de groeten aan Bern en Martha. Ja. Ze halen je op bij het busstation. Ik hou van je." Wanda was blij, dat die groene Italiaanse wagen weer de weg op kon.

Ze reed rechtstreeks van Toulouse naar Hillywood, stopte alleen voor brandstof en toiletbezoek.

Wanda opende de deur van hun Hollandse thuis en zag een schattig hondje op de trap zitten. PJ kwam direct op Wanda af en haar grote bruine ogen boorden zich diep in de ogen van Wanda. Ze hadden direct een innige band.

De invoerpapieren zeiden kruising tussen gemengd ras/Shetland sheepdog. PJ had een lange donkerblonde vacht een treffende gelijkenis met Wanda's haarkleur. Ze had ook nog eens het zelfde effect te hebben gelijk aan de 3 tinten blond die Wanda's kapper, met folie wist te maken. Wanda had nog nooit een hond met zo'n lief karakter ontmoet en ze had het snoezigste koppie.

Leanne's gezin had een ware schat weggedaan. Na acht jaar had haar moeder genoeg gehad van al het haar dat PJ verloor. Met de pasgeboren baby had die constante haaruitval haar moeder gek gemaakt. Wanda was zelf ook altijd flink in de rui, dus PJ zou voor haar en Lou in dat opzicht geen problemen zijn.

Wanda fietste die middag naar Lou's school, ze wilde niet langer wachten om Lou weer te zien. Omdat ze PJ die eerste dag dat ze terug was niet alleen achter wilde laten, pakte ze een rugzak waar PJ precies inpaste, zodat ze het hondje op haar rug kon dragen tijdens het fietsten. PJ leek graag met Wanda mee te gaan en liet het zich allemaal welgevallen. Haar kleine kopje stak boven de rand van de rugzak uit toen Lou de school uit kwam lopen. Veel 'oh' en 'ah' geluiden van Lou's klasgenoten. Zo schattig. PJ was om op te vreten.

Vanaf school gingen ze door naar de fietsenmaker. Veel comfortabeler voor PJ in het kleine mandje dat Wanda op haar fiets liet bevestigen.

"Zie je mam. Ik zei toch dat PJ een leuke kleine hond was." Lou was blij dat Wanda er hetzelfde over dacht. Beiden begrepen niet waarom Jay er anders over dacht.

Lou vertelde Wanda dat PJ naar de postbode had geblaft, toen hij probeerde de post door de brievenbus in de voordeur te steken. Ze vonden het allebei behoorlijk grappig. Maar misschien had Jay wel willen uitslapen en had PJ hem wakker gemaakt om uitgelaten te worden. Hij hield evenveel van honden als zij deden. Eigenaardig dat hij PJ niet net zo leuk vond als zij deden.

Leanne's vader moest voor zijn werk in Nederland zijn, dus nodigde Wanda hem uit te blijven eten. Hij had PJ duidelijk gemist en was opgetogen dat hij even langs kon komen.

PJ was in eerste instantie heel blij hem te zien. Daarna, alsof ze wilde zeggen 'dit is mijn nieuwe thuis', plantte ze zichzelf pal naast Wanda en kwam ze de rest van de avond niet meer van haar plek. PJ zou echt niet naar de VS verhuizen.

Iedere morgen sprong Wanda uit bed om met PJ op de fiets te stappen. En daar gingen ze, naar het bos in de buurt. PJ zat in haar mand tot ze bij het bos waren, wachtend op een teken dat ze eruit mocht springen. Vervolgens fietste Wanda kalm verder met PJ ernaast. Als PJ een andere hond zag naderen, nam ze een grote omweg tussen de bomen. Wonderbaarlijk genoeg vond PJ Wanda verderop altijd weer terug. Zodra ze geroepen werd, kwam PJ aanhollen en sprong ze terug in het mandje. Ze werden de beste maatjes.

"Het is een huis dat ik deel met drie andere jongens mam. Jep. Ze lijken me heel oké. Houden van muziek en gamen net als ik. Denk ook dat ze allemaal een goede baan hebben." Jay was nu een paar weken in Londen en had zijn draai gevonden in zijn functie bij het reclamebureau. Hij had besloten, dat het tijd was om een eigen plek te zoeken. Super dat Bern en Martha hem tijdelijk in huis hadden genomen, maar hij wilde graag onder mensen van zijn eigen leeftijd zijn.

Wanda en Lou waren voor een weekendje naar Londen gereden en hadden veel van Jay's spullen meegenomen naar zijn nieuwe onderkomen. Hun plan was om daar ook Lou's verjaardag te vieren. Ze hadden theaterkaartjes gekocht en zouden van tevoren lekker uit eten gaan in West End.

Jay's huisgenoten leken hen heel aardig. Genoeg ruimte in zijn kamer voor al zijn spullen. Vrij dichtbij het station dus de reis naar zijn werk was prima te doen. Wanda en Lou zagen dat het de goede kant op ging voor Jay. Hij had het zelfs over een meisje van zijn werk, dat hij leuk vond.

PJ was het weekend bij vrienden in Nederland achtergebleven. Ze wilden haar eigenlijk niet teruggeven toen Lou en Wanda haar maandagochtend weer op kwamen halen. En dit zou zich vaker voordoen. Het duurde voor de meeste mensen niet lang voordat ze smoorverliefd op dat hondje waren.

Totaal geen gebrek aan vrienden dus, bij wie PJ kon logeren als Wanda en Lou weggingen.

Lou besloot dat het tijd was om een bijbaantje te vinden. Misschien oppassen. Ze schreef een briefje in zowel het Nederlands als in het Engels en deed het in de brievenbus van huizen in de buurt. En wat wil het geval, ze stuitte op een Engelse die aan de overkant van de straat woonde.

Denise was achttien jaar geleden als au pair naar Nederland gekomen. Ze werd verliefd op een Hollander uit de buurt. Zij en Jan trouwden en kregen twee zoons. Eén heette Jay, hoe kan het zo zijn? De ander was Sam. Denise en Jan waren uit elkaar en ze had vaak oppas nodig voor haar jongens. Ze was lerares in de onderbouw van de Internationale School.

Lou vond verderop in de straat ook nog een Australische vrouw. Zij had een Engelse echtgenoot. Genna en Neal hadden twee jonge kinderen voor wie ze ook af en toe een oppas nodig hadden.

De eerste avond, dat Denise aan Lou vroeg op de jongens te passen, had ze plannen voor een meidenavond. Denise vroeg Lou of haar moeder misschien mee wilde gaan. Wanda aarzelde geen moment. Ze had Denise kort ontmoet en had direct het gevoel dat ze best eens veel lol met haar zou kunnen hebben. En ze had gelijk.

Die eerste avond uit werkte als een keerpunt voor Wanda. De vriendinnen van Denise waren allemaal Nederlands en zo was de avond. Wanda was in haar element. Ze kon de helft van de gesprekken niet volgen maar voelde ze zich helemaal thuis.

Ze gingen naar diverse knusse Nederlandse bars, waar iedereen met elkaar omging als goede bekenden. Dansten waar ze maar konden. Ze zongen alle Nederlandse smartlappen mee, lachten en hadden gewoon een heerlijke 'onzin' tijd. De kroegen puilden uit van de lange knappe mannen. Fantastisch!

In een bar aan het Leidseplein gaf Denise een seintje dat ze één man op het oog had, die ze bijzonder interessant vond.

Wanda zag tot haar genoegen, dat hij samen met een vriend was die zij vrij aantrekkelijk vond. Toen ze samen dansten besloot Denise dat ze toch niet zo van de man onder de indruk was. Wanda, daarentegen, vond haar vent Alex wel heel prettig gezelschap. Hij sprak vloeiend Engels en maakte haar aan het lachen. Onwijs aantrekkelijk. Pakte haar hand een paar keer vast en kuste deze. Hij vroeg Wanda's telefoonnummer en ze bedacht dat het leuk zou zijn om hem nog eens te zien.

Het was ergens tegen 5 uur in de ochtend, toen ze eindelijk thuis waren. Wanda had niet zoveel met drank, dus was zij die avond de Bob, zoals nadien vaker het geval zou zijn. Wat hadden ze een schitterende avond gehad. Het enige dat Wanda minder vond was de sigarettenrook. Ze stonk. Al haar kleren moesten direct naar buiten om te luchten. Denise en haar vriendinnen waren ontzettend gezellig. Jammer dat ze allemaal rookten. Niet dat er veel mensen in het uitgaansleven waren die niet rookten. Praktisch overal waar je de deur van een bar opentrok, kon je tegen een muur van rook aanleunen.

"Mam. Kan Danny zaterdagnacht bij ons blijven slapen? Lou ging nu officieel al een paar maanden met Danny om. Ze was 16 geworden en wilde graag een volgende stap in hun relatie zetten. Een diep en betekenisvol gesprek met haar moeder volgde.

"We gaan geen seks hebben mam." Lou had dat punt heel goed duidelijk gemaakt. Het had echter geen enkele invloed op Wanda's beslissing. Wanda hield vol dat het tijd was dat Lou aan de pil ging. Ze zou ook condooms in haar nachtkastje leggen, voor het geval dingen te verhit raakten.

Danny's ouders waren een aanzienlijke tijd geleden uit elkaar gegaan. Zijn vader werkte aan grote overzeese pijplijnprojecten en bezocht Danny slechts sporadisch. Zijn moeder noemde zichzelf een uitstekende kok. Kort nadat Lou en Danny hadden besloten, dat ze een stel waren, had zijn moeder Wanda en Lou uitgenodigd voor een diner.

Er kwam een waar Indonesisch feestmaal op tafel. Haar nasi goreng en saté waren zonder twijfel de beste die Wanda ooit had geproefd.

November bracht helse kou. Eén van de koudst gemeten novembermaanden uit de Nederlandse meteorologische geschiedenis. Leanne's moeder had hen het hondentruitje gegeven dat ze voor PJ had gebreid, toen ze naar Nederland verhuisden.

Wanda en Lou bespaarden PJ de gêne, maar nu dachten ze dat het misschien toch goed van pas kwam. Sterker nog, ze hadden zelfs een klein tapijtje in haar fietsmand gelegd om haar tegen de kou te beschermen.

Wat Wanda betrof, kwam haar skiuitrusting haar aardig van pas tijdens haar winterse fietstochtjes. Op enig moment werd zelfs de bivakmuts in gebruik genomen. Brr. Affa frosty! Vroege sneeuw viel in de Alpen en het zag er veelbelovend uit voor de skiomstandigheden tijdens de Kerst voor hun deelnemersgroep van vierendertig personen. Vrienden kwamen er voor over uit Sydney. Sommigen kwamen met de auto vanuit Nederland of Duitsland. Anderen kwamen of met de auto, met het vliegtuig of met de trein naar Zwitserland vanuit Engeland. Iedereen had voor zichzelf geregeld, hoe ze naar de berghut in Crans Montana kwamen. Wanda had al het overige georganiseerd.

Er was centrale verwarming geïnstalleerd in hun nieuwe Hollandse huis. Gelukkig had Wanda ook de vrijstaande gaskachel in de woonkamer aangehouden.

"Mam. Die oude gaskachel maakt een enorm verschil. Meteen zo'n zalige warmte. Dat zorgt voor zo'n knusse en gezellige sfeer in de huiskamer." Lou's vrienden dachten er hetzelfde over. Haar huis was de perfecte hangplek, omdat het zo dichtbij het centrum en bij de school stond. Lou wist dat haar moeder dat goed vond. Ze vonden het heerlijk om mensen over de vloer te hebben en de koelkast en voorraadkast waren altijd goed gevuld voor eventuele hongerige gasten.

Een paar van Lou's vrienden moesten een lange treinreis maken om thuis te komen dus, naast Danny, bleven er vaak anderen slapen.

Wanda stond er altijd op om de ouders te spreken van degene die bleef slapen. Ze wilde weten of die ermee instemden.

Ze had nog nooit problemen gehad door ziedende ouders en dat wilde ze graag zo houden.

Een lastig dilemma als verantwoordelijk ouder deed zich voor, toen Lou's beste vriendin besloot, dat ze haar relatie met een jongen uit hun klas niet langer geheim wilde houden. Ze kwam uit een Arabisch land en had zeer strenge ouders. Dit zouden ze zeker niet toestaan. Bij Lou thuis zouden ze elkaar op hun gemak kunnen ontmoeten. Haar ouders waren eens op de thee geweest en Wanda was ook bij hen thuis geweest. Het sprak voor zich dat ze Wanda in alles vertrouwden. En toen vroeg Lou of Wanda een oogje wilde dichtknijpen, zodat haar vriendin met de jongen in kwestie bij hun thuis kon vertoeven.

Niets dan muziek luisteren of tv kijken met de rest van de groep, maar Wanda wist dat de ouders van het meisje het niet goed zouden keuren.

Hoe daar mee om te gaan?

"Lou. Hij lijkt me een aardige jongen. Begin volgend jaar is er een schoolfeest. Ze moet haar ouders daarover inlichten en uitleggen dat ze bang is, dat er niemand is met wie zij erheen kan. Iedereen moet in koppels gaan. Ze kan haar ouders vragen haar te helpen een jongen uit jouw klas te kiezen. Nodig iedereen dan hier thuis uit. Hij moet haar ouders ervan overtuigen, dat hij de beste date voor het schoolfeest is. Dat is immers de waarheid. Je weet dat de waarheid vertellen altijd het beste is." Haar moeder had gelijk.

Wanda vond het prima dat ze tijd na school bij haar thuis doorbrachten, maar ze wilde geen stiekeme situaties die conflicten konden veroorzaken. De ouders van het meisje erin betrekken was de beste manier.

"Ja oma. Nee oma. Nee. Hij komt niet uit China. Danny is in Indonesië geboren. Ja. Dat klopt. Ten noorden van Australië." Lou sprak om de paar dagen met oma en elke keer moest ze weer het hele scala aan vragen beantwoorden. Oma wilde graag weten wat er allemaal speelde, al had ze er moeite mee die informatie te onthouden. Maar ze was gelukkig. Het afgelopen jaar had ze heel veel bezoekjes van haar zoons gehad en ze hield van het eten in het restaurant van het verzorgingshuis.

Jay belde zijn oma ook vanuit Londen, ongeveer eens per maand. Ze herinnerde hem er altijd aan dat haar ouders in Londen geboren waren. Het verhaal over hoe ze in Australië terechtkwamen, vertelde ze keer op keer. Jay wilde het altijd horen. Hij vertelde op zijn beurt over eten. Daar genoot oma van. Meestal maakte ze hem aan het lachen. Die goeie ouwe oma.

Deze koude novembermaand stond bol van verscheidene belangrijke vergaderingen voor Wanda. Toen kwam het telefoontje.

Wanda had haar moeder de dag ervoor nog gesproken. Hetzelfde gesprek als altijd. Wanda herinnerde haar eraan dat ze in Nederland waren en die dag dus niet zouden langskomen. Mama was goed gehumeurd en vooral blij met de maaltijden die ze deze dagen kreeg voorgeschoteld. Er was sprake van een verhuizing naar een pas geverfde en opnieuw behangen woonruimte. Dat zou fijn zijn.

"Ze had geen beter einde kunnen wensen dan dit Wanda. Tijdens één van haar normale nachtelijke toiletbezoekjes is ze gewoon omgevallen. Ze denken dat het een plotselinge en abrupte hartaanval geweest is. Ze had op de alarmknop gedrukt en de verpleegster was direct gekomen, maar ze was al overleden. Ik weet het. Ja. Dat klopt. Nooit problemen met haar hart gehad. Sterk als een leeuw. Maar ja." Joe huilde terwijl hij sprak. Wanda zei dat ze hem over vijftien minuten terug zou bellen. Toen barstte ze in tranen uit.

Wanda had dit telefoontje al tijden half en half zien aankomen. Mama was al bijna 90. Toen ze haar in Sydney achterlieten, had Wanda aan Lou en Jay verteld dat ze oma waarschijnlijk niet meer zouden zien. Nu het werkelijkheid was geworden, konden ze het niet geloven.

"Mam. Wat is er gebeurd?" Lou kwam net de trap af denderen, zei dat ze te laat was voor school en dat ze moest opschieten. Ze huilde onbeheerst toen haar moeder de woorden over oma's dood eindelijk over haar lippen kreeg.

Tussen de tranen en vele telefoontjes met Jay en de familie door, belde Wanda de school om te laten weten dat Lou vandaag niet kwam. Een belletje naar Al en hij nam de taak op zich om de diverse mensen af te bellen, die Wanda die dag zou treffen.

Jay was in shock. Hij voelde zich alleen. Wanda zei dat ze zijn vlucht zou betalen, zodat hij bij haar en Lou kon zijn.Maar zijn werkschema was zo overladen vol, dat hij besloot daar te blijven. Halverwege de dag realiseerde hij zich, dat hij toch niet naar behoren kon functioneren. Vreemd het uitgestelde effect van een dergelijke schok.

Wanda besprak uitgebreid met Jay en Lou dat ze niet naar Sydney zouden vliegen voor de begrafenis. Ze wisten alle drie, dat oma een hekel had aan begrafenissen. Zij ging gewoon nooit. Haar moeder, broers, zus, een zoon en een dochter waren allemaal overleden. Het was haar verlangen om alleen thuis te zitten, oude foto's van hen te bekijken en terug te denken aan de gelukkige tijden. Oma geloofde in geen enkele vorm van begrafenissen. Dat gigantische eind vliegen om die van haar bij te wonen, sloeg daarom nergens op. Ze zouden zelf in Nederland een kleine herdenkingsdienst houden.

"Nee. We komen niet. Jullie moeten doen, wat je denkt dat de familie wil. Het gaat niet om mama. Ze haatte begrafenissen, dat weet je. Het gaat er nu om dat jullie allemaal op je eigen manier kunnen rouwen. Doe maar waar jullie je prettig bij voelen en ik betaal wel mee." Wanda sprak haar broers diverse malen over alles omtrent de begrafenis. Het leek erop dat mensen dachten dat Wanda het gelukskind was, dat het geld op de rug had groeien. Voor haar ogen ontvouwde zich een buitensporige begrafenis.

"Werkelijk? Ze komen allemaal uit Melbourne en willen hun oma zien om afscheid te nemen. Jeetje! Mam zou een rolberoerte hebben gekregen. Oké. Als jullie echt voor een open kist willen gaan, laat de begrafenisondernemer dan in ieder geval een permanent in haar haar zetten - en laat hem in hemelsnaam geen nep glimlach op haar gezicht aanbrengen." Het liep volledig uit de hand.

Wanda had er al veel meer geld ingestopt dan de anderen en nu had weer iemand een briljant idee dat nog meer zou kosten. Wanda moest daar nee tegen zeggen.

"Als jullie dat echt willen doen.....vraag dan of de kleinkinderen wat geld in de pot willen stoppen."

Inmiddels had Wanda broer Joe dagelijks aan de telefoon. Hij was het hoofd van de familie. Ze moedigde hem aan om op de begrafenis te spreken. Larry zou Wanda en hun kinderen vertegenwoordigen. Speelde zijn trompet ter afscheid van oma. Wanda had een prachtige grafrede geschreven die Joe voorlas. Hij deed het perfect en was blij dat hij had gesproken.

Jay had een heel spiritueel moment. Toen hij bijkwam van de schok dat oma was overleden, ervoer hij een vredige band met haar dat zijn verdriet verzachtte. Hij besloot niet terug te vliegen naar Lou en zijn moeder voor hun eigen kleinschalige Nederlandse kerkdienst op de dag van oma's begrafenis. Hij rouwde op zijn eigen manier. Over een paar weken zou hij terug zijn in Nederland en met Wanda en Lou op Kerstvakantie gaan. Hij besloot alleen maar te denken aan alle mooie herinneringen, die hij aan oma had en zou zich daarop blijven richten.

Wanda en Lou waren met de hele familie aan de telefoon aan het einde van de begrafenis in Sydney. Ze waren eerder die dag in Hillywood in de kerk geweest. Gebeden en stil verdriet vloeiden over in grappige verhalen die ze met elkaar deelden over momenten uit het leven met oma. Lou was trots, dat haar vader voor iedereen trompet speelde. Het was hartverwarmend, dat hij nog steeds zo hecht was met mam's familie.

De weken verstreken en Lou en Wanda troffen zichzelf vaak diep in gedachten denkend aan oma, die ze misten. De geregelde, herhaaldelijke telefoongesprekken. De cadeaus die ze verzameld hadden om aan oma te sturen. Tranen welden op in hun ogen. Ze zuchtten met bezwaarde harten en wisten dat er een gat in hun leven was ontstaan, dat nimmer gevuld zou kunnen worden.

Er was niemand zoals oma. De acht kinderen aan wie zij het leven had geschonken, hadden eenentwintig kleinkinderen voortgebracht en zesentwintig achterkleinkinderen.... tot nu toe.

PJ voelde het allemaal haarfijn aan. Ze wist, dat er iets was. Geen enthousiast gebedel om mee uitgenomen te worden. Geen gedrentel achter Wanda aan, maar een stille knuffel aan haar voeten als Wanda dan eindelijk eens even op één plek stilstond. Opmerkelijk!

"Zin in een avondje uit met de meiden schat?' Denise en Wanda waren dikke vriendinnen geworden. Ze had haar genoeg rust voor bezinning gegund en was van mening, dat een gezellig avondje Wanda goed zou doen. Het duurde niet lang meer, voordat Wanda bezoek uit Sydney zou krijgen, dus kon ze maar beter weer in feeststemming raken.

Die avond had Wanda ook met Alex afgesproken. Hij had een paar keer gebeld sinds die eerste avond uit in Amsterdam en was heel meelevend geweest omtrent de dood van haar moeder. Het slot van het napraten met Denise over de avond eindigde minder positief.

"Hij is hilarisch, maar ik weet niet of ik daadwerkelijk iets met hem wil." Alex had Wanda gevraagd de volgende avond mee uit eten te gaan en ze had ja gezegd, maar was er later niet meer zo zeker van. Ze had Denise gevraagd haar gerust te stellen. Volgens Denise was hij heel aardig.

Wanda en Alex gingen een paar keer uit. Tijdens de tweede date had hij bij hem thuis voor haar gekookt.

"Nogal middelmatige seks," vertrouwde Wanda Denise de volgende dag toe. Ze traden niet in detail. Denise had al ruim een jaar geen seks gehad, dus voelde niet met haar mee en antwoordde slechts: "Beter dan niets."

Die arme Alex wist dat hij aan Wanda was overgeleverd of het iets tussen hen zou worden, maar hij besloot, dat hij het dan maar liever zo had, dan haar helemaal niet te hebben.

Waarom was december altijd zo'n idiote tijd?

Niet eens het einde van het schooljaar in Europa maar de stress sloeg toch toe over eindejaarshows en opdrachten die voor het einde van het eerste semester ingeleverd moesten worden.

Lou's dramagroep had, naar het leek, al eeuwen geoefend op hun versie van 'The Phantom of the Opera'. Lou had één van de hoofdrollen. Helaas vond de uitvoering plaats voordat Jay uit

Londen thuis kwam, maar Denise ging met Wanda mee om de toekomstige ster te bewonderen.

"Fantastisch Lou. Je bent een geboren actrice." Denise was oprecht onder de indruk en Wanda niet minder.

Jay ging naar het Kerstfeestje van zijn werk. Het meisje dat hij leuk vond, negeerde hem, maar er was een ander meisje uit 'The Gallery' dat wel toehapte. Jay had een kraakpand vol artiesten ontdekt, in de buurt waar hij woonde. Hij werd vaak gevraagd als DJ voor hun muziekavonden en dit meisje had zich aan zijn voeten geworpen. Hij zou wel zien wat het zou worden.

Zijn baan was wel oké, maar Jay wist niet zeker of hij zich thuis voelde in de reclamewereld. De druk van de deadlines werd hem een beetje veel. Hij zag ernaar uit naar Holland te vliegen en tijd met zijn familie door te brengen.

Wanda rondde haar projecten volgens afspraak af en had nu haar handen vrij voor Kerst, de goede vrienden die kwamen en de grote skitrip die op de planning stond.

Cath en Rose arriveerden uit Sydney, op de dag nadat Jay aankwam uit Londen. Lou en Rose hadden in Sydney op dezelfde kleuterschool gezeten en waren al die tijd bevriend gebleven. Cath en Wanda waren ook beste vriendinnen. Cath's zoon Bill was een vriend van Jay en iedereen was teleurgesteld, dat hij niet was meegekomen.

Die groene Italiaanse wagen had een grote servicebeurt en wat extra winterbehandelingen ondergaan voor de lange rit naar Zwitserland. Ze zouden met z'n vijven in de auto zijn, dus had Wanda de garage gevraagd een dakkoffer op de auto te monteren, waar al hun skiattributen in pasten.

"Oh nee. Dat meen je niet! Hoe kan dat!" Wanda luisterde naar Cath, aan de telefoon, huilend terwijl ze haar verhaal deed.

Cath was het centrum in gegaan om te winkelen. Een dame had kleding bekeken in de zelfde rekken waar Cath aan het neuzen was. Leek een aardige vrouw. Ze maakten een praatje. Cath vertelde haar dat ze geen Nederlands sprak en de vrouw schakelde direct over op perfect Engels. Ze wisselden wat beleefdheden uit.

Cath had haar tas slechts een ogenblik op de grond gezet. Had niets in de gaten totdat ze aan de kassa wilde betalen. Stom genoeg lag haar portemonnee zichtbaar bovenin haar open handtas. Cath had niet gezien dat de vrouw toegeslagen had.

Weg portemonnee.

• HOOFDSTUK ACHT •

CATH WAS UREN ACHTEREEN met instanties in gesprek over haar creditcards en bankpassen. De reisverzekeringsagent klonk zeker behulpzaam, maar zou haar pasjes niet kunnen vervangen nog tijdens haar verblijf in Nederland. Ze was zielsblij, dat ze er niet alleen voor stond.

"Belachelijk, dat ze niet meteen iets kunnen regelen. Wat als je reizende bent? Dan zou je geen kant op kunnen. Ga er maar achteraan wanneer je terug bent in Sydney en maak je er verder niet druk om. Ik dek je kosten zolang je hier bent en je kunt me later terugbetalen." stelde Wanda haar gerust.

Cath en Wanda waren zeer hechte vriendinnen geworden in de twaalf jaar dat ze elkaar kenden. Ze ontmoetten elkaar in Sydney op de kleuterschool waar Lou en Rose heen gingen. Cath's echtgenoot was er net met een andere vrouw vandoor gegaan en ze was ten einde raad. Ze was plots een alleenstaande moeder met twee kinderen geworden, net als Wanda. Ze hadden allebei een zoon en dochter, maar Cath's kinderen waren achttien maanden ouder dan Lou en Jay. Door de jaren heen hadden ze elkaar door dik en dun gesteund. Hun kinderen gingen naar dezelfde scholen en werden ook goede vrienden. Skireisjes naar de Snowy Mountains of een vrijdagavondje thuis met pizza en films. Ze kwamen veel bij elkaar over de vloer, ze waren als familie. Ieder was teleurgesteld dat Cath's zoon Bill niet mee kon op deze bijzondere skivakantie in Zwitserland.

Die groene Italiaanse wagen was toegerust met een gehuurde dakkoffer waar alle ski's, schoenen en bagage voor vijf personen in vervoerd kon worden.

Hij zoefde moeiteloos over de snelwegen ondanks de zware last. Ze vertrokken vroeg met Brussel als tussenstop voor de lunch en een wandeling in het oude stadscentrum. Cath had door Europa gereisd toen ze jong was maar Rose was alleen in Schotland geweest, naar het grensplaatsje waar Cath geboren was en haar ouders vandaan kwamen.

Ze waren van plan de rit van 1000 km van Hillywood naar Crans Montana in Zwitserland optimaal te benutten. Twee uur tot Brussel en vervolgens iets meer dan een uur rijden en ze waren in Luxemburg, waar ze even de benen strekten. Al snel reden ze Frankrijk binnen. Voor hun volgende onderbreking kozen ze een wijngaard uit. Ze hielden ervan om wijnen te ontdekken. Ze reden door Metz en zagen de Romeinse invloeden en de 3000 jaar geschiedenis waarover ze hadden gelezen.

Die nacht sliepen ze in een prachtige jeugdherberg in Freiburg, Duitsland. Goedkope accommodatie en het was altijd leuk om naar verhalen van medereizigers te luisteren. De volgende dag reden ze door naar het wonderschone meer van Genève. Het was als een inlandse zee omgeven door de meest majestueuze met sneeuw bedekte Alpen. Een tweede overnachting was geboekt bij een charmant klein hotelletje met uitzicht op het meer. Nog mooi op tijd om te genieten van dat intens blauwe water, voordat de zon onderging.

Het bleef hen verbazen hoe snel je in Europa in een ander land was. Zoveel variatie aan culturen, allemaal geworteld in hun vele verschillende talen. Geweldig!

Er kwamen in totaal 34 vrienden van Wanda bij elkaar voor deze speciale Nieuwjaarsweek in de besneeuwde bergen van

Zwitserland. Sommigen hadden elkaar nog nooit ontmoet, maar ze wist zeker dat ze het allemaal met elkaar zouden kunnen vinden. Het gros kwam met de auto uit Groot Brittannië. Sommigen namen het vliegtuig en anderen de trein. Enkelen kwamen uit Nederland en een paar uit Duitsland.

Amerikaans, Engels, Schots, Nederlands, Duits, Noors, Zweeds, Australisch........ een mix van nationaliteiten, leeftijden en interesses maar met een gemeenschappelijk verlangen om te genieten en een plezierige tijd te hebben.

Wanda bedacht hoe goed ze het getroffen had met zoveel oprecht geweldige vrienden.

Het chalet was perfect. Parkeren voor de deur. Twee verdiepingen helemaal gereserveerd voor hun groep. Elk met een eigen grote woonkamer. De kinderen maakten snel hun keuze. Dat pakte prima uit. De volwassenen betrokken de bovenste verdieping, met het grootste balkon. Een aparte eetzaal op de begane grond speciaal voor hun groep, inclusief catering. Overheerlijk en overvloedig eten.

Iedereen was meer dan tevreden met de deal die Wanda had gesloten en hadden daarom als dank samen een cadeau voor haar gekocht.

"Oh wauw. Zo zacht. En een te gekke kleur. Past perfect. Dat hadden jullie niet moeten doen!" In een ogenblik had Wanda het zachte bleekblauwe gebreide jasje met ritssluiting aan en voor het merendeel van de vakantie ging het niet meer uit.

"Wat heb jij meegenomen voor het strandfeestje op oudejaarsavond?" was een veel gehoorde eerste vraag, bij iedere begroeting.

Wanda had verschillende leuke dingen bedacht voor tijdens de avonden. Op één avond een fantastisch concert in het dorpscentrum. Op een andere was het sleetje rijden, wat een enorme hit was. Daarna een avondje bowlen. Ook dat werd een zeer geslaagde avond.

"Laat dit maar aan mij over Wanda. Werpen al die jaren als reisbegeleider eindelijk hun vruchten af." David straalde terwijl hij plande wie in welk team moest en zelfs prijzen regelde. Hij was in zijn element.

Dag twee begon het te sneeuwen, te sneeuwen en nog eens te sneeuwen. De skiërs waren verrukt! Was maar een korte wandeling naar de hoofd kabelbaan en er reed zelfs een kleine shuttlebus, als je daar tenminste op wilde wachten. Dag zes liep ten einde en niemand verwachtte de zware sneeuwstorm diezelfde nacht.

"Goeie genade De auto's zijn volledig verdwenen! Mam. Kom eens kijken." Jay moest die ochtend vroeg naar het toilet, terwijl de meeste groepsleden nog op één oor lagen. Hij kon zijn ogen niet geloven toen hij een blik naar buiten wierp.

Naar het nieuws luisterderend raakte Wanda meer en meer ongerust. Hun planning was om die ochtend te skiën en na de lunch aan de terugreis te beginnen. Ze zouden maar een paar uur rijden tot een geplande stop voor de nacht. Dat het skiën die dag niet door zou gaan was nu wel het laatste waar ze zich druk om maakten. De sneeuwstorm veroorzaakte grote chaos op de wegen en het leek voorlopig niet minder te worden. Overal in Europa zorgde de record sneeuwval ervoor, dat het verkeer stil kwam te liggen.

"Het ziet er zo mooi uit mam."

Lou had natuurlijk gelijk. Maar ....

Zodra iedereen op was, werd het duidelijk, dat het alle hens aan dek was om de auto's uit de sneeuw te graven. Ze gingen allemaal aan het werk.

Niemand had sneeuwkettingen bij zich. En de sneeuwruimers hadden hun chalet nog niet bereikt. Een aantal vrienden moest een vliegtuig halen. Anderen hadden een overtocht op een veerboot over het kanaal geboekt. Het plan was om die ochtend vroeg te vertrekken, maar dat leek steeds minder haalbaar met die onophoudelijk vallende sneeuw.

"Franky! Kijk uit!" schreeuwde Lou, terwijl de zachte dijk sneeuw langs de weg plots meegaf. Gelukkig was hij maar een klein stukje naar beneden gevallen, omdat hij werd tegengehouden door een paal die was ingegraven door de sneeuw. Maar aan de steile helling daar beneden leek geen einde te komen.

Franky's vader was van Colorado. Franky was thuis in de sneeuw. Hij had zijn skiuitrusting aan en Lou probeerde hem te kalmeren. Ze voelde zich schuldig dat ze met Franky was afgedwaald. Ze waren naar buiten gegaan om te helpen uitgraven, maar konden de verleiding niet weerstaan om met het verse witte goedje te dollen.

"Het lijkt erop dat ze me niet kunnen horen, dus ik ren snel terug om hulp te halen. Beweeg je niet. Oké?" Lou vertrouwde op Franky. Hij was pas 9, maar hij begreep dat hij geen vin mocht verroeren. Lou rilde bij de gedachte. Wat als hij bewoog? Wat als de paal niet hield? Veel te veel 'wat als' vragen naar haar zin.

Franky's vader Ken was een man van de bergen. Lou wist zeker dat hij Franky weer snel naar boven zou krijgen en dat zij een warm drankje voor hem kon maken. Hij zou het wel koud krijgen, bedekt met al die sneeuw. Maar waar was Ken? Lou's hart zonk in haar schoenen, toen ze zag, dat zijn auto weg was.

"Mam. Franky is gevallen en van de top van de helling gegleden. Hij moet gered, voordat hij de diepte in glijdt. En ! Ik zie Ken nergens!" Lou begon haar zelfbeheersing te verliezen.

"Hun auto was als eerste uitgegraven. Hij heeft 4-wielaandrijving dus is hij gaan regelen dat er een sneeuwschuiver hierheen komt om de weg vrij te maken. Snel! Laten we kijken wie er een touw heeft." Wanda schoot direct in actie.

Franky's moeder Clara en zus Lena zagen Wanda en Lou wegrennen met een touw. Ze volgden. De grote lus aan één uiteinde van het touw werd voorzichtig naar Franky gegooid. Hij reageerde inmiddels wat traag, maar kreeg het voor elkaar zijn hoofd en armen door het touw te steken. De lus sloot zich om hem heen, terwijl de vier hem langzaam omhoog trokken.

Franky kwam weer bij zijn positieven door een warme douche, maar er zou meer ellende volgen. De weersvoorspellingen bleven aanhoudende zware sneeuwval voorspellen, dus zodra de auto's uitgegraven waren, laadden ze alles in en vertrokken. Ken had het voor elkaar gekregen dat de sneeuwruimer naar het chalet kwam, maar die was alweer vertrokken en de weg zou niet lang begaanbaar blijven.

De laatste tassen waren in Bern en Martha's busje geladen, toen Martha plots haar evenwicht verloor en viel. De landing was alles behalve zacht. Op zijn minst een verstuikte enkel. Ze zouden beneden in het dal bij een medische post moeten stoppen. Het leek er sterk op dat Bern het hele stuk naar Engeland zonder toerbeurten zelf zou moeten rijden.

David had zijn auto die nacht ervoor bij de kabelbaan laten staan. Iets te veel après-ski drankjes. Hij was van plan bij Bern en zijn gezin in de auto te springen, maar nu zat Martha achterin met haar been gestrekt op haar dochters schoot.

"Ik breng je wel even naar je auto," bood Jay vlug aan.

Die groene Italiaanse wagen had geen 4-wielaandrijving. David wist niet zeker of Jay de impact van al die sneeuw wel goed door had.

Helemaal geen probleem. David kwam bij zijn auto en was daarna snel op weg. Jay glipte snel naar binnen bij het kantoor waar de liftpassen werden verkocht om hun geld terug te krijgen. Bergop terug naar het chalet echter, was een ander verhaal.

"Hij komt niet verder en voor ik het weet glijd ik weer omlaag!" riep Jay naar een aardige man die stopte om te zien of hij kon helpen.

De les 'niet te veel gas geven onder deze omstandigheden' volgde. Jay kreeg het uiteindelijk onder de knie. Er had zich een aardig publiek gevormd bij de bij de toegang naar het chalet, toen Jay de parkeerplaats opreed. Ze waren allemaal zeer onder de indruk. En Jay niet minder.

Sally en haar drie jongens waren vroeg naar het treinstation vertrokken in een taxi met vierwielaandrijving. Ze kwamen aan op het vliegveld van Genève en ontdekten daar, dat hun vlucht die dag niet zou gaan.

Verkeer naar Lausanne ging met een slakkengangetje. Zicht was zeer beperkt. Wanda was blij dat ze een overnachting in dat eerdere kleine hotelletje aan het meer had geboekt.

Bern en Martha brachten de nacht in hun auto door. Alle wegen naar Calais waren veranderd in parkeerstroken. Zij hadden het geluk te kunnen stoppen bij een benzinestation, waar ze konden eten en het toilet konden gebruiken. Dat werd hun kampeerplaats voor die nacht.

Ondanks alle problemen onderweg naar huis stuurde iedereen enthousiaste sms-berichten, om te laten weten wat een geweldige week ze samen hadden gehad.

De sneeuwval stopte die nacht en de volgende dag brak aan met een blauwe lucht. Die groene Italiaanse wagen ging op weg naar de Rijn in Duitsland.

Magnifiek! Zo stil. De schoonheid van met sneeuw bedekte bossen, waar boomtakken versierd waren met dikke lagen sneeuw. Adembenemend!

Pal naast de rivier rijdend, raakten ze compleet in vervoering.

Het ene pittoreske dorpje na het andere. Zo veel sprookjeskastelen in de glooiende groene heuvels aan beide zijden van de rivier. Enorme binnenschepen, met ladingen van grind of graan. Doorgaans een kleine auto op het dek plus een kleine boot. Een handig hulpmiddel om de opvarenden bij de vaste tussenstops aan de wal te brengen. Sommigen zeggen, dat de schippers in iedere haven een ander liefje hebben bij wie ze steeds maar kort verblijven. De rivier is hun enige ware levenspartner.

Een 15de-eeuwse herberg was gekozen als hun volgende overnachting. Bewaakt parkeren was prioriteit, zoals bij elke slaapplaats die Wanda boekte. Geen zin om alles uit te moeten laden als ze ergens stopten. De rivier de Moezel voegde zich in de buurt van dit dorp bij de Rijn en een gezellig restaurantje hield die avond een proeverij van Moezelwijnen. Doorgaans iets te zoet naar Wanda's smaak, maar de anderen leken gepast onder de indruk. Plaatselijke stoofpot met knoedels, was voor iedereen een hit.

Terug in Hillywood lieten Lou en Wanda Rose en Cath kennismaken met het nachtleven en hun favoriete bezienswaardigheden. Het moment van hun vertrek naderde snel.

"Ik mis Cath en Rose enorm mam. En Jay is ook weer terug naar Londen. Nu is het weer alleen jij ik en PJ." Lou had schoolvrienden over de vloer en vertelde over haar vakantieavonturen. Toen ze weg waren, herinnerde Wanda haar aan de opdracht die af moest. Wanda's aandacht afleiden met de vrienden die nu vertrokken waren, had maar voor even gewerkt.

Lou deed het heel goed met haar Internationale Baccalaureaat, maar het was stukken moeilijker geworden nu ze aan de laatste twee jaar van het IB was begonnen. Haar vriend Danny was nog steeds weg, dus dit was het goede moment om zich er op toe te leggen en die opdracht af te maken.

Over ongeveer een jaar zouden ze bezig zijn met de voorbereidingen van hun verhuizing naar Engeland, waar Lou naar de universiteit zou gaan. Wanda leek het een goed idee om nu alvast een begin te maken met rondkijken naar mogelijkheden voor werk in Londen.

Ze had flink wat opdrachten in Nederland, maar niet genoeg. Met al dat renoveren, het reizen en gewoon plezier maken in het algemeen bovenaan haar prioriteitenlijst, was Wanda door al haar reserves heen. De redding was het stuk land in Queensland, dat ze kocht toen ze 20 was. Dat was nu eindelijk verkocht, na een paar jaar. Het geld, dat dit opleverde, was vreemd genoeg bijna gelijk aan het bedrag dat ze rood stond. Waanzinnig!

Wanda kon het haast niet geloven, toen ze een baan kreeg bij een grote uitgeverij in het Verenigd Koninkrijk. Als Director of Marketing voor Europa kon Wanda zowel werken vanuit hun kantoor in Londen als vanuit Utrecht. Ideaal. Een indrukwekkend salaris en ze kon meteen aan de slag. Het plan was om in Utrecht te beginnen, slechts twintig minuten rijden vanaf Hillywood.

Ze zouden het jaar daarop naar Londen verhuizen als Lou haar IB had afgerond. Al stond direct klaar om de mogelijk toekomstige freelance opdrachten van Wanda over te nemen.

"Marco had gelijk. Je bent echt super leuk. Ik dacht dat de verhuizing naar Amsterdamse vestiging zou tegenvallen, maar nu denk ik dat het geweldig wordt. Alles wat ik nodig heb, is dat jij de marketingcommunicatie voor ons gaat leiden. Je kent mijn baas Bob al. Hij spreekt altijd vol lof over jou. Zou een echte opsteker zijn, als ik hem kon vertellen dat jij het team komt versterken." Patty was blij dat Marco haar aan Wanda had voorgesteld.

Patty werkte onder Bob, op het hoofdkwartier van General in Parijs. Hij was verhuisd naar het kantoor in Amsterdam en wilde dat Patty promotie maakte en zijn marketing zou leiden. Marco had ook eens voor de General gewerkt in Parijs, enkele jaren geleden, waar hij de marketingcommunicatie voor Europa verzorgde. Hij en Wanda ontmoetten elkaar in Singapore, toen ze jaren geleden dezelfde functie bekleedde voor Azië. Hun verhouding begon toen, maar Wanda zag al snel dat hij een playboy was en besloot enkel vrienden en collega's te blijven.

Nadat Wanda die functie verliet werd Bob hoofd van het bedrijf. Hij had Wanda niet daadwerkelijk ontmoet, maar had van velen van zijn team gehoord hoe goed ze was. Hij zou inderdaad zeer ingenomen zijn als Patty Wanda wist over te halen, om bij het team in Amsterdam te komen als hoofd communicatie. Wanda voelde zich bijzonder vereerd, maar was pas 6 maanden aan het werk in haar nieuwe functie in Utrecht.

Wanda voelde zich tevreden over wat ze daar in korte tijd voor elkaar kreeg. De Europese bedrijfsleider was veeleisend maar de doelen werden ruim gehaald, dus alles zou goed moeten gaan, toch? Nee dus. Het hoofd van Verkoop woonde bij de baas, zo leek het. Een lesbisch stel. Afzonderlijk waren het goede zakenvrouwen, maar samen waren ze een explosief mengsel. Geschreeuw en woedeaanvallen, persé niet iets waar Wanda aan wilde wennen.

Het bleek ook, dat haar baas meer dan een zakelijke interesse in Wanda had. Help. Gelukkig kon je zowel wat betreft omvang als stemgeluid moeilijk om haar baas heen, dus wist Wanda wanneer ze richting haar kantoor kwam. Wonderbaarlijk hoe Wanda altijd net op dat moment aan het telefoneren was. Omdat Wanda vriendschappelijke uitnodigingen bleef weigeren, begon haar baas steeds moeilijker te doen. Het leek er op, dat de optie om in Londen te werken nooit werkelijkheid zou worden. En onderwijl werd Wanda door Patty achterna gezeten voor een uitstekende baan bij de General. Uiteindelijk gaf ze zich gewonnen.

"Het is heel anders dan de wereld van apparatuur voor medische beeldverwerking, Jay. Dit deel van de handel van de General beslaat ongeveer 70.000 opleggers in Europa. Je zult Damon aardig vinden. Hij doet al het werk voor onze webontwikkeling. Hij zit recht tegenover me dus ik val hem altijd lastig met gekke computervragen. Gaat hij goed mee om. Je weet hoe dom ik kan zijn als het om computers gaat. Hij komt uit België en runde daar een dancing. Je kunt met hem babbelen over dj-apparatuur. Denk dat hij ook een computergamer is. De volgende keer dat je over bent uit Londen, zullen we eens met hem afspreken. Zijn vriendin is ook een schat."

Wanda kletste een paar keer per week met Jay aan de telefoon. Ze was blij dat hij goed was ingeburgerd in zijn volwassen leventje in Londen.

"Klinkt goed mam. Ik denk dat ik over een paar weken die kant op kom. Was gekkenhuis hier. Het bureau heeft nieuwe klanten aangetrokken en dingen zijn echt bizar op het werk. Ik mocht deze week ook twee keer draaien en mijn vriend en ik hebben nog een nummer opgenomen voor het nieuwe album. Gaat allemaal lekker."

Wanda was net aan haar nieuwe functie bij de General begonnen, toen het wereldwijde hoofdkantoor in de VS voor haar kantoren over de hele wereld een groot project lanceerde, om het bedrijfsmerk volgens gedetailleerde standaarden te gebruiken. Voorheen nam de General een bedrijf over en liet dat vervolgens onder zijn eigen naam voortbestaan. Dat zou nu snel anders gaan.

De transportonderneming was al ruim tien jaar onderdeel van de General's bedrijvenfamilie met een reeds lang gevestigd merk. Wat een geluk. Dit paste helemaal in Wanda's straatje. Bijna haar tweede natuur.

Ze ontwikkelde een plan om de huidige merkwaarde te behouden, terwijl ze tegelijkertijd voldeed aan de vereisten van de General. Ze deed het zelfs zo goed dat ze door Europese hoofdkantoren werd gevraagd kleinere dochterondernemingen, waar specifieke expertise ontbrak, te helpen.

Verderop in het jaar gaf Wanda ook leiding aan de opening van nieuwe vestigingen in opkomende markten zoals Letland en Tsjechië.

Ze werkte samen met managers in Duitsland, Frankrijk, Spanje en het Verenigd Koninkrijk om plaatselijke bedrijven in te huren voor PR, beurzen en tal van prikkelende reclamecampagnes.

Met deze baan deed zich een heel nieuw scala aan sociale contacten voor. Wanda leek altijd te worden gevraagd voor een borrel, een diner, een avondje dansen en gewoon voor gezelligheid met collega's.

Tijdens de zomermaanden gaf een groep zich op voor roeilessen. Het kantoor lag pal aan de geweldige Amstel. Die broeierige avonden draaiden meer om het drinken na afloop dan om het roeien zelf.

Ze hadden allemaal een geweldige tijd.

Wanda hield van het leven en haalde er alles uit wat erin zat, maar de ongrijpbare prins op het witte paard was nergens te bekennen. Na een paar afspraakjes besloot ze het uit te maken met Alex. Hij was zeker een aardige kerel maar zo gemiddeld. Er waren veel 'bijna ontmoetingen' maar het leek erop dat niemand Wanda's aandacht lang vast kon houden.

Haar buurvrouw Genna stelde haar voor aan een bevriende aannemer. Aantrekkelijk. Engels. Behoorlijk grappig. Hield van knuffelen. Iets dat in feite heel belangrijk voor Wanda was. Seks was oké. Het probleem was dat hij na een drankje of twee begon te praten over een ex-vriendin met wie hij jaren had samengewoond.

Het was allemaal de schuld van haar dat hij naar Nederland was gekomen. Arme ziel. 'Waarom was hij niet gewoon teruggegaan?' dacht Wanda. Veel te negatief voor haar.

Toen kwam Ton. Ontmoette hem in Amsterdam tijdens een avondje dansen met Denise. Een adembenemend knappe en lange Hollander. Wel lekker om te zien maar weinig pit in bed. Wanda ging een paar keer met hem uit om te zien of het zou verbeteren. Integendeel, het werd erger. Hij dacht dat hij nog maar een paar jaar te leven had. Geen idee waarom. Had gewoon een gevoel. Zeer plezierig. Maar niet heus!

Wanda besloot dat het gewoon te ingewikkeld was. Ze had zo'n vol leven met werk, de kinderen en zo veel vrienden. Had geen zin om dat te verstoren voor iemand, die ze maar zo zo vond.

Toen Denise een periode van verzoening met haar ex-man Jan had, was het gedaan met de dansavondjes. Wanda vond het prima, dat ze het even rustig aan kon doen. Zou geweldig zijn als Denise en Jan hun leven samen weer op de rit kregen. Ze waren ooit een prachtstel.

Denise was achttien jaar geleden vanuit Londen hierheen verhuisd, om als au pair bij een Brits gezin te werken. Zij en Jan ontmoetten elkaar en werden verliefd. Ze reisden samen de wereld over en trouwden in Nederland, kregen twee zoons. Een jaar voordat Wanda in de straat kwam wonen, waren ze gescheiden, maar leken het regelmatig opnieuw te proberen.

"En? Het lijkt alsof hij elke dag hier is lieverd. Komt Jan weer bij jullie wonen?" vroeg Wanda Denise aan de telefoon, nadat ze Jan die ochtend het huis weer had zien verlaten.

Jan trok inderdaad weer bij hen in.

Hun jongens waren zo blij en het leek een paar maanden allemaal heel goed te gaan. Wanda vond altijd al, dat ze goed bij elkaar pasten. Denise was zo gelukkig, dat ze weer samen waren als gezin. Jan hield overduidelijk zielsveel van haar en de jongens.

"Het is moeilijk, om al die jaren je relatie te onderhouden en te proberen het vuur gaande te houden. Waarom gaan jullie niet eens een romantisch weekendje weg? De jongens kunnen bij ons blijven." Wanda zag de spanningen terugkeren en wilde graag helpen. Ze mocht ze allemaal veel te graag.

"Ik zie je altijd met de jongens knuffelen maar niet met Jan. Mijn eigen huwelijk is op de klippen gelopen, dus ik heb weinig recht van spreken, maar het is veel eenvoudiger, als je er als buitenstaander tegenaan kijkt," zei ze zachtjes tegen Denise.

Denise boekte een spahotel, wat een uurtje rijden was. De dag voor vertrek nam Wanda Jan apart, om hem een paar tips te geven, die wellicht konden helpen.

"Spreek een tijd af waarop je haar ophaalt en zorg ervoor dat de auto brandschoon is. Wees op tijd. Trek iets nieuws aan en besteed wat extra zorg aan je uiterlijk. Vergeet haar favoriete geurtje niet. Daar word ze uitzinnig van. Denise kleedt zich altijd elegant en ze is een beeldschone vrouw. Dus laat haar weten, dat je dat opmerkt door de bewonderende manier waarop je naar haar kijkt en door te zeggen, dat ze mooi is. Stop lopend onderweg naar de auto even en houd allebei haar handen vast. Vertel haar hoe blij je bent dat jullie er samen even tussenuit gaan en zeg hoe veel ze voor je betekent. Geef haar de stevigste omhelzing ooit en laat haar alleen los om haar zacht te kussen.

Je weet hoe graag ze naar Barry White luistert, dus misschien is het een idee om er voor te zorgen, dat zijn muziek speelt, als je de auto start. Praat over seks, voordat je zelfs nog maar bij een bed in de buurt bent.

Begin haar alvast te prikkelen, ook al weet je dat het nog nergens toe leidt. Woorden, blikken, een zachte aanraking.

Die gedachten zullen blijven hangen. Als jullie de liefde gaan bedrijven, vraag haar dan wat ze wil. Als ze stil wordt, stel je dingen voor. Spreek ze hardop uit en beweeg langzaam naar het moment dat je beiden zover bent. Zorg dat je elkaar opwindt en blijf zeggen hoeveel je van haar houdt. Wat denk je?"

Jan voelde zich op zijn gemak in gesprek met Wanda en hij wist dat ze dezelfde soort dingen tegen Denise zou zeggen. Hij zou er voor gaan. Hoopte dat Denise dat ook zou doen.

Wanda zei inderdaad soortgelijke dingen tegen Denise. Eigenlijk meer over het feit dat ze het er met Jan over had gehad. Ze wilde het liefst dat Denise er voor open zou staan en haar gewoonlijke veeleisende zelf los zou laten. Ze hadden er veel over gepraat. Wanda had in het verleden dingen op dezelfde manier gedaan als zij. Ze hadden veel van elkaar te leren.

Het romantische weekend bracht Denise en Jan nader tot elkaar. Niemand wist hoe lang het zou duren, eenmaal terug in de stress van het ouderschap en de zovele andere hobbels van het leven.

De aandacht van Denise en Jan werd afgeleid door de verschrikking van een zeer nabije vriendin die kanker kreeg. Had net haar 40ste verjaardag gevierd. Het kettingroken had haar de das om gedaan. Ze ging snel achteruit. Zo intens droevig. Echtgenoot was vrijwel dagelijks in tranen en kon zichzelf niet naar zijn werk slepen. Twee kinderen die te jong waren, om te beseffen wat er gebeurde. Denise was gedurende twee maanden lang elke dag bij ze thuis en deed wat ze kon. Jan was een rots en hield hun gezin en leven draaiende.

"Wanda, kom later bij ons thuis langs. Het is oudejaarsavond en Jan wil met de jongens vuurwerk afsteken en een gezellige tijd hebben. Ik heb hier vandaag alles gedaan, wat ik kon en er wordt gedacht, dat ze niet meer uit deze coma komt, dus ik ga naar huis. Er komen ook andere mensen langs," zei Denise met een vermoeide stem, maar met de vastberadenheid om deze avond genoeglijk te maken voor haar gezin.

"Onze vrienden, die vorige maand uit Australië arriveerden, komen vanavond misschien terug. Goed als ik hen ook mee vraag? Weet niet precies wat er is gebeurd, maar ze hebben besloten niet verder te rijden naar Marseille," antwoordde Wanda. Denise vond het prima.

Lou en Danny zouden weggaan en een paar vrienden ontmoeten, om samen Oud en Nieuw mee te vieren.

Het moet die oudejaarsavond rond 7 uur zijn geweest toen Mel, Anna en Cindy bij Wanda arriveerden. Ze hadden een grote tour door Europa gepland, die maanden zou duren. Nog maar een paar weken geleden waren ze uit Sydney overgekomen en pas ongeveer een week terug verlieten ze Hillywood voor hun avontuur.

Zodra ze het huis binnenstapten zag Wanda, dat ze allemaal slecht gehumeurd waren.

Mel ging meteen naar boven met Cindy. Ze wilde alleen maar naar bed en wist waar ze zou mogen slapen. Wanda had haar Jay's kamer gegeven, toen ze de eerste keer hier aankwamen. Hij had optredens in Londen, dus zou dat jaar niet voor de viering van Oud en Nieuw overkomen.

"Cindy heeft gisteravond haar polsen doorgesneden. Ze zegt dat ze alleen nog maar dood wil!" Anna huilde en trilde onbeheerst, terwijl ze zich in een stoel liet vallen.

In Sydney had Cindy enkele onderzoeken ondergaan en medicijnen gekregen. Ze was nu 21 en had al sinds haar vroege tienerjaren problemen. In eerste instantie hadden Anna en Mel haar gedrag in verband gebracht met het feit dat ze enig kind was. Toen ze in de puberteit kwam, werd het echter steeds gevaarlijker.

Cindy's interesse in jongens werd een obsessie en ze hadden haar naar een meisjesschool gestuurd. Alsof dat zou helpen. Ze ging uiteindelijk van school af en kon vervolgens geen werk vinden.

Ongeveer een jaar geleden, nog in Sydney, kreeg Anna een telefoontje van Cindy, om te zeggen dat ze in Bali was. Ze was de avond ervoor uit geweest en had een 'heel charmante man ontmoet, die haar mee op reis nam'.

Ze had haar paspoort die avond bij zich gehad als identiteitsbewijs om clubs binnen te mogen. Hij zag dat en zei dat ze met hem samen een mysterieuze vlucht richting avontuur zouden moeten nemen. Na één dag, toen Cindy door kreeg, dat ze een verkeerde keus had gemaakt, zette deze charmante man haar op een vliegtuig terug naar Sydney. Ze was bij hem volledig buiten haar zinnen geraakt.

Haar onvermogen om verstandig na te denken, werd toegeschreven aan een ziekte met een erg lange naam en er waren haar medicijnen voorgeschreven. Dat had weinig aan bijgedragen, om haar gedrag te veranderen, behalve dat het haar nog onzekerder maakte. Mel en Anna raakten meer en meer overbezorgd. Cindy's zelfvertrouwen zakte tot onder het nulpunt.

"Oké Anna. Het is nu 9 uur en jij en ik gaan naar het feestje bij Denise en Jan. We leggen een briefje neer voor Mel, dat hij ook kan komen als hij wakker wordt. Cindy is al diep in slaap. We zijn aan de overkant als ze ons nodig hebben," had Wanda aangedrongen.

Denise had de muziek flink hard staan en was enthousiast Wanda en Anna te zien. Het dansen begon. Jan stond op de dansvloer. Diverse buren waren langsgekomen zo ook een paar van Jan's rugbyvrienden. Het dak ging eraf. Zelfs Pat danste in zijn rolstoel.

Pat was Engels en woonde om de hoek. De arme jongen had leukemie en was er slecht aan toe, maar hij bracht het nog steeds op om te lachen en zich te vermaken.

Rond middernacht ging iedereen volgens Nederlandse traditie de straat op. Overal staken mensen vuurpijlen en siervuurwerk af. Prachtig!

De eerste keer dat Wanda dit meemaakte was ze geschokt. In Australië hanteerden ze strenge regels en was vuurwerk alleen toegestaan in georganiseerd groepsverband. Moeilijk je dat hier voor te stellen. Ze zag hoeveel de Nederlanders hiervan genoten en zelf genoot ze er ook altijd van.

Daarna dansten ze nog een uur en toen begonnen mensen één voor één te vertrekken. Pat besloot naar huis te gaan.

Anna en Wanda zorgden, dat hij daar veilig aankwam. Ze hadden hem net naar huis gerold, toen de telefoon ging. Pat lag op de grond en kon niet meer overeind komen. Hij was naast het bed gevallen, toen hij uit zijn rolstoel kwam. Terwijl Anna en Wanda omkeerden om terug te gaan ging de telefoon opnieuw.

"Ik kom eraan. Ga jij en Jan maar direct. Ik blijf wel bij de jongens slapen. Anna gaat Pat helpen," probeerde Wanda een huilende Denise te kalmeren. De kanker had het leven van haar vriendin opgeëist. Ze had haar laatste adem uitgeblazen.

• HOOFDSTUK NEGEN •

WANDA WAS DE VOLGENDE ochtend vroeg uit de veren. De jongens sliepen nog, toen Denise en Jan thuis kwamen. Het was overduidelijk dat ze een slapeloze nacht vol tranen hadden doorgemaakt. Urenlang hadden ze gerouwd naast het lichaam van een prachtige jonge vriendin. Zo tragisch.

Terug aan de overkant van de straat trof Wanda bij haar thuis een enorme toestand aan. Bleek dat Cindy de avond ervoor, kort nadat Wanda en Anna naar de overkant van de straat naar Denise waren gegaan, wakker was geworden. Het was oudejaarsavond en Cindy wilde feesten. Mel ontwaakte en ontdekte dat Cindy weg was, vlak voordat Anna terug kwam. Hij belde met de politie.

"Ze is 21 en is alleen uitgegaan? Spijt me meneer, er is niets dat wij kunnen doen. Laat het ons weten, als u binnen 48 uur niets van haar verneemt," was het sarcastische antwoord van de politieman.

Anna en Mel zaten lijkbleek met een kop koffie in de hand toen Wanda thuiskwam. Direct daarop kwam het telefoontje van Cindy.

"Hij is zo'n lieve jongen mam. Denk dat hij zei, dat hij oorspronkelijk uit Turkije komt. Ik ben nog bij hem. Kom zo even naar huis om me om te kleden. Hij wil me meenemen naar de bios."

De volgende dagen pasten naadloos in deze surrealistische week.

Cindy's nieuwe liefde was binnen 24 uur over. Mel en Anna besloten dat ze wel gek waren om te denken, dat ze met Cindy door Europa konden reizen. Ze had professionele hulp nodig. Mel's zus in Engeland dacht dat misschien te kunnen regelen. Hun hond stond op het punt uit Sydney aan te komen en moest voor quarantaine drie maanden in Europa verblijven, voordat hij naar Groot Brittannië door mocht.

Ze waren er uit.

Anna en Ace (de hond) zouden die drie maanden bij Wanda, Lou en PJ verblijven. Mel ging met Cindy naar Engeland voor de onderzoeken, die zijn zus had voorgesteld.

Ace arriveerde enkele dagen later. Mel haalde haar op van Schiphol. Hij hield er meer trauma's aan over dan de hond. Ace had de reis dapper doorstaan, maar Mel praatte tegen haar als tegen een baby en droeg haar ook zo. PJ was in eerste instantie niet zo enthousiast. Ze blafte naar Ace, toen die het huis binnenkwam en rende vervolgens weg om zich te verstoppen.

PJ was erg territoriaal geworden. Ze lag op de vierde tree van onder op de trap, zodat ze door het glas van de voordeur kon kijken. Niet dat je er echt doorheen kon kijken. Het was matglas. Ze kon echter bewegingen waarnemen en als het de postbode was, die kon ze van een kilometer afstand al ruiken. Als hij de post door de brievenbus deed, blafte ze zo fel dat hij dacht dat er een enorme hond achter de deur zat. Hij was echt bang. Wanda nam PJ op een dag mee naar buiten, om de postbode te ontmoeten en hield haar als een klein kind in haar armen. Zo aandoenlijk! Hij was nog steeds bang.

"Houd die hond uit mijn buurt," had hij in zijn beste Engels geroepen.

Toen Mel en Cindy wegreden, raakte Anna in een soort verdoofde toestand. Het duurde vier of vijf dagen, voordat ze zich volledig realiseerde dat ze echt weg waren.

Herstellen van de bijna zenuwinzinking, zou veel langer duren.

Veel fietsen en het inademen van de frisse Nederlandse buitenlucht, hielp Anna enorm. Samen optrekken met de positieve Wanda en Lou deed dat nog meer.

Na een maand van Anna's verblijf bij Wanda, vonden ze dat ze toe waren aan een avondje dansen. Denise zou uiteraard met hen mee gaan. Zij en Jan waren wederom uit elkaar. Anna had Mel ook laten weten, dat ze dacht nooit meer met hem te kunnen samenwonen.

Denise en Anna waren vastbesloten hun zorgen te verdrinken …Letterlijk.

Wanda, de Bob, bleef die avond volkomen nuchter maar wilde net zo graag een feestje bouwen.

"Wat is hij leuk hè?" riep Anna naar Wanda terwijl ze een korte adempauze nam. Zat te zoenen met een knappe jongeman, gewoon daar aan de bar. Ach, het was maar anderhalve meter van de bar tot de verste muur, dus het maakte weinig uit waar ze zat te zoenen. Typisch Hollands 'bruin café'. Zo klein en stampend vol. Iedereen aan het zingen en lachen. Super gezellig!

Met het verstrijken van de weken had Anna diverse keren afgesproken met die aantrekkelijke jongeman. Het werd steeds serieuzer.

Mel was een weekend overgekomen en alles bleef zoals het was. Ze hadden al ruim twee jaar geen seks gehad en daar zou nu geen verandering in komen. Hoe het ook zij, Mel leek minder tijd voor Anna te nemen en des te meer tijd om met Ace door te brengen.

Anna was blij dat Mel's zus zo goed voor hem en Cindy zorgde. Cindy deed het veel beter, nu haar beide ouders haar niet constant op de huid zaten. De diagnose werd gesteld, dat ze aan het syndroom van Asperger leed, kon dus behandeld worden en eindelijk de benodigde hulp krijgen.

Er verstreek nog een maand en Anna ging op bezoek bij de zus van Mel om bij Cindy te kunnen zijn. Alles was zoveel rustiger en Mel had ontzettend zijn best gedaan om Anna terug te winnen. Hoewel Anna haar Hollander vreselijk miste, begon ze te denken dat ze haar huwelijk nog een kans moest geven.

Ace en PJ werden goede kameraadjes. Ze sliepen samen op een groot hondenbed.

"Nog een paar weken en je vertrekt naar Engeland, Anna. Laten we een korte trip maken en misschien ergens skiën. Lou heeft een excursie van school." Wanda haalde Anna over en ze dacht eraan weer met die groene Italiaanse wagen op pad te gaan.

Anna had haar Hollander verteld dat het over was. Een lekker reisje met Wanda was precies wat de dokter voorschreef, om haar gedachten aan hem te kunnen stoppen.

Het was grappig te bedenken hoe Anna en Wanda zulke goede vriendinnen waren geworden. Toen Wanda het zich voor de geest haalde, leek het een mensenleven geleden, dat ze met Mel in Brisbane woonde. Hij de geraffineerde ervaren Engelsman. Zij net uit Sydney verhuisd om te ontsnappen aan een tienerliefde die na zes jaar tot een traumatisch einde kwam.

Wanda was 19 toen Mel haar bewees, dat de liefde bedrijven meer was dan alleen het kussen en knuffelen, dat tot een lijdensweg van pijnlijke geslachtsgemeenschap leidde. Hij wist wat hij deed. Het ging allemaal om het voorspel.

Wanda verhuisde met Mel naar Engeland toen ze 21 was. Zijn moeder werd haar Engelse adoptiemoeder. Zelfs toen zij en Mel na een paar jaar uit elkaar gingen, bleef zijn familie haar Engelse familie.

Jaren later ontmoette Mel Anna. Hij veroverde haar en ze trouwden binnen een jaar. Cindy was een paar jaar later geboren en ze verhuisden naar Sydney.

In eerste instantie wist Anna niet zeker hoe ze het vond om in Wanda's buurt te zijn. Familiebezoeken in Groot-Brittannië betekende, dat ze er iedereen trof. Hoe meer Anna met Wanda praatte, des te meer realiseerden ze zich, hoe goed ze met elkaar overweg konden.

Toen Wanda en Larry met Jay en Lou naar Sydney verhuisden, spraken ze dikwijls samen af. Wanda en Anna hadden veel met elkaar gemeen. Er was een hechte vriendschap ontstaan.

Anna was zo'n vrolijke roodharige. Altijd blij en positief. Mel kon gezellig zijn, maar meer dan eens, als het publiek was vertrokken, zonk hij dieper dan diep. Als hij in Australië was, wilde hij in Engeland zijn. Eenmaal terug in Engeland, wilde hij in Australië zijn. Nooit tevreden. Altijd het gevoel dat hij op de één of andere manier de boot had gemist. Wanda had nooit begrepen hoe Anna al die jaren zo positief bleef en zo toegewijd aan Mel.

"Ik heb een geweldige bed-en-breakfast gevonden, middenin het centrum van St. Anton. Heel voordelig. We kunnen langs de Rijn rijden. Dat is één van mijn favoriete ritjes en ik weet dat jij het ook geweldig zult vinden."

Wanda was op stoom geraakt met de voorbereidingen voor hun uitstapje naar Oostenrijk. "Misschien een nacht in Bregenz, zodat het licht is als we Arlberg binnenrijden. Het ligt aan het Bodenmeer, wat gewoonweg gigantisch is. Zo'n prachtig deel van de wereld, dat gebied waar Duitsland, Zwitserland en Oostenrijk samen komen."

Lou vroeg of Danny, die week dat Wanda en Anna weg waren, kon blijven slapen. Hij bleef elke week al een paar nachten slapen dus Wanda had daar geen problemen mee. Danny's moeder vond het ook prima, dat hij Lou een handje zou helpen. De honden moesten worden verzorgd en uitgelaten. Wellicht zou het Danny ook helpen zijn schoolwerk weer op de rit te krijgen. Lou wist dat hij achter was. Ze kon hem die week in ieder geval helpen zich daarop toe te leggen. Thuis werd hij afgeleid door zijn computerspellen en liet hij school voor wat het was.

Die groene Italiaanse wagen was volgeladen met skispullen. Anna leende Lou's uitrusting. CD's zorgvuldig geselecteerd, passend bij iedere mogelijke stemming die de meiden mogelijk zouden doormaken. Ze hielden ervan uit volle borst mee te zingen en waren hard toe aan een waanzinnig avontuur. De eerste cd was Bon Jovi.

"My heart is like an open highway. Like Frankie said, I did it my way. I just wanna live while I'm alive. It's My Life!"

"Kun je geloven hoe groot deze jeugdherberg is en die hoeveel terrein? Ik sta ervan te kijken, dat we een eigen kamer hebben voor die bespottelijk lage prijs. En het is maar een klein stukje lopen naar het centrum. Geweldig. Ik ben uitgehongerd. Waar zullen we eten?" Anna was er klaar voor, om te zien wat Bregenz zoal te bieden had.

Het bleek meer te zijn, dan ze beiden hadden verwacht.

Een prachtig oud dorpscentrum en een grote keuze aan cafés. Ze zouden de volgende dag het meer bekijken in het ochtendlicht, maar nu was het volle maan en de weerspiegelingen in het water waren prachtig. Een fonkelend sterrenpatroon sierde de hemel ze leken stuk voor stuk in de diepblauwe wateren daar beneden te glinsteren. Veel volk op de been. Vrijdagavond. Party time.

"Laten we hier eten Wanda. Ik heb zin in een schnitzel en het is niet te duur. Leuke mensen zo te zien. Wat dacht je van die kerels daar?" Anna had er zin in.

Ze waren klaar met eten tegen de tijd dat één van de gasten eindelijk genoeg moed verzameld had, om naar hen toe te komen en hen aan te spreken. Hij en zijn vrienden gingen naar een cocktailbar met livemuziek en hij zou het leuk vinden als Wanda en Anna meegingen. Als rasechte rockchick, is Wanda altijd in voor livemuziek. Die kerels vielen niet tegen en Anna hoefde er geen moment over na te denken.

"Over een paar dagen doe ik mee aan een wedstrijd en ik moet wat nieuwe cocktails bedenken," de Engelse jongen achter de bar moedigde Anna aan hem te helpen als proever van zijn nieuwe drankjes.

De band bleek uit slechts één man te bestaan, die zong en gitaar speelde, maar hij was een geweldig talent. Wanda werd uiteindelijk ook meegesleurd in de cocktailproeverij. Het oorspronkelijke plan was helemaal niet te drinken, maar ze hadden het zo naar hun zin. Voor de volgende dag stond een vroeg begin op de planning. Wanda nam normaal gesproken maar één of twee drankjes tijdens een avondje uit. Geen groot fan van alcohol. Fruitsmaken en overdadig versierde glazen, verbloemden het ware percentage van wat ze die nacht in Bregenz dronken.

Anna was in de ban van barman. Wanda was in vervoering van één van de knappe jonge mannen die hen mee naar de bar genomen hadden. Lang, knap en ontzettend sexy. Hij bleef Wanda vertellen, hoe graag hij met haar naar bed zou gaan. Wat een geweldig lichaam ze had. De grote blauwe ogen en de stralende glimlach. Hij hield van haar lach en vond haar verhalen over het leven en de liefde onweerstaanbaar. Hij kon niet geloven dat hij deze beeldschone blonde Australische ontmoette in zijn geboortestad Bregenz.

Hoeveel Wanda ook genoot van zijn aandacht en vleierij, wist ze dat hij dit waarschijnlijk vaker zei. Op de één of andere manier leek hij niet helemaal oprecht. Ze keek naar Anna, die volledig betoverd leek en het onwijs naar haar zin had. Een kort bezoekje aan het toilet en dan zou ze kijken of Anna klaar was om te gaan.

Terwijl ze bij de wastafel stond om haar handen te wassen, zag ze plots haar knappe jongeman het damestoilet binnenstappen. Hij deed de deur achter zich op slot.

"Wat doe je?" viel Wanda tegen hem uit.

"Gewoon één zoen" antwoordde hij.

Hij blokkeerde de uitgang. Wanda's woede veranderde om de één of andere reden in opwinding, terwijl hij langzaam zijn shirt losknoopte om zijn geweldige torso te ontbloten. Rechtopstaande bruine tepels. Adembenemend stevig lichaam met een ongelofelijk wasbordje. Hij stond daar gewoon te staan grijnzen. Nu was hij de onweerstaanbare.

"Oké, één kus dan," antwoordde Wanda eindelijk.

Verbazend zachte en tedere lippen. Eén kus werden er meerdere. Hij tilde haar op en zette haar op de wastafel. Bijna instinctief sloeg Wanda haar benen om hem heen. Beiden opgewonden en hunkerend. Hij zoog aan haar tepels en raakte haar zachtjes in elke holte. Hij had zijn broek open geritst en liet een enorme penis vrij. Wanda kon niet anders dan zijn kracht en vorm bewonderen.

"Is daar iemand?"

"Ja. Sorry. We komen eruit. Mijn vriend had een probleem met zijn broek, dus probeerden we dat hier even op te lossen." antwoordde Wanda.

Ze hadden elkaar daar binnen al twintig minuten gepassioneerd betast en gekust. Toen Wanda terug kwam in de bar, zag ze Anna nergens. De barman zei, dat ze naar huis was gegaan om te slapen. Wanda rende de straat door en vond Anna vlakbij de herberg, maar ze zag er verloren uit.

"Waar hing jij verdomme uit?" Anna eiste een antwoord van Wanda. Ze dacht dat Wanda weggegaan was en haar alleen had achtergelaten.

Wanda had natuurlijk hetzelfde gedacht, toen ze in de bar kwam en Anna nergens zag. Ze lachten zo hard dat ze bijna huilden van het lachen. Wat een ondeugend avondje. Hopelijk zouden er nog vele volgen.

Een snel bakkie koffie aan het meer de volgende ochtend. Niet zo vroeg als ze hadden gewild, maar het was prima zo. Het weer was goed en het ritje door de bergen naar St. Anton was vrij rechttoe rechtaan. Misschien hadden ze zo zelfs wat van het vroege zaterdagverkeer vermeden. Het meer zag er volledig anders uit in de stralende zon. Strekte zich uit zo ver het oog kon zien. Glinsterend in de ochtendzon nogal anders dan de avond ervoor. De meiden namen opwindende herinneringen mee van hun korte bezoek aan Bregenz.

Overal sneeuw. Zo schitterend. De wegen schoon en in minder dan twee uur waren ze in St. Anton. Konden hun geweldige kleine zimmer gemakkelijk vinden en er zonder problemen parkeren.

"Laten we ons omkleden voor de sneeuw en onze ski's meenemen naar dat vlakke stuk, dat we bij binnenrijden zagen. Kun je aan je schoenen wennen. Kunnen we rustig glijden en doen we een paar eenvoudige oefeningen, tot je genoeg zelfvertrouwen hebt." Wanda had Anna beloofd haar wat lessen te geven en haar niet onder druk te zetten, als ze zich niet prettig voelde bij het skiën. Ze was slechts eenmaal eerder geweest en dat was heel wat jaren geleden.

Anna was een natuurtalent. Lou had grotere voeten dan Wanda dus had ze Anna haar schoenen gegeven en gebruikte ze zelf die van Lou. Werkte prima. Ze waagden zich op een kleine helling.

Anna kon probleemloos met de ski's lopen en vond het totaal niet eng om de heuvel af te glijden. Het vlakke terrein bracht haar prima tot stilstand, maar Wanda leerde haar toch de ploegtechniek, voor het geval dat. Ze kon haar het beter die routine nu aanleren in voorbereiding op de afdalingen, waar ze haar de volgende dag mee naartoe wilde nemen.

Die avond kozen ze voor een rustig diner, slenterden ze wat door het voetgangersgebied in het dorp en kropen ze vroeg onder de wol.

Nog wat moe van de avond ervoor en ze wilden in goede doen zijn voor hun eerste dag op de berg.

"Je bent echt een natuurtalent Anna. Ongelofelijk dat je niet één keer bent gevallen. Ik weet dat dit een afdaling voor beginners is, maar je doet het echt goed. Je lijkt er klaar voor om iets hoger de helling op te gaan. Wat zeg je van een lunch op dat gave zonneterras, dat ze bij het liftstation adverteerden? De route ernaar toe ziet eruit als een blauwe piste." Wanda zag, dat Anna zelfverzekerd was en een heerlijke lunch op een zonnedek leek haar ook wel wat.

Het was maart dus de dagen waren al langer en over het algemeen zonniger. De Arlbergregio van Tirol was populair bij ervaren skiërs. Met name St. Anton, met een paar serieuze off-piste mogelijkheden en de uiterst aantrekkelijke Valluga run van 10 km. Liftfaciliteiten waren eersteklas. Wanda had nog nooit zo veel gondels gezien.

Terwijl Wanda en Anna lunchten en uitkeken over een eindeloze bergketen, waanden ze zich in het paradijs. Adembenemend landschap. Perfecte sneeuw. Stralende zon.

Het viel ze op, dat er zoveel goed uitziende mannen er waren. Veel meer mannen dan vrouwen. Dat verschil kwam ze prima uit. Anna zou tevreden geweest zijn met alleen maar zitten en kijken, uiteindelijk ging ze akkoord met Wanda, dat het tijd was om nog wat te skiën.

"Ben niet zeker over deze piste Wanda. Misschien iets te stijl voor mij. Ik wil niet dicht langs de dalkanten van de piste dus ik ga niet via die kant."

Hoe goed Wanda ook uitlegde dat er geen plotselinge randen met gapende afgronden waren op deze blauwe piste, Anna was vastbesloten alleen recht door het midden naar beneden te skiën. Wanda vond het prima. Na een tijdje wel wat saai om almaar op en neer te gaan bij dezelfde sleeplift. Uiteindelijk vond Anna het goed, dat Wanda haar daar een poos alleen liet om te oefenen, terwijl zij een paar pistes met de stoeltjeslift in de buurt deed. Duurde niet zo lang voordat Anna er genoeg van had en met een kop koffie weer plaatsnam in één van de zonnestoelen.

"Een man die ik sprak, zei dat we vanavond bij BoBo's een hapje moeten eten. Vanavond is sparerib avond. En après-ski drankjes aan de voet van die skilift waarmee we omhoog kwamen. Hoop dat hij komt opdagen. Nogal knap." Anna had zichzelf prima vermaakt.

Hij kwam niet opdagen bij de Après-bar. 'Maakt niet uit,' dacht Anna. 'Eens kijken wat BoBo's in petto heeft.'

Terug in hun kamer begonnen ze te twijfelen aan hun grootse plannen voor die avond. Door vermoeidheid overmand en door de frisse berglucht vielen ze direct in slaap, toen ze zich even wilden uitstrekken op bed.

"Mijn hemel. Is het al acht uur Wanda? Geen wonder dat ik honger heb." Anna werd wakker van het geluid van haar knorrende maag.

Een beetje aan de late kant om bij BoBo's nog een vrije tafel te verwachten. Maar goed. Een korte douche, omkleden en weg waren ze.

De gerant schudde enkel zijn hoofd en grinnikte. Hun blije glimlach en bijna smekende gezichten hadden het beoogde resultaat. Hij smokkelde ze naar binnen en liet ze aan de bar plaatsnemen.

Overal om hen heen zaten mensen spareribs te eten, die er verrukkelijk uitzagen. Enorme porties dus één portie met z'n tweeën zou genoeg zijn.

"Heb je die twee gasten aan de tafel achter ons gezien?" fluisterde Anna tegen Wanda. Ze kon hen vanuit haar ooghoek zien, als ze zich ietwat naar Wanda toe keerde. Als Wanda hen zou willen zien, zou ze zich helemaal om moeten draaien.

Anna begon glimlachjes uit te wisselen met één van de gasten. Hij maakte uiteindelijk zijn weg naar de bar om met de barman te praten, waarbij hij hallo tegen Anna zei en zich naast haar parkeerde. Hij lachte en praatte tijden met de barman. Uiteraard allemaal in het Duits dus Anna begreep niets van wat er gezegd werd. Toen ze bleven lachen, besloot Anna eindelijk, dat ze zich erin zou mengen. Tegen die tijd stond hij bijna tegen haar aangeleund. Haar 'Jah Jah Jah' gepaard met wat luid gelach werd goed ontvangen. Voor Anna het wist stonden er vier shots op de bar. Haar nieuwe vriend had zichzelf aan hen voorgesteld als Hoopi en hij wenkte zijn maat om ook naar de bar te komen.

Dit gebaar bood de meiden de kans zich helemaal om te draaien en Hoopi's vriend te bekijken. Hij zag er totaal ongeïnteresseerd uit en leek bijna te slapen. Staarde hen aan met een lege blik in zijn ogen. Ze hadden gegeten en hij was klaar om in zijn bed te duiken. Hing onderuitgezakt aan de tafel, hij keek zelfs een tikkeltje geërgerd naar Hoopi. Moet wel 20 min of zo hebben geduurd, voordat Hoopi hem eindelijk had overgehaald zich bij hen te voegen. Wanda begon tegen die tijd ook zin te krijgen om onder de wol te kruipen.

De barkrukken waren vrij hoog. Wanda wist, dat Hoopi's vriend erg lang moest zijn, als ze zo naar hem op moest kijken om oogcontact te maken. Hij was eindelijk naar de bar gekomen. Wauw. Hij glimlachte nu en hij was oogverblindend! Sprak niet veel Engels maar als hij 'please' zei met dat vertederende Oostenrijkse accent, smolt Wanda. Zijn volle zwarte wenkbrauwen en diepbruine ogen deden haar onmiddellijk aan Robbie Williams denken. Hij deed haar ook denken aan een massieve sterke boom. Zo stevig en kaarsrecht. Zijn naam was Medwin. Een ongewone naam, toepasselijk voor een mysterieuze en volkomen ongewone man. Wanda was ineens klaarwakker en naar het leek hij ook.

De shots waren perzikschnaps. Geserveerd met schijfjes sinaasappel, om in je mond te doen als je een shot achterover sloeg. Zorgde voor een zoete en fruitige kick. Lekker. (Ze gebruikten dat zelfde Hollandse woord in het Duits, maar niet met dezelfde nadruk of voor zo veel verschillende situaties. Ook anders gespeld. Lecker.)

BoBo besloot, dat de drankjes voor ons clubje van het huis waren. Tijd om te feesten. Al het eten was uitgeserveerd en het zingen kon beginnen.

Hoopi had zijn bijnaam blijkbaar te danken aan zijn waanzinnige skistijl. Letterlijk door hoepels op de hellingen springen. Anna leek geamuseerd door zijn capriolen en anekdotes. Ze kwamen erachter, dat de barman BoBo heette en dat hij die dag samen met Hoopi en Medwin aan een skiwedstrijd had meegedaan.

'White Rush' vond ieder jaar plaats. Een 'leuke' wedstrijdafdaling van 9 km waarbij mesjokke berglieden op een rij op de berg plaatsnamen voor een massale start. Ongeveer 500 deelnemers van staal uit de absolute top van's werelds beste skiërs en snowboarders. Vernoemd naar een plaatselijk opgenomen film uit 1930 met dezelfde naam werd gezegd, dat alleen de taaiste deelnemers de finishlijn haalden. Anna en Wanda baalden ervan, dat ze het hadden gemist om te zien hoe ze over de finish kwamen. Ach ja. Ze moesten maar genoegen nemen met de verhalen. Leuk om hun eigen persoonlijke ontmoeting met de deelnemers te hebben. De lentesneeuw was dat jaar uitzonderlijk goed en de eindeseizoensgekte hing bij BoBo's in de lucht. Klaarblijkelijk had BoBo dit jaar gewonnen!

Medwin deed zijn best om in het Engels met Wanda een gesprek te voeren. Zij probeerde ook wat van haar zeer beperkte Duits.

Hij was uitgeput van de race en hij en Hoopi zouden St. Anton de volgende dag weer verlaten. Hoopi dacht aan niets anders dan aan feesten. Hij ging er vanuit dat hij tijdens de treinrit naar huis genoeg tijd zou hebben om te slapen. Vannacht moesten ze allemaal flink de bloemetjes buiten zetten. Kostte wat moeite om Medwin over te halen, om te verkassen naar een tent met livemuziek, waar ze konden dansen. Zodra hij buiten in de frisse lucht was en Wanda in haar volle gedaante zag, kwam er een geheel andere man tot leven.

Anna en Hoopi liepen direct door naar de dansvloer. De zaal was zo vol, dat ze toch nergens anders gewoon konden staan. "Geweldige stem," schreeuwde Anna naar Hoopi. Het bleek een eenmansband te zijn met gitaar en een orkesttape. Hij was echter briljant. Had de zaal op zijn kop staan. Velen droegen nog steeds hun ski-outfits. Zelfs de schoenen. Enorm veel lange knappe mannen en zeer weinig vrouwen. Er was niemand die niet meezong of die het niet naar de zin had.

Medwin en Wanda hadden zich naar het achterste deel van de zaal verplaatst. Zij stond op een trap, zodat ze het podium kon zien. Medwin ging recht voor haar staan op een lagere tree en sloeg zijn armen naar achter en om de achterkant van Wanda's benen heen. Wanda legde haar handen op zijn harde brede schouders en hield hem stevig vast.

Het vonkte ongelofelijk!

Daar stonden ze, in deze enorme menigte, in een simpele omhelzing en niet eens naar elkaar toe gekeerd. Het had niet opwindender kunnen zijn. De menigte leek hen nog dichter tegen elkaar aan te drukken. Medwin draaide zich om en keek Wanda recht in haar ogen. De blik ging zo veel dieper. Het was alsof ze in de diepste diepten van elkaars zielen staarden.

Er werd een langzaam nummer ingezet. Medwin duwde zichzelf nog dichter tegen Wanda aan en ze bewogen op een volkomen versmolten manier. Het was één van zijn favoriete liedjes. Joe Cocker's 'You are So Beautiful'. Hij fluisterde de woorden in Wanda's oor.

Het voelde alsof haar lichaam gewichtsloos was. Terwijl ze in Medwin's armen op de muziek zweefde, wist ze dat dit het begin was van iets dat ze totaal niet verwachtte.

Aan het slot van het lied tilde Medwin Wanda hoog van de dansvloer. Anna en Hoopi stonden inmiddels pal voor het podium te zoenen. Medwin gebaarde naar Hoopi, dat zij naar een andere ruimte gingen. Hij en Anna waren tevreden met hun plek en bleven dansen.

In de stilte van deze loungezone leek Medwin plots veel beter Engels te spreken. Hij begon Wanda zijn levensverhaal te vertellen. Zijn mislukte huwelijk en zijn kleine jongen.

Medwin was opgegroeid in een Oostenrijks dorpje 60 km ten zuiden van Wenen. Zijn vader was stationschef bij de spoorwegen en diens vader voor hem. Medwin was ook stationschef geworden, nadat zijn vader met vervroegd pensioen was gegaan. Hij trouwde met zijn jeugdliefde en achttien maanden later kregen ze een zoon, die ze adoreerden. Alpineskiën, marathons, mountainbiken en zijn werk als snowboardinstructeur, brachten Medwin naar verschillende plekken in Europa. Die reisjes waren de hoogtepunten van zijn leven in dat kleine dorp. Hij had genoeg uren gemaakt in zijn functie als stationschef en kreeg een spoorweghuis toegewezen pal tegenover dat van zijn ouders. Zijn wil om verder te komen, resulteerde in een baan op het hoofdkantoor, waar hij systemen voor spoorwegsignalering ontwierp. En nog steeds zocht hij naar meer.

Zodra zijn zoon naar school ging, was zijn vrouw weer aan het werk gegaan. Medwin's ouders brachten hem naar school, haalden hem op en spendeerden veel tijd met zijn zoon. Hij en zijn vrouw groeiden steeds verder uit elkaar. En nu al twee jaar niet meer samen.

Allemaal steeds heel vriendschappelijk en ze waren nog altijd niet gescheiden. Medwin woonde weer bij zijn ouders en dus direct om de hoek van hen. Iedereen was er gelukkig mee. Ze zouden scheiden, wanneer dat noodzakelijk werd. Medwin wilde heel erg graag weg van het dorp en had plannen om naar Wenen te verhuizen, om dichter bij zijn werk te wonen. Hij was met een paar verschillende vrouwen uitgeweest, maar geen van hen had de juiste snaar weten te raken. Niet dat hij van plan was iets serieus te beginnen. Wilde zich eerst in Wenen vestigen. Hoe het ook zij, hij was veel te druk met al zijn sportieve activiteiten. De KTM motor had hij nog lang niet zo vaak bereden als hij wilde.

Wanda vertelde Medwin over Larry en hun scheiding 16 jaar geleden. Hij was verrast toen hij hoorde, dat ze twee tieners had. Zijn zoon werd over een paar maanden 7.

"Medwin. Hij gaat zo je liedje spelen," riep Hoopi, toen hij er eindelijk achter was waar ze zaten. "Kom mee dansen jullie twee," riep Anna daar meteen achteraan.

Ze sprongen op. Het begon toch allemaal veel te serieus te worden.

Terwijl ze de dansvloer naderden, hoorde Wanda Bryan Adams 'Back in the Summer of 69'.

"Toen ben ik geboren," schreeuwde Medwin, terwijl het rocken begon.

"Shit," dacht Wanda. "Is hij echt 17 jaar jonger dan ik?!'

• HOOFDSTUK TIEN •

"IK GA MET HOOPI MEE, DUS JIJ MOET Medwin meenemen naar onze kamer," liet Anna aan Wanda weten. Ze hadden tot sluitingstijd gedanst. Over slechts vijf uur zouden Medwin en Hoopi in de trein naar huis zitten. Wanda was klaar om afscheid te nemen toen ze de club verlieten. Medwin had om haar e-mailadres gevraagd, maar ze vroeg zich af of ze ooit daadwerkelijk van hem zou horen. Het was een geweldige nacht geweest. Heel bijzonder. Nu verwachtte ze een lang afscheid en meer niet.

"Lijkt erop, dat we geen keus hebben Wanda. Is het oké, als ik mee naar je kamer kom om wat te slapen?" vroeg Medwin enigszins verlegen aan Wanda, in vertederend gebroken Engels. Ze knikte van ja.

"Laten we elkaar allemaal rond 8 uur op het station ontmoeten voor het ontbijt," commandeerde Hoopi.

"Oké" antwoordde iedereen. Het was duidelijk, dat ze toch niets in te brengen hadden. Hoopi zou Medwin's spullen in zijn tas gooien en die meebrengen. Ski-uitrusting was al in een kluis op het station gedaan.

Wanda en Medwin slopen stilletjes door de voordeur naar binnen en verder naar de kamer. De eigenaar zou absoluut niet blij zijn, als hij Wanda in de hal aantrof met een man. Er waren twee eenpersoonsbedden in de kamer. Wanda zat in één van de stoelen er tegenover en bood Medwin een glas water aan uit de fles die op hun kleine tafel stond. Hij zat in de andere stoel en ze spraken wel een uur. Onzinnige prietpraat over het prachtige Oostenrijkse houtwerk en de handgeschilderde lijsten die de kamer sierden. Het was inderdaad prachtig, maar ze waren vreselijk moe.

Hij vertelde van zijn vaders talent voor houtbewerking en hoe mooi zijn dorp was. Wanda's oogleden werden zwaar en ze kon zien, dat Medwin er niet anders aan toe was.

"Ik zou in slaap kunnen vallen in deze stoel," zei Medwin uiteindelijk. Hij wachtte duidelijk op een soort signaal van Wanda, voordat hij aanstalten maakte.

Wanda voelde zich enorm tot hem aangetrokken, maar wist, dat als ze iets met hem begon, dat het tot veel meer zou leiden. Wellicht meer dan zij beiden aan konden. Zelfs ondanks het leeftijdsverschil en het feit dat hij in Oostenrijk woonde en zij in Holland, gebeurde er iets tussen hen, dat ongelofelijk heftig was.

Het idee, dat ze beiden rechtop in slaap zouden vallen, werd Wanda te veel. Ze pakte eindelijk zijn hand en liep naar haar bed. "Niet logisch om te blijven zitten als we comfortabel kunnen liggen," zei ze.

Zodra ze zijn hand pakte, begon haar hartslag te versnellen. Ze veranderden in twee jonge geliefden op een eerste afspraakje. Verlegen en onbeholpen. Wanda zette de wekker om hen over enkele uurtjes wakker te maken. Ze waren volledig aangekleed. Zij aan zij, elkaars handen vasthoudend en vol van emoties, voelde Wanda zichzelf in slaap vallen. Ze was bang dat ze zou gaan snurken. Toen ze Medwin hoorde snurken, wist ze dat hij haar voor was.

Ze ontwaakten allebei lang voordat de wekker ging. Terwijl ze zich omkeerden om elkaar aan te kijken, vonden hun lippen elkaar. Het was als het Nieuwjaarsvuurwerk in Sydney Harbour.

Lichtflitsen en felle kleuren tolden rond in Wanda's hoofd. Medwin had haar eerder in de club gezoend maar nu waren zijn lippen zo totaal anders. Niet getuit en beleefd zoals ze eerder waren.

Bloed pompte door zijn hele lichaam en zijn lippen waren vol en zacht. Wanda kon nauwelijks ademen door de hartstocht die elke vezel van haar wezen vulde.

Niet alleen zijn lippen waren vol geworden.

Terwijl hun lichamen innig verstrengeld waren voelde ze zijn penis in zijn broek opzwellen, schreeuwend om te worden vrijgelaten.

Hij schoof een beetje naar achteren en begon haar gehele lichaam te betasten. Elke millimeter onderzoekend, met zulke zachte en tedere bewegingen van zijn handen. Het was alsof hij een verduisterde kamer was binnengegaan en zijn weg probeerde te vinden. Wanda tintelde over haar hele lijf, zoals ze nog nooit eerder had gedaan. Geen woord werd gesproken en ze lieten geen geluiden van genot horen. Het was inmiddels licht geworden en de pensionhouder zou hen anders misschien gehoord hebben.

Medwin ontdeed Wanda van haar kleding als in slow motion. Hij leek een eeuwigheid te staren naar haar naakte huid. Vervolgens kuste hij haar huid met een begeerte die Wanda nog nooit eerder had ervaren. Hij was oprecht uitgelaten van elk deel van haar lichaam. Zodra Wanda volkomen naakt was, kuste hij opnieuw haar lippen.

Wanda hunkerde ernaar zijn naakte lijf tegen het hare te voelen.

Langzaam begon ze hem van zijn kleren te ontdoen. Terwijl ze zijn kloppende borstspieren onder de zachte huid van zijn borstkas ontblootte, werd ze ertoe verlokt zijn harde tepels te zuigen. Ze hield gelijktijdig zijn gespierde armen vast en was in de hemel. Hij beefde van genot en drukte haar harder tegen zijn borst.

Zijn broek uittrekken was moeilijker. Zijn enorme penis spande zijn broek zo strak dat Wanda de rits bijna niet open kreeg. Medwin ging staan, zodat zijn spijkerbroek op de grond gleed. Wanda kon haar ogen niet geloven. Ze vroeg hem daar gewoon even te blijven staan. Ongelofelijk!

Ze dacht onmiddellijk aan Adonis. In de Griekse mythologie was hij de God van de schoonheid en het verlangen.

Medwin's atletisch gebouwde lichaam torende hoog boven Wanda uit, totdat hij opnieuw langzaam op het bed neerstreek. Opnieuw verstrengelden hun lichamen zich en werden samen één. Geen van beiden had een condoom dus er kon geen gemeenschap zijn. Medwin opende Wanda's schaamlippen zodat zijn penis werd omhelsd terwijl hij langs Wanda's clitoris wreef. Knuffelen, kussen en zachtjes tegen elkaar opwrijven. Ze waren beiden in extase.

Wanda bereikte veel eerder dan ze wilde een sidderende climax. Het genot was zo intens. Medwin volgde snel en zijn hele lichaam verhardde op het hoogtepunt.

Zich op hun rug rollend, wisten ze allebei dat ze elkaar weer moesten zien. Dit was geen eenmalig nachtelijk avontuurtje van lust. Er was in beiden iets magisch losgemaakt.

Hoopi en Medwin's trein verliet het station van St. Anton en Wanda en Anna moesten slapen. Er waren weinig woorden gewisseld. Iedereen was luchthartig en vrolijk over de avond ervoor. Hoopi was getrouwd en had Anna duidelijk laten weten dat dit enkel een korte affaire was. Anna vertelde Hoopi dat ze hoopte op een verzoening met haar echtgenoot, dus dat ze daar geen problemen mee had. Ze hadden letterlijk van het moment genoten. Voor Wanda en Medwin lagen de zaken volledig anders.

De volgende paar dagen en nachten van hun verblijf in St. Anton haalden Wanda en Anna het onderste uit de kan. Anna maakte zich meer en meer zorgen over de 'pisteranden' en ging steeds minder skiën. Tegen de laatste avond hadden ze de meeste bars op de berg bezocht. Hun favoriet was Krazy Kanguruh. Gekkenhuis. Was nog een eindje de helling af als je naar buiten kwam, dus dat was lachen. Het café stond er om bekend, de roekelozen aan te trekken. Diep in de nacht terug naar het dorp moeten skiën, zei genoeg.

Wanda bleef zich de hele terugreis naar Nederland verwonderen over haar ontmoeting met Medwin. Ze besloten St. Anton heel vroeg te verlaten en de reis in één dag te maken. Een heerlijke lunchpauze aan de Rijn was de enige en perfecte onderbreking.

Er wachtten twee e-mails van Medwin, toen Wanda thuis kwam. Hij had overduidelijk veel moeite gedaan om zijn lieve boodschappen in het Engels te schrijven. Zo romantisch. Wanda had hem betoverd en hij moest haar snel weerzien.

Het gevoel was volledig wederzijds. Wanda kon nergens anders aan denken. Ze had een belangrijke vergadering op het werk.

Het werd steeds moeilijker zich te concentreren. Ze moest zich ook meer gaan bezighouden met Lou's schoolwerk en dat allemaal in goede banen leiden. Nog maar een paar maanden en Lou was klaar met het schooljaar. Om in september aan haar laatste jaar op de middelbare school te beginnen. Ze was vastbesloten naar de universiteit te gaan en had een hoge IB score nodig om te worden toegelaten voor een studie in Engeland.

"Mam. Hij klinkt zo speciaal. Ik heb alles onder controle voor school. We kunnen het vanavond wel even samen doornemen. Ik maak dat schilderij dit weekend ook af. Ga gewoon en geniet ervan." Lou was zo blij, toen ze haar moeder zag stralen, terwijl ze over Medwin vertelde. Dat was lang geleden. Anna was ook lyrisch over hem. De enige foto die ze hadden was niet zo goed maar Lou begreep het idee. Lang, donker en knap. Perfect!

Wanda sprak Medwin die dag voor het eerst aan de telefoon. Ze was nu drie dagen thuis en ze hadden elkaar minstens één mail per dag gestuurd. Ze hadden nog steeds geen telefoonnummers uitgewisseld. Die dag had ze haar mobiele nummer onderaan de mail gezet en hij belde haar meteen. Of ze alsjeblieft volgend weekend met hem in Bratislava wilde doorbrengen? Hij had al een onderkomen geregeld, maar wilde dat geheimhouden. Het enige dat zij moest doen, was uitzoeken welke vlucht ze moest nemen en dan zou hij die voor haar regelen.

"Damon. Kun jij die vergadering met het reclamebureau op vrijdagmiddag alleen afhandelen? Ik denk dat ik rond de middag vertrek, om op Medwin's aanbod in te gaan. Wanda wist dat Damon voor haar in zou vallen. Hij was zo enthousiast over de ontmoeting in St. Anton. Patty ook. Ze gaf haar die middag zonder aarzeling vrij. Ze konden niet wachten hem te ontmoeten en stelden als enige voorwaarde dat Wanda de volgende keer met Medwin in Nederland zou afspreken.

Wonderschoon Bratislava! Net over de Oostenrijkse grens met Slowakije en zo dichtbij Wenen, dat veel mensen een goedkope vlucht daarheen namen om met een korte busrit in de hoofdstad van Oostenrijk te zijn. De vlucht van anderhalf uur uit Amsterdam leek Wanda een mensenleven te duren. Waarom was ze zo nerveus? Tien dagen geleden nog maar, dat ze met hem in St. Anton was. Zijn gebroken en beperkte Engels was soms lastig, maar ze voelde zich bij hem volledig op haar gemak. Zelfs met het leeftijdsverschil van zeventien jaar.

Medwin was die ochtend rond 6 uur op kantoor. Hij had behoorlijk veel te doen en wilde alles wat met werk te maken had uit de weg hebben, voordat hij Wanda van het vliegveld in Bratislava ophaalde. Het was voor Medwin vrij normaal om zo vroeg op zijn werk te zijn. De rit van 60 km vanuit zijn dorp was een ramp als hij later vertrok. Zijn dag begon steevast om 4 uur met hardlopen in de bergen.

Er was een geschikt hardlooptraject pal achter het huis van zijn ouders. Hij droeg een muts met een fel lampje voor goed zicht in het donker.

Het traject was stijl en rotsachtig. Te link om te struikelen door slecht zicht.

Tegen de tijd dat hij weer thuis was, had zijn moeder het ontbijt voor hem klaargezet. Dat deed ze vrijwel dagelijks. Net gestreken shirts wachtten in zijn kledingkast. Vervolgens zou hij zich ontdoen van zijn bezwete en zeer dure lycra hardloopkleding, onder de douche springen en zich voor kantoor in een tamelijk net pak hijsen, alvorens de rit per auto op hoge snelheid naar Wenen te maken. Moeder raapte dan zijn zweterige kloffie van de vloer, om dat met de hand te wassen, nagenoeg iedere dag. Niet dat ze dat zou hoeven doen. Hij had zoveel designer sportkleding. Al zijn geld besteedde hij van oudsher aan zijn sporten. Was het niet voor skiën, hardlopen en mountainbiken, dan was het wel voor zijn stoere KTM motor.

'Oh hemel! Hij is nog mooier dan ik me herinner,' dacht Wanda bij zichzelf, terwijl ze in de aankomsthal op Medwin afliep.

Tijdens de vlucht vanuit Amsterdam had Wanda zich voor de geest gehaald hoeveel Medwin op Robbie Williams leek. Ze dacht terug aan die diepe donkere ogen.

Medwin had echter veel bredere schouders en een langer, sterker lichaam. Terwijl hij daar stond, zo netjes gekleed, had hij de uitstraling van een sensuele beroemdheid over zich. Ze kon niet geloven dat hij daadwerkelijk op haar stond te wachten.

Eenmaal in Medwin's auto leken ze allebei enigszins verbluft en sprakeloos. De welkomstknuffel hield heel lang aan en met enorme intensiteit, maar de zoenen die erop volgden waren tamelijk formeel. In Oostenrijk was het twee kussen op de wangen. In Holland drie. Ze gingen allebei voor een derde en klungelden toen over al dan geen handen vasthouden, terwijl ze de 'gate' achter zich lieten. Bij de auto gekomen opende Medwin het bijrijderportier voor Wanda. Hij wachtte tot ze ingestapt was en sloot het achter haar. Een perfecte heer.

'Misschien is hij van gedachten veranderd en vraagt hij zich af wat hij hier in godsnaam doet,' dacht Wanda bij zichzelf.

Hij had nooit naar Wanda's leeftijd gevraagd, maar wellicht dacht hij nu, dat ze te oud voor hem was. Hij had haar echter intens en liefdevol aangekeken. Of misschien had ze hem verkeerd gelezen. Hij was natuurlijk nerveus. Ze was zich er ook volledig van bewust, dat haar eigen lichaam beefde, toen ze elkaar eerder omhelsden. De knuffel was ongewoon bijzonder. Wanda smolt in zijn armen. Ze voelde zijn hart snel kloppen, terwijl hij haar steviger vasthield. Ze had het niet erg gevonden, als hij haar nooit meer had losgelaten. Wat meer kon ze zich ooit nog wensen. Deze adembenemende man die haar met zoveel passie vasthield, dat ze dacht te zullen breken.

Leeftijd had voor Wanda nooit een rol gespeeld in relaties. Mensen waren zo verschillend en het getal dat aan hen verbonden was, vanwege het moment van hun geboorte, kwam vaak niet overeen met de energie of mentaliteit van die persoon.

Sommige mensen waren tegen hun dertigste al oud en levenloos. Ze kende anderen die met hun tachtigste nog steeds vol energie waren. Hoe het ook zij, ze was eigenlijk maar met twee mannen uitgegaan die ouder waren dan zijzelf. Haar ex-man Larry was zeven jaar jonger.

Tim de brandweerman dertien jaar. Nu een leeftijdsverschil van zeventien jaar. Maakte voor haar niet uit, als het voor Medwin niet uitmaakte. Zag er trouwens niet echt zo veel jonger uit. De man van de bergen had meer rimpels dan zij. Door al die jaren op hoogte buiten in de natuur was de huid van zijn gezicht aardig verweerd geraakt.

"Ik hoop dat je deze speciale plaats, waar wij overnachten echt leuk vindt," zei Medwin in zijn vertederende gebroken Engels, terwijl ze richting het centrum reden. "Voordat we daar heen gaan, wilde ik langs de rivier stoppen en een drankje doen. Vind je dat oké?"

Wanda vond alles oké. Heel erg oké. Hij zette zijn Joe Cocker cd aan. Het stond klaar om 'You Are So Beautiful' af te spelen. Hij had het nummer onthouden, dat hij in haar oor gezongen had, die avond dat ze elkaar ontmoetten in St. Anton.

Ze begon zich te ontspannen en Medwin vertelde haar kort de geschiedenis van Bratislava. Toen ze bij de rivier kwamen, legde hij uit dat het de Donau was, maar dat zij hem waarschijnlijk beter bij de Engelse naam kende, de Danube. Oh ja. De zeer beroemde rivier van die Johann Strauss waltz, de Blue Danube. Ze draaiden de parkeerplaats van een prachtig schilderachtig scheepscafé op, pal aan het zeer blauwe en glinsterende water van de Donau.

Het was vroeg in de middag en het licht was absoluut perfect. Er werd gezegd dat de rivier de laatste tijd zijn 'blauw' was verloren, maar die dag leek hij bijna blauw te stralen. Als één van's werelds grootste rivieren begon de Donau met meanderen in Duitsland's Zwarte Woud. Vervolgens vond hij zijn weg door diverse landen in Centraal en Oost Europa en mondde vervolgens uit in de Zwarte Zee via vertakkingen in Roemenië en de Oekraïne. Dat weekend bood hij het perfecte decor voor een zeer uitzonderlijk en hartstochtelijk samenvloeien van harten en gedachten.

Wanda bestelde een glas heerlijke rode wijn en Medwin koos een biertje. De gastvrijheid van het personeel kon niet beter. Iets te knabbelen bij de drankjes, zonder dat ze dat hadden besteld en de schaal was tot in detail opgemaakt, toen hij op tafel geplaatst werd.

Prachtig gepresenteerd. Een tweede drankje kwam. Een goed idee van de eigenaar misschien, maar bovenal een zeer plezierige prikkeling van de tong van zijn gasten.

Er was een uur verstreken. Medwin leek weer ietwat nerveus.

"Misschien moeten we nu gaan inchecken Wanda. Ik heb ze gezegd, dat we vroeg in de avond zouden aankomen, dus het is oké maar misschien fijn om ons te installeren, voordat we uit eten gaan."

Ze liepen naar de auto. Wanda wachtte tot Medwin naar het portier ging maar hij liep rechtstreeks naar de kofferbak en haalde hun kleine bagage eruit.

"Eens kijken wat je van de boot hiernaast vindt mijn mooie Wanda," zei Medwin, terwijl hij naar de met wijnranken bedekte boog aan de andere kant van het parkeerterrein gebaarde.

Het was absoluut perfect. Terwijl ze onder de boog door liepen, werd plots de verborgen hotelboot zichtbaar.

Een portier kwam hen tegemoet, toen ze de ingang van de boot bereikten. Ze hadden weinig bagage en konden prima hun eigen koffers dragen, maar daar wilde hij niets van weten. Zo vriendelijk en vastberaden om 100% service te bieden. Op het dek van de boot werden cocktails geserveerd. Twee violisten liepen rond als wandelende minstrelen ter vermaak van de ongeveer zes aanwezige gasten. Wat een prachtig oud schip. Een enorme aak die oh zo monumentaal was. Ze voegden zich bij de andere gasten voor een cocktail, terwijl de portier hun koffers naar de kamer bracht.

Kamer! Nou … het bleek niets minder dan een suite te zijn! Zonder meer prachtig! Medwin had zich kosten noch moeite gespaard om indruk te maken. Wanda vond stiekem, dat hij echt niet al dat geld had hoeven uit te geven. Zo was ze nu eenmaal. Een gevolg van haar povere opvoeding wellicht. Tegelijkertijd voelde ze zich overweldigd door de moeite, die hij had gedaan.

Hij had zelfs dezelfde perzikschnaps meegebracht die ze die nacht met BoBo dronken….. en verse schijven sinaasappel.

Het was heel lang geleden, dat Wanda zich zo verwend had gevoeld. En het was overduidelijk ,dat het recht uit het hart kwam en dat maakte het grote verschil.

Zonsondergang zorgde voor een volledig andere sfeer. De verlichting op de boot werd ontstoken. Weerspiegelingen van lichtjes dansten over de rivier en in de ogen van Wanda en Medwin's. Ze zaten aan hun tafel en genoten van een schnaps. Met het schip schommelend en deinend door een passerend vaartuig, voelden ze hun lichamen zachtjes heen en weer wiegen.

"Aan de overkant van de straat zit een uitstekend Italiaans restaurant. Ik heb voor het diner gereserveerd, maar als je geen zin hebt in Italiaans, kan ik het wel afbellen." Terwijl Medwin dit tegen Wanda zei, stond hij op om te zien waar hij zijn telefoon had gelaten. Ze hadden allebei voorzichtig hun afstand bewaard, tot op dat moment. Wanda stond op om te zeggen dat Italiaans perfect was en dat ze even ging douchen en zich klaar zou maken. Hij greep haar vast en trok haar zacht tegen zijn borst.

'Dit is de omhelzing die ik me zo levendig herinner,' zei Wanda tegen zichzelf. Ze wenste dat ze het tegen Medwin kon zeggen. Ze hadden tot nog toe niet heel veel tegen elkaar gezegd. Ze wilde niet, dat hij zich er ongemakkelijk over voelde, dat hij het Engels niet bijzonder goed begreep of sprak. Blikken en gebaren. Luchtige opmerkingen. Het ging ze prima af. E-mails waren natuurlijk een ander verhaal. Het moet Medwin uren hebben gekost, die te schrijven. Veel simpeler immers met een vertaalprogramma bij de hand.

Wanda smolt in Medwin's armen. Haar hoofd rustte op zijn borst terwijl hij haar knuffelde met de diepste en meest oprechte warmte, die ze ooit had gevoeld. Het leek een eeuwigheid te duren voordat hij haar eindelijk optilde en op bed legde. De horizontale omhelzing liet hun lippen elkaar moeiteloos ontmoeten.

Een tedere korte eerste kus, snel opgevolgd door een langer en zachter beroeren van hun lippen. Terwijl zij zich tegen elkaar drukten, werd het zoenen heftiger. Het deinen van de boot had een masserend effect op hun lichamen.

Het zoenen en omhelzen bracht hun in een volkomen staat van verlangen. Ze wilden elkaar, maar hielden zich allebei in, onzeker over wat erna kwam.

Zoals zo vaak, als het te serieus dreigde te worden, nam Wanda haar toevlucht tot lachen. Ze duwde zichzelf enigszins weg van Medwin en herinnerde hem eraan dat ze onderweg was om een douche te nemen. Het voorspel was begonnen.

Medwin liep onmiddellijk richting badkamer, toen Wanda de deur uitkwam. Hij pauzeerde even om de aanblik van Wanda in haar handdoek gewikkeld in zich op te nemen en boog voorover om haar benen zacht te kussen. Sidderingen trokken door haar heen. Medwin liep verder naar de badkamer, Wanda alleen latend om zich om te kleden.

"De reservering in het restaurant is over twintig minuten, dus ik zal heel snel opschieten," zei hij terwijl hij de badkamerdeur achter zich sloot.

Het kostte Wanda een paar minuten om haar gedachten weer te richten op waar ze mee bezig was. Gelukkig had ze al gepland wat ze zou aantrekken. Voordat ze haar kleine koffer inpakte, had ze vrijwel alles in haar garderobe aangepast. Met al het gereis dat ze in het verleden had gedaan, was dat een truc die ze lang geleden had geleerd. Pak alleen in wat je echt zult dragen. Besteed van tevoren tijd aan je kleding voor een goede spiegel, zodat je zeker weet dat je de gewenste 'look' hebt bereikt. Zoek daarbij de juiste schoenen en andere accessoires, die je nodig hebt. Te laat om aan die dingen te denken, als je al op je bestemming bent.

Wanda was aangekleed en klaar, tegen de tijd dat Medwin uit de badkamer kwam. Hij leek gepast onder de indruk. Al in zijn boxershort, liep hij naar zijn koffer en pakte een perfect gevouwen shirt. Wanda kon haar ogen niet van hem afhouden. Haar eigen Adonis.

"Heb je nieuwe shirts gekocht?" informeerde ze. De shirts waren allemaal dichtgeknoopt en opgevouwen, alsof ze net uit de verpakking waren gehaald.

"Nee. Dat is gewoon hoe mijn moeder mijn shirts graag heeft, nadat zij ze heeft gewassen en gestreken," antwoordde hij.

Wanda vroeg zich af of zijn vrouw zijn shirts ook op die manier had verzorgd. Je zou aannemen van wel. Want hij scheen te denken dat het volkomen normaal was. Wanda daarentegen was er trots op, dat ze nooit iets streek. Ze schudde haar kleren heel goed, als ze uit de wasmachine kwamen, om ze zo kreukvrij mogelijk te maken en voordat zij ze ophing om te drogen. Blouses en jasjes hing ze doorgaans meteen aan hangers. Zodra ze droog waren, gingen ze de kast in. Ze kocht geen dingen die ze moest strijken. Wat haar betrof totale verspilling van tijd en moeite. Was mogelijk niet het moment, om dat Medwin te vertellen. Dat bewaarde ze voor een andere keer.

Inmiddels twee jaar geleden, dat hij en zijn vrouw uit elkaar gingen en hij woonde nog steeds bij zijn ouders. Ze kon niet anders dan bedenken, dat hij het prettig vond, als er zo voor hem gezorgd werd. Een beetje vreemd, dat hij naar Wenen wilde verhuizen en dat na al die tijd nog steeds niet had gedaan. Ze vermoedde, dat zijn zoon in directe nabijheid hebben, daarbij een belangrijke factor was.

Het eten in het Italiaanse restaurant was voortreffelijk. De sfeer zo ongelofelijk romantisch. In de open lucht dineren onder prachtige groene wijnranken, die een fris nieuw lenteuiterlijk hadden met de kleine gele bloempjes nog in de knop.

Een warme lenteavond. Goed eten en goede wijn. Wanda en Medwin ontspanden zich en betraden een nieuw gebied van het comfortabel en ongedwongen bij elkaar zijn. Ze werden beter in het begrijpen en beantwoorden van de vele vragen, die ze elkaar wilden stellen. Eerdere relaties leken in het begin de gesprekken te domineren. Hoe waren die mensen? Waarom was het stukgelopen? Welke dingen vonden ze allebei het belangrijkst in een partnerschap?

Wanda ontdekte iets heel schattigs aan Medwin. Wanneer hij niet begreep wat ze zei, keek hij simpelweg naar haar met zijn puppygezicht iets schuin en zijn grote, grote bruine ogen en vroeg dan 'Please?' Hij hield overduidelijk van de glimlach, die dat woord op Wanda's gezicht tevoorschijn toverde.

Ze zetten hun gesprek voort, terwijl ze over straat terug naar de boot wandelden. Zo'n zwoele avond. Ze stonden op het dek, om het beeld van de sterren en de constante beweging van de weerspiegelingen in het water van de rivier in zich op te nemen. Een volkomen rust kwam over hen beiden. Medwin had zijn sterke armen weer om Wanda heen geslagen. Ze bemerkte hoe 'knuffelig' hij was. Er was blijkbaar iets aan Wanda, dat maakte, dat hij haar zonder ophouden wilde knuffelen. Het was compleet nieuw voor hem.

Ze bleven elkaar omhelsen op het dek, naar wat leek een eeuwigheid. Medwin's gedachten sloegen op hol. Hij liet verschillende scenario's van wat er kon gebeuren als ze terug naar de suite gingen, de revue passeren. De dag ervoor had hij op internet gezocht naar alle Engelse woorden, die hij misschien nodig had, als het ging om de liefde bedrijven. Eén website was behoorlijk onverbloemd. Zijn geest sloeg op hol terwijl hij eraan dacht. 'Fucking Her Brains Out' was de titel en boven elk van de afbeeldingen daaronder stond 'Fuck Position 1' .... 2 .... 3 .... enz. Ging door tot 69. Ehh. Die afbeelding vond hij met name interessant.

Medwin had dat woord nooit eerder gebruikt, maar hij had wel een vriend die af en toe vertelde over hoe hij graag 'fuckte'. Medwin vroeg zich af of 'fuck' een woord was dat Wanda gebruikte. De website sprak erover hoe stimulerend het was, als mensen schunnige woorden gebruikten voor, tijdens en nadat ze de liefde bedreven.

Medwin herinnerde zich ook, hoe bedaard zijn liefdesleven met zijn vrouw was geweest. Ze wilde liever niet eens, dat hij haar naakt zag. Niet dat ze een slecht figuur had of zo. Mogelijk was ze gewoon te jong in eerste instantie. Ze kenden elkaar sinds de basisschool. Zouden elkaar alleen volledig gekleed strelen, tot op de dag van hun trouwen. Hij had ermee ingestemd dat ze als maagd het huwelijk in zou gaan.

De huwelijksnacht was volkomen traumatisch. Hij wist niet hoe hij haar starheid moest doorbreken. Van kussen en knuffelen leek ze enkel stugger te worden. Hij had over de clitoris gelezen en hoe meisjes het fijn vonden als ze daar gelikt werden. Ze liet hem er niet eens in de buurt komen.

Uiteindelijk hadden ze wel gemeenschap, maar het was doffe ellende. Overal bloed.

Naarmate de jaren verstreken, leerden hij en zijn vrouw wat ze konden doen, om de ander op te winden. Hij hield intens veel van haar en tegen het einde van het tweede jaar schonk ze hem een zoon. Daarna veranderde de seks snel in misschien eens per maand. Tegen de tijd dat ze uit elkaar gingen, was het bijna een jaar geleden sinds ze voor het laatst seks hadden gehad. Ze zorgde heel goed voor hem. Misschien kon hij wel zonder seks, had hij gedacht. Nee. Het had geleid tot de ondergang van hun relatie.

Voor hem was er slechts één vluchtige ontmoeting vóór zijn huwelijk geweest. Met een lerares. Zijn gedachten gingen terug naar die middag, waarop ze hem had laten nablijven, omdat zijn werk niet af was. Was niet veel inspanning van haar kant voor nodig. Voordat hij wist wat er gebeurde, had ze zijn penis uit zijn broek en stijf. De deur werd op slot gedaan en ze nam hem mee achter haar bureau. Even later was haar rok omhoog en duwde ze zijn penis rechtstreeks in haar vagina. Ze bewoog hem heen en weer en binnen enkele momenten kwam hij klaar. Het was op z'n zachtst gezegd snel en verrassend. Ze keek totaal teleurgesteld vanwege zijn vroegtijdige ejaculatie en het direct verslappen. Hij werd net opgedragen te likken waar ze haar hand had, toen er een klop op de deur klonk. Hij was opgegaan in haar intense begeerten en vond haar heel aantrekkelijk, maar herinnerde zich hoe opgelucht hij was, dat ze door die klop werden gestopt. De volgende dag was haar laatste dag op school. Hij zag haar nooit meer.

Medwin's hoofd tolde van opwindende gedachten aan 'huggen' en 'fucken'. Kijkend naar Wanda die over het water staarde, voelde hij zijn penis groeien.

• HOOFDSTUK ELF •

DE KRACHT VAN DE VERBEELDING. Wanda was in een fantasiewereld beland. Elke beweging van de boot leek haar meer tegen Medwin aan te wrijven. De omhelzing was zo intens. Ze had knuffels altijd al een belangrijk onderdeel van relaties gevonden, maar dit overtrof alles. De warmte die hij uitstraalde, maakte haar licht bezweet. Ze vroeg zich af, waar hij aan dacht. Grappig hoe verlegen hij leek. Ze voelde zichzelf ook een beetje onwennig.

In gedachten begon Wanda de verschillende stukjes die ze tot nu toe van zijn lichaam had gezien, tot een geheel te brengen. Ze zag meteen weer voor zich, hoe hij in zijn boxershort de badkamer uitkwam. Direct was ze terug in St. Anton. De aanblik van zijn lichaam die ochtend toen zijn spijkerbroek op de grond gleed. De harde tepels en stevige borstspieren. Zijn enorme fiere penis, die precies naar haar leek te wijzen. Die zachte zachte lippen die haar kusten met onwaarschijnlijke intensiteit.

Hoe zou het zijn, om op deze zwoele avond terug naar hun suite te gaan? Werd almaar later en hier stonden ze nog steeds op het dek verstengeld in een innige omhelzing belicht door de maan.

Wanda dacht terug aan de liefkozingen, die tot de snelle climax hadden geleid in St. Anton. Hij had zo'n uitzonderlijk grote penis. Misschien zou dat formaat ze voor een dilemma stellen, als ze eindelijk gemeenschap hadden. Ze wist dat ze een condoom zouden gebruiken. Ze vond die dingen niks, maar je was het wel verplicht. Moeilijk om dan de volle gewaarwording van samen één worden te voelen. Hopelijk had hij eraan gedacht glijmiddel mee te nemen.

Wanda had eetbare condooms overwogen, maar zag daar vanaf voor hun eerste keer ongeremd samen zijn. Haar gedachten sloegen op hol door alle dingen die ze met Medwin wilde doen, maar deze keer zou ze het initiatief aan hem laten.

Wanda stopte haar denken over verschillende seksuele standjes met Medwin en richtte zich weer op de ongecompliceerde genoegens van het omhelzen. Vaak is het voor mensen alleen iets terloops. Vormelijke omhelzingen als een vriendschappelijke blijk van contact. Als mensen in relaties niet knuffelen of vrijwel nooit elkaars handen vasthouden, is dat meer dan vaak een teken dat ze moeite hebben een echte band te vinden. Ze verwonderde zich over stellen, die de diepe verbondenheid misten, die omhelzingen kunnen brengen. Zo'n geweldige manier om de liefde tussen twee mensen te uiten en écht te voelen. Dat gevoel wanneer je zo stevig omhelsd wordt, dat je adem je ontnomen wordt. De diepe zuchten, het volzuigen van je longen en iemand die diens partner in de ogen kijkt en voelt dat die de ander rechtstreeks in je ziel kijkt. Zo fenomenaal!

Ook veel andere soorten van gevoelens vloeiden voort uit verschillende praktijken van knuffelen. Liefdevol knuffelen met kinderen bijvoorbeeld. Niets fijner dan om samen met de kinderen bij elkaar te kruipen, op de bank een oude film kijken en de liefde te voelen. Onbetaalbaar. De omhelzing die een kind aan zijn favoriete knuffelbeest geeft. Omarmingen van grootouders die amusante verhalen vertellen over vervlogen tijden. Het knuffelen van een huisdier, dat vaak bijdraagt aan een betere gezondheid en een positievere kijk op het leven. Bomen omarmen om uitdrukking te geven aan je band met de natuur. Stuk voor stuk zo mooi.

Medwin keerde zich naar Wanda en kuste haar zacht op haar voorhoofd. Ze draaide zich om en bracht haar lippen naar de zijne.

Het Nieuwjaarsvuurwerk was terug. Zachte lippen vonden elkaar, terwijl de boot iets meer op en neer deinde door de golfslag van een passerend jacht. Zelfs op hoge hakken moest Wanda nog op haar tenen staan, ook al boog Medwin zijn hoofd naar voren. De kus hield aan en werd intenser.

Medwin nam Wanda eindelijk bij de hand en leidde haar naar beneden naar hun suite.

Bezoekjes aan de badkamer werden gevolgd door het inschenken van een kleine schnaps. Medwin had wat schijfjes sinaasappel gesneden, terwijl Wanda de kamer even had verlaten. Daarna moesten ze allebei lachen om de herinnering aan hoe ze elkaar bij BoBo's hadden ontmoet onder het genot van stukjes sinaasappel en schnaps.

"Op ons!" proostte Medwin. "Op een lang en rijk bloeiend leven samen."

'Wauw. Dat klonk erg serieus,' dacht Wanda. Normaal gesproken had ze op zo'n moment misschien willen wegrennen. Deze keer wist ze dat het totaal anders was. Ze wilde nergens anders zijn dan in de armen van die geweldige man tegenover haar.

Medwin nam het voortouw. Wanda had zich al ontdaan van haar schoenen en jasje. De jurk die ze droeg was laag uitgesneden en had een voorgevormde buste waardoor haar borsten een aanzienlijk stuk boven de hals uitkwamen. Wanda droeg zelden een bh. Ervoer ze als veel te beperkend en ze vond dat haar borsten klein en pront genoeg waren, om zonder te kunnen. Het verlaagde lijfje zorgde ook voor de suggestie van een decolleté. Medwin nam langzaam een borst uit de jurk en begon eraan te zuigen.

Ze hadden helemaal niets gezegd over, wat ze ieder wel of niet prettig vonden in bed. Hij wilde haar vertellen over de sekswebsite die hij had gevonden, maar wist niet hoe ze zou reageren. Beelden van de site zag hij voortdurend voor zich. Hij wist wel heel zeker van die eerste nacht in St. Anton, dat ze het heerlijk vond, als hij aan haar tepels zoog. Dus dat deed hij. Hij herinnerde zich hoe hij bijna was klaargekomen, alleen door de manier waarop zij zijn tepels zoog en likte. Dat was nieuw voor hem. Een complete verrassing dat hij zo opgewonden raakte, terwijl alleen zijn tepels gestimuleerd werden. Hij wist nog dat Wanda's twee tepels heel verschillend waren. Het duurde veel langer, voordat de ingekeerde tepel hard werd en rechtop stond dan de andere.

Heel stil stond ze daar met haar beide borsten ontbloot boven haar zijden jurk, tepels hard en fier en Wanda verroerde zich niet.

Medwin stopte met het zuigen van haar tepels, deed een stapje achteruit en keek naar haar. Haar blonde haar reikte tot over haar schouders en raakte haar tepels bijna. Grote blauwe ogen waren volledig op hem gericht. Hij zag haar diepe ademhaling, waardoor haar tepels nog verder omhoog kwamen. Medwin nam haar op van top tot teen en was verrukt van wat hij zag.

Het uittrekken van zijn shirt, onthulde zijn tepels ... al hard, zonder inspanning van Wanda. Ze deed haar schoenen weer aan en liep naar hem toe. Op haar tenen staand, kon ze haar tepels zachtjes tegen de zijne aan drukken. Langzaam heen en weer wiegen, zorgde ervoor, dat hun tepels langs elkaar streken. Wat een genot! Ze hielden elkaars armen stevig vast en startten te beven in afwachting van het vervolg.

In perfecte harmonie ritste hij Wanda's jurk los en zij zijn broek. Al snel lagen ze naakt op bed in hun horizontale omhelzing. Beelden en woorden van de website schoten door Medwin's hoofd. De zoenen bleven op de lippen gericht, terwijl ze zich tegen elkaar aan drukten. Medwin reikte naar een condoom. Een hinderlijke onderbreking! Wanda lag roerloos. Er werd niets hardop gezegd. Levendige beelden van zijn penis kwamen naar boven en herinnerde haar aan haar zorgen over het formaat ervan. 'De hemel zij gedankt voor het ruisen van de rivier,' dacht Wanda bij zichzelf. 'Dit zwijgen maakt me gek.'

Medwin had iets met drie vrouwen gehad, sinds hij en zijn vrouw twee jaar geleden uit elkaar gingen. Met geen van hen had het langer geduurd dan een paar maanden. En hij had ze ook maar een enkele keer gezien. De seks was onbesuisd en nogal rechttoe rechtaan. Met Wanda was het totaal anders. Ze had duidelijk meer ervaring, een vrouw van de wereld.

Medwin had verwacht dat Wanda meer initiatief zou nemen, zodra ze in bed lagen, maar tot zijn eigen verbazing genoot hij van zijn machtspositie. Hij had Wanda de hele nacht weten te prikkelen. Ze reageerde op elk van zijn aanrakingen. Hij hield ervan dat zij net als hij zo'n knuffeldier was en wist na die lange gepassioneerde omhelzing op het dek, dat ze heel lang van hem zou zijn. Dit gaf hem een nieuw soort zelfvertrouwen.

Tegen de tijd dat Medwin diep in haar bewoog, was Wanda zo nat, dat zijn formaat totaal geen probleem was. De penetratie was langzaam en teder. Onderwijl bleven ze elkaar zacht kussen.

Wanda en Medwin waren één geworden. Gevangen in lust bewogen ze langzaam en diep, totdat Medwin het niet langer hield. Hij kwam met de kracht van een aardbeving. Wanda niet.De stilte was oorverdovend. Medwin rolde op zijn rug, probeerde op adem te komen. Wanda zweefde nog. Dichtbij een donderende climax, maar voelde zich nu een beetje alleen gelaten.

Hij vond haar hand en hield deze stevig vast. De energie die Wanda voelde, terwijl ze hand in hand naast hem lag, deed haar beseffen hoe hartstochtelijk de hele avond was geweest. Terwijl de opwinding wegebde, had ze geen onbevredigd gevoel. Ze genoot van de invloed die ze overduidelijk op Medwin had en wist zeker dat ze elkaar wederzijds evenveel zouden behagen, naarmate hun verhouding zich verder ontwikkelde.

Medwin viel al snel in slaap. Hij had zich totaal niet meer bewogen. Geen gesnurk of zware ademhaling. Wanda bekeek hem van heel dichtbij en sprak zachtjes, toen ze vroeg of hij wakker was. Niets. Dat was een opluchting. Wanda wist, dat ze in een mum van tijd zou liggen snurken. Het was beter als hij dan al sliep, zodat ze niet bang hoefde te zijn dat ze hem wakker hield. Ze waren allebei verrukt, maar volledig uitgeput.

Ze ontwaakten 'lepeltje-lepeltje', blijkbaar hadden ze elkaar zelfs in hun slaap onophoudelijk omhelsd. Dit tot enorme vreugde van Wanda. Ze dacht na over een paar mannen, met wie ze ooit was uitgegaan. Die verdwenen het liefst zo snel mogelijk naar een andere plek in het huis na de seks. Zij begon haar dag het liefst vanuit de verbondenheid van een omhelzing. De warmte van een liefdevol lichaam zo dichtbij, terwijl je samen de dag begon.

Wanda bewoog haar hand omlaag en legde die op Medwin's stevige bil. De andere arm lag tussen hun in. Vervolgens liet ze haar vingers zachtjes op en neer strijken over zijn sterke rug. Hij kromde zich van genot. Een erectie melde zich drukkend tegen Wanda's rustende arm.

Hij was weer klaar om te spelen.

Medwin was ontwaakt met een onzeker gevoel, over hoe hij de dag moest beginnen. De sekssite nam zijn gedachten volledig in beslag. Hoe kon hij erachter komen, wat Wanda fijn zou vinden. Hij wist, dat hij het de nacht ervoor niet had afgemaakt. Nu was hij meteen hitsig door haar strelen van zijn huid.

"Een penny voor je gedachten Medwin," zei Wanda lief, terwijl ze haar hoofd op haar hand liet rusten en iets naar achter leunde om zijn opgewonden lichaam beter te kunnen bekijken.

Medwin begreep deze gekke Engelse uitdrukking niet. Ze grinnikten allebei om Wanda's uitleg en lieten nog een paar van zulke rare Engelse uitspraken de revue passeren. Dat bracht ze echt aan het lachen. Ze kregen bijna de slappe lach. Medwin voelde, dat er ruimte was, om te praten over de dingen, die hij online had gezien. Hij begon zich steeds meer te ontspannen, terwijl hij alle seksstandjes vertelde, waarover hij had gelezen. Met het praten over de afbeeldingen werd hun gegiechel steeds intenser. Ze waren net een stel tieners, die zojuist hun eerste vieze boekje hadden gevonden.

Medwin vertelde, hoeveel hij van knuffelen hield en dat hij zo blij was, dat Wanda het ook fijn vond. Neuken was zeker niet het allerbelangrijkste. Hij legde alles in aandoenlijk Engels uit.

Wanda voelde zich steeds meer tot hem aangetrokken. Ze was zelf verre van platvloers en het verraste haar, dat hij het plots over neuken had. Ze leken wel een eeuwigheid te praten. Sperde de ogen, toen hij uiteindelijk toegaf, dat zijn favoriete afbeelding op de site standje 69 was. Medwin vertelde Wanda, dat zijn vrouw eigenlijk nergens anders voor warmliep dan gemeenschap zonder poespas. Hij wilde Wanda ontzettend graag verwennen en hoopte dat ze hem zou helpen, onbekende gebieden te ontdekken.

"Dus we zijn het eens. Laten we meteen beginnen met het ontdekken van knuffelen en neuken," zei Wanda luchtig want hij was wat serieus geworden door het verhaal over zijn vrouw.

Medwin's herinneringen aan de website werden nog duidelijker.

Levendige beelden van mensen die verschillende en erg spannende dingen deden wervelden onstuimig door zijn hoofd.

"Ik wil zo graag met jou 'huggen' en 'fucken' Wanda," zei Medwin gemeend.

"Hug en fuck," zei Wanda. "Klinkt als ijs. Hoe heet het ook alweer? Heeft een Zweeds klinkende naam, geloof ik."

Ze kwamen niet meer bij van het lachen en moesten uiteindelijk een plaspauze inlassen. Terwijl Medwin de kamer verliet, om als eerste te gaan, vroeg hij Wanda, hoe ze dacht te willen beginnen met hun 'hug' en 'fuck' avonturen. Voor Wanda klonk het alsof hij 'hug en fug' had gezegd.

"Ik weet zeker, dat elke vorm van hug en fug met jou geweldig zal zijn," antwoordde Wanda, omdat ze zijn Engels niet wilde verbeteren.

Toen Wanda aan de beurt was voor een badkamerbezoekje, besloot ze dat ze genoot van de klank van deze twee nieuwe figuurtjes, die hun levens waren binnengewandeld. Hug en Fug zouden in hun toekomst samen een grote rol spelen, daar was ze van overtuigd.

"Misschien kunnen we wat meer Hug en Fug doen, terwijl we samen een lekkere douche nemen," stelde Wanda met een knipoog voor, toen ze de grote massage douchekop boven het ruime bad had gezien.

Ze zeepten en sopten en voelden de hitte van het water hun lijven strelen. Elkaar ontdekken met hun ogen en handen. Medwin ging op de badrand zitten. Wanda stond nog onder de straal, waardoor ze een verleidelijk nat uiterlijk kreeg, die hem gek maakte.

Medwin begon Wanda's navel te kussen. Bewoog zich speels bijtend naar haar heupen, draaide haar om en kuste haar billen. Water stroomde over zijn gezicht, terwijl hij zijn mond op haar lichaam drukte. Hij draaide haar weer naar zich toe en gebaarde haar een been op de badrand te zetten. De kussen, het zuigen en likken van elke millimeter van haar poes maakte haar uitzinnig van opwinding. Ze hield zijn hoofd stijf tegen zich aan, terwijl haar lichaam begon te schokken. Het warme water stroomde over haar borsten. Het kan niet meer dan een paar minuten geduurd hebben, voordat ze tegen de muur moest leunen, omdat haar hele lichaam een hoogtepunt bereikte, waar haar hoofd van tolde.

Medwin's verlangen om Wanda zo snel mogelijk binnen te dringen was niet te stoppen. De gedachte aan een condoom flitste door zijn hoofd maar hij was onstuitbaar.

De volledige spierkracht van Medwin's atletische lijf brak nu los. Dit keer stootte hij zijn penis met maximale macht in de diepste diepten van Wanda. Wanda's aanblik in totale staat van euforie, maakte dat hij volledig buiten zinnen raakte, meer dan hij ooit had meegemaakt. De luide kreun die aan Medwin ontsnapte, terwijl de sappen uit zijn lichaam barstten, had hij ook nog nooit ervaren. Ze stortten allebei in de badkuip en leken zich een eeuwigheid niet meer te kunnen bewegen.

Uiteindelijk vonden ze hun weg terug naar het bed. Wanda en Medwin waren snel vertrokken. Verstrengeld in een innige omhelzing. Tolden nog steeds van het liefde bedrijven. Gefluister over hun nieuwe beste vrienden Hug en Fug, deed ze met een glimlach in slaap vallen.

Het ontbijt hadden ze totaal gemist. Roomservice bracht ze rond 1 uur wat te eten. Meer Hug en Fug activiteiten, nadat ze hadden gegeten. Daarop volgde wat tv kijken, om te zien of er iets in de wereld gebeurde, dat ze moesten weten. Beiden hielden van muziekclips, dus de muziekzender won het uiteindelijk van het nieuws.

Er restte nog maar een paar uur daglicht, toen ze zich eindelijk aankleedden om een wandeling langs de rivier te maken. Medwin had een bezoekje aan wat bezienswaardigheden gepland. Bratislava kende een lange en interessante geschiedenis. Hij wilde Wanda zo veel laten zien van het rijke culturele erfgoed.

Nu leek het, alsof ze maar enkele stappen konden zetten, voordat ze weer moesten stoppen om naar elkaar te staren. Wanda kon het gevoel, dat Medwin haar gaf door simpelweg naar haar te staren, niet geloven. Hij keerde haar naar zich toe en omhelsde haar met geweldige kracht. Haar kin naar zijn gezicht brengend, gaf hij haar de meest liefdevolle kus. Dan hield hij haar op armlengte en staarde eerst recht in haar ogen. Het was alsof hij probeerde rechtstreeks in haar hart en ziel te kijken.

Langzaam verlegde hij zijn blik, om naar haar handen te kijken. Zijn ogen gingen omlaag naar haar voeten en dwaalden langzaam over haar hele lichaam. Om het te besluiten door haar hoofd tegen zijn borst te leggen, en vaak zei hij alleen maar "ongelofelijk".

Wanda voelde zich bij Medwin specialer dan ze zich ooit eerder had gevoeld. Hij gaf haar het gevoel dat ze oprecht mooi en onwaarschijnlijk begeerlijk was.

Straatmuzikanten zorgden voor vertier tijdens hun wandeling. Medwin vertelde Wanda, dat hij soms trompet speelde in een Guggamusik-band, die een paar gasten in zijn dorp hadden opgericht. Hij had thuis een cd, die hij zou meebrengen de volgende keer, dat hij haar zag. Ze moesten zo hard lachen, toen hij probeerde uit te leggen, dat de band zich potsierlijk verkleedde vaak zelfs in dierenkostuums. Ze vertelde hem, dat haar ex-man Larry een professionele trompettist was. Hoewel ze hem in St. Anton al over Larry had verteld, merkte Wanda dat hij wat stiller werd bij het noemen van zijn naam hier in Bratislava.

"Ik heb een tafel gereserveerd bij een traditioneel Slowaaks restaurant om 7 uur vanavond. We kunnen naar de boot teruggaan, om ons om te kleden, als je wilt?" Medwin zei het ,alsof hij van onderwerp wilde veranderen.

De terugweg was erg zwijgzaam. Wanda had zich verbaasd over Medwin's reactie op haar opmerking over Larry, maar ze liet het gaan. Misschien had ze zijn moment in de schijnwerpers verpest, bij wijze van spreken. Hij vertelde haar immers over zijn eigen ervaring met trompetspelen en zij had genoemd, dat Larry een pro is. Ze nam zich voor, dat niet nog eens te doen.

Hug en Fug meldden zich voortdurend. Wanda had haar spijkerbroek nauwelijks uit, toen ze bij de boot terug waren, of Medwin greep haar vast en tilde haar in de lucht. Dit was de eerste supersnelle en uitzinnige Fug. Medwin zette Wanda op de kleine tafel en bevrijdde snel zijn beest.

Hij schoof haar ondergoed opzij en liet zijn penis in een oogwenk bij haar naar binnen glijden.

"Je maakt me gek Wanda," kon hij alleen maar uitbrengen.

Ze zoenden en drukten hun lijven stevig tegen elkaar aan. Medwin's schaambeen leek op exact de juiste plek tegen haar clitoris te wrijven. Wanda richtte zichzelf op, om het genot te verhogen, dat zowel van binnen als van buiten kwam. Ze zuchtte extatisch, terwijl ze kwam. Even later liet Medwin een almachtige kreun horen en stootte nog dieper in haar, toen hij een orgasme bereikte.

Ze hielden elkaar een poosje stevig vast, totdat Medwin Wanda uiteindelijk optilde en ze samen op het bed vielen. Nog steeds in innige omhelzing zouden ze op bed zijn blijven liggen, als Medwin's telefoon niet was gegaan. Een snelle blik op het scherm vertelde Medwin dat zijn zoontje hem had proberen te bereiken. Hij had niet snel genoeg opgenomen.

Mino was pas 7 jaar. Hij leek niet al te getraumatiseerd, door de scheiding van zijn moeder en vader toen hij 5 was. Papa woonde nog bij oma en opa, pal naast zijn huis. Mino bracht evenveel tijd in dat huis door, als in het huis waar hij met zijn moeder woonde. Mama werkte vijf dagen per week, dus opa bracht Mino meestal naar school. Oma haalde hem's middags weer op. Ze bakte altijd wat lekkers voor bij de thee. Daar was Mino dol op. Mama leek niet eens zo zeer aangedaan, toen papa het huis verliet.

Nadat Medwin Mino had teruggebeld, kleedde hij zich vlug om voor het diner. Wanda vroeg niet naar het telefoontje. Hij was stil en duidelijk diep in gedachten over wat er dan ook was voorgevallen.

De traditionele gerechten van Slowakije bleken uiterst interessant. Wanda begon met een soort met kaas gevulde noedels en Medwin nam de soep met worst en zuurkool.

Niet dat ze daarna behoefte had aan een tweede gang, maar Wanda had de aardappelpannenkoeken al besteld.

Medwin moest het voor haar opeten. Het was heerlijk maar de noedels waren zo ontzettend voedzaam. Ze had ook Medwin's stoofpotje geproefd van varkensvlees met zure room en noedels. Om je vingers bij af te likken. Nu waren ze allebei zeer voldaan maar Medwin zei dat ze echt niet weg konden voordat ze zijn favoriete Slowaakse dessert had geprobeerd. Trdelnik is een zeer traditioneel zoet gebakje van cake dat in het midden een gat heeft, omdat het aan een kokervormig braadijzer wordt gebakken. Zag er prachtig uit en smaakte verrukkelijk.

Tijdens het diner vertelde Medwin Wanda over het telefoongesprek met zijn zoon Mino. Hij wilde weten, of z'n vader morgen bij zijn eerste proefwedstrijd voor het voetbalteam van het dorp zou zijn. Het feit dat hij daar niet bij kon zijn, maakte Medwin bedroefd. Hij was ook geïrriteerd, omdat zijn vrouw het blijkbaar goed had gevonden, dat Mino hem belde. Hij was 7. Medwin kon het aantal keer dat Mino hem had gebeld op één hand tellen. Waar was ze mee bezig? Zijn ouders zouden haar verteld hebben, dat hij dit weekend weg was. Was niets voor haar, om zulke spelletjes met Mino te spelen. Misschien had ze gezien, dat er iets in Medwin veranderd was, toen hij van St. Anton terugkwam. Zij had al die tijd niemand anders leren kennen, sinds ze twee jaar eerder uit elkaar waren gegaan. Ze was er voor haar werk of voor Mino. Ze kon goed opschieten met Medwin's familie en was vaak met hen samen. Het kon zijn dat iemand had laten vallen, dat hij dit weekend met een dame had afgesproken. Misschien vermoedde ze, dat Medwin eindelijk diegene had ontmoet, die hem weg zou voeren uit het dorp.

• HOOFDSTUK TWAALF •

WANDA ZAT IN HET VLIEGTUIG terug naar Amsterdam en had het gevoel, dat haar hele wereld op zijn kop was gezet. Hug en Fug waren eerder die dag een aantal uur aan zet geweest. Slaap de nacht ervoor was enigszins rusteloos. Medwin had tijd nodig om te herstellen na het telefoontje van zijn zoon. Wanda was zo moe. Hij moest ook moe zijn. Ze maakte zich zorgen over zijn lange rit naar huis.

Medwin's zoon betekende duidelijk alles voor hem. Wanda was er blij om. Wat voor vader zou Medwin anders geweest zijn?

Larry had haar in dat opzicht vaak genoeg teleurgesteld. Ze wist dat hij zielsveel van Jay en Lou hield. 'Waarom was het dan steeds zo moeilijk, om hem bij hun levens te betrekken?' dacht ze dikwijls.

Ze waren pas vier en twee toen zij en Larry uit elkaar gingen. Hij had een sleutel van de voordeur van het nieuwe huis, waar ze naartoe verhuisd waren en hij kon komen en gaan, wanneer hij wilde. Opdagen voor het avondeten, was geen probleem geweest. Voor de baddertijd na het eten was hij ook welkom. Hij wist dat er altijd genoeg was, wanneer hij wilde mee eten. Liedjes zingen en boekjes lezen, gebeurde na het badderen. Daarna gingen de lichten uit. In de begindagen na hun scheiding kwam Larry vaak langs.

Naarmate de jaren verstreken, leek het steeds moeizamer te gaan. Hem meenemen naar evenementen op school, was een enorme opgave geweest. Verjaardagen was hij echter heel goed in. Speelde doorgaans trompet tijdens de 'pass-the-parcel'-spelletjes.

Deed het goed bij de kinderen. Erover nadenken, maakte Wanda nog emotioneler.

Wanda had nooit valse verwachtingen geschept voor Jay en Lou.

Hoe moeilijk het soms ook was, ze probeerde toch altijd op een positieve manier over hun vader te praten. Als ze tijden niets van hem hadden gehoord, zei ze tegen hen, dat ze hem ook zelf konden bellen. Het allerbelangrijkste was, dat ze wisten, hoeveel hij van hen hield.

Vanwege zijn beroep als muzikant, had het geen zin om schema's op te stellen voor vaste weekeinden. Larry kon hen gewoon zien, wanneer het uit kwam. Ze hadden geen geldzorgen en dat was des te prettiger, omdat ze waren overeengekomen het zonder alimentatie te doen. Dit beviel Wanda prima en voor Larry werkte het ook heel goed. Ze kenden allebei stellen die uit elkaar gegaan waren en zoveel woede kenden vanwege ruzies over geld.

Het leek alsof Medwin een bijna normaal contact met zijn zoon had. Mino's vader woonde zelfs in het huis, waar hij het gros van zijn tijd doorbracht. Met oma en opa. Wanda vroeg zich onwillekeurig af, of Medwin van twee walletjes wilde eten. De gevouwen shirts en een moeder, die zo goed voor hem zorgde. Geen wonder, dat hij nog niet naar Wenen verhuisd was.

Medwin kon zich moeilijk op de weg concentreren. De route was hem zeer bekend en het weer was goed, maar zijn nieuwe vrienden Hug en Fug lieten zijn gedachten niet los.

Hoe had Nina haar telefoon aan Mino kunnen geven, zodat hij hem gisteravond kon bellen? Dat was echt niet oké. Dit was nog nooit eerder gebeurd. En nog naast het feit, dat het hem een vervelend gevoel had gegeven, dat hij niet bij de eerste voetbalwedstrijd kon zijn, wist Medwin dat hij daarna niet meer zo'n geweldig gezelschap voor Wanda was geweest.

Zijn liefde voor Mino was kolossaal. Het verwarde hem om Wanda en hun Hug en Fug activiteiten voor de geest te halen en gelijktijdig aan Mino te denken.

Medwin was nooit zo knuffelig geweest met Mino of Nina. Zijn familie was hetzelfde en die van Nina ook. Beleefde zoenen op de wang als groet of ter afscheid. Zelfs de eerste kussen die Medwin en Nina in het begin deelden, waren heel kort en vluchtig.

Met Wanda werd Medwin veel brutaler. Hij was hongerig naar haar lichaam. Simpelweg in haar ogen kijken en weten dat ze van hem was. Het leven dat zij had, was het soort leven dat hij altijd al graag wilde. Ze zouden samen zo gelukkig kunnen zijn. Het zou hem lukken en er was niets dat Nina of iemand van zijn familie kon doen, om hem tegen te houden. Echter nog te vroeg om hen over Wanda te vertellen. Zij ging wellicht terug naar Nederland met de vraag wat ze in hemelsnaam had gedaan. Het werd tijd dat hij naar Wenen verhuisde en zelfstandiger werd. Wanda had het vast heel vreemd gevonden, dat hij nog steeds bij zijn ouders woonde.

In Hillywood bereidde Anna zich voor op haar vertrek van over een paar dagen. Ze wilde graag het volledige verhaal over Bratislava van Wanda horen.

Anna zag dat Wanda helemaal door Medwin gegrepen was. Hij was een 'spunk', had ze gezegd. (Een goed Australisch woord voor een aantrekkelijk en sexy persoon ..... man of vrouw.)

Wanda had het gevoel, dat ze het weekend had gedroomd. Het kon niet perfecter geweest zijn. Medwin was als een prins op het witte paard, die haar kwam redden van seksuele vergetelheid. Hij had haar zintuigen zo sterk tot leven gebracht, dat ze hem nog steeds kon voelen. Ze kreeg kippenvel, toen ze Anna vertelde over hun zeer bijzondere nieuwe vrienden Hug en Fug. Anna lachte, omdat ze zich voorstelde, hoe Medwin moest hebben geklonken, toen hij Fug zei terwijl hij eigenlijk fuck had willen zeggen. Hoe ongelofelijk sexy en vertederend was dat? Omdat ze hem persoonlijk had ontmoet, voelde Anna zich een speciaal ingewijdene.

Van Anna geen opmerking over het leeftijdsverschil. Wanda had er even een moment aan gedacht, maar keek toen naar een foto die ze met haar telefoon had genomen. Ze pasten uitstekend bij elkaar. Haar Adonis uit de bergen zag eruit als de perfecte match. Lou was het er helemaal mee eens en was zo blij dat haar moeder zo hotel de botel was. Ze had niet alle details gehoord, die Anna had gekregen, maar ze kon aan Wanda's gezicht zien, dat ze een waanzinnige tijd had gehad.

Medwin had Wanda een sms gestuurd, zodra hij veilig thuis gekomen was. Hij eindigde simpel met. "Ik ben van jou en ik ben verliefd."

Later die avond stuurde Medwin zo'n lange en mooie e-mail. Woorden van liefde, zo gevoelig geschreven. Zijn geschrijf over Hug en Fug bracht zulke levendige herinneringen naar boven, dat Wanda er helemaal van opgewonden raakte.

Medwin opperde dat hij haar graag in Nederland kwam opzoeken, rond haar verjaardag over een paar weken. Hij zou vrij moeten vragen van zijn werk, maar wilde eerst weten of zij het oké vond.

Oké? Wanda was dolgelukkig.

De dag van het vertrek van Anna en haar hond naar Groot-Brittannië was daar. Mel was hierheen gereden, om ze op te halen. Ze leken goed op elkaar te reageren. Cindy was voor medische afspraken in Engeland achtergebleven. Het waren de goede omstandigheden voor een plezierige hereniging. Mel had de moeite genomen zijn haar te kleuren en zag er indrukwekkend goed gekleed uit.

PJ vond het maar niks, dat haar kameraadje wegging. Ze waren goede hondenmaatjes geworden. Wanda en Lou zagen Anna ook niet graag gaan. Ze paste echt heel goed bij ze. Duimen dat het allemaal goed uit zou pakken voor haar, wanneer ze eenmaal bij Mel en Cindy in Engeland was. Ongetwijfeld zouden ze hen allemaal zien bij hun volgende bezoek.

Op kantoor hield de General Wanda erg bezig. Maar goed ook. Anders zou ze waarschijnlijk de hele dag aan Medwin lopen denken. Nog maar een paar weken en hij zou haar opzoeken in Nederland. Tot die tijd kon ze het wel uithouden. Miste hem echter wel heel erg. Ze stuurden elkaar minstens drie mails per dag en een heleboel sms-jes. Kleine liefdesberichtjes. Grappige dingen die gedurende de dag gebeurden. Door kilometers gescheiden, maar hun harten en gedachten waren nog steeds innig verbonden.

Wanda had een rapport opgesteld voor drie reclamebureaus om te dingen naar de opdracht voor een nieuwe marketing en communicatie campagne voor de General. Al's bedrijf was één van de kandidaten.

Alle Europeaanse vestigingmanagers zouden in Wanda's kantoor voor de presentaties aanwezig zijn. Wanda wilde ze allemaal betrekken in het besluitvormingsproces. Haar team wist dat Al een oude vriend was. Dat betekende dus, dat hij nog sterker zijn best moest doen om hen te overtuigen van de verdiensten van zijn bedrijf. Na de drie presentaties zou er een simpele gesloten stemming zijn. De managers zouden uitmaken, wie de uiteindelijke winnaar was.

"Geweldig dat je dit allemaal in zo'n korte tijd voor elkaar hebt gekregen Wanda," zei Patty toen de definitieve datum voor de presentaties was vastgesteld. "Medwin komt over een paar dagen. Goed idee om de presentaties te geven, nadat hij is vertrokken. Laat mij een etentje organiseren bij mij thuis, om je te bedanken voor je harde werken en ook om Medwin welkom te heten. Kan niet wachten om hem te ontmoeten. Mijn vroegere vriend komt dan ook over uit Frankrijk. Hij kan voor ons koken. Laten we Damon en zijn vriendin ook uitnodigen. Je verjaardag is toch ook rond die tijd. Redenen genoeg voor een feestje."

Wanda nam de uitnodiging aan en bedankte Patty, daarna pakten ze de discussie weer op over het doel van de marketingcampagne. De naamsverandering was geschied en er werd een nieuw onderdeel voor satellietvolgsystemen aan hun productportfolio toegevoegd. Allemaal zeer enerverend. Er moest een startevenement worden gepland en zij had precies de juiste locatie voor ogen, het tentoonstellingscentrum van de European Space Agency in Nederland.

Medwin luisterde graag naar de verhalen over Wanda's werk. Ze genoot duidelijk veel waardering van haar collega's en had oprecht plezier in wat ze deed. Helaas maakte dat voor hem pijnlijk duidelijk, dat hij zijn baan totaal niet leuk vond. Het ontwerpen van systemen voor spoorwegsignalering zou prima zijn, als de hiërarchie hem er niet van weerhield zijn functie goed uit te voeren. Er was altijd wel iemand die hem in de weg zat.

Veel van zijn collega's waren vertrokken voor betere betrekkingen bij andere bedrijven. Een paar hadden de laatste afvloeiingspremie geaccepteerd, die was aangeboden.

Nu wenste hij, had dat hij dat ook had gedaan. Het enige dat hem op kantoor overeind hield, was het voortdurende contact met Wanda. Hij was tot over zijn oren verliefd op haar geworden. Het enige waaraan hij kon denken, waren hun passievolle Hug en Fug belevenissen.

'Er zijn nog tal van Hug en Fug mogelijkheden te onderzoeken,' dacht hij bij zichzelf. Daarna bezocht hij weer die website over huggen en fucken en plande hij welke standjes hij eerst wilde uitproberen tijdens toekomstige afspraakjes met Wanda. Hij had echter nog steeds niet de moed bijeen geraapt om met Wanda over zijn verlangens te spreken. Het zou moeten wachten totdat hij haar tegenover zich had.

Onderwijl richtte hij zijn aandacht op het onder woorden brengen van zijn liefde in de sms-berichten en probeerde hij uit te leggen hoe diep zijn gevoelens voor haar waren. Het vertaalprogramma was onmisbaar in het ondersteunen van al zijn pogingen voor e-mails en tekstberichten.

Jay was ook niet gelukkig op zijn werk. De wereld van reclamebureaus bewoog in een razend tempo en hij vond het allemaal veel te commercieel. Kon hij zich maar bezig houden met het maken van zijn muziek en het helpen met de kunstexposities van de Gallery. Het aantal optredens als DJ nam toe, maar waren niet genoeg om de huur van te betalen. Het reclamebureau betaalde goed, maar hij vond de ervaring geestdodend.

Wanda's vriend, die Jay op de baan had gewezen, had ervoor gezorgd dat Jay mocht aanblijven, toen er personeel moest worden ontslagen. Op dat moment was Jay daar blij om geweest. Hij genoot van het bestaan in Londen en had genoeg andere bezigheden. Nu zat hij in hetzelfde schuitje als Medwin. Wanda kreeg van allebei aan de telefoon te horen, dat ze wilden, dat zij degenen waren geweest die ontslagen waren.

Jay's wens ging uiteindelijk in vervulling.

"Je moet onmiddellijk een uitkering aanvragen Jay en op zoek gaan naar een andere baan." Wanda moedigde hem aan, maar Jay was nu een volwassen man, die zijn eigen weg in de wereld moest vinden.

"Mam. Ik heb een uitstekende IT cursus gezien, maar hij duurt drie maanden en is fulltime. Denk je dat ik dat kan doen? Ik denk dat ik een beurs kan krijgen voor het cursusgeld, dus dan heb ik maar een klein beetje financiële steun nodig voor mijn levensonderhoud. Denk dat ik ook wat studiefinanciering van het arbeidsbureau kan krijgen."

Wanda had Jay en Lou allebei beloofd hen te zullen ondersteunen bij elke serieuze studie. Dit zag eruit als een goede cursus en Jay had al het voorbereidende werk al gedaan, dus dat was prima. Het zou hem helpen een goede baan te vinden. Begon al snel, dus Jay had geen tijd om te luieren.

Lou was druk bezig twee schilderijen af te maken, die ze aan het eind van de maand bij haar tekenleraar moest inleveren. Dit zouden haar belangrijkste opdrachten van het hele schooljaar zijn en haar leraar had het haar flink lastig gemaakt. Zijn idee van goede kunst was, alles, zolang het abstract was. Lou was echter een meester in het creëren van kunst, waarin echte objecten zo realistisch werden weergegeven, dat je het gevoel had, ernaar te willen reiken, om ze aan te raken. Haar kleurgebruik was magnifiek. Penseelstreken brachten objecten tot leven. Met Anna en één hond minder in huis kon Lou de eetruimte volledig inrichten naar haar schilderbehoeften. Vond Wanda geen probleem. Ten minste gedurende deze twee weken, totdat Medwin zou arriveren. Lou wilde ze tegen die tijd toch af hebben. Ze wilde graag tijd hebben, om mee te gaan met een paar uitstapjes, die Wanda voor Medwin had gepland, om Nederland te bekijken. Hij zou een week blijven.

Haar moeder was zo enthousiast, maar Lou zag dat ze ergens ook wat nerveus was. Zo vertederend. Vroeg zich vast af wat hij ervan vond, dat Wanda zo'n volwassen dochter had. Haar moeder wilde ook graag dat Lou en ieder ander hem aardig zou vinden. Lou wist zeker dat het goed zou komen. In geen geval zou haar moeder zo heftig voor iemand gevallen zijn, als die persoon niet heel bijzonder was. Het was meer dan duidelijk. Haar moeder was innig verliefd.

Jay en Wanda hadden over haar aanstaande verjaardag gesproken. Het was een traditie van hun drieën, dat ze elkaars verjaardagen altijd samen vierden. Jay was in maart jarig, Wanda in mei en Lou in oktober. Goed gespreid. Dit jaar viel Wanda's verjaardag op een doordeweekse dag. Medwin bleef tot de dag na haar verjaardag. Daarom spraken ze af, dat Wanda en Lou het daaropvolgende weekend naar Londen zouden vliegen, om het samen met Jay te vieren. Wellicht zouden een paar andere vrienden zich hen bij zich voegen voor een theaterbezoek. Perfect!

Vanwege zijn werk kon Medwin gratis met de trein reizen, dus kwam hij met de trein naar Nederland.

"Ik kom donderdag om 10 uur in Utrecht aan. Moet ik overstappen om bij jou te komen?" had hij gevraagd.

Wanda wilde absoluut niet langer wachten dan strikt noodzakelijk. Ze zou hem op het station van Utrecht opwachten.

Medwin had diverse tekstberichten gestuurd tijdens zijn reis. Zag ernaar uit, dat de trein op tijd zou zijn. Hij was zenuwachtig. Niet zoveel geslapen tijdens de treinreis. Vragen tolden door zijn hoofd. Hij zou in Wanda's huis verblijven en haar dochter zou daar ook zijn. Heel anders dan op neutraal terrein, weg van huis. Hij had Lou een keer aan de telefoon gehad en ze klonk heel aardig. Wat als ze hem niet aardig vond? Zij en Wanda waren heel hecht. Er was in dit huis nog nooit een man bij Wanda blijven slapen.

Lou zou zich wellicht raar voelen en misschien zelfs een beetje afgunstig. Alhoewel, ze had haar eigen vriend die ook bleef slapen, dus dat zou wel meehelpen.

Hug en Fug kwamen Medwin redden. Zijn hoofd klaarde volledig op en alle gedachten omtrent de vraag of Lou hem wel zou accepteren verdwenen. Die goeie ouwe Hug en Fug. Ehh! Nu voelde hij zich heel licht in zijn hoofd. Standje 24. Oh zo duidelijk in zijn hoofd. Wanda's hand reikte omlaag om zijn kloppende penis te voelen.

Hug en Fug speelden hun spel. Hij liet ze de controle overnemen. In een iets helderder moment werd hij zich ervan bewust, dat het zijn eigen hand was die op zijn penis lag. Dit was geen onbekende. Ze begrepen elkaar heel goed. Masturbatie had Medwin door de jaren heen vaak snelle ontlading geboden, zonder partner.

Nadat ze zich verschillende keren had omgekleed en in paniek was geraakt, omdat ze thuis alles op het laatste moment precies op orde wilde hebben, stond Wanda er versteld van, dat ze op station Utrecht was, nog voordat Medwin zou aankomen. Al een paar nachten niet zo veel geslapen. Bon Jovi was ervoor nodig geweest om haar energie te geven. Ze was vastbesloten dit leven ten volle te leven en had er volkomen vertrouwen in dat Medwin de man was, die haar daarbij zou helpen.

Fantastisch!

Het leek alsof de bedrijvigheid van het drukke treinstation in slowmotion naar de achtergrond verdween. Daar was hij, haar

Adonis. Hij had haar nog niet in de gaten. Toen hun ogen elkaar eindelijk ontmoetten, lachten ze van oor tot oor.

Wanda versnelde haar pas, om zijn armen zo snel mogelijk vast te pakken. Medwin tilde haar hoog in de lucht en zij sloeg instinctief haar benen om hem heen. Daar stonden ze een goede vijf minuten in elkaars oren te zuchten. Ze wilden elkaar niet loslaten.

"Ik kan niet geloven, dat je echt hier in Holland bent," was het enige dat Wanda uit kon brengen. Ze was sprakeloos en hij evenzo.

Die groene Italiaanse wagen stond onder het treinstation geparkeerd. Wanda had een bezoekje aan de dichtbijgelegen meren gepland met een tussenstop bij één van haar lievelingscafés. Maar niet te lang. Ze wilde hem graag mee naar huis nemen, om die uren, voordat Lou van school kwam, goed te benutten. Hug en Fug gedachten brachten haar hoofd op hol.

Medwin bleek de perfecte toerist te zijn. Hij vond alles geweldig. Zo enthousiast over de kleinste details.

Het was zijn eerste keer in Nederland. Sterker nog, de grootste afstand die hij tot dan toe had gereisd, was een vakantie geweest in Portugal met zijn vrouw. Zij hield niet van verre reizen. Andere vakanties had hen niet verder dan Noord Italië gebracht. Hij wilde de wereld zien. Nederland was een geweldig land om mee te beginnen. Wanda was de ideale persoon om het allemaal mee samen te doen.

"Wat een schitterend huis," merkte Medwin op toen Wanda hem na binnenkomst een korte rondleiding gaf. "Zoals je de verbouwing beschreef, klonk het alsof het veel kleiner was. Zo veel ruimte op de bovenste verdieping. Je hebt het allemaal goed voor elkaar." Hij was vooral geïmponeerd door hoe stil het op de bovenste verdieping leek. Dit was Wanda's slaapkamer en ze hadden hun eigen badkamer. Hij voelde zich al veel meer op zijn gemak.

Wanda ging voor Medwin uit, terwijl ze de steile trap beklommen. Hij bewonderde haar mooie sterke kuiten helemaal tot bovenaan. Ze had geweldige benen. Haar billen bewogen voor zijn gezicht. De treden waren heel smal en steil. Hug en Fug gedachten verwijderden haar kleding, hij duwde haar tegen de trap en nam haar van achteren. Misschien zou hij dat op een dag echt doen, voordat hij vertrok. Nu, terwijl ze allebei naar het bed stonden te staren, pakte Medwin voorzichtig haar hand om die te kussen. Hij nam haar andere hand en deed hetzelfde. Ze smolt, om daarna op het bed te gaan zitten en hij volgde. Ze lieten zich achterover vallen in een stevige omhelzing.

"Hier hoor ik te zijn Wanda. Nauw verbonden met jou. Je altijd in mijn armen houden. Ik ben zo ontzettend verliefd op jou," Medwin deed zo hard zijn best de Engelse woorden te vinden, waarmee hij kon uitdrukken, wat er in zijn hart omging. De kus die volgde, maakte woorden overbodig.

"Ik ben ook verliefd op jou Medwin. Ik ben zo blij dat ik je hier heb. Bij jou zijn, voelt zo goed," antwoordde Wanda, terwijl lichte tranen van geluk haar ogen vulden.

Wanda had speciale massageolie naast het bed. Ze pakte het op, om het aan Medwin te laten zien en vroeg of hij wilde, dat ze wat van de stress van het reizen uit zijn rug zou masseren.

"Ja graag," antwoordde hij.

Zijn naakte en gespierde lichaam strekte zich al snel uit, gezicht omlaag, op haar bed. Ze stond het allemaal in zich op te nemen. Wat een waanzinnig lijf. Benen als boomstammen. Billen die hoog en stevig stonden. Toen de olie op zijn billen druppelde, knepen ze samen en vormden ze kleine inkepingen aan beide zijden. De druppels vonden hun weg door de spleet naar zijn anus. Wanda zag de olie er langs glijden en wist, dat die naar zijn ballen zou druppelen. Langzaam volgde ze de olie met één vinger. Medwin kreunde.

Wanda had haar kleren uitgetrokken. Op haar knieën en met een been aan elke kant van zijn lichaam ging ze op Medwin's billen zitten. Goot olie over zijn rug en begon hem diep te masseren. De spieren naast Medwin's ruggengraat waren groot en hard. Ze bewoog met haar ellebogen op en neer over de spieren en probeerde ze zo los te maken.

Ze nam een korte pauze, leunde voorover en kuste zacht de zijkant van zijn gezicht. Haar tong cirkelde langzaam om zijn oor en oorlel. Hij bleef zuchten en kreunen van genot.

Haar knokkels bewogen over zijn schouderbladen. Het was duidelijk dat die flink pijnlijk waren. Nadat ze zijn schouders een tijdje had bewerkt, begon Wanda zijn armen zacht te masseren. Diep en zacht werk aan de handen eindigde vervolgens met het afzonderlijk trekken aan en klikken van elke vinger, om de slechte energie uit elke meridiaan te verwijderen. Benen volgden.

Ze richtte zichzelf op van zijn billen en draaide zich om, zodat ze hem andersom weer kon bestijgen. Begeleidde voorzichtig zijn ballen en penis van onder hem om tussen zijn benen in te leggen. Ze waren vergroot en bonsden. Zo mooi om te zien.

Ze druppelde er langzaam kleine beetjes olie op en maakte kleine vlinderbewegingen over het hele oppervlak. Hij begon te beven.

Beide handen werkten hard om in harmonie Medwin's benen op en neer te masseren. Om bij zijn kuitspieren en voeten te kunnen, moest ze zichzelf een beetje naar voren schuiven. Bij één schuifbeweging kon ze het niet laten. Haar clitoris was nu volledig in contact met zijn billen.

'Nog een beetje massageolie en nog een paar schuifbewegingen,' dacht ze bij zichzelf. Medwin genoot duidelijk bijna net zoveel als zij van deze massagetechniek.

De dikte van Medwin's atletische kuiten was verbazingwekkend. Wanda masseerde ze vanuit iedere hoek. Uiteindelijk aan de achterkant onderaan zijn enkels, bij het zeer gevoelige trillende gedeelte aan de achterkant van de enkel. Druk op de holtes onder zijn voeten veroorzaakte in eerste instantie een licht kietelende prikkeling. Toen ze de ruimtes tussen zijn tenen masseerde rekte hij zijn hele voet en been uit van genot. Ter afsluiting werden alle tenen apart gestrekt waarbij de meridianen werden losgemaakt. De rugmassage was klaar.

"Zal ik de andere kant doen?" vroeg Wanda peinzend.

De massage was hemels geweest, maar Medwin kon zich niet meer inhouden. Het lukte hem op zijn rug te rollen terwijl Wanda nog schrijlings bovenop hem zat. Zijn penis was binnen een ogenblik in haar. Hard, bonzend en klaar om te exploderen. Ze was al zo dichtbij een hoogtepunt door het schuiven over zijn lichaam. Ze kwamen tegelijk in één orgastische explosie.

Het moest minstens een half uur hebben geduurd, voordat ze weer langzaam tot bewustzijn kwamen. Knuffelend en naar de badkamer wijzend. Ze moesten zich wassen en aankleden. Lou kwam bijna thuis.

In Bratislava hadden ze afgesproken, dat ze condooms achterwege zouden laten. Het was hoogst onwaarschijnlijk dat Wanda weer zwanger zou raken en overduidelijk dat geen van beiden met een ander seks zou hebben.

Wanda dacht terug aan dat gesprek, terwijl ze naar Medwin keek die bij de wastafel in de badkamer stond.

Hug en Fug overmeesterden hen zo snel, dat ze geen tijd hadden om aan condooms te denken. Ze was blij dat ze hadden besloten, die niet te gebruiken.

Wanda ontspande in een heet bad met eucalyptusolie. De geur van de olie en enkel de aanblik van haar te zien liggen in de spiegel, prikkelde Medwin opnieuw.

Hij draaide zich naar haar toe met weer een enorme erectie. Voordat ze het wist, zat hij bij haar in het bad. Hij tilde haar op zijn schoot en ze zaten verstrengeld, omhelzend, met zijn penis diep in haar. Het warme water van het schuimende eucalyptusbad spatte uit het bad op de tegels. Ditmaal bewogen ze samen langzaam en aanhoudend heen en weer, zij op Medwin's schoot. Hij kwam met een stil en diep genot, terwijl Wanda iets langer in die bewegingen door moest gaan voordat ze hem volgde.

Ze waren aangekleed en beneden, ruim voordat Lou door de voordeur naar binnen wandelde.

Wanda had bij één van haar favoriete restaurants in de stad gereserveerd voor een diner buiten de deur. Ze dacht dat het op die manier voor iedereen wat meer ontspannen zou zijn. Danny had direct uit school wat klusjes te doen, maar zou zich op tijd bij hen voegen. Een gezellig viertal.

Het gesprek kwam wat moeizaam op gang, maar zodra het over skiën ging, vonden Lou en Medwin hun klik. Zijn verhalen over downhillraces en de verschillende competities waaraan hij had deelgenomen, vond iedereen zeer kostelijk. Lou vertelde ook een paar van haar grappige ski-anekdotes.

Het etentje was een groot succes. Medwin voelde zich helemaal thuis. Danny hield van fietsen, dus hij was bijzonder geïnteresseerd in de verhalen over mountainbikewedstrijden waaraan Medwin had deelgenomen. Danny had zelf ook aan een paar wedstrijden meegedaan. Allemaal zeer amusant.

"Ik moet morgenmiddag een paar uur naar kantoor, weet je nog? Daarna wat drinken met mensen van het werk, gevolgd door een etentje bij Patty. Vind je dat oké?" Wanda herinnerde Medwin aan de plannen van de volgende dag, voordat ze onder de wol kropen. Hij wilde graag een paar sportwinkels bezoeken en Wanda zou hem ergens afzetten, waar er een paar bij elkaar in de buurt zaten en dan zelf naar kantoor gaan.

De werkborrel op vrijdagavond was wat te druk voor Medwin. Hij had steeds opnieuw zijn heil gezocht in zijn aandoenlijke 'Please?'

Iedereen had echter van zijn gezelschap genoten. Hij luisterde aandachtig en lachte op de juiste momenten tijdens de verhalen.

Bij Patty thuis waren enkele gasten die Duits spraken en daar voelde hij zich veel beter bij op zijn gemak. Patty bleek zelf ook een aardig mondje Duits te spreken. Dat was Wanda nooit eerder opgevallen. Heel vreemd. Iedere keer dat Wanda zich omdraaide, leidde Patty Medwin mee naar het balkon voor een onderonsje. Hij was veel te beleefd om zich te verontschuldigen. Wanda vond het in eerste instantie prima.

Patty en Wanda waren een aantal keer uit geweest om te dansen en bands te zien. Ze waren vrij goed bevriend, dacht ze. Patty was degene die haar opnieuw had aangenomen bij de General. Wanda was haar dankbaar. Ze had Patty Nederland laten zien en bij één gelegenheid waren ze zelfs een keer samen wezen skiën in Frankrijk. De vroegere vriend uit Parijs die op bezoek was, was de man bij wie ze in Val d' Isère hadden gelogeerd.

Michel was oud genoeg om Patty's vader te zijn en was nog steeds getrouwd. Hij had kinderen ouder dan Patty. Hun relatie was inderdaad zeer vreemd. Het enige dat Patty echt wilde in het leven was trouwen en een kind krijgen, maar ze trof steeds de verkeerde man. Michel was haar grootste vriend geweest in tien haar. Hoe dacht ze in hemelsnaam ooit die ene persoon te vinden, als ze op deze manier door ging.

Het eten was voortreffelijk. Patty's Parijse vriend bleek een geweldige kok te zijn. Hij had ook een aantal bijzondere wijnen meegebracht.

Ze hadden allemaal te veel gedronken om naar huis te rijden. Aldus Patty. Ze stond erop dat Wanda en Medwin zouden blijven slapen, maar was vergeten dat Wanda altijd in de gaten hield hoeveel wijn ze dronk. Michel was inmiddels diep in slaap en de andere gasten waren gaan dansen.

Volledig in staat die groene Italiaanse wagen, heel vlug, ver daarvandaan te sturen, kon Wanda niet snel genoeg vertrekken.

Patty leek vastbesloten om veel meer van Medwin te zien. Hij was zich er totaal niet van bewust en bleef beleefd maar Wanda zag die fonkeling in Patty's ogen, terwijl ze hem voortdurend van top tot teen bekeek.

Met een ménage a trois zou Wanda nooit akkoord gaan. Ze zou haar prachtige man uitsluitend voor zichzelf houden.

Die avond onderweg naar huis sprak Medwin vol enthousiasme over alle verschillende mensen die hij had ontmoet. Wanda dacht aan de ongepaste aandacht, die Patty aan Medwin had gegeven. Dit zou ze bij haar ter sprake moeten brengen, wanneer ze na Medwin's vertrek weer op kantoor kwam. Hij had duidelijk geen interesse in iemand anders dan Wanda en dat gaf haar een heel speciaal gevoel. Desalniettemin had Patty zich schandelijk gedragen.

Wanda was helemaal gelukkig terwijl ze naar huis reed met deze geweldige man naast zich. Hij bleef haar blikken toewerpen, met zulke liefdevolle ogen.

Plotseling begonnen die ondeugende kleine Hug en Fug door haar gedachten te dansen. Wat waren ze van plan? Het leek erop dat een ménage a trois hun gevoelige snaar had geraakt.

• HOOFDSTUK DERTIEN •

"GEFELICITEERD!" RIEPEN MEDWIN en Lou toen ze Wanda's slaapkamer binnen liepen met ontbijt en cadeautjes. Wanda probeerde haar ogen volledig te openen. Ze lachte van oor tot oor en het lukte haar uiteindelijk met hen mee te zingen. "Fijne verjaardag voor mij."

Ze was er nog steeds niet helemaal bij. Flitsen aan de nacht ervoor. Heerlijke gedachten aan hoe zij en haar prachtige man na hun rit naar huis van het feestje de liefde hadden bedreven. Gewoon met z'n tweetjes.

De half slaperige nevel trok snel op toen Wanda alle mooi ingepakte cadeautjes voor haar uitgestald zag. Eerst wat eten van dat heerlijke ontbijt dat Lou had klaargemaakt. Met z'n drietjes zaten ze op het bed. Lou had beneden wat van Wanda's lievelings muziek opgezet. Aretha Franklin op de achtergrond terwijl ze kletsten en genoten van vers fruit en croissants.

"Deze eerst mam," zei Lou, terwijl ze één van haar cadeaus richting Wanda schoof.

Het was een cd. Iets nieuws dat Wanda had gezegd leuk te vinden. Lou rende naar beneden om hem op te zetten. Lighthouse Family. Geweldig!

Ze had mama ook een paar nieuwe skihandschoenen en een boek gegeven. Hoe weldoordacht.

Dan de ansichtkaarten. Wanda was dol op kaarten. Ze las elke tekst van begin tot eind en vertelde over de mensen, die ze hadden gestuurd. Haar vrienden betekenden veel voor haar. Een paar vrienden in het Verenigd Koninkrijk hadden ook cadeautjes gestuurd. Een schattig paar sloffen van één. Versiering voor haar fiets van een ander.

Medwin vroeg zich af, of ze ooit zijn cadeau zou openen. Ze bleef het oppakken en weer terugleggen.

Wellicht wilde ze, dat hij het haar aangaf en er wat bij zei. Dat kon. Hij pakte het kleine doosje en hield het achter zijn rug. Boog naar voren en gaf haar een uitgebreide vertraagde kus op haar lippen. "Gefeliciteerd mijn beeldschone vrouw," zei hij terwijl hij het pakje in haar handen legde.

Ze had het beste voor het laatst bewaard. Medwin had al laten zien hoe attent hij kon zijn. Het weekend in Bratislava dat hij had geregeld, het meebrengen van de schnaps van BoBo's en het zingen van de liedjes, die zo'n indruk hadden gemaakt tijdens hun eerste ontmoeting. Toen hij in Nederland aankwam, had hij haar speciale bonbons uit Wenen kado gegeven. Dat was al genoeg. Nu dit chique ogende doosje, zo mooi ingepakt. De veelzeggende kaart. Hij moet uren hebben gezocht om die te vinden. Twee mensen op het dek van een boot in het maanlicht. De prachtigste liefdesverklaringen geschreven aan de binnenkant, in het Engels.

Wanda ademde diep in. Haar ogen werden groot en één hand reikte naar haar mond. Ze kon Medwin alleen maar aanstaren en voelde tranen in haar ogen opwellen toen ze zei, "Hij is prachtig. Dat had je niet moeten doen." Ze boog naar hem toe en omhelsde hem, vroeg hem het om haar pols te doen.

"Wauw mam. Hij is echt mooi. Goede smaak Medwin. Ik vind hem prachtig," zei Lou terwijl ze de zilveren armband die haar moeders arm nu sierde voorzichtig aanraakte. "Puur zilver. Mooi hoe elk deel over en om het volgende deel heen lust, een waar kunstwerk."

Lou haalde alle ontbijtspullen weg en zei dat ze met wat vrienden bij de bibliotheek had afgesproken. Ze zou op de terugweg langs de supermarkt gaan en boodschappen halen. Rond een uur of 3 werd de verjaarsvisite verwacht.

Medwin liet het bad vollopen en hij en Wanda brachten het volgende uur of daaromtrent in de badkamer door, onderwijl de liefde bedrijvend. Ze had twee nieuwe super zachte badjassen gekocht. Op een bepaald moment lagen ze samen knuffelend op de badkamervloer in hun badjassen. O zo zacht en knuffelbaar. Ze vielen beiden in een korte slaap. Ongelofelijke rust en kalmte terwijl ze daar gewoon in elkaars armen lagen, zo volledig geliefd. Omhelsd door de zachte badjassen. Omarmd door elkaar.

Denise en de jongens arriveerden even voor drieën. Ze konden niet langer wachten, om Medwin te ontmoeten. "Oh La La! Zeker, heel sympathiek," was alles dat Denise kon zeggen, toen ze een moment alleen met Wanda was.

Lou had een paar van haar vrienden uitgenodigd voor het feestje. De meeste van Wanda's vrienden uit de buurt kwamen. Alles bij elkaar zo'n dertig mensen. Hoogtepunt was natuurlijk de gelegenheid om de prachtige en getalenteerde Medwin te ontmoeten. Het kostte hem vrij veel moeite iedereen te verstaan, maar het kon zijn pret niet drukken. "Please?" was vaak te horen. Iedereen was er door gecharmeerd. Ze werden door zijn wens hen te kunnen volgen, aangespoord om minder woorden te gebruiken en langzamer te praten. Een paar mensen spraken Duits, maar hij vroeg hen, of ze het alsjeblieft in het Engels wilden zeggen. Dat zou hem helpen het sneller te leren. Heel schattig.

Het was vrij, laat toen de laatste gasten het huis verlieten. Lou en haar vrienden waren al een paar uur geleden vertrokken. Ze gingen de stad in om te poolen. Denise wilde, dat Medwin en Wanda met haar mee de stad in gingen. Een goede band speelde in een lokaal café. Beloofde een gezellig dansavondje te worden. Ze antwoordden, dat ze haar misschien daar zouden ontmoeten, maar wat ze tegen de tijd dat iedereen wegging eigenlijk het liefst wilden, was samen voor de tv kruipen. De Grand Prix motorracen was die dag op tv geweest en Medwin kwam erachter, dat het die avond op de Nederlandse tv zou worden uitgezonden. Wanda wilde het maar wat graag samen met hem kijken.

Terwijl ze daar zo zaten te kijken hoe de motoren over het circuit raasden, dommelde Wanda langzaam in. Hoe perfect kon het leven zijn? Wat een fantastische verjaardag. Nu zaten hier in een tedere omhelzing.

Ze had speciale nieuwe zijdezachte 'knuffelkussens' gekocht voor op de bank. Hun hoofden kwamen in een soort trance, zodra ze de kussens raakten. Wanda viel in een lichte slaap. Hug en Fug doken onmiddellijk op in haar gedachten. Voordat ze het wist, lag haar hand op Medwin's penis. Die was zacht en in rust, maar nog steeds geweldig om te zien. Hij richtte zichzelf op, om het ruimte te geven en liet zijn hand toen in Wanda's broek glijden. Ze bleven aandachtig naar de Grand Prix staren en zaten daar met hun hand op elkaars genitaliën. Zelfs terwijl Medwin's penis groeide, bleven ze stilzitten met hun aandacht op de tv gericht. Zo heerlijk!

De race naderde het slot. Publiek ging uit zijn dak. Het ene moment was de Australiër aan kop, het volgende de Italiaan. Medwin wist niet precies welke coureur hij de winst gunde.

Ze kruisten voortdurend voor elkaar langs. Medwin koos voorheen altijd voor de Italiaan. Sinds hij Wanda kende, neigde zijn loyaliteit meer richting de Ozzie. Wat gaaf, dat het er nu op leek, dat die de race zou winnen. Medwin had gedurende de hele race met een stille erectie gezeten, terwijl hij één van de kussens tussen hem en Wanda met zijn wang knuffelde.

Yes! De race was gewonnen! De Ozzie had zijn racemachine als eerste over de finishlijn gedrukt. Ongelofelijk!

Medwin zou zijn opgesprongen, als hij had gekund. In plaats daarvan, had Wanda precies op dat moment van uitgelatenheid zijn penis uit zijn broek bevrijd en in haar mond genomen. De eerste keer voor Medwin. Haar hoofd rustte op het 'knuffelkussen'. Binnen enkele seconden was hij over de finish met een orgasme. Zijn hoofd tolde. Tissues waren nodig om het sperma van zijn buik te vegen. Wanda hield er niet van dat door te slikken.

De volgende paar dagen hielp die groene Italiaanse wagen Wanda mee, om Nederland aan Medwin te laten zien. Van binnen en van buiten flonkerend door een goede schoonmaakbeurt en in de was gezet. Diverse cd's waren geselecteerd om daar tijdens hun tour langs de bezienswaardigheden naar te luisteren.

Medwin was er gelukkig mee, dat Wanda een wagen had. Perfect voor al die interessante reisjes, die ze zouden maken. Lekker veel ruimte achterin voor alle spullen, die ze nodig hadden. Hij had idee in een kampeerreisje. Wanda was slechts één keer eerder in haar leven wezen kamperen. Tijdens een moeder-dochterding met de Girl Guides padvinders in Sydney. Zij en Lou deelden een tweepersoonstent. Die kon volledig dicht geritst worden, maar nog steeds waren ze er bang voor, dat er slangen en insecten naar binnen konden. Ze waren niet zo stoer aangelegd.

De Zaanse Schans was de eerste attractie op Wanda's lijstje om te bezoeken. Een geweldige, speciaal voor toeristen, gecreëerde plek, om iets van het Nederlands erfgoed te ervaren. De nog werkende windmolens stonden langs de prachtige en zeer brede rivier de Zaan. Sommige bezoekers arriveerden in een rondvaartboot, maar de meerderheid kwam de 15 kilometer vanaf Amsterdam per bus. Op bepaalde momenten op een dag konden er wel zo'n 16 bussen op de parkeerplaats staan. Ook voldoende parkeerruimte voor auto's. Zo verdienden ze hun geld. Want, hoewel je het minidorpje binnenkwam door een heuse poort, werd er geen toegangsprijs gevraagd. Fotografen hadden zich bij de ingang opgesteld, om bij aankomst kiekjes van opgetogen toeristen te schieten. De foto's waren ontwikkeld en als souvenir in een fotolijstje gestopt, tegen de tijd dat men daar opnieuw langs kwamen, om te vertrekken. Op een grote wand hingen alle foto's van de bezoekers voor de bezoekers. Kon je kopen als je wilde. Geen probleem als je dat niet deed.

Eerst naar het klompenmakershuis en het museum. 'Klompen' zijn zo typisch Nederlands. Wellicht leuk om een foto te maken, staand in de gigantische klompen voor de werkplaats. Een geweldige verzameling klompen uit voorbije eeuwen waren binnen tentoongesteld. Vernuftig vervaardigde houten schoenen die de Nederlandse voeten eeuwen lang droog en ook veilig hadden gehouden. Elk uur werd er een demonstratie klompen maken gegeven. Men begon met een blok hout van een populier of een wilg.

Een antieke machine werd door de handwerksman bedient om het blok uit te hollen. En dan, zeer scherp gereedschap om het schoeisel vorm te geven. Aan een uiteinde van de klomp blazend, toonde aan hoeveel water het verse hout bevatte. De klomp moest nu eerst een aanzienlijke tijd drogen, voordat hij verkocht en gedragen kon worden.

Vervolgens bewonderen van het Delftsblauw porselein en een pottenbakkersmuseum. Dan de boerderij met demonstraties van een kaasmakerij. Speelgoedwinkel. Kantklossen. Warenhuis. Zoveel verschillende interessante dingen te zien. Allemaal gepresenteerd in historische houten panden, geschilderd in het traditionele donkergroen. Ruim 35 woonhuizen, andere bouwsels en windmolens, daterend uit 1574, verspreid over een kleine nederzetting langs de rivier. Prachtig!

"De verfmolen is mijn favoriet Medwin. Blijkbaar de enige molen in haar soort ter wereld, die nog steeds echt werkt. Met deze wind zou hij in bedrijf moeten zijn," Wanda wilde hem graag het geweldige apparaat in actie laten zien. De as in het hart van de molen zou een mechaniek aandrijven, dat op stenen en krijt fijn stampt, om verfpigmenten mee te maken.

Dat dagje vol bezienswaardigheden eindigde met een diner in Volendam, het iets noordelijker gelegen pittoreske vissersplaatsje. Oude botters lagen naast moderne kotters. Uitkijkend over het IJsselmeer leek het water zich eindeloos uit te strekken. Wanda legde uit, hoe dit deel van het water in de vorige eeuw van de Noordzee afgesloten is. Daarop werd land drooggelegd voor de huizenbouw en landbouwgrond. Een geweldige truc van de Nederlanders. Heel slimme techniek. Onderweg naar de noordkant van het dorpscentrum was duidelijk te zien, dat het land aan de linkerkant veel lager lag dan het water rechts daarvan. Een aanzienlijk deel van Nederland lag onder de zeespiegel en dat was hier overduidelijk te zien. De oorspronkelijke zoutwatertoevoer veranderde in zoet water toen dat het IJsselmeer werd (het IJsselmeer was genoemd naar de rivier de IJssel die erin uitstroomt). De gemiddelde diepte was slechts zes meter en strekte zich ongeveer 1100 vierkante kilometer uit.

Na het diner zaten ze in de auto en keken ze uit over de zee. Wanda vervolgde haar rol als gids met feiten en cijfers. Medwin was met haar ingenomen. Het wond hem bijzonder op om haar op zo'n geanimeerde en docerende manier te zien vertellen. Hug en Fug startten hun spel in zijn brein, terwijl hij zich probeerde te concentreren op wat ze zei.

Hij schoof haar shirt omhoog. "Blijf praten. Ik ben echt geïnteresseerd, maar ik moet even een beetje met je spelen, als dat mag," zei hij tegen Wanda, terwijl hij in haar tepels begon te knijpen.

Wanda bleef praten en probeerde nonchalant te doen. Medwin had zijn hand in haar broek en kuste haar nek, terwijl hij haar poes streelde.

Wanda was sprakeloos. Ze liet zich in de autostoel achterover zakken en hij duwde haar iets verder naar achter, om er nog beter bij te kunnen. Hij streelde en kuste haar hele lichaam en Wanda bereikte binnen enkele minuten een fluisterende climax. Ze had haar ogen gesloten en dwaalde door een dromenlandschap.

Medwin hield zijn hand hard tegen haar schaambeen gedrukt en kuste teder haar lippen. Ze omhelsden elkaar stevig en er daalde een diepe slaap over hen.

Het was vrij laat toen ze die nacht eindelijk hun bed zagen. Moe natuurlijk, maar er was niet één avond geweest, waarop ze gingen slapen, zonder eerste de liefde te bedrijven. Deze nacht was het niet anders.

Ze hoefden elkaar maar vast te houden en ze waren opgewonden. Wanda dacht dat ze spierpijn zou hebben van alle activiteiten, maar dat was niet het geval. Medwin was onverzadigbaar en dat bleek voor Wanda ook te gelden.

Het bezoeken van de Keukenhof en haar spectaculaire tulpen. Een tochtje met een rondvaartboot in Amsterdam. Fietsen door de bossen in de buurt. Eten bij een lievelingsrestaurant aan zee in Zandvoort. De fijne dagen vlogen voorbij.

Het moment dat Medwin Holland moest achterlaten kwam veel te snel. Ze hielden elkaar steviger vast dan ooit tevoren, toen die bewuste ochtend aanbrak. Wanda legde haar hoofd op zijn schouder.

Medwin trok haar bovenop op zich. Hij duwde haar met zijn handen tegen haar schouders omhoog, zodat haar borst bij zijn mond kwam. Kuste haar hals en borst, likte en plaagde haar tepels. Hij wist hoeveel ze van het voorspel hield. Hij ook. Ze speelden alle dagen met elkaars gevoelige plekjes, niet alleen als ze de liefde bedreven.

Al snel zoog ze aan zijn tepels. Medwin had ongelofelijk sterke armen. Hij pakte haar met zo'n groot gemak op. Tilde haar naar een zittende houding op zijn borst en schoof iets omlaag op het bed zodat hij zich volledig kon richten op het likken van de hele streek rond haar kruis. Uiteindelijk alleen nog haar clitoris. Teder en langzaam likken met zijn brede zachte tong. Terwijl ze in een climax uitbarstte, schoof hij haar lichaam weer omlaag en stootte zijn penis diep in haar. Geen van beiden bewoog. Ze hielden elkaar enkel stevig vast, alsof ze bang waren, dat een simpele beweging hen zou scheiden. Wanda was volledig extatisch en tranen welden op in haar ogen. Hij zou al snel weggaan. Er was maar weinig beweging voor nodig, voordat Medwin een hoogtepunt bereikte en Wanda haar tweede. Ze kwamen samen en drukten zich nog dichter tegen elkaar aan.

"De trein lijkt op tijd te komen en ik heb wat dingen gekocht voor onderweg. Dank je voor een ongelofelijke week. Spreek je later. Hou zo veel van je X," las Medwin's tekstbericht.

Wanda was al op weg naar kantoor. Ze hadden besloten, dat ze hem op het station zou afzetten en niet mee naar binnen ging. Ze wilden elkaar niet in een droevige stemming brengen. Er waren plannen gemaakt om elkaar snel weer te zien, in Wenen dit maal. Ze hadden voor verderop in het jaar ook een mogelijk bezoek aan Australië en de Olympische Spelen besproken. Genoeg om naar uit te kijken en blij over te zijn. Het hielp Wanda echter niet, om haar tranen tegen te houden. Ze miste hem nu al zo verschrikkelijk.

Nog maar twee dagen op kantoor voor Wanda en dan zou zij samen met Lou voor dat weekend naar Jay in Londen vliegen. Ze hadden plannen gemaakt, om haar verjaardag nog eens te vieren en daar had ze ontzettend veel zin in.

De campagnepresentaties zouden op de eerstvolgende werkdag na haar vrije dagen plaatsvinden, dus moest ze haar gedachten weer bij de les zien te krijgen.

Patty was lichtelijk geïrriteerd, dat Wanda niet meer tijd had gevonden, om af te spreken, terwijl Medwin er was. Ze had vrijwel dagelijks een berichtje gestuurd, om ze voor het één of ander uit te nodigen. Maar het was Wanda overduidelijk dat Patty geen eerbare bedoelingen had, waar het Medwin betrof, dus hield ze hem ver bij haar vandaan.

"Fantastische presentaties Wanda. Ben benieuwd wat de gesloten stemming uitwijst. Goed dat je voor deze democratische procedure hebt gekozen. Er bestaat voor mij echter geen enkele twijfel. Al en zijn team gaan duidelijk aan kop, als het gaat om het inzicht in ons bedrijf," zei Bob, terwijl ze de kamer verlieten, om even de benen te strekken.

Schitterend. De stemmen waren geteld en de uitslag was unaniem. Al's bedrijf had gewonnen. Eén van de grootste budgetten, die hij ooit had beheerd en prestigieuze opdracht. Dat zou Al ongetwijfeld helpen in het werven van andere nieuwe klanten.

"Halen we morgen, zoals gewoonlijk, de kaartjes voor het theater op de bonnefooi mam?" vroeg Lou, terwijl het vliegtuig van Schiphol opsteeg.

Ze wisten altijd goede kaartjes te krijgen bij een loket op Leicester Square, waar ze die voor de helft van de prijs verkochten. Ze arriveerden halverwege de middag en kozen dan iets voor die avond, dat er interessant uitzag.

"Ik zou heel graag Blood Brothers willen zien. Had geweldige recensies. Laten we maar kijken hoe het loopt," antwoordde Wanda.

Voor dit bezoek aan Londen hadden ze besloten een hotel te nemen. Jay voegde zich bij hen. De vrienden, die ze hadden willen bezoeken, waren de stad uit. Leuk om voor de verandering een keer toeristen te zijn. Gewoon met z'n drietjes.

Elk bezoek aan Londen ging uiteraard gepaard met een stop bij het St.Thomas's Hospital. Zowel Lou als Jay waren daar geboren, tegenover de Big Ben en de Houses of Parliament er pal tegenover.

De rivier de Theems stroomde voor het ziekenhuis langs bevaren door allerlei soorten vaartuigen. Die hele omgeving was rijk aan historie. Het belangrijkste historisch feit voor Wanda echter, was dat ze hier haar beide kinderen het leven had geschonken.

Ze hadden een goed geprijsd hotel gevonden aan de rand van Regents Park en waren van plan een bezoekje te brengen aan het kleurrijke Camden en de Camden Lock Markets. Misschien zouden ze fietsen huren om door het park te peddelen.

Wanda en Lou vertelden Jay alles over Medwin. Lou sprak vol enthousiasme over hem, waar Wanda ontzettend blij mee was.

"Hij is zo'n goede hardloper Jay. Zo grappig. We namen hem mee naar het bos. Mam en ik fietsten zo hard we konden, terwijl hij en PJ mee renden. Zo fit," verhaalde Lou. "Hij wil mam en mij leren mountainbiken met versnellingen. Dat zie ik alleen niet gebeuren. Wij doen niet aan heuvels."

Medwin had het de laatste keer, dat hij haar zag, met Lou over mountainbiken gehad en nu had hij een geschikte bestemming gevonden. Een perfect reisje voor die groene Italiaanse wagen. Hij stelde voor, dat ze plannen zouden maken voor een moment, dat Jay en hij tegelijkertijd in Nederland waren. Misschien kon Danny ook mee. Het was maar een paar uur rijden vanaf Hillywood. In de Ardennen, net over de grens met België. Het hotel verhuurde mountainbikes en helmen, dus hoefden ze zelf niets mee te nemen. Prachtige routes in de omgeving.

Wanda had zo haar twijfels over het mountainbiken, maar het hotel zag er zeker uitnodigend uit en ze was bereid een poging te wagen op enig moment.

"Geweldige vangst mam," was Jay's eerste reactie. "Dat mountainbiken in de Ardennen klinkt ook geweldig. Laten we een datum plannen."

Blood Brothers overtrof hun verwachtingen. Zo ontroerend. Een tweeling, twee jongens, die bij hun geboorte waren gescheiden. Tragisch mijnbouwdorpje in de Midlands. Liefde voor dezelfde vrouw. Realiseerden zich eindelijk dat ze broers waren, nadat ze elkaar al tijden kenden. Zo'n droevig einde. Briljante muziek. Een echte tranentrekker. Wanda hing meteen daarna met Medwin aan de telefoon. Als ze samen in Londen waren, zou hij echt met haar mee moeten om het te zien. Musical op zijn best. Zo roerend! Ze wenste, dat hij bij hen was. Ze wilde hem gewoon even kunnen knuffelen.

Medwin had niet vaak een theater bezocht. Hij hield wel veel van muziek. Zou geweldig zijn om deze shows met Wanda te zien.

Hij was blij om te horen, dat Jay graag mee wilde op de mountainbiketrip.

Dat weekend bracht Medwin vrijwel elke minuut met Mino door. Ging die dag met hem naar voetbal. Het was een competitie van twee maanden gedurende de zomer. Gewoon om de interesse van de jonge jongens te wekken, zodat ze het zouden overdenken om het volgende seizoen te gaan voetballen. Medwin dacht terug aan het telefoontje in Bratislava. Mino had het er niet over gehad en het leek hem niets te doen, dat Medwin niet bij zijn oefenwedstrijd had kunnen zijn. Hij had het ook nooit bij zijn vrouw Nina ter sprake gebracht. Hij besloot niemand van zijn familie over zijn toekomstige plannen te vertellen. Ze praatten toch niet zoveel, dus dat was niet al te moeilijk. Hij was of op zijn werk of met Mino op stap. Gesprekken met Mino gingen altijd over school, of over de verschillende sporten die zij beiden beoefenden. Het leek hem niet uit te maken, of zijn vader er wel of niet was.

Mino had zijn vader niet eens gevraagd, waar hij die week van zijn verblijf in Holland geweest was. Het leven van een zevenjarige was blijkbaar veel te druk, om met dergelijke zaken bezig te zijn. Medwin had zijn ouders verteld, dat hij voor zijn werk naar het buitenland moest. Niemand had hem vragen gesteld. Hij wilde niet, dat ze die dingen met Nina bespraken.

Terwijl Medwin naar het voetbal keek, dwaalden zijn gedachten af naar de appartementen die hij volgende week in Wenen zou gaan bekijken. Hij moest echt zo snel mogelijk bij zijn ouders weg.

"Mam. Het is enorm. En ook een beetje pijnlijk," Lou wees naar een zeer grote rode plek tussen haar benen, die op een blaar leek.

Het was moeilijk te verzorgen, omdat hij in haar liesstreek zat. Altijd een warme en zweterige plek van het lichaam. Het dragen van spijkerbroek had niet geholpen. Wanda wilde, de dag ervoor, dat ze een rok droeg, zodat de blaar kon luchten, maar nee.

"Ik denk, dat we beter naar de spoedeisende hulp van het St.Thomas kunnen gaan. Het ziet er nu echt slecht uit," antwoordde Wanda. De blaar leek ontstoken.

Ze zouden die maandagochtend vroeg een vlucht terug naar Nederland hebben. Voor de zondagavond hadden ze bedacht, lekker te ontspannen en wat tv te kijken in het hotel. Ze waren het hele weekend met Jay op stap geweest. Genoten op zondagavond van een vroeg diner. Vervolgens was Jay met de metro naar het huis gegaan, waar hij een kamer had, zodat hij zich kon voorbereiden op de IT cursus van de volgende dag.

Dokters stelden vast dat het een behoorlijk gevaarlijke cyste in Lou's liesstreek was. Ze moesten Lou opnemen, zodat ze haar sterke antibiotica konden toedienen via een infuus. De geboekte vlucht van de volgende morgen moest worden gewijzigd.

"Damon. Sorry maatje, maar kun je Patty vertellen, dat ik haar probeerde te bellen. Ik was eerlijk gezegd opgelucht, dat ze niet opnam. Vind haar de laatste tijd een beetje moeilijk doen. Er is kans op bloedvergiftiging, dus kunnen ze Lou niet uit het ziekenhuis ontslaan, voordat ze zeker weten, dat het risico voorbij is. Ik heb onze vlucht al omgeboekt naar morgenavond. Laten we hopen, dat de medicijnen hun werk doen. Ik bel morgen weer, als we meer weten," vertelde Wanda Damon. "Alle bureaus moeten ingelicht worden. Mogelijk moet Patty die telefoontjes plegen. Is beter, als ze het van haar horen. Vooral omdat Al's team heeft gewonnen."

Daarna richtte Wanda zich op haar kleine meid. Ze had er een hekel aan, om haar zo in een ziekenhuisbed te zien liggen. Was echter zo opgelucht dat ze met haar naar het ziekenhuis was gegaan. Hopelijk was ze morgenochtend weer in orde. Tot die tijd zou Wanda voor slaaf spelen en Lou op haar wenken bedienen. Lou zou omgekeerd exact hetzelfde hebben gedaan, als het haar moeder was in dat bed.

Wanda en Lou kletsten en speelden dwaze spelletjes. Ze herinnerden zich die keer, dat Lou in het ziekenhuis lag met een gebroken been, toen ze 10 was.

Ze was gaan schaatsen in Sydney. Er woonde een au pair bij hen in huis die, achteraf bezien, niet helemaal bij de tijd leek.

Toen Lou op het ijs gevallen was, had de au pair Wanda meteen op het werk gebeld. Wanda werd gerust gesteld, dat er niets aan de hand was. Anders was ze onmiddellijk naar huis gesjeesd. De au pair bracht Lou naar huis, gaf haar wat eten en drinken en stopte haar in bed. Vertelde Wanda dat het meisje geen pijn had en waarschijnlijk gewoon een spier had verrekt. Wanda was die avond vroeger naar huis gegaan, voor het geval dat.

Eén blik op Lou's been en Wanda wist dat het foute boel was. Meteen de auto in en naar Manly Hospital. Uren wachten op een röntgenfoto op spoedeisende hulp. Het belangrijkste bot was niet op één, maar op twee plaatsen gebroken. Er volgde een week in het ziekenhuis. Daarna zes weken met haar been volledig in het gips en hinken op krukken. Lou mocht een kleur voor het gips kiezen. Dat werd heel mooi zachtroze.

Binnen twee weken waren er heel wat geniale kunstwerken op het gips getekend of geschilderd. En eindeloze 'beterschap'-berichten. Gelukkig heelde de breuk goed en had ze er later geen last van. Ze skiede als een duivel. Deed aan wedstrijddansen. Alles was in orde.

De au pair was helemaal van de kaart, vanwege de manier waarop ze gehandeld had. Wanda kocht een paar boeken voor haar over wat te doen bij ongevallen. Ze heeft er veel van geleerd. Zowel

Lou als Wanda konden zich de naam van die au pair niet herinneren. Sprak voor zich, dat zij niet lang bij hen was gebleven.

Voordat Wanda die avond het ziekenhuis verliet, ging ze even langs de intensive care van de kraamafdeling. Ze herinnerde zich de twee weken, dat ze naast Jay waakte vlak na zijn geboorte. Hij lag aan allerlei apperatuur voor de onderzoeken. Zij kolfde melk af uit haar volle borsten, die via slangetjes aan hem werd gevoed.

Zich afvragend of haar eerste mooie kindje het zou redden. Toekijkend hoe alle andere baby's kwamen en gingen. Sommige lagen daar langer dan Jay. Eén te vroeg geboren baby was er al twee maanden. Zijn moeder was elke dag bij hem. Enkele minuscule kindjes werden binnengebracht, die nog geen dag vol maakten. Pasgeboren baby's die geen kans op een leven kregen. Zo triest.

Wanda had een bed op een zaal met vier, tijdens de twee weken dat Jay speciale zorg kreeg. Als hoofd van een reclamebureau, met zoveel grote bedrijven als klant, had Wanda genoeg bloemen ontvangen om een bloemisterij te kunnen openen. Haar bed was één van de twee naast het grote raam dat uitkeek over de Theems met daarachter de Big Ben. De zeer brede vensterbank onder dat raam was volledig gevuld met geurende bloemen. Er waren extra kasten op de zaal gebracht om plaats te bieden aan alle bloemen. Brede plinten gevuld met bloemen naar de ingang van de kamer. Boeketten sierden de koffiekamer van de verpleegstaf van de afdeling en ook de intensive care. Het was een prachtig gezicht. Mooie berichten en zoveel opbeurende en liefdevolle gedachten werden hun gestuurd, om hen door die zo moeilijke tijd heen te helpen.

Larry was fantastisch geweest. Hij sliep de eerste paar nachten in het ziekenhuis. Werk was zo lang mogelijk stil gelegd. Naast zijn optredens als trompettist werkte hij als gespecialiseerd meubelmaker. Hij was zijn eigen baas en klanten stonden in de rij. Hij werkte zich uit de naad, terwijl hij moest zien om te gaan met de stress van niet weten, wat er met zijn eerste kleine jongen zou gebeuren. Was in alle vroegte een uur in het ziekenhuis, alvorens hij aan het werk ging. Kwam dan's middags weer naar het ziekenhuis en bleef totdat de lichten op de zaal uitgingen. Ze waren toen zo hecht. Wat was er toch gebeurd?

Medwin's betrokkenheid, ten tijde dat Lou in het ziekenhuis lag, betekende veel voor Wanda. Hij belde een paar keer toen ze bij Lou was.

Aan de telefoon praten was lastig voor hem, maar hij sprak met Lou en maakte haar aan het lachen met grappige skiverhalen.

Omdat die zo goed aansloegen, ging hij voor een tweede lachsalvo, door via de telefoon wat van zijn hoempapa guggamusik aan haar te laten horen.

"Wanda ik denk, dat ik de perfecte woning in Wenen heb gevonden," zei Medwin de volgende dag enthousiast. Hij had die maandag in Wenen enkele koopappartementen bezichtigd.

Lou reageerde snel op de intraveneuze antibiotica en werd de volgende ochtend uit het ziekenhuis ontslagen. Ze haalden de vlucht, die Wanda naar de namiddag had verplaatst en waren weer terug in Nederland.

Danny was thuis toen Lou en Wanda daar aankwamen. Hij had voor PJ gezorgd. Lou had hem een paar keer gebeld vanuit het ziekenhuis en hij was vreselijk ongerust geweest. Daar stond hij met een bos bloemen in de ene hand en PJ's riem in de andere. Een geweldig welkom voor Lou. Heel lief.

"We staan net voor de deur. Laat me alles even binnen brengen en zorgen dat Lou is geïnstalleerd en dan bel ik je terug," antwoordde Wanda.

Zijn beschrijving van het appartement klonk perfect. Het stond online dus Wanda kon de foto's en informatie bekijken, terwijl ze met Medwin sprak. Hij wilde dolgraag, dat ze het kwam bezichtigen. Aangezien het al een aantal maanden te koop stond, verwachtte hij dat het nog steeds beschikbaar zou zijn, wanneer ze kwam. Het weekend na het volgende was prima.

Medwin deed daarna zijn uiterste best, om Wanda uit te leggen, dat hij had besloten zijn familie niet te vertellen, wat hij aan het doen was. Hij had het Mino niet eens verteld. Bleef zeggen, dat hij niet wilde dat 'zijn vrouw' van zijn plannen op de hoogte was. Wanda had er een hekel aan, dat hij naar haar verwees als zijn vrouw. Ze wist immers dat haar naam Nina was.

Waarom gebruikte hij niet gewoon haar naam? Waarom waren ze al twee jaar uit elkaar, maar hadden ze nog steeds geen stappen gezet richting een scheiding? Wat had haar ertoe bewogen, om Mino te vragen zijn vader te bellen tijdens dat weekend in Bratislava?

Wanda voelde zich uitermate ongemakkelijk over dit alles. Als ze die vragen aan Medwin zou stellen, zou hij zich net zo ongemakkelijk voelen. Misschien een andere keer.

Toen haar hoofd die avond het kussen raakte, spookten er ontelbare gedachten door Wanda's hoofd. Ze haatte het, dat de negatieve vragen omtrent Medwin de overhand leken te krijgen. Terwijl ze in bed lag, besloot ze, dat niet toe te laten. Meer rekoefeningen met geconcentreerd ademhalen waren nodig. Ze zou zich op haar derde oog concentreren en zichzelf naar een staat van positieve kalmte leiden.

Haar hersenen klaarden op en haar oogleden begonnen zwaar te worden. Op dat moment ging de telefoon.

"Wanda. Onze kleine vrienden Hug en Fug zijn vanavond heel druk met me in de weer." Het was Medwin die moeite had de slaap te vatten.

"Ze herhalen dat ongelofelijke moment samen op de bank, toen we de Grand Prix motorrace keken."

Wanda en Medwin hadden die avond voor het eerst telefoonseks. Ze vroeg hem haar te vertellen wat Hug en Fug aan het doen waren. Terwijl hij elk detail deelde, kwam hij uiteindelijk bij het deel waar haar mond zich om zijn penis sloot. Ze vertelde hem, dat zijn hand de rol van haar mond zou moeten spelen.

Wanda haalde Hug en Fug ook voor de geest. Ze stond onder de douche in Bratislava met haar been op de rand van het bad. Haar eigen hand werd nu Medwin's tong. De verbeeldingskracht van de hersenen is tot geweldige dingen in staat.

Ze bleven elkaar vertellen, wat er in hun gedachten omging. Het was als een orgie van seksuele handelingen en heel intens de liefde bedrijven.

Tenslotte kwam er een diepe zucht van Medwin door de telefoon. Binnen enkele seconden produceerde zijn telefoon kreunende geluiden die van Wanda kwamen.

"Welterusten mijn lief. Slaap lekker. Ik mis je zo erg," leken ze op exact hetzelfde moment te zeggen.

• HOOFDSTUK VEERTIEN •

HET KANTOOR ZINDERDE DE daaropvolgende week. Opwinding over alle nieuwe marketingplannen gaf het team een echte adrenalinestoot. Zelfs Patty was een vrolijker versie van zichzelf. Ze had blijkbaar dat weekend ook een lange knappe man ontmoet. Precies wat ze nodig had, om weer op te bloeien.

Wanda kreeg volledige toestemming, om aan de slag te gaan met vrijwel alles, dat Al gepresenteerd had. Een paar geniale ideeën. De nieuwe website zou de clientèle zeer goed bevallen. Er waren interactieve portals gepland voor snelle toegang tot de gegevens, die de afnemers regelmatig nodig hadden. Ze hadden al veel te lang om een dergelijk hulpmiddel gesmeekt. Damon zou aan alle webactiviteiten leiding geven. Een kolfje naar zijn hand.

De opening van een nieuw kantoor in Praag zou door een grote campagne worden ondersteund. Al liet een plaatselijk Tsjechisch PR bedrijf met zijn team samenwerken aan het evenement plus aan de mediadekking. Hij en Wanda hadden aanstaande vrijdag met hen een vergadering in Praag en zouden die nacht daar overblijven. Hun Managing Director wilde hen de livemuziek laten horen die hij in gedachten had voor de opening. Dit nieuwe kantoor zou de meeste Oost-Europese landen gaan bedienen, dus dit had topprioriteit. Al's ontwerpen voor het nieuwe promotiemateriaal moesten allemaal vóór het evenement afgerond en gedrukt zijn en het stond voor over slechts vier weken gepland.

"Damon. Ik heb de uiteindelijke tekst voor de website geschreven. Bob moet er alleen nog even een snelle blik op werpen.

Patty is er blij mee. Dan is de beurt aan jou om het met Al's team op te starten," bevestigde Wanda.

Schrijven, was altijd al één van Wanda's sterkte kanten geweest. Marketingverhalen konden er vaak veel te lang over doen, om ter zake te komen, maar zij beheerste de kunst van snel en met gewenst resultaat tot de kern te komen. Had geen zin om schrijvers te betalen, om de tekst op te stellen. Zij kon het veel effectiever. Er was genoeg werk te verzetten met alle vertalingen, zodra iedereen zijn akkoord voor de Engelse tekst had gegeven. De website werd in vijftien verschillende talen vertaald. Damon regelde dat allemaal en had een bevestiging van plaatselijke teamleden nodig, dat het in hun landstaal vlot te lezen was. Dan kon hij verder met de webconstructie. Hij had er zijn handen vol aan.

"Zei je, dat jij en Al deze vrijdag in Praag zijn?" reageerde Damon. "Dat betekent voor jou dan zeker geen borrel Madam."

Wanda hield ervan dat Damon overal zo ontspannen over was. Zijn super efficiënte zelf twijfelde er niet aan, dat het hem zou lukken, om de webpagina's live en aan de praat te krijgen.

Lou was blij, dat ze aan haar laatste paar weken van het schooljaar was begonnen. De meeste rapporten van haar leraren waren binnen en allemaal zeer positief. Ze had het prima gedaan en was dus goed op weg naar haar laatste IB jaar, wanneer school eind augustus weer begon. In september zou ze met haar moeder universiteiten in het Verenigd Koninkrijk bezoeken en haar studieopties bekijken. Voor haar geen tussenjaar.

Veel van haar schoolvrienden leken nergens anders aan te denken. Grote reisplannen voor na het afronden van hun IB, was het enige waarover ze konden praten. Lou zag er het nut niet van in. Ze had al veel gereisd en wilde veel liever meteen van start met haar universitaire graad. Na een tussenjaar terug naar school terug zou veel te moeilijk zijn. Was wel fijn, om een reisje naar Sydney te maken tijdens de vakantie.

"Zo gaaf, dat je voor mij betaalt, zodat ik tijdens de vakantie pap en de kinderen kan opzoeken mam," zei Lou tegen Wanda terwijl ze haar de creditkaart teruggaf. "Denk dat ik een goede deal heb gevonden. Alles geboekt en bevestigd, zodat ik na de laatste schooldag direct kan vertrekken. Zal wel raar zijn, om daar zonder Jay te zijn."

Jay moest verder met zijn IT cursus, dus voor hem zat er voorlopig geen reis naar Oz in. Wanda had het plan, om als het even kon, hen beiden naar Sydney te sturen, om hun vader en familie te zien. Niet dat Larry daar om vroeg. Het was meer voor hen dan voor hem. Natuurlijk vond hij het wel fijn ze te zien. Ditmaal was er een derde kind uit zijn tweede huwelijk te ontmoeten. Lou was daar heel opgewonden over. Een beetje jammer dat ze Danny al die tijd niet zou zien, maar ze wist dat het een geweldige reis zou worden.

"Fantastische band. Zijn perfect voor het evenement van de lancering," zei Wanda bevestigend. "En het eten was voortreffelijk, dus die catering kunnen we ook inhuren." Alles was uitstekend verlopen, die vrijdag in Praag. Al was vol lof over de door hem gekozen Tsjechische PR partner.

Al kon het niet geloven! Wanda had plannen gemaakt, om volgend weekend naar Wenen te gaan en hij zou daar dan ook zijn, om op een conferentie te spreken. Hoe gaaf zou het zijn, als zij en Medwin er een deel van mee konden maken? Misschien zou Medwin daar ook kunnen netwerken. Hij had het erover, misschien zijn eigen onderneming op te zetten, om reizen voor sportgezelschappen te organiseren.

De rest van dat weekend richtte Wanda haar aandacht op Lou en PJ. Uiteraard afgewisseld met diverse telefoontjes en e-mails van

Medwin. Hij wilde inderdaad graag mee naar de conferentie, waar Al zou spreken. Nog liever had hi,j dat Wanda snel naar Wenen kwam.

Danny was met zijn moeder op een korte vakantie, dus Wanda had Lou helemaal voor zichzelf. Lou had zelfs niet met haar vriendinnen afgesproken, zodat ze tijd met haar moeder door kon brengen.

Eten deden ze die zaterdagavond bij een lievelings restaurant in de buurt. Ze hadden al een menukeuze gemaakt, voordat ze over de drempel stapten. Het werd de 'Verrassing van de Chef'. Dan alleen nog een keuze tussen vlees of vis.

Ze zouden met allebei tevreden zijn, maar Lou hakte uiteindelijk de knoop door. Ze koos vis. Drie gangen, meer dan genoeg. Niets anders om over na te denken. Dat was aan de chef.

Waanzinnig! Ze begonnen met smaaksensaties geserveerd in kleine glaasjes ....de één een lichte citroensorbet en de ander een carpaccio. Gewoon voortreffelijk! De versgebakken, met zaadjes bedekte broodjes, die ze erbij, kregen waren ook een genot. Vier heel verschillende soorten warm brood. Een keuze van pure boter of Italiaanse olijfolie ernaast.

Daarna een voorgerecht van Sint Jacobs schelpen. In de pan dichtgeschroeid met een lichte gembertwist en geserveerd op een bedje van spek en asperges. Om van te watertanden!

Gevolgd door de pièce de resistance. Alleen al de kleuren waren een lust voor het oog. Zonde om dit prachtige kunstwerk op te eten.

Een dikke zalmmoot geroosterd met dragon en mosterd, rustend op een bed van babyspinazieblad, bereid met een dun sinaasappellaagje. Pesto aardappels en gebakken kersentomaatjes als bijgerecht. Die kleurenpracht, die verlokkelijke uitstraling. Zo zalig!

Ze hadden aardig wat tijd nodig voor hun smaakpapillen klaar waren voor de laatste geneugten.

Adembenemend! Het dessert voldeed aan alle verwachtingen.

Een zwarte leien schaal met kleine porties van vier verschillende zoetigheden. Vers kokosschaafsel opgerold tot een kleine bal en bedekt met chocolademousse. Een mini citroenschuimgebakje. Sappige aardbeien op een bodem van licht biscuitdeeg. En de laatste maar zeker niet de minste .... een mini kiwi schuimtaart.

Verrukkelijk!

Ze waanden zich in de zevende hemel!

En hoe konden ze deze perfecte avond beter afsluiten, dan naar huis te fietsen en samen met een favoriete film op de bank te kruipen. Voor PJ ook een speciaal moment. Liefdesverhaal of animatiefilm? Lou koos die avond voor 'Enchanted'. Het beste van deze twee werelden.

Ze kropen uiteindelijk de trap op en verdwenen elk in hun eigen slaapkamer. Lou had haar tekstbericht aan Danny half af, toen ze bij haar kamer aankwam. Wanda had een telefoongesprek met Medwin in de planning.

"Er is één groep marathonrenners voor een driedaagse reis naar Zwitserland. Ben er vrij zeker van, dat ze op mijn voorstel ingaan." Medwin's enthousiasme over een rap succes voor zijn nieuwe reisorganisatie was aanstekelijk. Hij en Wanda bespraken andere mogelijkheden, om zijn onderneming van de grond te krijgen. De naam was gekozen en hij had gedaan wat hij moest doen, om zich te registreren. Hij had visitekaartjes en een kleine website. Dingen naast zijn bestaande baan inpassen, bleek nogal moeilijk, maar hij speelde het klaar.

"Ben zo blij, dat je het appartement, dat ik voor volgend weekend heb gehuurd, leuk vindt."

Onderwijl aan de telefoon, bekeek Wanda de link van de site, die Medwin had doorgestuurd. Zo'n schilderachtig historisch pand midden in het centrum van Wenen. Een heel grote slaapkamer met een gigantisch bed. Daar zouden ze goed gebruik van maken. De woonkamer had een afgescheiden kleine kantoorruimte met het prachtigst denkbare, antieke, mahoniehouten bureau en twee stoelen. Op het kleine balkon konden ze in de frisse lucht ontbijten en de mooie tuin beneden, waar verschillende oude huizen aan grensden, bewonderen.

Misschien zou het ochtendzonnetje daar zelfs bij kunnen komen. Enige mogelijke probleem was wellicht het feit, dat hun appartement op de tweede verdieping was gelegen en het gebouw geen lift had. Vaak het geval met deze oude panden. Echter, een buitengewoon mooie, monumentale centrale trap en ingang. Maar goed dat er een bijzonder sterke en atletische man was, om de tassen te dragen. Daar had Medwin totaal geen problemen mee.

De daaropvolgende week voltrok zich de ene ramp na de andere. Iedereen op Wanda's kantoor had zo veel te doen in zo weinig tijd.

Die vrijdag liet ze zes mensen, die zich de haren uit de kop trokken, in een productievergadering alleen achter, om haar vliegtuig naar Wenen te halen. Daar waren ze allesbehalve blij mee.

"De vlucht heeft twee uur vertraging mijn schat," zei Wanda enigszins gefrustreerd door de telefoon tegen Medwin. Ze had zich naar het vliegveld gehaast, om er vervolgens achter te komen, dat de vertrektijd uit de onlinebevestiging van haar vlucht niet klopte. "Had die extra tijd op kantoor goed kunnen gebruiken."

"Hier is alles goed," antwoordde Medwin. "Kan niet wachten, om je te zien. Wellicht kan ik je vertellen, wat ik vanavond met je wil doen. Misschien kalmeert je dat een beetje. Ik weet, dat je het heerlijk van me vindt als ik je hoofd vul met gedachten, over hoe wij de liefde bedrijven. Onze kleine vrienden Hug en Fug zijn al aardig bezig in mijn brein. Ze willen, dat ik je plat op je buik op het bed leg. Je moet net doen, alsof ik je aan de hoeken van het bed heb vastgebonden. Heb je jezelf al uitgestrekt in het bed?" Nadat Wanda een kleine zucht gaf, vervolgde hij.

"Ik heb een enorm mooie witte veer. Zie je hem voor je? Gemiddeld groot en zo ongelofelijk zacht. Hiermee zal ik de rugzijde van je lichaam strelen, totdat ik je voel ontspannen en dat je nog dieper in het dekbed wegzakt. Eerst raakt de veer heel zachtjes je oren en nek. Dan langs elke arm. Veel strelingen van je vingers. Ik denk dat ik ook even aan een enkele vinger zal zuigen. Ik zal op het bed neerknielen, schrijlings over jou heen.

De veer vervolgt zijn weg omlaag over het midden van je rug. Lichtjes langs je benen. Zeker niet je voeten kietelen. Langzaam strijkt de veer langs je tenen en dan weer omhoog. Eerst kringelt het over je mooie billen en daalt tussen je billen en beweegt zacht rond je poes. Dan draai ik je om. De veer beroert lichtjes je ogen en je gezicht. Dan je arm en vlindert naar je tepels, voor veel zijdezachte strelingen. Wat nibbelen nu misschien. Ik aan jouw tepels. Jij aan mijn penis, omdat die nu boven je is. Gewoon even kort plagen. Als de veer je clitoris raakt, houd je de lippen van je poes zo open, dat ik al je gevoelige plekjes kan zien en kan prikkelen.

De strelingen van de veer dragen jou naar een sidderend hoogtepunt, oh zo langzaam. En als je jouw rug kromt van extase en je gedachten met louter genot gevuld zijn, dan zal ik mijn penis diep in je stoten en dan zijn we weer één."

Wanda was sprakeloos. Ze had het gevoel, dat iedereen op het vliegveld Medwin had gehoord. Het leek alsof alle ogen op haar gericht waren. Zagen ze, dat ze heel dicht in de buurt van een orgasme was, omdat ze door de telefoon naar haar verlangende lief luisterde? Natuurlijk niet. Doe niet zo gek, zei ze tegen zichzelf.

Een kuchje om haar keel te schrapen. Lieve adieus aan Medwin. Vervolgens een drankje aan de bar. Zou wel fijn zijn, om wat tot rust te komen voor haar vlucht.

Medwin hield zich die avond in Wenen aan zijn woord. Hug en Fug waren absoluut in vorm!

Toen de zaterdagochtend aanbrak, hadden Medwin en Wanda elkaar al weer gevonden. Ze hadden gepland snel te ontbijten en dan om 10 uur op Al's conferentie te zijn. Medwin naakt in de badkamerspiegel zien, was het enige dat ervoor nodig was, om hun plannen te wijzigen. Wanda lag in bed en keek door de deuropening de badkamer in. Medwin stond zich voor de spiegel te scheren. Ze ging naar binnen om zijn billen te kussen en hem te vertellen hoe knap hij was en voordat ze het wisten, veranderde dat in seks bij de wastafel.

"Al, we redden het niet om de beginspeech bij te wonen. Vind je dat erg? Je spreekt pas na de ochtendpauze, toch? Daarvoor zullen we mooi op tijd zijn." Wanda wist, dat Al het allemaal prima vond.

Een ontspannen wandeling langs de rivier, door het park en naar het klassieke gebouw in dat voor de conferentie was uitgekozen. De deelnemers behoorden tot enkelen van de meest creatieve en ondernemende personen in Europa. Samenkomend om ideeën te wisselen en van elkaar te leren. De driedaagse conferentie bood ieder van hen een schat aan netwerkmogelijkheden.

Medwin had zich voorbereid, om geïnteresseerden over zijn nieuwe onderneming te vertellen. Wanda was vastberaden, om hem te steunen waar ze kon. Beiden zouden ze Al helpen waar mogelijk bij zijn inspanningen, om contact te leggen met potentiële nieuwe klanten.

Het bleek dat Medwin behoorlijk verlegen werd, toen hij geconfronteerd werd met vertellen over zijn sportreisorganisatie te midden van serieuze zakenmensen. Wanda was verbaasd. Ze probeerde hem aan te moedigen, maar het was tevergeefs.

Gelukkig hadden ze om 5 uur een afspraak, om een appartement te bezichtigen, dat Medwin overwoog te kopen. Ze zouden zondag vroeg een tweede appartement bekijken. Al wist dat ze van plan waren, om vroeg weg te gaan. Ze zouden zich later voor het evenementdiner weer bij hem voegen.

Medwin werd tijdens het diner nog stiller. Al was even bruisend als altijd en leek Medwin te overschaduwen. Wanda vroeg Medwin of het goed met hem ging en zijn antwoord was nogal afgemeten.

"Jij en Al hebben zo veel gemeen. Ik voel me een beetje buiten gesloten."

Die minachtende blik had ze nog niet eerder van hem gezien.

Wanda probeerde van onderwerp te veranderen en het gesprek luchtiger te maken, door te praten over het appartement, dat ze hadden bezichtigd. Daardoor leek Medwin zich zelfs nog minder op zijn gemak te voelen. Niet echt een mooi appartement en ze vroegen veel te veel. Hij voelde zich blijkbaar onnozel, dat hij überhaupt dat appartement had uitgekozen om te bezichtigen.

Na een bezoekje aan het damestoilet stonden de zaken er nog slechter voor. Al vroeg Medwin de hemd van het lijf over zijn sportreisorganisatie, toen Wanda terug kwam bij hun tafel. Op veel van Al's vragen moest hij het antwoord schuldig blijven.

"Ik ben klaar om te gaan als jij dat ook bent," had hij in Wanda's oor gefluisterd. Hij was duidelijk niet blij.

Die nacht was het de allereerste keer, dat Wanda en Medwin gingen slapen, zonder de liefde te bedrijven.

Tijdens de terugrit naar hun gehuurde schilderachtige appartementje, hadden ze geen woord gewisseld.

Tegen de tijd dat Wanda uit de badkamer kwam na een korte douche, was Medwin diep in slaap. Verwonderd maar zelf ook ontzettend moe, kroop Wanda in zijn armen en ging ook slapen.

De volgende dag ontwaakten ze lepeltje-lepeltje. Medwin kuste Wanda's nek. Ze repten met geen woord over de voorgaande avond. Spoedig bedreven ze de liefde en was er een nieuwe dag begonnen.

"Wauw. Dit appartement is fantastisch," bevestigde Wanda, toen ze die zondagochtend de bezichtiging verlieten.

"Klopt. Kan niet geloven dat het ook binnen mijn budget is. Denk je dat we er nog meer moeten zien? Ik zou hier heel graag een bod op doen." Medwin was buiten zichzelf van blijdschap. Dit appartement was twee keer zo groot als dat van de dag ervoor en de prijs was overeenkomstig.

Lunch aan de prachtige blue Danube. Zo grappig dat ze nepzeestranden hadden bij de cafés aan de oevers van de rivier. Een grandioze atmosfeer. De zon scheen en ze waren verliefd. Spraken over weinig anders dan over de aankoop van Medwin's appartement. De volgende morgen zou hij direct een bod doen.

De vlucht naar Amsterdam was een late en ze had maandagochtend vroeg een vergadering. Over een paar weken zou Medwin zich in Praag bij haar voegen voor de opening van het nieuwe filiaal en de lanceringsfeertjes. Tijdens het weekend hadden ze het verder gehad over een bezoek aan Australië en over het bijwonen van de Olympische spelen in Athene op weg daar naartoe.

Heel veel leuke dingen in het vooruitzicht. Ze zouden beginnen met de mogelijkheden daarvoor uit te zoeken. Medwin had misschien een paar groepen, waarvoor hij sportreizen moest organiseren en dat kon invloed hebben op hun plannen. Veel zaken om uit te pluizen.

"Ongelofelijk! Waarom hebben ze ons in hemelsnaam het appartement laten zien, als er al een bod op gedaan was?" Wanda was die maandagmorgen net zo ontsteld als Medwin. Het appartement was op zaterdag al officieel van de markt gehaald. De eerste persoon die het had bezichtigd, kocht het. Omdat de afspraak met Medwin al stond, hebben ze hem toch het appartement laten zien. Hij was niet blij met deze ongelofelijke verspilling van zijn tijd. Had zijn zinnen op die woning gezet. Een bittere teleurstelling!

Wanda wilde er voor hem zijn en hem knuffelen. Hij daarentegen, wilde het gesprek kort houden. Ze voelde zich een beetje weggezet, doordat hij zo kortaf was. Het slechtste van zijn Germaanse aard kwam boven als de dingen niet gingen zoals hij wilde.

Wanda had die avond een laat telefoontje van Medwin verwacht maar er kwam niets. Ze kon hem maar beter met rust laten, als hij zo nodig in een negatieve stemming wilde zijn, dacht ze. Een eenvoudige sms met welterusten en ze lag in bed en droomde zichzelf in slaap, met flitsen van gelukkigere momenten van hartstocht, die ze hadden gedeeld.

"Mam. Breng je die groene Italiaanse wagen van ons weg voor een beurt, nadat je me op het vliegveld hebt afgezet? Je wilde dat ik je eraan herinnerde, dat je dat voor die dag had besproken," zei Lou, terwijl ze de schone was doorwroette op zoek naar dingen, die ze wilde inpakken.

"Dank je schat. Ik was het inderdaad bijna vergeten. Dacht er alleen even aan, toen ze een vlucht voor me boekten naar Praag. Nu heb ik het allemaal weer op een rijtje. Jou afzetten voor je vlucht naar Sydney. Dan de auto wegbrengen. Ze rijden me naar kantoor en houden hem in de garage, terwijl ik in Praag ben. Ik heb mijn tas voor Praag al op het werk en kan later die dag een taxi naar het vliegveld nemen. Papa heeft je vluchtgegevens en hij zei dat hij je van het vliegveld zal halen. Allemaal geregeld."

"Zie er zo naar uit, om mijn nieuwe kleine zusje te zien mam," zei Lou.

"Ja. Heel spannend," antwoordde Wanda, terwijl haar gedachten afdwaalden naar herinneringen aan Larry.

Was het echt al bijna tien jaar geleden dat hij met Dee trouwde?

Wanda had nog steeds moeite met geloven, dat hij haar en de kinderen niet eens over de bruiloft had verteld. Ze arriveerden dat jaar voor Kerst bij grootmoeder en grootvader in Schotland en werden vervolgens door grootmoeder gevraagd, wat ze ervan vonden, dat Larry ging trouwen. Het was een complete verrassing voor ze geweest. Ze wisten van niets. Ze verlieten Sydney in september vanwege Wanda's eenjarig contract in Amsterdam. Een maand later trouwden Larry en Dee. Larry had haar naam wel eens genoemd, maar ze hadden haar nooit ontmoet. Wanda en Larry waren toentertijd al vier jaar gescheiden, dus het was niet erg, maar het was wel leuk geweest, om het te weten.

Praag was vermoeiend. Niet alleen vanwege de openingsfestiviteiten voor de General. Medwin was er vanuit Wenen heen gereden en dingen waren lichtelijk gespannen.

Was wellicht niet zo'n goed idee geweest, om hem daar te hebben, terwijl Wanda zo druk was. Hij had ook slecht nieuws vernomen over een sportgroep, die afzag van een door hem georganiseerde reis. Het evenement was geannuleerd. Het had dus niets met hem te maken, maar hij vatte het allemaal heel persoonlijk op. Veel knuffels bij de eerste begroeting maar daarna was hij ietwat humeurig.

Wanda had nooit goed overweg gekund met humeurige mensen. Als mensen dingen niet op een positieve manier benaderden, vond ze het moeilijk bij ze in de buurt te zijn. Wat er aan te doen?

"Sorry dat ik je vanavond zo vaak alleen liet, om met andere mensen te praten mijn lief. Het was zo aardig van je om het opruimen van het promotiemateriaal te organiseren. Het had ons anders veel meer tijd gekost, om daar weg te komen," Wanda had een manier gevonden, om Medwin bezig te houden en was oprecht dankbaar voor de verandering in zijn humeur, toen hij haar team een handje kon helpen.

Terug in het hotel lachten ze en deelden ze anekdotes over een paar opmerkelijke gasten van die avond. Het lachen veranderde in liefkozen en al snel lagen ze weer in elkaars armen. De liefde bedrijven, alsof er geen nieuwe morgens meer kwamen. Zulk een heftige hartstocht op zo'n intens hunkerende manier.

De tijden dat ze niet bij elkaar waren, leken zo diep in hun lijf geëtst te zijn, dat ze elkaar nooit meer los wilden laten, als ze eindelijk weer samen waren.

Ze hadden de zondag om Praag te ontdekken. De zon scheen en ze begonnen hun dag met ontbijt in een café in het midden van de mooie rivier de Vltava. Een perfecte dag.

Daar zittend, hand in hand, keken ze uit op de beroemde Karelsbrug. Altijd vol met toeristen, straatmuzikanten en kunstenaars, die hun werk lieten zien. Als een gonzende bijenkorf.

Medwin was met zijn auto en dat betekende, dat ze zich ook buiten de stad konden wagen. Bohemen begon in Praag en was nog steeds zichtbaar in enkele bijzondere gebouwen en cafés. Diverse daarvan werden aangeraden voor een bezoek. Ze sloten de dag af met een bezoek aan het majestueuze Kasteel Karlstein. Een uur met de auto naar de geweldige bosrijke streek die dit 14e-eeuwse Gotische kunstwerk omringde. Dit sprookjeskasteel werd tussen 1348 en 1368 gebouwd in opdracht van Karel IV, koning van Bohemen en keizer van het Heilige Roomse Rijk. Zeer buitengewoon!

Die dag bespraken Wanda en Medwin de fijne details van hun reis naar de Olympische Spelen en Australië. Wanda had vrienden, die in Athene woonden en aan de Olympische Spelen werkten. Zij zouden voor hen kaarten voor de evenementen regelen. Er was ook een kamer in hun huis beschikbaar, waar ze konden logeren.

Medwin wist vrij zeker, dat hij zou deelnemen aan een halve marathon in Zwitserland vlak voor de Olympische Spelen, dus dat zouden ze misschien ook als onderdeel van hun reis kunnen opnemen. Mikonos was altijd al één van Wanda's favoriete Griekse eilanden geweest. Ze zou Medwin dat graag laten zien, mits hun planning het toeliet. Daarna rechtstreeks door naar Australië betekende, dat ze daar in de winter waren en dat skiën wellicht een optie was.

Fantastisch!

Medwin zou pas op maandagochtend naar Wenen terugrijden. Kon Wanda op het vliegveld afzetten voor de eerste vlucht naar Amsterdam en dan de drie uur durende rit naar kantoor. Zou er nog voor 9 uur's ochtends moeten kunnen zijn.

Tijdens het weekend had Medwin het erover gehad, om ontslag te nemen. Hij verafschuwde het werk bij de spoorwegen. Signalering ontwerpen had zo zijn charmes, maar de bureaucratische organisatie was geestdodend. Het vrat energie en stemde hem negatief. Als hij zich alleen eens bezig zou kunnen houden met zijn nieuwe onderneming en met de behoefte aan sportreizen.

Een appartement kopen in Wenen, was ook al in het water gevallen.

Nadat hij zo enthousiast was geworden over het appartement waar hij en Wanda weg van waren, leek al het overige aanbod te duur, of niet dat wat hij zocht.

Hij moest weg uit zijn dorp en weg bij zijn ouders.

Hij wilde veel regelmatiger bij Wanda zijn.

Hoeveel Wanda ook van Medwin hield, ze voelde zich er niet zeker over, om fulltime met hem samen te wonen. Wat ze nu hadden, werkte prima voor haar. Ze miste hem heel erg, wanneer hij er niet was en dat maakte hun tijd samen zoveel specialer. Denkend aan zijn stemmingswisselingen en de manier waarop zijn moeder voor hem zorgde, bracht Wanda echt aan het twijfelen, of ze daar wel elke dag mee om zou kunnen gaan. Ze wist ook, dat hij niet buiten Mino kon.

Wanneer Medwin klaagde over dingen op zijn werk en thuis, had Wanda positieve suggesties, om er mee om te leren gaan, of ze te veranderen. Ze verzekerde hem ervan, dat alles anders zou zijn, wanneer hij zijn eigen woning in Wenen had. Hij moest voorlopig echt bij de spoorwegen blijven werken, zodat zijn hypotheek zou worden goedgekeurd. Geweldig dat hij de mogelijkheid had, om daarnaast zijn sportreisonderneming op te zetten, maar niemand zou hem alleen op grond daarvan geld lenen, om zijn woning te kunnen kopen.

Schier eindeloze knuffels, toen ze die ochtend op het vliegveld van Praag afscheid namen. Beiden lachten en praatten over niets dan positieve leuke dingen. Zo had Wanda het graag. Kort nadat ze op kantoor arriveerde, zou ze een evaluatievergadering over de campagnestart in Praag hebben. Ze had de volle duur van haar vlucht nodig, om zich daarop voor te bereiden.

Alles was geheel volgens plan gegaan, dus iedereen zou blij moeten zijn. Het PR bureau zou een rapportage hebben doorgestuurd. Aan het eind van de evaluatie zou Wanda hen aan de telefoon hebben, om het team een presentatie over mediapubliciteit te geven. Er was behoorlijk wat media aanwezig geweest tijdens het evenement. Ze konden tevreden zijn en hopelijk kunnen praten over tal van mogelijkheden voor een positief vervolg. En alles was ook nog eens binnen het budget gebleven. Al met al een fantastisch resultaat. Zou een goede vergadering moeten worden.

"Ik kom net uit mijn vergadering over de evaluatie van Praag Medwin en we gaan samen lunchen. Gaat het goed met je?" vroeg Wanda nerveus. Ze zag, dat Medwin haar vier keer had geprobeerd te bellen. Niets voor hem. Als hij één keer had gebeld en zij niet opnam, wist hij dat zij zou bellen, wanneer ze kon. Haar nog drie keer proberen te bellen, paste niet bij zijn normale doen. Er moest iets aan de hand zijn.

"Het is wat we allebei wilden mijn schat. Ik ben ontslagen!" Medwin schreeuwde bijna en sprak twee keer sneller dan normaal.

Hij was zo blij. Wanda wilde ook blij voor hem zijn, maar het enige wat ze kon denken was, 'Wat nu?'

• HOOFDSTUK VIJFTIEN •

"IK WEET HET. Ik zou in de zevende hemel moeten zijn. Hij is zo'n fantastische man en ik houd zielsveel van hem. Waarom zie ik dan zo op tegen het idee van daadwerkelijk samenwonen?" vertrouwde Wanda Damon toe.

De lunchgesprekjes hielden altijd wel iets onverwachts in, maar dit kwam als volstrekte verrassing voor Damon.

"Meestal heb je het erover, hoeveel je Medwin mist," antwoordde hij.

Damon kon prima luisteren.

Wanda vertelde hem, dat ze zich zorgen maakte, dat ze niet kon tippen aan Medwin's moeder en hoogstwaarschijnlijk ook niet aan zijn vrouw, toen hij nog met haar samen was. Door hen werd hij zo in de watten gelegd. Dat zou zij nooit kunnen. Hij zou zijn steentje bij moeten dragen in het huishouden, wat betreft schoonmaken, wassen en koken of wat er nog meer in huis gebeuren moest. Ze betwijfelde zeer, of hij daarmee om zou kunnen gaan. Dit had ze allemaal niet tegen hem gezegd natuurlijk. Alle tijd, die ze tot nu toe samen hadden doorgebracht, was veel te kostbaar geweest om over dergelijke schijnbaar onbelangrijke dingen te praten.

Wanda vertelde Damon ook over de humeurige en stuurse kant van Medwin, die ze zowel in Wenen als in Praag had gezien. Ze kon echt niet overweg met humeurigheid.

"Klinkt allemaal niet zo goed hè?" Damon onderbrak haar eindelijk. "Misschien moet je me opnieuw vertellen over alles waarom je van hem houdt. Alles dat je niet leuk aan hem vindt, lijkt mij overkomelijk."

Het was nooit moeilijk voor Wanda om naar een positieve houding over te schakelen. Zo was haar karakter.

"Ah. Hij is zo mooi. Alleen al het geluid van zijn stem en ok tril als een espenblad. En als ik hem zie ... dan smelt ik. Die grote donkere en liefdevolle ogen lijken recht in mijn ziel te staren. Die grappige lach van hem. De vertederende manier waarop hij gebroken Engels spreekt. Een uitstekende zangstem en hij houdt net zoveel van muziek als ik. Hoef je niets te vertellen over zijn geweldige lichaam. Daar heb je al veel over gehoord. Seks is buitengewoon en de knuffels zouden heel goed het allerbelangrijkste van alles kunnen zijn. Het is echt ongelofelijk. Als hij me in zijn armen neemt, is het alsof er niets anders bestaat. Hij omhelst me zo stevig dat ik zijn hart samen met het mijne voel kloppen. Onze harten lijken zelfs synchroon. We knuffelen elkaar de hele tijd. Het is zo fantastisch."

Damon wees Wanda erop, dat er niet zoiets bestond als een compleet perfecte relatie. Voor hem klonk het, alsof deze er bijzonder dicht bij in de buurt kwam. Ze zou gewoon opnieuw moeten wennen aan samenwonen met een man. Hoe ingewikkeld was dat?

Die avond, toen Wanda en Medwin elkaar aan de telefoon hadden, vertelde ze hem over haar bedenkingen. Hij begreep het helemaal. Hij zou nooit zomaar bij haar intrekken. Hij verzekerde haar er ook van, dat hij het geen probleem vond om taken in het huishouden op zich te nemen. Hij had misschien wat training nodig, maar hij was bereid het te leren. Nog maar twee weken tot zijn ontslag. Lou was in Sydney. Momenteel geen plannen voor een bezoek van Jay. Ze zouden het huis voor zichzelf hebben.

Tegen die tijd zou het nog maar een paar weken duren, voordat ze op hun grote reis naar de Olympische Spelen en Australië gingen. Hij nam gewoon een koffer met kleren mee. Moest zeker zijn eigen skischoenen bij zich hebben, voor het geval ze in Australië zouden gaan skiën. De ski's konden ze huren. Misschien hadden ze een paar supersnelle, die hij kon uitproberen. Hij kon van zijn werk nog wel een treinkaartje naar Nederland lospeuteren, dus kon hij zonder problemen één van zijn fietsen meenemen. Hij zou dan immers geen auto meer hebben.

Ze hadden elkaar weer gevonden. Blij met de gedachte om samen te zijn en konden nauwelijks wachten, met het volledig delen van elkaars leven.

"Wauw mam. Geweldig." Lou was enigszins verrast, maar vooral blij voor haar moeder, toen ze tijdens hun Skype-gesprek over de plannen vertelde. Dit was de eerste keer ooit. Mam had het er serieus over, dat er iemand met hen zou komen wonen. Zou een stuk eenvoudiger zijn nu Jay niet meer thuis woonde, dacht ze. Medwin was zo'n geweldig aardige man. Zijn bezoekjes waren echt leuk.

"We zien wel hoe het gaat?" antwoordde Wanda. "Hij gaat in Nederland op zoek naar werk en zal tegelijkertijd proberen zijn sportreisonderneming van de grond te krijgen. Heeft blijkbaar wat gespaard, om een tijdje van te leven, maar moet uiteindelijk toch geld gaan verdienen. De grote reis naar de Olympische Spelen en Oz zal een aanzienlijk gat in zijn spaarcenten slaan. Wel krankzinnig dat we je net mislopen in Sydney. Met de vlucht die ik gevonden heb, arriveren we een dag nadat jij vertrekt. Heel moeilijk om een vlucht uit Athene te krijgen tijdens de Olympische Spelen. Nou ja. Je moet nou eenmaal terug om je weer op school voor te bereiden. Ik ben bijna vier weken vrij van mijn werk. Medwin heeft zijn halve marathon in Zwitserland en daarna gaan we direct door naar Athene. Hopelijk op de terugweg een paar dagen in Mikonos, als we dat redden. Vliegen via Athene terug, dus waarom zouden we dat niet doen?"

Wanda liet verhalen over eventueel skiën in Australië achterwege. Lou zou dat te moeilijk vinden. Ze kon immers niet wachten om met deze Oostenrijkse snelheidsduivel te gaan skiën na alle verhalen, die ze had gehoord.

"Baal ervan dat ik Pete en Mary ook misloop als ze ons in Holland komen opzoeken mam. Al die tijd bezig hun grote wereldreis te plannen en nu ben ik in Australië, als zij daar zijn. Over een week vertrekken ze uit Melbourne. Moet ze in ieder geval even bellen om gedag te zeggen."

"Ja. Dat is echt jammer. Denk dat het te maken heeft met de busreis vanuit Londen, die ze uiteindelijk hebben geboekt. Het moest passen met die data. Medwin weet, dat ik ze beloofd heb een paar dagen met ze op stap te gaan om Brugge en Parijs te zien. Hij is hier, wanneer ze in Nederland aankomen en zal meegaan met een paar Nederlandse uitstapjes. Een paar dagen later vliegt hij terug naar Oostenrijk voor Mino's verjaardag. Ik ga met hen op reis, als hij weg is."

De grote verhuisdag was weldra daar. Wanda had er redelijk laconiek over gedaan. Ze vertelde vrienden en collega's dat Medwin een paar weken in Nederland zou zijn, om naar werk te zoeken. Iedereen wist van hun plannen voor de Olympische Spelen en Australië.

"Het is goed dat mijn fiets binnen staat, hoop ik?" vroeg Medwin verlegen, terwijl hij zijn ultralichtgewicht en super dure fiets tegen de achtermuur van de eetkamer zette.

Wanda wilde nee zeggen en hem zijn fiets in de schuur bij de hare laten zetten, maar ze hield zich in. Hij vertelde haar hoeveel de fiets had gekost. Mon dieu! Ze kon moeilijk geloven, dat iemand zoveel geld uit zou geven aan een fiets.

Ja, het had hem geholpen diverse wedstrijden te winnen. MAAR.

Dit was nog slechts zijn mountainbike. De racefiets was natuurlijk vele malen duurder. Allemachtig, was alles dat Wanda kon denken.

Ze had hem van het station gehaald en had de fiets aan de hand genomen, terwijl ze naar huis liepen. Hij had niet eens maar een beetje kostbaar aangevoeld, maar wist zij veel.

Alle kleren in de koffer waren perfect gestreken en opgevouwen. Moeders had overduidelijk voor haar geliefde zoon ingepakt.

Wanda had ruimte gemaakt in haar inloopkast en hem een paar lades gegeven. Zodra hij eenmaal alles opgeruimd had, was ze behoorlijk blij met het vooruitzicht, om hem de hele tijd in de buurt te hebben. Op dat moment was hij helemaal naakt op weg naar de douche.

"Zo prachtig," zei Wanda terwijl ze haar ogen niet van zijn lichaam kon houden.

Hij pakte haar hand en nam haar mee de badkamer in. Het was een paar weken geleden, sinds ze bij elkaar waren. Met telefoonseks en hun Hug en Fug gedachten hadden ze het volgehouden. Nu waren ze weer in elkaars armen. Warme badschuimknuffels namen de spanningen van de dag weg. Wanda had nieuwe doucheolie gekocht en de geur zette aan tot diep ademhalen om de prikkelingen van het bijzondere aroma volledig te genieten.

Al snel had Medwin Wanda's kleren uitgetrokken en stonden ze onder de hete waterstraal. Hij tilde Wanda op naar hun omhelzing met samenvallend hartritme. Haar benen waren wijd gespreid en sloten zich strak om zijn middel. Hij wiegde haar bovenlichaam en de warme doucheolie versterkte de tinteling toen hun tepels langs elkaar streken.

Ze kusten zacht, maar met ongelofelijke intensiteit. Medwin hield Wanda met één hand vast. De andere hand reikte onder haar billen naar haar clitoris. Hij had slechts een paar korte strelingen nodig. Met hun lippen nog steeds op elkaar geperst, ademde Wanda diep uit en hapte naar lucht toen ze kwam.

Medwin penetreerde diep en langzaam het hunkerende lichaam van Wanda, dat zij tegen hem aan duwde.

Ze gingen volkomen in elkaar op. De stoten waren teder en liefdevol. Wanda kwam een tweede keer, op het moment dat Medwin een hoogtepunt bereikte. Hij stond stevig op zijn massieve benen, terwijl hij Wanda naar het leek een eeuwigheid in die verbonden houding vasthield.

Ze voelden zich totaal vervult van elkaar. Ze hadden een volgende stap in hun relatie gezet en uit het bedrijven van de liefde bleek, dat het de goede was. De volgende paar minuten konden ze elkaar alleen maar vasthouden en zeggen hoeveel ze van elkaar hielden. Wanda voelde tranen in haar ogen opwellen. Ze begon te huilen. Medwin huilde ook. Met het stromen van de tranen van geluk beseften ze, hoe moe ze waren.

Medwin legde Wanda op de zachte badmat en droogde haar liefdevol af met haar knuffelige handdoeken, zoals zij die graag noemde. Hij legde haar voorzichtig op bed. Droogde zichzelf en kwam naast haar liggen. Ze knuffelden zich in slaap, innig tevreden en voldaan.

Gedurende de week die volgde konden Wanda en Medwin niet genoeg van elkaar krijgen. Er geen ging ochtend of avond voorbij, zonder dat ze de liefde bedreven. Tijdens een treinrit naar

Amsterdam waren ze elkaar stilletjes aan het masturberen, terwijl ze er voor anderen uitzagen als een slapend stel achterin, genesteld onder een jas. Ook die groene Italiaanse wagen had de eerste ervaring met het vrijende stel. Op een avond tijdens een lange rit naar huis besloten Wanda en Medwin, dat ze niet langer konden wachten. Ze waren zo opgewonden, dat ze in het bos een afgelegen parkeerplaats zochten en al snel op de achterbank lagen, als tieners op een oververhit afspraakje.

Medwin had een aantal sollicitatiegesprekken voor verschillende banen. Hij had zelfs een afspraak met de Spoorwegafdeling van de General. Twee kansen dienden zich aan, maar het zou veel meer tijd vergen dan ze beschikbaar hadden, om die volledig uit te werken en te kunnen benutten.

"Die ploeg uit Zürich heeft bevestigd voor Lauterbrunnen," vertelde een opgetogen Medwin door de telefoon aan Wanda. Hij zat al een tijdje achter dit gezelschap aan en ze hadden zijn voorstel eindelijk aangenomen. Hij zou er aardig wat mee verdienen en het was ook voor hen een zeer gunstige deal. Ze zouden deelnemen aan dezelfde wedstrijd, waarvoor hij zich had aangemeld, maar zij zouden de volledige triatlon doen. Hij alleen maar het hardloopgedeelte. Alleen maar! Dat betekende een sprint van 21 km de rotsachtige Schilthornberg op. Deze ploeg moest eerst een erg koud meer overzwemmen, fietsen naar het dorp, waar de harloopwedstrijd begon en dan tegen die zeer steile berg op, de longen uit hun lijf rennen.

Wat Wanda dacht, is dat ze eigenlijk allemaal mesjokke waren. Ze was echter meer dan blij, dat Medwin dit succes had behaald voor zijn Sport reisonderneming.

Tot nu toe was er niets voortgekomen uit de gesprekken, die hij met groepen in Holland was aangegaan. Wanda dacht, dat het misschien te maken had met het feit, dat hij geen Nederlands sprak.

Volgend jaar zouden ze allemaal naar het Verenigd Koninkrijk verhuizen, zodat Lou naar de universiteit kon, dus had het niet veel zin, als hij nu lessen zou nemen. Zijn Engels kon ermee door, dus kon hij zijn energie beter richten op Engels of Duits sprekenden.

"Maar fijn dat je deze deal hebt gesloten, voordat je volgende week teruggaat naar Oostenrijk lieverd. Positief nieuws om met je familie te delen. Iedereen zal denk ik ook wel super druk zijn met alle plannen rond Mino's verjaardag."

Wanda wist, dat zijn familie verre van enthousiast was over zijn verhuizing naar Holland.

"Pete. Mary." riep Wanda, toen haar neef en zijn vrouw door de schuifdeuren de drukke aankomsthal op Schiphol inliepen. Ze had zich uitstekend vermaakt, met het kijken naar al die mensen die kwamen en gingen. De vreugde en verdriet op vliegvelden als geliefden arriveerden of vertrokken, had haar altijd gefascineerd.

Enthousiaste kreten werden gevolgd door stevige liefdevolle omhelzingen. Pete was altijd al een intieme neef en Wanda was zo blij, dat ze de kans kreeg, om hem wat van Europa te laten zien. Mary was ook een schat. Wanda had haar slechts een paar keer gezien en die ontmoetingen waren erg plezierig. Een paar jaar geleden trouwden ze in Melbourne en sindsdien waren ze bezig, hun grote overzeese reis te plannen.

Pete's moeder was Wanda's zus Elizabeth. De op één na jongste van de acht kinderen, waarvan Wanda de benjamin was. Elizabeth kon niet goed tegen het alsmaar verhuizen en het opgroeien zonder vader. Tegen haar 15e was ze het zat. Op een tragisch weekend had ze besloten weg te gaan, zonder iemand iets te zeggen. Uiteindelijk kwam haar moeder erachter, dat ze naar oma was gegaan.

Een vriend reed Wanda en haar moeder erheen, om te proberen Elizabeth mee naar huis te krijgen. Ze was daar echter al weg, tegen de tijd dat zij daar aankwamen. Een nicht en haar vriend waren ook bij oma geweest en hadden Elizabeth meegenomen, om op bezoek te gaan bij haar oom op het platteland.

Wanda en haar moeder arriveerden daar om opnieuw te ontdekken, dat ze al waren vertrokken, om weer ergens anders heen te gaan. Kort daarop kwam een buurman vertellen over een auto-ongeluk. Iedereen haastte zich naar het ziekenhuis, onderwijl trachtend niet in paniek te raken.

De nicht en haar vriend zaten in de wachtruimte en gelukkig zonder verwondingen. Elizabeth zat achterin de auto en kon niets doen, toen deze een ravijn in reed. Chauffeur en bijrijder waren eruit geslingerd. Elizabeth moest losgesneden worden. Ze lag aan een beademingsapparaat op de intensive care. Het duurde zes weken, voordat ze uit haar coma ontwaakte. Een hersenbeschadiging maakte dat ze niet kon praten en ze zou hoogstwaarschijnlijk nooit meer kunnen lopen. Verscheidene maanden in het ziekenhuis, diverse operaties en een heleboel therapie hielpen haar weer wat eenvoudige spraak te beheersen en lopen met een beugel om één been. Ze zou voor de rest van haar leven aan één zijde verlamd zijn.

Enkele jaren later trouwde ze en kreeg drie kinderen. Pete was de jongste en zo veel specialer, omdat hij een jongen was na de twee meisjes. Elizabeth stond er alleen voor, zonder enige steun van haar echtgenoot. Ouderwetse stoffen luiers met grote spelden werden met slechts één hand verschoond. De verlamde arm gebruikte ze als contragewicht.

Wanda had eindeloos veel bewondering en liefde voor Elizabeth en stond haar bij zoveel ze kon. Er zijn voor haar zusters kinderen, was eveneens zeer belangrijk voor haar.

Medwin was thuisgebleven, om voor de arriverende gasten te koken. Hij was zeer behendig geworden in het bereiden van zijn speciale pasta met salade. Pete en Mary zouden er ongetwijfeld van genieten. Die groene Italiaanse wagen had geen enkele moeite met alle bagage en binnen de kortste keren waren ze thuis voor het diner.

Pete was opgeleid als automonteur en wisselde enkele jaren geleden van baan om buschauffeur te worden. Hij was net de 30 gepasseerd, tot over zijn oren verliefd op zijn jonge vrouw en heel gelukkig met zijn leven.

Hij droomde ervan de Europese wegen te bereizen. Wanda liet hem maar wat graag achter het stuur van die groene Italiaanse wagen kruipen, toen ze de volgende dag vertrokken, om wat van Nederland te zien. Pete stond erop, de auto een snelle minibeurt te geven, voordat ze vertrokken. Alles perfect. Hij was er geheel van onder de indruk.

Medwin en Wanda kropen op de achterbank en zagen hoe Mary en Pete elkaar voortdurend glunderend van geluk aankeken.

Mary was pas 24, toen ze haar prins op het witte paard ontmoette. Ze waren een prachtstel. Haar ouders waren Egyptisch en ze had een prachtige olijfkleurige huid, die perfect samenging met haar lange krullende haar. Haar glimlach reikte van oor tot oor en haar grote bruine ogen namen elke centimeter van het Nederlandse landschap in zich op, die van Pete evenzo. Hij had eveneens donker haar, grote bruine ogen en een blij lachend gezicht. Ze waren optimistisch en energiek. Heerlijk om mee op te trekken.

Omdat ze nog kleiner van stuk waren dan Wanda, moesten Pete en Mary hun halzen enigszins rekken, om Medwin in de ogen te kijken. Hun gezichtsuitdrukkingen waren een genot om te zien, het plezier dat ze hadden in zijn aandoenlijke Engels. Ze vonden het een feest, om naar hem te luisteren. Zo grappig!

Tijdens het avondje uit in de bar kwamen ze er al snel achter, dat er heel veel bijzonder lange mensen in Holland waren. Een stijve nek zou wel eens dagelijks terugkerend spierpijntje kunnen zijn, maar ze vonden het allemaal geweldig.

"Wie zou Nederland hierin kunnen aftroeven?" vroegen ze zich hardop af. Een paar fantastische dagen waarvan ze wensten, dat het langer zou duren.

"Gefeliciteerd met Mino's verjaardag mijn lief," zei Wanda door de telefoon tegen Medwin, terwijl hij beaamde, dat zijn vlucht naar Oostenrijk op tijd was en hij bijna moest instappen.

"We hebben alles in de auto geladen en zullen zo naar Brugge vertrekken. Lunch in Antwerpen staat als eerste op de planning. Pete en Mary hebben er ontzettend veel zin in. Ik ook vanzelfsprekend. Veel plezier met je familie en ook veel succes met die presentatie."

Medwin maakte een goede kans, om voor een fors sportgezelschap in Wenen voor volgend jaar een reis naar een groot evenement in Portugal te regelen. Er was in deze fase niet veel meer dat hij kon doen aan de voorbereidingen, maar in de telefoongesprekken en e-mails waren ze zeer enthousiast, dus hoopte hij het met ze af te ronden, zodra hij het pakket officieel aan hen offreerde.

Medwin besefte, dat hij gespannen was over het weerzien van zijn familie, toen hij aan boord van het vliegtuig stapte. Hij en Wanda hadden afgesproken, dat hij hen nog niets over haar zou zeggen. Ze waren zo ontsteld geweest, toen hij Oostenrijk verliet. Hij vertelde hen, dat hij een geweldige kans op een baan bij de Spoorwegafdeling van de General, dat hij ook mogelijke klanten voor zijn sportreisbureau had gevonden en dat hij een poosje in

Nederland zou gaan wonen. Hij huurde een kamer bij een Australische familie, die hij via contacten bij de General had ontmoet. Dat was alles. Het was voor hen meer dan genoeg om te verwerken. Zeker de 7 jarige Mino had er moeite mee, dat zijn vader niet meer naast hem woonde. Medwin belde vaak met Mino, maar de gesprekken verliepen stroef.

Wanda liet alle gedachten aan Medwin's bezoek aan Oostenrijk los. Mino's moeder zou ongetwijfeld bij het vieren van de verjaardag betrokken worden en haar houding gaf Wanda nog steeds een ongemakkelijk gevoel.

Nu met Pete en Mary in die groene Italiaanse wagen op weg naar plezier. 'Antwerpen we komen eraan,' dacht Wanda.

Het bleef Wanda verbazen, dat een klein land als België, verdeeld kon zijn in een Frans sprekend deel in het zuiden en een Vlaamstalig gedeelte in het noorden. In haar oren klonk Vlaams hetzelfde als Nederlands, maar dat zou ze tegen een Antwerpenaar nooit zeggen. Het is vergelijkbaar met hoe Canadees en Amerikaans op een hoop worden gegooid, vermoedde ze, of misschien zelfs Australisch en Nieuw-Zeelands.

Wonderbaarlijk, dat als je van net buiten Antwerpen naar Brussel reed, je daar allemaal Franstaligen trof. Fijn voor de producenten van verkeersborden. Alles in twee talen.

"Best ingewikkeld, om de juiste afrit van de ring van Antwerpen te nemen Pete. Er zijn veel borden die Centrum aangeven, maar je kunt, eenmaal van de ringweg af, makkelijk verdwalen en kilometers omrijden door de zeer verwarrende kluwen van kleine straatjes. Ik weet welke de juiste is, als ik die zie, dus zorg dat direct kan reageren. Oké?"

Pete voelde zich meer dan oké. Hij genoot met volle teugen. Helemaal geen probleem, om aan de verkeerde kant van de auto het stuur te nemen en aan de verkeerde kant van de weg te rijden. Hij vergeleek het met bepaalde autospelletjes, die hij op de computer had gespeeld. Die Antwerpse ring zou zijn toekomstige spelvaardigheden alleen maar verbeteren. Ze waren hier in ieder geval op een gelukkig tijdstip. Niet al te veel verkeer.

"Uitstekend gedaan Pete. Nog een klein stukje en dan komen we bij mijn favoriete parkeerplaats, naast de prachtige Grote Markt.

We kunnen op het plein lunchen en uitkijken op de schitterende 16e-eeuwse gildenhuizen. Dan een wandeling door de smalle straatjes om de 14e-eeuwse kathedraal te bekijken. Lijkt me ook geweldig om jullie de bijzondere collectie van 14e-eeuwse muziekinstrumenten in het Vleeshuis Museum te laten zien, als dat kan. Dan kunnen we vanaf daar naar het kasteel aan de rivier lopen voor een snelle blik We zouden natuurlijk de volle vier dagen in Antwerpen kunnen doorbrengen, maar we hebben maar drie uur. We moeten voor de spits terug de ring op."

Wanda was in haar element met haar rol als gids. Ze kreeg nooit genoeg van nieuwe dingen ontdekken en hield er ook van anderen haar eerdere ontdekkingen te laten zien.

Het was een stralend zonnige dag en de terrassen van de cafés op de Grote Markt waren gevuld met mensen, die daar heerlijk zaten te zitten, om de wereld aan zich voorbij te zien trekken. Ze hadden daar voor de rest van de dag bij kunnen gaan zitten, maar er was meer te zien en te bewonderen. Pete en Mary waren uitermate geboeid door alles.

Zodra die groene Italiaanse wagen hen weer terug op de Antwerpse ring had gebracht, was het slechts een uur rijden naar Brugge. Waanzinnig! UNESCO heeft Brugge in de Werelderfgoedlijst opgenomen, vanwege haar unieke historische centrum gebouwd aan een doolhof van bijzondere kanalen. Haar middeleeuwse architectuur was verbluffend goed bewaard gebleven. Talrijke pleinen met verschillende en unieke kenmerken. Met kinderhoofdjes geplaveide straatjes, die het kataklop weergalmden van de paarden, die de vele toeristenrijtuigjes door de stad voorttrokken. Schilderachtige kanaaltaferelen. Een bijzonder bekoorlijke stad, die de harten van Pete en Mary veroverde.

Ze hadden twee nachten geboekt in een zeer redelijk geprijsd logement en deelden een driepersoonskamer. Wanda hoopte, dat haar gesnurk de anderen niet wakker zou houden. Ze was van plan te wachten, totdat zij in slaap gevallen waren, maar dat lukte niet. Ze waren allemaal bekaf van een overvolle en opwindende dag. Wanda was al ingedommeld, voordat Pete en Mary nog maar hun tanden hadden gepoetst.

Omdat Brugge warm werd aangeraden voor romantische uitstapjes en huwelijksreizen, had Wanda voorgesteld, dat Pete en Mary er de volgende dag zelf op uit zouden trekken, om samen te kunnen zijn. Echt niet.

"We hebben de beste gids ooit gescoord. Dat willen we van geen kant missen," was Pete's directe repliek. Mary voegde daar snel een soortgelijke reactie aan toe en het was besloten. Ze overtuigden Wanda ervan, dat ze de komende paar maanden van hun reis genoeg tijd voor romantiek zouden hebben. Tijd samen met haar doorbrengen, was topprioriteit van dit deel van hun reis.

"Oké. Laten we als brunch aardbeien en wafels met warme Belgische chocoladesaus eten. Ik weet het perfecte tentje!"

De volgende dag verlieten ze Brugge en gingen ze op weg naar Parijs. Vive la France!

"Wat een onwerkelijk idee, dat ik over een paar uur in Parijs ben," zei Mary. "Een droom die in vervulling gaat. Denk dat mijn droom begon, toen ik in het eerste klas van de middelbare school zat. Frans was een veel gekozen vak. Ik was er niet goed in, maar vond het prachtig. Toen we les kregen over steden in Frankrijk, werd ik op slag verliefd op Parijs. Alle films die je ziet, maken het zo'n waanzinnige stad. Hoop dat de werkelijkheid er niet voor onder doet."

"Maak je geen zorgen," antwoordde Wanda. "We hebben een klein appartement voor onze twee overnachtingen. Vlakbij Quartier Latin. Wat een geweldige ontdekking was dat. Heeft zelfs een parkeerplek en dat is in Parijs een unicum. We kunnen bij aankomst wel even een rondje rijden, maar daarna kunnen we beter lopen of de metro nemen."

"Misschien een idee als ik het rijden van je overneem, vlak voordat we bij Parijs zijn Pete. Moet waarschijnlijk een beetje improviseren om de weg te vinden. Om te voorkomen, dat ik plots tegen je begin te gillen om ergens af te slaan met al die dwazen op de weg in Parijs," zei Wanda een paar uur nadat ze Brugge achter zich hadden gelaten.

Wanda had al vaker in Parijs gereden, dus was vrij bekend met de verschillende wijken. Ze bereikten net na de lunch de Peripherique, dus was het verkeer niet al te chaotisch. Ze leidde hen van de belangrijkste ringweg af naar de Avenue des Champs Elysees en zou een paar keer om de Arc de Triomphe rijden. Altijd leuk om rond te rijden op de acht verschillende rijbanen die zich samenkomen met de twaalf boulevards, die alle naar deze onwaarschijnlijk majestueuze rotonde leiden.

Daarna naar de rivier de Seine, waar de Eiffeltoren recht voor hen zou opdoemen. Dan zouden ze er definitief zeker van zijn, dat ze in Parijs waren. Konden dan de oever van de rivier volgen en spoedig bij hun kleine appartement aankomen.

Eerst misschien even snel een foto maken voor de toren.

Ah! Parijs!

Het appartement was magnifiek. Een snoezige slaapkamer voor Pete en Mary. Een grotere woonkamer dan gemiddeld met een opklapbed voor Wanda. Een beeldig klein balkonnetje, dat over de bijbehorende tuinen uitkeek.

De zon scheen en de wereld was perfect.

Die nacht had een topbelevenis in petto voor Wanda.

In één van haar favoriete kleine jazzclubs traden twee van haar meest geliefde Franse jazzmuzikanten op. Tijdens het diner zaten ze buiten bij een café dat uitkeek op de Notre Dame. Een zwoele zomeravond. Voortreffelijk eten en heerlijk mensen kijken, gevolgd door fantastische livemuziek.

Een sms van Medwin die haar vertelde, hoe zeer hij Wanda miste en dat hij haar boven alles en iedereen liefhad. Ze was in de wolken! Hug en Fug speelden door haar hoofd. Als ze Medwin toch eens binnen handbereik had gehad! Oh la la!

Het Louvre, magisch Montmartre, een rondvaart over de Seine, de Can Can dinershow's avonds laat in de Moulin Rouge. Ze hadden zoveel gedaan. De twee dagen in Parijs waren voorbijgevlogen. Pete en Mary namen de trein naar Londen en Wanda zou alleen terug rijden naar Nederland.

Pete en Mary konden Wanda niet genoeg bedanken. Wat een geweldige start van hun wereldavontuur. Een paar dagen in Londen waarna ze een georganiseerde busreis door Zuid-Europa, eindigend in Griekenland, zouden maken. Later zouden ze naar Canada vliegen en dat land bereizen. Daarvoor hadden ze geen vastomlijnd plan. Ze zouden in Vancouver een auto huren. Zodra ze van die regio genoeg gezien hadden, zouden ze op gevoel oostwaarts rijden. Een jong en gelukkig getrouwd stel met de wereld aan hun voeten ... en van plan van elke minuut te genieten.

Terwijl ze zich ontspanden in de trein vanuit Parijs, dachten Pete en Mary terug aan de avond ervoor, toen Wanda hen over Hug en Fug had verteld.

Wanda's opmerkingen over deze twee kleine figuurtjes tolden door hun gedachten. Hoe ze uit Medwin's vertederende Engels waren voortgekomen. Het onschuldige en open gesprek over 'huggen' en 'fucken', dat deze geestdriftige innerlijke stemmen ware gezichten gaf in de wereld van hartstocht tussen twee geliefden.

Hug en Fug gaven liefhebbende stellen hét handvat om hun ingehouden gevoelens maximaal te kunnen uiten.

Ze bevrijdde hen, om zo gepassioneerd en uitgesproken te kunnen zijn, als ze zich werkelijk innerlijk voelden. Maar gaf ook ruimte aan het ongeremd geven van een knuffel. Hug en Fug stimuleerden het beleven van vriendschap en het op een vurige manier de liefde bedrijven in een relatie, waarin beiden vrijelijk instemden met het onderzoeken van alle gebieden, welke ze ook maar samen van elkaar wilden ontdekken.

Hug en Fug gaven stem aan alles wat mensen alleen in stilte durven denken. Een nieuwe weg voor een rijk, wellustig en enerverend leven.

Van enkel erover praten werden Pete en Mary al ongelofelijk opgewonden.

"Wat denk je nu Pete," vroeg Mary met haar meest verleidelijke stem.

"Ehh. Hug en Fug vertellen me, dat ik naar het toilet moet gaan en dat jij me moet volgen," antwoordde Pete.

Ze kregen allebei een diep erotische glimlach op hun gezicht en staarden elkaar in de ogen. Hug en Fug waren duidelijk aan zet.

Pete stond op en liep weg door het gangpad. Mary volgde.

"Halverwege de terugreis naar Holland. Rit gaat voorspoedig. Kan niet wachten, om je te zien. Hoe laat komt je vlucht aan? Rijd ik meteen door naar het vliegveld om je op te halen?" was Wanda's tekstbericht aan Medwin.

Het bericht dat terug kwam, bracht Wanda enigszins in verwarring.

"Moet mijn vlucht wijzigen, maar alles is in orde. Bel me, zodra je thuis bent en ik zal het je uitleggen."

• HOOFDSTUK ZESTIEN •

HET TELEFOONGESPREK TUSSEN WANDA en Medwin van die avond verliep heel anders dan alle voorgaande. Verbeeldde ze het zich, of klonk Medwin vreemd afstandelijk? Wanda had niet gevraagd, in welke mate zijn vrouw Nina in de activiteiten van het weekend betrokken was geweest en hij zei daar totaal niets over. Het enige waar hij over sprak, was hoe blij Mino was dat, hij er was en hoe hij niets liever wilde, dan dat zijn vader een extra dag zou blijven om mee te gaan naar een evenement op school.

'Begrijpelijk,' dacht Wanda. Het gesprek eindigde met een heel kort 'hou van je' en dat was het.

Er volgden voor Wanda een paar super drukke dagen op het werk. Ze had genoten van haar korte reisavontuur met Pete en Mary maar op kantoor hadden dingen zich opgestapeld. Ze wilde deze week ook Patty spreken over haar geplande verhuizing naar het Verenigd Koninkrijk het komend jaar. Diverse mensen met leidinggevende functies binnen Europa werkten elders dan op het Amsterdamse hoofdkantoor, dus ze verwachtte niet, dat het een groot probleem zou zijn, als ze haar functie vanuit het hoofdfiliaal in Londen zou voortzetten.

De liefde tussen Patty en haar was echter lichtelijk bekoeld sinds Medwin bij haar ingetrokken was. Over een paar maanden zou Patty haar 40e verjaardag vieren en haar grote plan om voor die tijd getrouwd te zijn en kinderen te hebben, leek steeds verder buiten bereik. Elke dag scheen ze humeuriger te worden. Wanda had ook verschillende uitnodigingen voor een etentje bij haar thuis afgeslagen. Patty's gedrag ten opzichte van Medwin tijdens eerdere gelegenheden was voor haar een reden, om niet meer met z'n allen af te spreken.

"Denk je dat het vandaag een geschikte dag is om te praten over mijn wens, om volgend jaar vanuit het kantoor in Engeland te werken Damon?"

Wanda had hem al tijden geleden over haar plannen ingelicht. Hij zag niet in waarom dat problemen zou opleveren, maar hij vond Patty de laatste tijd ook behoorlijk moeilijk doen.

"De heks heeft voor zoveel dingen van mij haar toestemming nog niet gegeven. Ik weet echt niet wanneer het een geschikte dag zal zijn. Denk dat ik haar gisteren aan de telefoon hoorde praten met een man met wie ze een afspraakje heeft gehad, dus waarschijnlijk komt vandaag net zo goed uit als elke andere dag," antwoordde Damon.

Wanda had wat tijd in Patty's agenda gereserveerd. Vandaag was het de dag.

"En. Hoe ging het?" vroeg Damon, toen ze naderhand samen even een kopje koffie dronken.

"Weet het niet zeker," antwoordde Wanda. "Ze was het ermee eens, dat het voor andere mensen zo prima werkte maar ze kwam ook met een paar specifieke taken op de proppen waarvan ze dacht, dat die een probleem zouden gaan vormen. Ze heeft me gevraagd een voorstel te schrijven, waarin ik weergeef, wanneer ik precies wil verhuizen en hoe ik vind dat de functie op de meest efficiënte manier kan worden ingevuld. Daarna zou ze het Bob voorleggen."

"Ik liet bij Bob gister kort vallen dat ik in september met Lou wat universiteiten in het Verenigd Koninkrijk ga bekijken. Hij vroeg of ik daar wilde wonen en ik zei ja. Het enige dat hij zei was oké. Leek hem totaal geen stress te bezorgen. Ik zie vast beren op de weg, maar ik kreeg het gevoel dat Patty een hekel heeft aan het idee dat ik nog lang en gelukkig zal leven met de geweldige Medwin en mijn twee kinderen in Engeland. Ze had echt een vreemde blik in haar ogen."

Medwin's thuiskomst werd een zeer plezierige. Hij had bloemen, wijn en chocolaatjes bij zich en was dolblij om Wanda weer te zien. Liefde straalde uit zijn verlangende blikken en hij kon zijn ogen niet van haar afhouden.

Ze was rechtstreeks van kantoor naar Schiphol gereden om hem op te halen. Zoals afgesproken, reden ze vanaf het vliegveld naar een favoriet restaurant aan het strand, zodat ze echt konden praten over de week, die ze zonder elkaar hadden doorgebracht.

Medwin's handen gleden over Wanda's lichaam, terwijl zij reed. Hij bleef haar hand kussen en zei telkens weer, hoeveel hij haar had gemist en van haar hield. Ze voelde zich redelijk onnozel over de twijfels die ze eerder had. Geen ervan zou ze met Medwin delen.

De week die volgde, was gevuld met voorpret over de enerverende plannen van hun aanstaande reis. Hoog adrenalinegehalte. Medwin rende iedere avond in het bos, terwijl Wanda hem op de fiets probeerde bij te houden met PJ er op volle snelheid naast. Medwin deed de serieuze training overdag, wanneer Wanda op kantoor was. Hij voelde zich meer dan klaar voor de 21 km lange race de Schilthorn op.

Wanda diende haar voorstel omtrent de voortzetting van haar functie in Groot Brittannië in. Ze presenteerde het aan Patty met een zeer positieve verwachting. Hopelijk zou Patty de tijd vinden om het met Bob te bespreken tijdens de maand van Wanda's afwezigheid. Ze zouden elkaar weer spreken, zodra ze terug was. Patty leek zich daarin te kunnen vinden. Wanda had al besloten, dat het hoe dan ook goed zou komen. Als Patty moeilijk ging doen, zou ze gewoon een andere baan zoeken.

Medwin vloog een dag eerder naar Zürich dan Wanda. Alles was geregeld voor zijn sportgezelschap. Hij zou hen persoonlijk naar hun coach brengen en hen alles overhandigen, wat ze nodig hadden. De rest viel onder de verantwoordelijkheden van hun eigen teamleider. Medwin zou zich tijdens het laatste onderdeel van de triatlon weer bij hen voegen als deelnemer.

Een leuke kleine auto was gehuurd, om Medwin en Wanda de volgende dag naar Lauterbrunnen te brengen. Ze arriveerden vrij vroeg in Zürich, zodat ze het meeste uit hun bezoek konden halen.

De lange en slingerende weg naar de top van de Jungfrau was voor Medwin niet onbekend.

Het was een aardige rit vanuit zijn geboorteplaats in Oostenrijk, maar hij had zich op zijn KTM motor diverse malen bij honderden andere motorrijders gevoegd, om de geneugten van deze Zwitserse bochtige bergweggetjes te ervaren.

Nu wilde hij, dat de kleine auto datzelfde zou doen. Wanda gaf toe, dat haar maag ervan omkeerde. Het uitzicht was echter spectaculair. Ze moest haar ogen gewoon buiten de auto gericht houden en vertrouwen hebben in Medwin's 'fast and furious' aanval op de haarspeldbochten. Hij genoot van iedere seconde.

Het herinnerde Wanda aan de dagen, dat ze zelf een beetje een motorrijder was. Echter niet het soort, dat hunkerde naar scherpe bochten en hoge snelheden. Haar kleine 120cc crossmotor bewees haar goede diensten, zowel op als naast de weg. Ze was 18. Ze had twee banen, zodat ze kon sparen om te reizen. Eén ervan was het tot in de vroege uurtjes hamburgers bakken in een kraam op een parkeerplaats. Wat zag ze uit naar het eind van de nacht, om dan op die motor te springen. Frisse lucht die haar neusgaten reinigde van de geur van uien, spek en vlees.

Het pension dat Medwin in Lauterbrunnen had geboekt, keek uit over het gebied, waar de renners zich de volgende ochtend zouden opstellen. Een typisch uit hout opgebouwd Zwitsers chalet met een adembenemend uitzicht op de bergen. Perfect. Wat een verbluffend mooi klein dorp.

Ze begaven zich naar buiten tussen de honderden deelnemers, terwijl een plaatselijke band hen liet proeven van de guggenmusik, die de deelnemers zouden horen ter ontvangst, als ze de volgende dag eindelijk de top van de Schilthorn bereikten. Er heerste een energieke sfeer. Bier en glühwein vloeide. De geur van kruidige worsten op de barbecue. Het water liep ze in de mond!

Medwin installeerde Wanda met wat eten en drinken, terwijl hij zich met zijn inschrijvingsbewijs meldde, om een startnummer te ontvangen.

Een ongelofelijke schouwspel toen de wedstrijddag aanving. Jong en oud. Slank en een beetje dik. Ze kwamen in alle vormen en maten en uit alle uithoeken van de wereld. Een menigte van kleuren.

Het gelach en de grijnzende gezichten. Mensen waren hier gekomen om plezier te maken, maar Wanda dacht onwillekeurig, dat sommige van hen er niet uitzagen, alsof ze het zouden kunnen bolwerken.

Wanda begreep, dat alleen ervaren bergrenners deelnamen aan deze slopende uitdaging, maar sommige mensen die rugnummers droegen, zagen er niet fit genoeg uit, om zelfs maar het eerste dal te halen.

Deze halve marathon van 21 km werd niet voor niets 'Inferno' genoemd. Van de eerste elf kilometer werd gezegd, dat die redelijk onschuldig waren met een flauwe klim van 800 meter. Daarna werd het heel steil. De laatste paar kilometer naar de top van de Schilthorn zouden ze 400 meter lang bijna verticaal moeten klimmen. Heel vaak was dat rotsachtige deel van de race bedekt met sneeuw en ijs. Behoorlijk pittig dus!

Pang! Het startschot klonk en de hardlopers waren weg.

Wanda ging terug naar de kamer, om spullen te verzamelen voor haar eigen tocht de berg op. Een treinrit en twee kabelbanen waren nodig, om de trip naar de bijna 3.000 meter hoge piek te maken. Het zou elke renner op zijn minst een paar uur kosten, om daar te komen, dus ze had genoeg tijd. Schone kleren voor Medwin en warme jassen en handschoenen voor hen beiden, had ze bij zich. Ook al steeg de temperatuur in het dorp boven de 20 graden, op de top lag sneeuw en het zou er koud zijn.

Eenmaal in de gondel kon Wanda beneden honderden mierachtige figuurtjes als bezetenen zien rennen. Toen ze uit de tweede kabelbaan stapte, zag ze een poster, die haar eraan herinnerde, dat deze uitspanning op de top met zijn roterende restaurant en enorme terrassen, ooit als locatie voor een James Bond film had gediend. Ze had 'On Her Majesty's Secret Service' gezien. Nu was ze zelf onderdeel van het spektakel.

Het uitzicht maakte haar sprakeloos. Niet alleen de toppen van de Eiger en de Jungfrau. De dag was kraakhelder. Meer dan tweehonderd bergtoppen lagen, zo ver het oog reikte, uitgespreid over de adembenemende Zwitserse Alpen.

Guggenmusik spelers arriveerden en kleedden zich in hun kleurrijke en uiterst malle kostuums. Krokodillen en diverse verschillende grijnzende wezens. Wat heerlijk idioot!

De eerste hardloper kwam net onder de twee uur binnen. Een elfachtige dunne kleine Kiwi (van Nieuw Zeeland), die eruit zag, alsof hij het nog een keer zou kunnen. Geweldig om hen allemaal die laatste klim te zien maken, om uiteindelijk op het terras te eindigen. Eén man moet op zijn minst zeventig zijn geweest. Zo ongenaakbaar als de berg zelf.

Medwin rende het in tweeëneenhalf uur en was daar heel tevreden over. Ruim een uur later arriveerden er nog steeds renners.

Wanda en Medwin dansten op de guggenmusik en begaven zich onder de anderen en gingen voor de massa uit naar beneden.

Medwin stond bol van de adrenaline. Alles wat hij wilde, was met Wanda uit de kleren gaan en zijn overtollige energie kwijtraken. Ze hielp hem daar graag bij. Ze hadden nauwelijks hun pensionkamer bereikt, of ze waren uitzinnig de liefde aan het bedrijven. Geen Hug en Fug nodig. Enkel een zware bergrace. Medwin was in topvorm.

De volgende dag bij het ontwaken waren ze uitgeput. Ontbijt werd overgeslagen en het lukte hen maar net, om hun tassen te pakken en de kamer te verlaten, voordat de beheerder hen weg kwam jagen. Tassen werden beneden achtergelaten en ze brachten een ontspannen bezoekje aan een paar watervallen in de buurt. Lauterbrunnen betekende immers 'vele bronnen'. Het gebied was rijk aan tweeënzeventig fantastische watervallen. Zo schitterend!

Tijdens hun vlucht van Zürich naar Athene gaf het plezier van de voorgaande dag zowel Wanda als Medwin een tintelend gevoel. Ze haalden alle bijzondere momenten terug. Terwijl ze naar Medwin luisterde, die vertelde over wat er tijdens zijn race was gebeurd, bedacht Wanda, wat een interessante opa hij zou zijn als Lou en Jay ooit kinderen zouden krijgen. Al zijn geweldige bergverhalen. Zo'n atleet. Zo een mooie en interessante man. Medwin herinnerde haar eraan, dat hij in januari naar de Schilthorn terug zou keren voor de grote afdaling vanaf die top.

Ook Inferno genaamd.

Clara was op het vliegveld van Athene, om hen te begroeten. Zij en Wanda kenden elkaar al twintig jaar uit die heerlijke jaren, toen ze in Londen woonden. Ze hadden niet heel veel tijd samen doorgebracht sinds die skivakantie in Crans Montana van bijna twee jaar geleden. Ze was dolenthousiast, dat Wanda op bezoek kwam. Zeker met haar nieuwe knappe 'jammie' Oostenrijker.

Vanaf het vliegveld direct door, om Franky en Lena van school te halen. Later die avond het centrum in om Ken van kantoor te halen en dan uit eten met uitzicht op die ongelofelijke Akropolis. Medwin was blij als een kind. Hij was in zijn leven slechts in een paar landen geweest en nu was hij hier in de grote wijde wereld. Zijn ontwapenende 'Please?' deed iedereen smelten.

"We hebben kaartjes voor de atletiekwedstrijden van morgen. Dacht dat jullie die misschien wel wilden zien," liet Ken weten, nadat ze eten hadden besteld.

Wanda dacht, dat Medwin's ogen uit zijn kassen zouden vallen. Hij was zo opgetogen. Er bleken nog honderden plaatsen vrij te zijn voor de atletiekwedstrijden. Wie had dat gedacht? Ken was Senior Director van een internationaal bedrijf voor het verzorgen van een welkom onderkomen en verblijf van gasten van een sportevenement of van een sportorganisatie. Het gezin was naar Athene verhuisd, zodat hij de toenemende activiteit, die de Olympische Spelen voor zijn bedrijf zou genereren, van daaruit kon bestieren. Franky en Lena gingen naar de Franse school, zoals ze overal waar ze tijdelijk woonden, deden. Ken vertelde, wat een nachtmerrie het was, om te proberen hotelbedden voor redelijke prijzen te regelen en over de onzekerheid rond de deals die hij met de Grieken had gesloten. Ze hanteerden tijdens de aanloop schandalig hoge prijzen en mensen besloten daarom simpelweg niet te komen. Dat was de reden, dat er nog zoveel plaatsen beschikbaar waren voor de grote evenementen. De Grieken hadden zichzelf aardig in de voet geschoten.

Hoe blij iedereen ook was met de kans om zulke belangrijke evenementen bij te kunnen wonen, ze hadden met Ken te doen, vanwege de moeite die het hem had gekost, om hier te proberen goede zaken te doen. Een paar maanden na de laatste wedstrijden van de Paralympics zou het gezin Athene weer verlaten. Dan zouden ze naar Australië verhuizen, zodat hij dichter bij China was, om te kunnen doen wat nodig was voor de aanloop naar de Olympische Spelen van 2008 aldaar in Beijing. Ze hadden eerder in Sydney gewoond, toen hij aan de Olympische Spelen van 2000 werkte, dus dat zou voor iedereen aanvoelen als thuiskomen. Ze waren daar allemaal happy mee. Hij zelf zou vaak naar China moeten afreizen, maar had besloten, dat met het gezin daar gaan wonen, nauwelijks een optie was.

Het appartement in Athene was kolossaal. Wanda en Medwin hadden een gigantische slaapkamer met een eigen supergrote badkamer. De luxe jacuzzi was zwart en reuze sexy. Zulke afmetingen, dat er een klein afstapje nodig was, om er veilig in te kunnen stappen. Heet bubbelend water in een supergrote zwarte jacuzzi. Hug en Fug werden wild zodra hun ogen daarop vielen. Wanda zittend op de kleine trap, waardoor haar poes op de perfecte hoogte was voor makkelijke penetratie. Ze gingen die allereerste nacht voluit. Ze bewogen stilletjes en het zinnenstrelende zachte water overspoelde hun lichamen, terwijl ze samen een orgasme bereikten. Het was snel maar oh zo bevredigend!

Die volgende ochtend op weg naar het hoofdstadion deelde Medwin zijn skiverhalen met Ken, zelf ook een man van de bergen, omdat hij zolang in Colorado had gewoond en aan een paar skiraces had meegedaan. Ze konden het onwijs goed met elkaar vinden. Nog iemand die graag met Medwin op de latten zou staan.

"Lijkt me tijd dat je weer een skireisje naar Crans Montana organiseert, denk je niet Wanda?" vroeg Ken met een glimlach. Medwin had zoveel gehoord over het plezier, dat iedereen in Crans Montana had beleefd. Het was een idee om te overwegen. Ze zou het alleen wel op een andere locatie willen doen.

Ze stonden versteld van het grote aantal lege stoelen in het Olympisch stadion. De kaartjes voor de atletiekwedstrijden waren doorgaans het eerst uitverkocht, dus hoe zou het er dan bij de andere evenementen uitzien? De Grieken waren er in eerste instantie in redelijk grote aantallen, maar zodra de Griekse deelnemers hun prestatie hadden geleverd, leek het Griekse publiek allemaal naar huis te gaan. Uiteindelijk bleven er zo weinig mensen over, om de overgebleven atleten aan te moedigen, dat de overigen zich allemaal naar de voorste rijen bewogen. Voor effectief aanmoedigen, is nu eenmaal gebundelde kracht nodig. Deze ongelofelijk hardwerkende mensen hadden eindeloos getraind, om zich voor dit grootse sportevenement te plaatsen. Medwin en Wanda vertrokken nergens anders heen, voordat de allerlaatste van de Olympiërs had laten zien, wat hij of zij waard was. Ze onderwijl aanmoedigend, zo luid ze maar konden.

Vier dagen om de bezienswaardigheden van Athene en de gave bars te bezoeken met Ken en Clara, werden afgewisseld met bezoekjes aan andere Olympische evenementen. Wanda stuurde een e-mail met vluchtgegevens naar Ken en hij regelde de rest. Wat hadden ze een geweldige tijd. Een beetje geïrriteerd, dat ze op de laatste dag ineens vrije tijd te over bleken te hebben.

Ken moest die laatste avond naar een werkbijeenkomst, dus was er een gezellig diner georganiseerd bij het spotgoedkope café vlakbij hun appartement.

Clara en de kinderen waren lyrisch over het eten. Blijkbaar het beste écht Griekse voedsel in de stad. Franky en Lena leerden op school Grieks en spraken het vrij goed. Zij bestelden het eten. Een voortreffelijke maaltijd. Ook veel gelachen met de buurtbewoners. Medwin en Wanda vonden dit de perfecte manier, om hun laatste avond in Athene door te brengen.

"Kan je niet genoeg bedanken Clara. Wat een geweldige tijd hebben we gehad," zei Wanda, terwijl Medwin hun tassen uit Clara's auto haalde.

"Ook een heel groot dankjewel van mij Clara. En geweldig dat je ons naar het vliegveld kon brengen," vulde Medwin aan.

Ze stonden en zwaaiden en zagen Clara in de verte verdwijnen.

Kijkend naar het bord met vertrektijden, om te zien bij welke balie ze moesten inchecken, zag Medwin, dat Wanda van kleur verschoot. Haar hand greep naar haar mond en ze bleef alleen maar naar het bord met vluchtinformatie staan staren. Haar ogen leken groter en groter te worden.

"Onze vlucht staat er niet tussen," zei ze eindelijk. "Ik dacht de hele ochtend al, dat ik moest bellen of online moest kijken, of hij op tijd zou vertrekken, maar ik wilde voor niemand de pret bederven. Hier op tijd komen, zou genoeg moeten zijn, dacht ik."

Medwin had het beter gevonden alle reisdetails aan Wanda over te laten. Hij had geen enkel moment over hun vluchttijden nagedacht.

Wanda pakte hun e-tickets erbij en terwijl ze de gegevens doorlas, werden haar ogen nog groter.

"Nee. Dat kan niet!" onderhand stond ze bijna te trillen.

Medwin wilde haar paniek niet groter maken, door te vragen wat er was. In plaats daarvan stelde hij voor, dat ze bij een nabij café gingen zitten voor een kop koffie. Een goed idee.

Inmiddels was Wanda begonnen, overdreven heftig te ademen.

"Voel je je wel goed mijn lief?" vroeg een zeer bezorgde Medwin.

Wanda leek geen woord uit te kunnen brengen. Ze dronk haar koffie en bleef de e-tickets steeds opnieuw lezen.

"Onze vlucht was gisteren," zei ze uiteindelijk, op een vertraagde en robotachtige manier. "Ik kan het echt niet geloven.

Hoe heeft dit kunnen gebeuren? Ken had immers de vluchtgegevens en hij is altijd heel scherp met dit soort dingen. Daarom hadden we voor gisteren geen evenementkaartjes. Ik had de hele dag al een onbestemd gevoel en ik wist niet waarom. Oh mijn god. In al die jaren en met alle vluchten die ik ooit heb genomen. De volgende dag pas komen opdagen. Wie zal dat ooit geloven? Wat moeten we nu in godsnaam doen? Vluchten vanuit Athene zullen nu wel vol zitten. Ik kan er nog steeds niet bij."

Nu begon ze te hyperventileren en maakte Medwin zich echt zorgen.

Hij pakte zacht haar hand en zei, "Rustig ademhalen. We vinden wel een oplossing. Ik haal nog een kop koffie voor ons."

Het moet minstens een half uur hebben geduurd, voordat Wanda was gekalmeerd. De tickets die ze hadden voor het deel naar Sydney, waren nu waarschijnlijk niets meer waard. En dan? Vliegmaatschappijen zouden een vermogen vragen, áls ze al vluchten beschikbaar hadden met al dat Olympisch verkeer.

Wanda hield niet van leugens, maar er was een goed verhaal nodig om de vliegmaatschappij mee te benaderen. Medwin was het ermee eens, dat het hun enige uitweg was. Uiteindelijk hadden ze de strekking ervan bedacht.

Ze waren met vrienden door Griekenland wezen trekken. De vorige dag op de terugweg naar Athene, om Medwin en Wanda naar hun vlucht te brengen, was er een ongeluk gebeurd. Ze hadden de nacht in het ziekenhuis doorgebracht en waren compleet over hun toeren. Iedereen bleek er gelukkig met een schrammetje van te zijn afgekomen en het enige wat ze konden bedenken, was onverhoopt naar het vliegveld gaan en zien, wat er voor hen gedaan kon worden, om ze toch in Sydney te krijgen. Maar met in hun achterhoofd de wetenschap, dat ze hun vlucht hadden gemist.

Ze konden hun geluk niet op. Eén van de mooiste hostessen van een vliegtuigmaatschappij, die ze ooit hadden gezien, kwam als een engel op hen af. Het was een Arabische vliegmaatschappij en ze was onberispelijk gekleed met een kleine sluier langs de zijde van haar gezicht, dat aan een eenvoudig hoedje was bevestigd. Haar bezorgdheid om hun welzijn gaf hen een schuldgevoel, maar ze waren ook opgetogen, toen ze zei, dat ze haar uiterste best zou doen, om hen op een vlucht voor de volgende dag geplaatst te krijgen. Momenteel was die helemaal volgeboekt. Ze zouden op de reservelijst komen en werden geacht dan in afwachting wel weer op het vliegveld aanwezig te zijn. Ze was opgelucht te horen, dat hun vrienden in Athene ze ook deze extra nacht een slaapplaats konden bieden.

"Ik weet het. Hoe heeft dit ooit kunnen gebeuren hè?" het telefoontje naar Clara voelde voor Wanda een beetje beschamend, maar alles wat Clara dacht was, hoe geweldig het was, om ze nog een nachtje over de vloer te hebben. Ze wilde terugkomen om hen op te halen, maar Wanda stond erop, dat ze prima de trein konden nemen. De tassen waren al in een kluis op de luchthaven opgeborgen.

"Wat een geluk dat we jullie hebben en bij jullie kunnen blijven," zei een opgeluchte Wanda tegen Clara, nadat ze alles hadden uitgewisseld. "Tot zo."

Ken was flink overstuur, toen hij het nieuws hoorde. Hoe kon hij dat in hemelsnaam hebben gemist? Hij keek opnieuw naar de vluchtgegevens die Wanda hem had gestuurd. Klaar als een klontje. Daarom had hij geen kaartjes geregeld voor de dag, die volgens iedereen de laatste was. Ongelofelijk! Al die duizenden mensen voor wie hij de verantwoordelijkheid droeg om vluchten te regelen. En nu dit, een hele dag te laat. Niet te bevatten!

Een gezellige bar werd uitgekozen voor een samenzijn, nadat Ken een paar werkverplichtingen had afgerond. Wanda en Ken bleven hun gezonde verstand in twijfel trekken. Geen van allen kon de invoelende reactie van de luchtvaartmaatschappij geloven. Duimen dat ze de volgende dag een vlucht voor hen konden regelen. Eerder had Ken het voor anderen vergeefs geprobeerd.

Ze hadden maar een paar weken gepland voor hun verblijf in Sydney en hierdoor werd het nog een dag korter. Ze zonden bericht aan de familie. Die konden het uiteraard zich allemaal ook niet voorstellen, dat dit Wanda was overkomen.

De volgende dag in alle vroegte bij aankomst op de luchthaven van Athene, slaakte Wanda een diepe zucht, toen ze de lange wachtrij bij de balie van de vluchtmaatschappij zag. Het leek erop, dat er een paar meer mensen op de reservelijst stonden.

"Sorry lieverd. Het ziet er niet goed uit ben ik bang. Nou ja. Laten we maar gewoon in de rij gaan staan en zien hoe het gaat," zei Wanda op een inschikkelijke toon.

Voordat ze het in de gaten hadden, kwam de schoonheid van de luchtvaartmaatschappij naar hen toe gelopen aan het eind van de rij. Ze was zo met hen begaan en was blij om te zien dat ze er goed uitzagen. Ze nam hen apart en overhandigde hen de instapkaarten. Wanda nam ze nederig en uitermate dankbaar in ontvangst. Ze keek niet eens naar de zitplaatsen. Ze was zo opgelucht, dat ze de kaarten direct aan Medwin gaf.

"Mijn hemel," zei een zeer verraste Medwin. "Het lijkt erop dat we eersteklas reizen!" Hij tilde Wanda hoog op en omhelsde haar stevig.

Het werd een fantastische vlucht. Wanda had met haar werk al eerder vóór in een vliegtuig gevlogen, maar voor Medwin was het de eerste keer. Ze zaten niet naast elkaar, dus moest hij alles zelf ontdekken hoe de stoel in te stellen. De staf was buitengewoon behulpzaam. Ze waren ongetwijfeld ingelicht over het 'auto-ongeluk'.

Bij aankomst in Sydney hadden ze allebei eigenlijk volledig uitgerust moeten zijn. Wanda had zich wel uitgestrekt en was gaan slapen, maar Medwin was het grootste deel van de vlucht wakker gebleven, om de werking van zijn stoel-bed en alles wat daarbij hoorde, te ontdekken. De staf bleef hem voedsel aanbieden en hij bleef het aannemen.

"We zitten in de huurauto en rijden net bij de luchthaven weg," zei Medwin voor de vierde keer verlegen. Wanda reed, dus toen ze zag, dat haar nicht belde, had ze hem de telefoon gegeven. Ze zouden één nacht bij haar thuis logeren en er waren daar verschillende andere familieleden om hen te begroeten. "Please?" vroeg hij een paar keer, omdat hij niets van haar antwoorden begreep.

Wanda had Medwin gewaarschuwd, dat hij de grote variatie aan Australische accenten, die op hoge snelheid werden gesproken, mogelijk niet zou begrijpen. Haar familie had er ook veel moeite mee, om Medwin op hun beurt te begrijpen. Leek echter niets uit te maken. Iedereen lachte en genoot van de gelegenheid. Hij was een groot succes. Ze waren ook benieuwd naar de reisavonturen met Pete en Mary, die nu blij door Europa toerden.

"Vermoed, dat jullie meteen naar de sneeuw gaan Wanda," had haar broer Joe opgemerkt.

Ze had hem al verteld, dat ze een geweldig aanbod hadden gekregen van een vriendin, wiens andere twee vrienden op het allerlaatste moment hadden afgezegd. Ze hadden een super goedkope accommodatie, pal aan de sneeuw op de Perisher en zouden twee dagen gaan skiën met afgeprijsde skipassen. Vervolgens zouden ze via het hinterland terugrijden naar Bega en dan over de kustweg terug naar Sydney. Een nacht aan het strand. In totaal vijf dagen weg. Een korte snelle tour voor Medwin, zodat hij in ieder geval iets van Australië zou zien. De overige acht dagen zouden ze in Sydney druk zijn met bijpraten van mensen en met daar van alles bekijken. Medwin was dolenthousiast. Hij bleef Wanda vragen hem te knijpen en hem eraan te herinneren, dat hij echt in Australië was.

"Dit zijn de ski's, die ik misschien voor de wedstrijden van volgend seizoen wilde kopen," zei een zo mogelijk nog enthousiastere Medwin, toen de gast van de huurski's zijn nieuwe Oostenrijkse vriend een speciale deal aanbood om de ski's uit te proberen. Wat is de wereld toch klein. De jongen kwam uit een dorp in Oostenrijk, slechts 50 km bij dat van Medwin vandaan.

Ze deelden een driepersoonskamer met Wanda's vriendin, want het was een redelijk eenvoudige accommodatie. Maar de sneeuw was perfect. Medwin was behoorlijk verrast over het aantal pistes en faciliteiten. Ook een beetje verbaasd, toen een opzichter hem aanhield, omdat hij te hard ging, toen hij op de top van Blue Cow een gebied met stoeltjesliften in skiede.

"Maar het is onmogelijk om hier hard te gaan," riep hij beleefd uit naar de opzichter. De opzichter glimlachte alleen, maar waarschuwde hem de volgende keer langzamer aan te doen en liet hem vervolgens gaan. Het was een uiterst amusant verhaal tijdens de après-ski.

Na een paar fantastische dagen in de sneeuw vertrokken ze weer. Medwin was blij, dat ze die nacht alleen zouden zijn. Hij nam ieder uitzicht met grote interesse in zich op.

Onzeker over hoe het voor hem zou zijn, om aan de andere kant van de weg te rijden, hadden ze afgesproken dat alleen Wanda zou rijden. Hij vond het heerlijk, omdat dit betekende dat hij haar ongehinderd kon liefkozen. Voortdurend haar hand pakken om die te kussen. Zachtjes met haar tepels spelen. Af en toe haar nek kussen. Zijn hand zacht op haar poes leggen. Haar telkens opnieuw vertellend hoeveel hij van haar hield en dat hij versteld stond van het geweldige leven dat ze samen hadden.

Australië was altijd al een droom van hem geweest en nu beleefde die droom, samen met het mooiste meisje ter wereld.

Hij zong vaak de paar regels uit het liedje voor haar, dat hem altijd aan haar deed denken: "You are so beautiful ..... to me ..... can't you see. You are everything I ever wanted. You are all I ever need......"

Terwijl ze door de tropische bossen van het hinterland reden, zat Medwin te glunderen. Hug en Fug speelden al uren in zijn hoofd.

Zich plotseling bewust van de enorme erectie die uit zijn spijkerbroek probeerde te breken, kon Medwin het uitzicht niet langer in zich opnemen. Hij pakte de hand van Wanda en legde die op zijn bobbel. Een brede open plek vlakbij een waterval was een uitstekend punt om de auto ver van de weg af te parkeren. Ze waren de auto nauwelijks uit of Medwin had Wanda vrij abrupt gegrepen en haar naar de warme motorkap geleid.

Ze droeg een rok over een legging, die makkelijk uit te trekken waren. Hij onderbrak het om langzaam haar poes te kussen en likken. Ze kwam binnen enkele momenten. Zijn enorme penis drong bij haar naar binnen en drukte hij haar tegen de motorkap. De uitstralende warmte onder haar versterkte het genot. Het voelde alsof de top van zijn penis ver voorbij haar navel kwam. Ze snakten allebei luid naar adem met zijn laatste orgastische stoot. Elkaar innig vasthoudend, waren ze weer in eenheid verbonden.

De rest van het bezoek ging zo vlug voorbij.

Medwin genoot van elk moment. Ze bezochten een wildpark met kangoeroes en koala's. Maakten een ferrytocht in de prachtige

Sydney Harbour. Ontmoetten een schijnbaar eindeloze stroom van vrienden en familie.

Op de laatste dag tijdens de picknick leek er iets te zijn veranderend. Best een koude dag, maar nog steeds mooi en zonnig. Eén van de jongere jongens was van dezelfde leeftijd als Mino en had Medwin duidelijk aan hem herinnerd.

Tijdens het verjaardagsbezoek had Mino tegen zijn vader gezegd dat de telefoongesprekken hem een vreemd gevoel gaven. Liever zou hij zijn vader gewoon zien wanneer dat kon en al begreep hij dat het niet vaak kon zijn.

Medwin had zijn familie verteld, dat de Australiërs bij wie hij in Amsterdam verbleef, hem hadden uitgenodigd met hen mee naar Sydney te gaan en hij had besloten het te doen. Hij zou Mino in september bezoeken, zodra hij terug was. Ze waren allemaal heel erg blij voor Medwin en wisten dat hiermee één van zijn dromen was uitgekomen.

Een feestje in een pub tijdens de laatste avond in Sydney vrolijkte Medwin enigszins op. Neven hadden hem uitgedaagd, wat van de 'speciale' Ozzie pilsjes te drinken en hij was een gewillig slachtoffer geweest. Het was heel gezellig en hij had het gevoel, dat hij echt een band met ze had opgebouwd. Blije en droevige afscheidswensen volgden. Er werden beloften gemaakt, om snel weer langs te komen. De volgende ochtend een vroege vlucht, dus meteen naar bed, toen ze eindelijk terug waren in het huis van de vriend bij wie ze waren.

"Waren een paar hectische weken hè lieverd?" vroeg Wanda, terwijl ze wachtten, om in het vliegtuig naar Athene te kunnen stappen. Het afwezige jaknikken vertelde haar, dat Medwin's gedachten niet bij haar waren.

"Zal fijn zijn, om even helemaal niets te doen, als we op Mikonos aankomen," vervolgde ze. "Het is daar nu behoorlijk heet, dus veel zwemmen en op het strand of bij het zwembad relaxen, zal perfect zijn. Zo'n prachtig Grieks eiland. Ook schilderachtige kleine straatjes waar we's avonds kunnen wandelen."

Medwin glimlachte en zei een paar keer ja, probeerde geïnteresseerd te klinken. Wanda zag dat hij er niet warm voor liep, maar ze drong niet aan. Hij had ook zo veel indrukken opgedaan. Ze hadden een rustige vlucht nodig. Gelukkig hadden ze vijf stoelen tot hun beschikking, zodat ze zich konden strekken.

Het was de eerste keer, dat ze daadwerkelijk samen op een strand lagen. Medwin had in Sydney even op een surfboard gestaan maar verder dan dat, waren ze niet gekomen. Hij kon zich niet ontspannen. De atleet moest iets te doen hebben op hun stille strand op Mikonos. Geen watersporten te bekennen. Hij had gezwommen, maar wat dan? Het was pas de eerste dag en hij leek nu al heel onrustig door alles. Voor de allereerste keer hadden Medwin en Wanda een woordenwisseling.

"We hebben maar drie dagen hier. Waarom probeer je je niet te ontspannen mijn schat?" opperde Wanda aan Medwin, die duidelijk zijn draai niet kon vinden.

"Ik denk dat het beter was geweest, als we rechtstreeks naar Amsterdam waren gegaan. Ik moet werk vinden. Ik moet Mino zien. Het voelt stom om hier zo te liggen," snauwde hij terug.

Wanda was geschokt. Hij had nog nooit op die manier gesproken. Hij was net zo enthousiast geweest als zij over deze tussenstop tijdens de terugreis. Ze herinnerde hem eraan, dat het te laat was, om er iets aan te veranderen, dus dat ze er beter van konden genieten. Hij leek vastbesloten dat niet te doen. De humeurige en kortaangebonden Medwin, die ze maanden terug voor het eerst had gezien, was terug.

Hoe kon Wanda deze keer het tij keren?

• HOOFDSTUK ZEVENTIEN •

"GAAT ECHT HEEL GOED OP SCHOOL mam en ik heb een heleboel websites van verschillende universiteiten in Engeland bekeken. En ook diverse mogelijkheden voor studierichtingen uitgezocht. We kunnen het allemaal doornemen als je terug bent. Open dagen zijn in de laatste week van september, dus we hebben genoeg tijd om ons aan te melden. Zo spannend mam. Heb er zin in. Danny wordt een beetje somber van dit alles, maar dat lag voor de hand. Kan niet wachten om je te zien. Groetjes aan Medwin. Hoop dat jullie een geweldige reis hebben gehad. Hou super veel van je mama. mwa mwa. x x x x x x x x"

Wanda kreeg het voor elkaar op de luchthaven van Athene even snel haar e-mail te lezen. Uitstekend gratis internet in de transitlounge. Ze miste Lou ook. Nog even en ze zouden weer herenigd worden. Een korte vrolijke e-mail terug. Lou hoefde niet te weten, dat de afgelopen paar dagen een hel waren geweest.

Medwin was die ochtend echter weer in een beter humeur. Had online een vlucht naar Oostenrijk geboekt voor de dag na hun terugkeer in Nederland. Terwijl Wanda Lou mailde, stuurde Medwin een e-mail naar zijn zus om haar te laten weten, wanneer hij aan zou komen.

Achterover geleund in zijn stoel, liet Medwin een enorme zucht van opluchting horen. Voor de eerste keer, in wat voor Wanda een eeuwigheid had geleken, keek hij daadwerkelijk weer liefdevol naar haar.

"Sorry voor mijn gedrag van de afgelopen dagen," zei hij en kwam naar voren om Wanda de allerzachtste kus te geven.

Wanda voelde zich smelten. Ze had lopen denken wat een enorme verspilling van tijd en geld hun reisje naar Mikonos was geweest.

De sombere stemming van Medwin maakte, dat ze er serieus aan twijfelde of hun relatie de tand des tijds wel zou kunnen doorstaan. De man, die met haar op dat prachtige Griekse eiland was, was niet de man op wie ze verliefd was geworden. Nadat ze de eerste dag alles had geprobeerd om hem op te beuren, besloot ze dat ze hem het best met rust kon laten. Geen knuffels. Geen seks. Niets. Ze hadden bijna geen woord gewisseld. Hij ging halverwege de ochtend met haar mee zwemmen en ging dan weer terug naar hun kamer. Zij kwam later op de dag terug. Wanda probeerde te luieren op het strand, hopend dat hij bij zou draaien. Op één van de dagen opperde ze, dat ze motorfietsen konden huren om over het eiland te toeren. Zelfs daarin was hij niet geïnteresseerd.

De liefdevolle blik, die nu in zijn ogen terug was, kon niet worden misverstaan. De hunkerende kus en omhelzing. De man van wie Wanda intens veel hield, was terug.

Wanda besloot niet over het negatieve na te denken. Hoewel ze zijn gedrag absoluut niet leuk gevonden had, realiseerde ze zich, dat het werd gevoed, door zijn verdriet om Mino, die hij al zo lang niet had gezien.

Hoe kon ze dingen positief beïnvloeden, zodat ze niet opnieuw op dat vreselijke pad terechtkwamen? Die afstand tussen hen was hartverscheurend geweest.

"Ik heb zitten denken. Misschien zou het beter zijn, als je jouw tijd gelijkmatig verdeeld tussen Oostenrijk en Holland. Ziet ernaar uit, dat de groep uit Wenen, die volgend jaar naar Portugal wil, door gaat. Daar heb je heel wat werk aan en en ik denk, dat er ook wel andere opties voor gezelschappen uit Wenen zijn. Daarvoor moet je echt daar zijn, vind je niet? Waarom zorg je niet, dat je elke maand op een georganiseerde manier opsplitst? Twee weken in Oostenrijk en twee in Holland. Dan weet je, wanneer je waar bent en kun je dingen aan de hand daarvan inplannen. Ook fijn voor Mino om te weten, wanneer jij er bent. Je vindt het niet erg, om naar Wenen te forenzen, dus misschien kun je gewoon bij je ouders blijven. Mino weet dan, dat hij makkelijk bij je langs kan komen. Wat denk je mijn schat?" vroeg Wanda met een stralende glimlach en opgetrokken wenkbrauwen, om te benadrukken wat een goed idee ze het zelf vond.

Ze bespraken het allemaal op de terugweg naar Amsterdam. Medwin werd er steeds enthousiaster over. Hij zou Wanda natuurlijk vreselijk missen. Maar het was beter, dan in zó 'n slecht humeur te zijn, waarmee hij haar wellicht van hem weg zou drijven. Het was het proberen waard. Tegen de tijd dat ze naar Londen zouden verhuizen, het aankomende jaar, zou Medwin beter zicht hebben op hoe en waar hij zijn geld zou verdienen. Mino zou dan ook aan het idee gewend zijn, dat zijn vader zou komen en gaan. Dan konden ze dit alles opnieuw bekijken.

Medwin kon niet ophouden te zeggen, hoeveel hij van haar hield. Met heel waterige ogen zei hij steeds opnieuw, dat het hem speet. Hoe kon hij die slechte dagen ooit goed maken. Hij was zichzelf niet geweest. Hij zou alles doen, wat in zijn macht lag om te zorgen dat die stemmingen hem niet meer zouden bepalen. Haar gelukkig maken, was zijn belangrijkste missie in het leven en dat zou altijd zo blijven.

Tegen de tijd dat ze thuis kwamen, waren alle slechte herinneringen aan Mikonos verdwenen. Wanda was zo opgetogen, om Lou te zien. Medwin was ook blij haar te zien, maar was meer bezig met de volgende dag en met teruggaan naar Mino. Kleine souvenirs werden uitgewisseld en ze kletsten urenlang over de avonturen die ze hadden beleefd.

"Lou. Kijk deze eens." Wanda was al uren online aan het kijken naar de universitaire studies, die Lou overwoog. "Deze lijkt Jay op het lijf geschreven."

BA Sound Art & Design, waarbij de beschrijving en de vereisten vrijwel alles omschreven, waar Jay al sinds zijn negende mee bezig was.

"Wauw. Hoe heb je die gevonden mam?" tjirpte Lou na het lezen van de tekst. "Denk je dat Jay dat zou kunnen?" Heeft hij iets gezegd, over naar de universiteit te willen gaan? Klonk alsof die IT cursus hem heel goed af ging. Hoe gaaf zou het zijn, als we tegelijkertijd naar de uni gaan? Wat vind je van die studies? Welke passen, denk je, het best bij me?"

Zich meteen op Lou's opties richtend, lieten ze het onderwerp van mogelijkheden voor Jay rusten voor later. Wanda wist toch niet precies, hoe Jay zou reageren. Misschien zou ze hem gewoon de link e-mailen. De IT cursus was goed gegaan. Wellicht was hij toe aan een serieuzere studie . De jaren die hij sinds de middelbare school fulltime had gewerkt, hadden hem een andere kijk op leren gegeven.

Jay kon zijn ogen niet geloven. Alles wat deze universitaire studie inhield, had hem al zolang na aan het hart gelegen. Er was een beperkt aantal plaatsen, dus je moest auditie doen om toegelaten te worden. Kandidaten werd een een portfolio gevraagd mee te nemen met muziek, die zij hadden gemaakt. Dat was voor Jay in het geheel geen probleem.

"Ik kan niet geloven, dat er werkelijk een universitaire studie bestaat voor alles, waar ik gek van ben. Hoe heb je die gevonden mam? Denk je echt dat ik het zou kunnen?" Jay was laaiend enthousiast.

Wanda had Jay en Lou altijd verteld, dat ze hen in de voornaamste kosten zou ondersteunen zolang ze een serieuze studie volgden en hard werkten. Ze hadden allebei sinds hun vroege tienerjaren baantjes gehad om een zakcentje te verdienen, dus ze hadden zeker een positieve werkhouding.

Toen Wanda die avond naar bed ging, voelde ze zich enorm trots en tevreden. Het kon allemaal niet beter. Hoeveel geluk kon één vrouw hebben? Ze had een goedbetaalde en uitdagende baan. Twee fantastische kinderen, die enthousiast waren over de mogelijkheden om volgend jaar in Londen te studeren. Een geweldige man, die ze op het punt stond te bellen. Al haar geliefden waren gezond en gelukkig. Wat zou iemand zich nog meer kunnen wensen?

Medwin klonk zo gelukkig aan de telefoon. Het vertellen van al zijn verhalen en het laten zien van de foto's van zijn grote reisavontuur aan zijn familie, was heel goed gegaan. Ze waren weg van de kleine cadeautjes, die hij had meegebracht uit Australië. Met Mino was ook alles goed. Na wat gebabbel raakten Wanda en Medwin aan de praat over die wilde nacht waarin ze de liefde bedreven, de dag voordat hij naar Oostenrijk vertrok.

"Was het echt vier keer in één nacht mijn geweldige man?" vroeg Wanda op een zwoele sexy toon. "Hoe kreeg je dat voor elkaar mijn lief?"

Hug en Fug waren weer actief, zoals ze ook die nacht waren. Deze keer moedigden ze Wanda en Medwin aan letterlijk te herhalen wat maar mogelijk was, ook al waren ze in verschillende landen.

"Ik vertelde je, dat ik wat goed te maken had vanwege mijn slechte dagen, jij bloedmooie vrouw van mij." Medwin had ook zijn langzamere sexy stem gevonden.

"Voel je, hoe ik met je harde tepels speel?" Hij wist, dat zij ze tussen haar eigen smalle vingers zou nemen.

Ze hadden tot dan toe altijd geaarzeld om handsfree te bellen voor het geval, dat mensen hen zouden kunnen horen. Lou sliep die nacht bij Danny. Medwin was ook alleen. Zijn ouders waren naar een dorpsevenement gegaan. Afspreken dat ze allebei hun handen vrij hadden om te spelen, maakte het allemaal nog opwindender.

Ze zetten hun telefoons op de luidspreker en deden net alsof ze bij elkaar en in elkaars armen waren. De stemmen die tegen hen praatten, kwamen van die wellustige kleine Hug en Fug figuurtjes.

De beelden in hun hoofd waren zo ontzettend helder. Ze sloten hun ogen en bewonderden en adoreerden elkaars lichamen, noemden elke glooiing. Precies zoals ze hadden gedaan tijdens het grootste deel van die laatste nacht samen.

"Ik ben in je. Voel je het?" vroeg Medwin. Ze hadden ernaar verlangd weer volledig verbonden te zijn na die slechte dagen zonder elkaar. Wanda was op handen en knieën op het bed gaan zitten en zag hoe Medwin zijn kloppende penis diep in haar stootte, terwijl hij achter haar bij het bed stond. Wie waren die mensen in de spiegel? Het was alsof ze een pornofilm bekeken. De weerspiegelingen van hun hartstocht zien, maakte het allemaal zo veel opwindender.

Er nu weer aan terugdenkend, zag Wanda de spiegelbeelden heel levendig voor zich. Ze vertelde Medwin hoe dat stel in de spiegel eruit zag, terwijl ze haar eigen vingers bij zichzelf naar binnen liet glijden. Hij zag dezelfde beelden ook duidelijk voor zich.

Allebei masturberend, kwamen ze bijna net zo snel als tijdens die nacht. Ronde één was voltooid maar er volgden er nog drie.

De man in de spiegel kromde zijn rug, voordat hij voorover viel, om op de vrouw te rusten. Ze snakten naar adem en hun hoofden suisden. Terwijl ze op hun zij vielen, hield de spiegel het beeld vast van haar welgevormde lijf. Al snel kuste hij haar rugzijde, van top tot teen. Zelf niet meer zichtbaar voor de spiegel, totdat zijn hoofd langzaam verscheen in de ruimte die hij tussen haar benen maakte.

Haar poes was er nog maar net van bijgekomen. Zacht kuste hij haar billen en benen. Omlaag om haar tenen te zuigen, terwijl hij haar hele lichaam omhelsde. Zijn hand omgaf haar borst. Ze pakte die en begon zijn middelvinger te zuigen. Ze lagen elkaar minstens een half uur zachtjes te zuigen.

"Je ligt nu op je rug mijn lief en ik ben je ballen aan het likken," riep de sexy telefoonstem zacht naar Medwin. "Ik wil, dat je nu gaat slapen. We kunnen een andere keer verder gaan met het vervolg van die avond. De spiegelpornosterren zullen op ons wachten."

Ze wensten elkaar een goede nachtrust, terwijl ze liefdevolle woorden uitwisselden tot besluit, delend in de vredige rust, die over je komt na bevrediging van je lusten.

"We komen donderdagavond rond 7 uur aan," zei een enthousiaste Wanda tegen Jay, toen ze de laatste dingen doorspraken voor Lou's universiteitsbezoeken en Jay's auditie. Jay kon nog steeds niet geloven, dat hij het was, die deze kans had, nadat het hem zoveel pijn en moeite had gekost de middelbare school af te maken.

Wanda vertelde Jay en Lou over de e-mail van Pete en Mary, die ze die dag had ontvangen. Ze waren op weg naar Vancouver en waren dolgelukkig. Ze maakten zo'n gave reis. Een heerlijk stel. Ze verdienden echt al het geluk van de wereld. Terwijl Wanda Jay en Lou over de e-mail vertelde, herinnerde ze zich een nachtmerrie, die ze recent over het gelukkige koppel had gehad. De details waren wazig, maar ze herinnerde zich nu weer het slechte gevoel, dat het haar had gegeven.

Die vervelende gedachten hield ze voor zich. Niet nodig om de pret van het aanstaande reisje naar Londen te bederven. Lou wilde in eerste instantie naar één of twee universiteiten in de Midlands, maar ze was nu uitgekomen op drie andere in het gebied rond Londen en Surrey. Stukken gemakkelijker. Ze kenden daar veel mensen in de buurt, bij wie ze konden logeren.

Die groene Italiaanse wagen stond klaar, om er weer op uit te trekken. PJ was weer eens naar Denise voor een logeerpartijtje. Ze konden de auto bijna op de automatische piloot naar de kanaalferry rijden. Ook al hadden besloten, om dit keer Duinkerken te proberen in plaats van Calais. Gewoon voor de lol. Een iets langere overtocht maar een kortere afstand om te rijden.

Jay's auditie verliep ontzettend soepel. Het panel was onder de indruk van zijn muziekportfolio en van wat hij tot dan toe met muziek had bereikt. Er namen twee keer zoveel mensen deel aan de audities dan dat er plaats was, maar Jay voelde zich er aardig zeker van, dat hij een plekje zou bemachtigen.

Lou's auditie voor een acteeropleiding op een elite theaterschool was geen succes. Zowel Lou als Wanda waren opgelucht. De opleiding was zo onwaarschijlijk veeleisend. Haar voorkeur ging nu uit naar de universiteit in Kingston, waar ze de studie Digital Media and Performance zou willen doen. Uitstekende faciliteiten en de mensen leken aardig. Nu moest ze er enkel voor zorgen, dat ze hoog genoeg zou scoren voor haar Internationale Baccalaureaat. Hopelijk zat ze daarvoor op de goede weg.

Tijdens het ontbijt op de ochtend, dat ze uit Londen zouden vertrekken, ontving Wanda een hysterisch telefoontje van haar nicht

Kitty uit Melbourne. Eerst hoorde Wanda alleen gehuil. Kitty was de zus van Pete. Uiteindelijk was ze bij machte te praten.

Pete en Mary hadden een auto-ongeluk gehad in Canada. Mary was op slag overleden. Pete lag nog in het ziekenhuis in Edmonton, bewusteloos. Hij wist het nog niet van Mary. Er moest iemand naartoe.

Kitty's primaire reactie was om het eerste vliegtuig uit Melbourne te pakken, maar ze wist dat het heel lang zou duren, voordat ze er zou zijn. Haar man en twee dochters dachten daarbij ook, dat ze niet sterk genoeg was, om hiermee om te kunnen gaan. Ze dacht meteen aan tante Wanda.

"Ik ben al onderweg," antwoordde een diep geschokte Wanda meteen. "Mijn tas staat hier naast me, al ingepakt voor de rit terug naar Nederland. Lou zal het vliegtuig terug nemen en de auto hier laten, of bezien of Jay haar ermee terug wil rijden. Hij was toch al van plan, om een paar weken over te komen. Medwin is een weekend in de Ardennen aan het plannen, om met z'n allen te mountainbiken." Vervolgens bedacht Wanda hoe achterlijk het was om daarover te beginnen. Het drama was nog niet volledig tot haar door gedrongen.

Wanda greep haar tas en vroeg Lou Air Canada te bellen en haar op de eerste vlucht te boeken. Zij zou in een taxi naar Heathrow springen en Lou kon alle vluchtgegevens voor haar verzameld hebben, tegen de tijd dat ze bij de luchthaven arriveerde. Creditcardgegevens werden voor Lou opgeschreven. Ze omhelsden elkaar met tranen in hun ogen, maar gingen onmiddellijk daadkrachtig aan het werk om alles te regelen. Lou was in een crisis precies als Wanda. Zorgen dat dingen geregeld worden en snel.

"Ze proberen de vlucht voor je tegen te houden mam. Ik heb ze verteld, wat er is gebeurd. Je hoeft ze alleen je creditcard te geven bij de incheckbalie van de luchtvaartmaatschappij. Kitty belde weer.

Politie van Edmonton komt je vlucht opwachten en brengt je naar het ziekenhuis. Als ik niet meer van je hoor, ga ik ervan uit dat je deze vlucht hebt gehaald en laat ik het hen weten. Houd zo veel van je mam." Lou hing na het gesprek op en voor het eerst sinds ze het nieuws had gehoord, barstte ze in onbeheerst snikken uit.

"Wat bedoel je, de gate is gesloten? Ik dacht het niet. Haal alsjeblieft je leidinggevende. Dit is een noodgeval." Wanda probeerde kalm te blijven en gelukkig kwam de superieur exact op dat moment aangelopen.

"We verwachtten u al mevrouw. Uw dochter heeft ons van alles op de hoogte gebracht. Laat me snel uw creditcard scannen. In orde. Kom maar mee. Alleen handbagage toch?"

De leidinggevende nam Wanda persoonlijk mee via alle snelle toegangspunten, controles en naar de gate. Een stewardess stond op haar te wachten. Het vliegtuig vol met geïnformeerde passagiers evenzo. Gelukkig hadden ze hun vertrektijd niet gemist, dus dat was in orde.

Ze hadden Wanda twee stoelen gegeven. Ze zat bij het raam en huilde gedurende haar weg reis Calgary. Het cabine personeel probeerde haar aan het eten en drinken te krijgen, maar ze kon enkel zeggen, " Water is voldoende. Dank je."

Na de landing werd haar naam omgeroepen, om zo als eerste het toestel te kunnen verlaten. Een innemende politieman wachtte haar op bij de deur van het vliegtuig, om Wanda snel naar haar verbindende vlucht naar Edmonton te brengen.

"Zo'n vreselijk ongeluk mevrouw. Onze oprechte deelneming." De man was bijzonder vriendelijk, maar Wanda ontbrak het aan iedere informatie over het auto-ongeluk en stelde zijn goedbedoelde opmerkingen absoluut niet op prijs. Ze volgde hem, zonder een woord te zeggen. Ze wilde vragen of Pete nog in leven was, maar kon zichzelf niet eens toestaan, na te denken over de mogelijkheid, dat ook hij overleden was. Hoe het ook zij, ze zou misschien spoedig hieruit ontwaken en zich realiseren dat het enkel weer die vreselijke nachtmerrie was.

"Een agent van de brigade van Edmonton zal u bij aankomst daar opvangen en u naar het ziekenhuis brengen," besloot hij, toen ze de betreffende gate hadden bereikt.

"Bedankt. Heel vriendelijk van u," kon Wanda alleen maar uitbrengen.

Opnieuw werd ze naar de voorste exit van het vliegtuig geroepen bij de landing. Ditmaal zag de politieagent eruit, alsof hij gehuild had. Nu besefte Wanda, dat dit in werkelijkheid gebeurde. Deze grote, stoere politieman was nauwelijks in staat te spreken.

Ze vreesde het ergste, 'Mary is dood. Nu gaan ze me vertellen dat Pete ook dood is.'

Ze stond voor de politieagent en was niet in staat zich te bewegen. Ze was als verlamd. Onbedwingbaar huilen en trillen nam het over. De jonge politieman nam haar in zijn armen en hield haar vast.

Alles wat hij kon zeggen was, "We denken dat Pete er goed uitkomt."

Wanda slaakte een luide snik met een vreemd gevoel van opluchting.

'Sterk en vastberaden gaat ze voort' ze dwong zichzelf er snel de aandacht weer bij te houden. 'Houd het hoofd koel. Luister goed. Er zal een hoop te regelen zijn. Iedereen verwacht van mij dat ik het voortouw neem. Moet sterk zijn voor Pete.'

Haar hoofd spinde en ze arriveerden al spoedig bij het ziekenhuis.

"Pete is bijgekomen mevrouw," zei een agent, die hen opwachtte, bijna in slow motion. "Hij stond er op om te weten, wat er met Mary is gebeurd. We hebben het hem een uur geleden verteld en zeiden toen ook, dat u onderweg was. Hij is een taaie. Hij zei alleen maar. Ik dacht al dat ze dood was. Vervolgens pauzeerde hij lang voordat hij zei. Je zult mijn tante Wanda aardig vinden. Hij kan het nog niet op zich toelaten. Fijn dat hij u nu bij zich heeft. Eén van ons is bij hem gebleven, sinds de ambulance hem binnen bracht. Onze echtgenoten hebben dezelfde leeftijd als Mary. Denk er niet graag aan, hoe wij zouden reageren, als ons dit overkwam. Als u iets nodig heeft mevrouw. Wat dan ook. Wij staan voor u klaar."

Wanda vroeg hem, om haar alles te vertellen, wat hij over het ongeluk wist.

"Pete bestuurde een huurauto vanuit Vancouver. Mary zat in de bijrijdersstoel voorin. Ze reden op normale snelheid, zoals echte toeristen doen, door de Rockies. Een camperbus van de tegenovergestelde richting, waarvan de remmen weigerden, schoot door op de weghelft van het tegemoetkomend verkeer. Raakte de auto vóór die van Pete en Mary, vervolgens die van hen en de auto achter hen. Daarna reed hij het ravijn in. Mary was op slag dood. Er kwamen diverse ambulances en een helikopter te hulp. Mary's lichaam is in Calgary. Alle anderen zijn in verschillende ziekenhuizen ondergebracht en Pete kwam hier terecht. We wisten niet zeker of hij het zou halen, maar nu is hij bij bewustzijn."

"Dank je. Jullie hebben het fantastisch gedaan. Ik denk dat ik nu klaar ben, om Pete te zien, als dat oké is." Wanda wist niet zeker, of ze zich sterk kon houden, maar ze zou haar uiterste best doen.

Pete zat rechtop in het bed, toen Wanda de kamer binnen kwam. Ze glimlachten naar elkaar, maar met vreemde uitdrukkingsloze gezichten. De bevende stijve omhelzing zei genoeg.

"Ik had langer bij die laatste tussenstop moeten blijven. Mary hield van het meer daar, maar ik kon niet wachten, om verder te gaan.

Waarom ben ik niet langer gebleven? Ik wist dat ze dood was. Ze heeft er niks van gemerkt. Maakte foto's door het zijraam. Het ging zo snel. Ik kwam bij op de weg en het lukte me, om naar haar kant van het wrak te kruipen. Het meeste van de motor lag in stukken verspreid op de weg. Ze zag er zo vredig uit. Ik wist dat ze dood was. Toen verloor ik het bewustzijn. Ik herinner me niet, dat er bloed op haar zat. Het leek gewoon alsof ze sliep. Het ging allemaal zo snel. Ik weet het niet." Nu begon Pete te raaskallen en zijn gezicht trilde van de spanning tijdens het praten.

"Genoeg. Ik wil je iets vertellen," zei Wanda kalm en met een innerlijk gevoel van diep spiritueel contact. "Mary was bij me tijdens de vlucht hier naartoe.

Het was niet jouw schuld. Mary wil, dat ik je vertel, dat ze beseft, dat haar tijd gewoon gekomen was. Ze vertelde me, dat jij er bovenop zou komen. Ik maakte me een beetje zorgen, toen die politieman me tegemoet kwam. Het leek erop, dat hij meer slecht nieuws had en dat hij dat niet vertelde. Je kwam bij, op het moment dat ik landde, zo blijkt. Mary vertelde me, dat het zo zou gebeuren. Ze vraagt ons super sterk te zijn. Haar ouders zijn ontroostbaar. Ik voel haar aanwezigheid de hele tijd. Zo'n sterke bijzondere energie. Ik denk, dat ze ons wil helpen, voordat ze los kan laten. Ze houdt zielsveel van je en was de afgelopen jaren meer dan gelukkig met jou."

Pete liet zijn tranen de vrije loop. Wanda hield zijn hand vast, terwijl hij zichzelf in slaap huilde. Het duurde niet lang, voordat ook zij in een diepe slaap viel, met haar hoofd rustend op de zijkant van zijn bed.

"Mevrouw. Het ziekenhuis heeft een kamer voor u verderop in de gang. Misschien goed, als u beiden een nacht ongestoord slaapt, als dat lukt." De politieman was terug en weer betrokken bij de zaak. "Ik zal bij Pete blijven en kom u halen als dat nodig is. Oké?"

Wanda knikte en volgde de verpleegster naar haar kamer.

Twee dagen later kon Pete uit het ziekenhuis worden ontslagen. Hij had alleen oppervlakkige uitwendige wonden. Leek erop, dat bijna iedereen die bij het ongeluk was betrokken er niet zo slecht aan toe was. Uitsluitend Mary was overleden.

De twee jonge politiemannen die elkaar afwisselden, om bij Pete's bed de wacht te houden, stonden erop Pete en Wanda buiten diensttijd naar Calgary te rijden. Ze zouden langs de sloop rijden, waar de auto heen gebracht was, om de persoonlijke eigendommen op te halen, die nog in de auto lagen.

Pete bleef zeggen, dat hij het wrak wilde zien. Hij wilde weten, hoe Mary was gestorven. Vanwege zijn werk als monteur en buschauffeur zag hij geen brokstuk over het hoofd. Hij kon de onderdelen van de auto, die hij in die korte momenten van bewustzijn verspreid over de weg had zien liggen, bij name noemen. Hij had geen bloed gezien. Waaraan was ze overleden? In Calgary was een autopsie verricht en ze zouden snel meer weten. Wanda overtuigde hem ervan, om niet naar het wrak te gaan kijken. Uiteindelijk gaf hij zich gewonnen. De politieagenten waren snel terug. Pete bevestigde dat ze alles hadden opgehaald. Hij kon de auto in de verte zien staan. Dat was genoeg.

De politie van Calgary had een hotel voor ze geregeld. Wanda stond erop de mannen uit Edmonton op eten te trakteren, voordat ze naar huis gingen. Ze wisselden verhalen uit over families en avonturen. Pete zou contact met ze houden en voor altijd bij ze in het krijt staan. Zijn spraak was traag en gebroken, maar hij dwong zichzelf de energie te vinden, om met deze geweldige mannen te praten.

Wanda moest nu rap in actie komen. Iedereen snakte naar informatie. Kitty had de reisverzekering onmiddellijk op de hoogte gesteld en die hadden nu regelmatig contact met Wanda. Echter niet bijzonder hulpvaardig. Wanda dacht onwillekeurig, dat het hun enige doel leek te zijn, om ervoor te zorgen, dat ze voor zo weinig mogelijk kosten aansprakelijk zouden zijn.

Ze nam contact op met de Australische ambassade, voor het verkrijgen van toestemming, om het lichaam naar Melbourne te mogen vliegen. Wanda had hen heel duidelijk gemaakt, dat Pete geen stap in een vliegtuig zou zetten, tenzij hij absoluut zeker an was, dat Mary's lichaam met diezelfde vlucht mee ging. Het was cruciaal.

Hij moest er hoe dan ook voor zorgen, dat haar dode lichaam veilig thuis kwam. Haar ouders waren verslagen. Hun Egyptische afkomst bracht rituelen met zich mee, waaraan ze aan gehouden waren. Het duurde enkele dagen voordat Pete en Wanda het lichaam konden zien. Dat gaf Wanda wat tijd om Pete voor te bereiden. Tegen die tijd had hij geaccepteerd, dat Mary via Wanda tegen hem zou spreken. Het hielp hem enorm om te begrijpen, dat ze nog steeds op een zekere manier aanwezig was.

"Mary wil dat je weet, dat zij dit niet meer is," vertelde een gespannen Wanda aan Pete, terwijl ze buiten de rouwkamer in het uitvaartcentrum van Calgary zaten te wachten. "Ze is in jouw hart en aanwezig in de overvloedige gelukkige herinneringen. Die prachtige foto's waar we gisteravond naar keken. Dat is Mary.

Wat een geluk dat jullie camera nog intact was, zodat we die foto's eraf konden halen. Geen twijfel over hoe gelukkig jullie waren. Het levenloze omhulsel, dat je zult zien, is niet langer de Mary van wie we houden." Wanda voelde zich slap, maar wist dat ze sterk moest blijven voor Pete.

"We respecteren dit lichaam, omdat het Mary's onvoorstelbare ziel deze 27 jaar heeft gedragen. Ze hebben haar de schone kleren aangetrokken, die wij ze gegeven hebben en hebben geprobeerd haar eruit te laten zien, zoals op de foto die jij hebt uitgezocht. Dat wilde ik je vertellen. Ga jij eerst maar alleen naar binnen en blijf zolang je wilt. Ik sta bij de deur en er komt niemand anders binnen. Doe wat je wilt. Kijk naar het lichaam. Ga ernaast liggen. Huil. Schreeuw. Wat dan ook. Mary blijft buiten bij mij. Ze wil weer dat je beseft, hoeveel ze van je houdt. Oké?" bemoedigde Wanda een bevende Pete, terwijl ze haar eigen tranen tegenhield.

Hij kwam na vijf minuten weer buiten.

"Je hebt gelijk. Dat is zij niet. Ga met me mee naar binnen."

Wanda's zenuwen maakten dat ze zich wat minder eerbiedig gedroeg, dan ze wilde. "Het is ze niet echt gelukt, om haar een glimlach te geven hè? Misschien kunnen we ze overtuigen er nog even iets aan te doen. Haar ouders zullen zich afvragen, wie dit is. Zo'n prachtige glimlach. Ja. Mary is het met me eens."

Het duurde een week, voordat alles was geregeld en hen toestemming werd verleend. Hoe zeer Pete en Wanda ook hadden geprobeerd alles positief te benaderen, wist Wanda, dat hij de reis naar Melbourne met Mary's lichaam niet alleen kon maken. Eindelijk kon ze de mensen van de reisverzekering ervan overtuigen, dat zij hem vergezellen moest. Dat was niet eenvoudig. Uiteindelijk had ze de leidinggevende van het bedrijf in de discussie betrokken. Hij was heel erg met hen begaan en had vanaf dat moment de weg gebaand.

Het eerste deel was de reis van Calgary naar Los Angeles. Wanda had toestemming verkregen, om het lichaam aan boord te laten brengen, voordat zij hun instapkaarten kregen.

In Los Angeles moesten ze een flink aantal uren wachten op hun aansluitende vlucht naar Melbourne via Auckland. Wanda besloot dat wat frisse lucht hen goed zou doen. Ze nam Pete mee naar Santa Monica voor de lunch. Ze liepen naar Venice Beach en spraken over wat ze konden verwachten als ze eenmaal in Melbourne waren geland.

Pete had Mary's ouders nog steeds niet gesproken. Hij kon niet ophouden met zichzelf de schuld te geven voor het verlies van hun dochter. Wanda had niet aangedrongen. Hij moest op zijn eigen wijze met zichzelf in het reine komen.

Wanda hield iedereen middels gedetailleerde e-mails op de hoogte, als een super efficiënte klok die vastbesloten was alles accuraat weer te geven. Ze wachtte tot Pete in slaap gevallen was, bang om hem alleen te laten.

Pete op de been houden was de zwaarste taak. Zijn hart was gebroken. Zo plotseling was zijn hele leven aan diggelen geslagen. Hij zag geen toekomst meer.

Wanda hield niet op hem te vertellen, dat Mary wist, dat het niet zijn schuld was. Hij had niet te hard gereden en was een geweldige chauffeur. Er was niets, dat hij had kunnen doen. Het was haar tijd geweest en ze was blij met het leven, dat ze met hem had gehad. Sommige mensen leefden tot een rijpe hoge leeftijd en hadden dan nog steeds niets ervaren, dat ook maar in de buurt kwam van het geluk, dat zij met hem had gekend.

Bij terugkomst op de luchthaven van LA om in te checken voor hun vlucht, was Wanda erop gespitst, zich ervan te verzekeren, dat het lichaam aan boord van het vliegtuig was gebracht.

"Met het lichaam is alles in orde mevrouw, maar we hebben een probleem met uw toegang tot Australië," antwoordde de medewerker achter de incheckbalie.

Toen Wanda Nederland verliet, had ze er geen idee van gehad, dat ze naar Australië zou reizen. Het enige dat ze bij zich had, was haar Britse paspoort. Daarin stond natuurlijk geen visum voor Australië. Ze reisde normaal gesproken met haar Australische paspoort, als ze daarheen ging. Ze was Australische van geboorte. Dat moesten ze toch wel kunnen zien in het systeem. Dit was een uitzonderlijke omstandigheid. Een reis die ze niet van tevoren had gepland.

Uiteindelijk spraken ze af, dat ze Lou zouden bellen voor de gegevens van Wanda's Australische paspoort. Vervolgens zouden ze de Australische autoriteit bellen om toestemming te vragen of Wanda mocht inchecken. Gelukkig was Lou terug in Nederland. Jay had besloten, dat hij die groene Italiaanse wagen met Lou naar huis zou rijden.

Al deze bureaucratie was de druppel, die de emmer deed overlopen. Wanda kon zich niet langer sterk houden en stortte in. De uitgestelde emotionele reactie op deze nachtmerrie kwam aan als een enorme dreun. Ze kon geen woord meer uitbrengen. Tranen stroomden over haar wangen en ze begon te beven. De hele tijd was ze sterk geweest en had ze iedereen staande gehouden. Nu was het haar beurt.

En toen deed Pete wat er gedaan moet worden en nam de leiding.

Uiteindelijke details werden met Lou en de staf van de luchtvaartmaatschappij geregeld. Ze waren uiteindelijk op weg. De vliegmaatschappij had hun tickets opgewaardeerd naar business class en de staf was allervriendelijkst.

Ieder van hen was geschokt, dat de vrouw van deze jongeman met hem meereisde in een doodskist in het laadruim.

Totale uitgeput, sliepen Pete en Wanda de hele vlucht naar Auckland. Bij vertrek uit Auckland naar Melbourne, zei de luchtvaartmaatschappij in eerste instantie, dat het lichaam niet aan boord gebracht was en met de volgende vlucht mee zou gaan. Wanda stond erop, dat zij dan ook die volgende vlucht moesten hebben. Als door een wonder kreeg men het toen plots wel voor elkaar, om het lichaam aan boord te brengen en kon de geplande aankomst in Melbourne worden gehandhaafd.

Mary's vader kwam alleen naar de luchthaven. Wanda had verzocht, dat er niemand anders zou zijn dan hij. Ze had dit keer op keer met Pete doorgesproken. Het zou loodzwaar worden, maar ze verzekerde hem ervan, dat hij het aan zou kunnen.

Pete was heel hecht met Mary's vader. Hij was als de zoon voor hen, die ze nooit hadden gehad. Wel drie prachtige dochters. Nu was één daarvan overleden. Aan hun verdriet zou nooit een einde komen, maar ze wilden, dat Pete wist, dat hem geen enkele blaam trof.

Het werd geregeld, dat de kist vervoerd zou worden, maar ze moesten wachten tot later op die dag om het lichaam te zien. Pete kwam vroeg in de avond met Mary's familie terug. Wanda herinnerde hem eraan, dat dit niet Mary was. Hij zou diezelfde gedachte op haar familie proberen over te brengen, als hij boven hun verdriet uit gehoord kon worden.

Voor de volgende dag was een picknick georganiseerd in één van Mary's lievelings parken. Wanda had haar vlucht naar Nederland geboekt voor de dag erna.

Ze zou niet tot de begrafenis blijven, maar in plaats daarvan samenzijn met hen die Mary het meest nabij waren, op een plek waar zij graag kwam.

Het was een bijzonder zonnige en warme dag. Iedereen was vastbesloten dit tot een bijeenkomst te maken, die vol was van alle gelukkige herinneringen, die iedereen aan Mary had.

Het was immers de dag, dat ze haar 28e verjaardag gevierd zou hebben.

• HOOFDSTUK ACHTTIEN •

ER WAS BIJNA EEN MAAND VERSTREKEN, sinds Wanda vanuit Melbourne naar Nederland was teruggekeerd. Geregelde telefoongesprekken met Pete hielpen hem, om zijn verstand niet te verliezen. De begrafenis was een marteling geweest. Zo veel van de Egyptische familie in tranen en ontroostbaar. Pete wenste, dat hij hetzelfde had kunnen doen als Wanda. De picknick om Mary's geboorte en leven te eren was zo mooi geweest. Had hij er ook maar voor kunnen kiezen, om de begrafenis niet bij te wonen.

Wanda had haar werkverplichtingen en haar eigen leven in Nederland om naar terug te keren. Volkomen aanvaardbare redenen om direct na de picknick te vertrekken. Pete voelde niets dan leegte. En geen uitvluchten voor hem om niet te hoeven gaan.

"Oké Pete. Ik heb alle gegevens weer naar de reisverzekering gemaild. Hopelijk is de kous daarmee af. Hoe veel meer pijnlijker moeten ze het maken? Het klinkt in ieder geval zo, dat jouw adviseur er bovenop zit, dus dat is goed. We moeten ervoor zorgen, dat je krijgt waar je maximaal recht op hebt. Deze instanties komen er veel te gemakkelijk vanaf. Mary zou hebben gewild, dat we tot het gaatje gaan, dus laten we dat doen."

Wanda wist, dat al dit geregel Pete zou helpen. Hij moest bezig blijven.

Hij vertelde Wanda aan de telefoon, dat hij over een week weer aan het werk ging. Ze hadden besloten, dat hij zou beginnen met een paar dagen per week en dat zou uitbreiden naarmate hij zich beter voelde. Pete kreeg heel veel steun. Hij wist dat hij Wanda altijd kon bellen en ze mailden elke dag. Ze moedigde hem aan zijn gevoelens op te schrijven, als onderdeel van zijn verwerkingsproces.

De General was meer dan begripvol over het feit dat Wanda plotseling meer tijd vrij genomen had van haar werk. Er werden eindeloos veel berichten van oprechte deelneming gestuurd en collega's probeerden in haar afwezigheid het werk voor Wanda niet te laten opstapelen. Tragische voorvallen als deze brachten altijd het beste in mensen naar boven.

Hoe het ook zij, nu Wanda weer volledig aan het werk was en niet meer zo vaak in tranen naar het toilet hoefde te rennen, vond ze het tijd om het gesprek aan te gaan, over het voortzetten van haar werk vanuit het Verenigd Koninkrijk volgend jaar. Patty bleef het onderwerp steeds vermijden. Eindelijk hadden ze voor de komende week een afspraak staan.

"Neem de trein vanaf vliegveld mam. Zie je thuis," berichtte Jay in een sms aan zijn moeder, pal voordat hij op zijn vlucht vanuit Londen stapte. "Ben er rond 7 uur. Hou van je. x"

Jay had een dag vrij genomen van zijn tijdelijke baan en vloog op donderdag na het werk naar Nederland. Die vrijdag overdag had hij met vrienden in Amsterdam afgesproken. Medwin had een fantastisch weekend in de Ardennen voor ze gepland. Hij wilde Wanda en Lou graag leren mountainbiken en uitleggen, hoe ze de versnellingen dienden te hanteren. Ze waren er zelf niet zo zeker van, maar beloofden het in ieder geval te zullen proberen. Ze hielden van fietsen op vlak terrein. Al het andere was twijfelachtig. Danny ging ook mee. Medwin had die groene Italiaanse wagen nagelopen en volgetankt. Wanda kwam vrijdag vroeg naar huis om dan in drie uur naar de dichtstbijzijnde hellingen te rijden, die ze konden vinden. De prachtige Belgische Ardennen.

"Gaaf hotel Medwin," riepen Jay en Danny bijna tegelijk. Het overdekte zwembad en de speelautomatenhal hadden ze direct in de gaten. Ze arriveerden laat, dus was het gesloten, maar ze hadden direct het plan opgevat, om plan vroeg op te staan en nog voor het ontbijt een duik te nemen.

Medwin was gedurende alle dramatische gebeurtenissen Wanda's steun en toeverlaat geweest. Hij was ontzettend zorgzaam. Knuffels waren nog inniger en vaker. De liefde bedrijven begon en eindigde vaak in tranen. Hij wist, dat het even zou kunnen duren, voordat Wanda weer volledig zichzelf zou zijn. Het verlies van Mary en Pete bijstaan. Wanda kwam uitgeput thuis, maar in ware Wanda stijl was ze er klaar voor, om alles als vanouds aan te pakken en aan de buitenkant leek ze op volle kracht vooruit te stomen. Medwin wist wel beter en hoopte dat het weekend dat hij had geregeld, zou helpen, om haar weer aan het lachen te krijgen.

In het arrangement van het geweldige hotel in de Ardennen waren voor iedereen fietsen van topkwaliteit inbegrepen. Zelfs helmen. Niet iets wat ze gewend waren te dragen, maar het was de voorwaarde van de fietsverzekering van het hotel.

Na de ochtendduik en een stevig ontbijt waren ze er klaar voor, om de heuvel te bedwingen. De jongens vertrokken meteen.

Wanda en Lou mochten niet weg, voordat ze hadden laten zien, dat ze met de versnellingen overweg konden. En dat was makkelijk genoeg op het vlakke terrein rondom het hotel. Medwin was behoorlijk onder de indruk.

Ze spraken af, om de jongens op de top van de tweede heuvel te treffen. Iedereen dacht, dat Wanda en Lou het kunstje tegen die tijd wel onder knie zouden hebben. De eerste heuvel zou daar wel voor zorgen. Mooi niet. Ze bleven het proberen. Ze trapten hun benen uit hun lijf, maar geen centimeter vooruit. Medwin was een geduldig leraar, maar het wilde gewoon niet.

"Ik zie het nut hiervan echt niet in ," zei Wanda uiteindelijk. "Mijn benen malen rond en rond, maar ik kan net zo goed gaan lopen. Zou me een stuk sneller die heuvel op brengen."

Ondertussen kwam Lou niet meer bij van het lachen. Ze had precies hetzelfde gedacht als haar moeder. Wat was in hemelsnaam het nut hiervan? Ze had haar gedachten alleen niet aan Medwin willen laten blijken. Hij was zo lief en had zoveel moeite voor ze gedaan. Haar moeder lachte nu ook.

"Kom op mam. We kunnen het. Als we zingen en op hetzelfde moment onze benen opjutten, zijn we binnen de kortste keren met deze fietsen boven op de heuvel."

Medwin keek zo opgelucht, toen Lou het initiatief nam. Het maakte hem ook heel blij hen te horen zingen en lachen.

"Jij kunt wel doorfietsen en jezelf samen met de jongens vermaken Medwin," zei Lou. "We zien jullie straks wel bij dat café net over de tweede heuvel. Dat ene, waar die hoteljongen het over had. Ondertussen kunnen jullie kerels het echt ruige terrein beproeven. Mam is veel gelukkiger, als ze weet, dat je plezier hebt."

Wanda beaamde dat en uiteindelijk gaf Medwin zich gewonnen. Ze kusten en knuffelden.

"Veel plezier mijn lieve man," riep Wanda, toen hij weg fietste.

Lachen! Wanda en Lou trokken het niet meer. Hadden ze eindelijk het gevoel, dat ze die stomme heuvel aan konden, dan zeiden ze weer iets grappigs, waardoor ze opnieuw in lachen uitbarstten. Behoorlijk hilarisch.

Het drama van Pete en Mary had ook effect op Lou. Ze huilde zichzelf's nachts in slaap. Maakte zich zorgen om mam. Het hysterische gelach was voor hen beiden een geweldige uitlaatklep.

Uiteindelijk liepen ze het grootste gedeelte van de route nog steeds uitbundig lachend, toen ze bij het café aankwamen. Gelukkig waren ze er nog vóórdat de jongens arriveerden.

"Die heuvels zijn echt heftig hè," zei Lou, toen de jongens plaatsnamen. Vervolgens lachten zij en Wanda tot ze in tranen waren. De jongens keken elkaar enkel vol verbazing aan.

Vrouwen!

Ze moesten die zondag redelijk vroeg terug zijn voor Jay's vlucht naar Londen van die avond. Wanda en Lou luierden bij het zwembad en lieten de jongens gaan voor een serieuze fietstocht. Lunch in een dorp vlakbij en daarna naar huis. Iedereen had een zeer geslaagd weekend. De zonnige middag leverde het perfecte licht om van het spectaculaire uitzicht te genieten.

Medwin legde zich er uiteindelijk bij neer, dat Wanda en Lou niet in de wieg waren gelegd voor het kunnen bedienen van fietsversnellingen.

"Ik ben toegelaten!" riep Jay door de telefoon. Thuiskomend in Londen trof hij de antwoordbrief van de universiteit. "Kan het niet geloven mam. De brief zegt, dat ik de meest opmerkelijke kandidaat was en dat ze hoge verwachtingen hebben van mijn succes. Wauw. Hoe gaaf is dat!"

Fantastisch nieuws! Iedereen was zo blij voor Jay. Wanda wist, dat zijn kans was gekomen en dat dit Jay op een heel ander levenspad zou brengen. Zo geweldig!

Lou had bij drie universiteiten een plaats aangeboden gekregen, dus haar mogelijkheden lagen nog open. Het zou uiteindelijk afhangen van het aantal IB punten, dat ze zou behalen.

Medwin had een akkoord met twee sportgezelschappen uit Amsterdam en zag nu potentiële kansen voor zijn onderneming in Nederland. Hij besloot één week in Oostenrijk te zijn en de rest van zijn tijd in Nederland door te brengen.

Kerst kwam eraan en er stonden vele feestjes en afspraken op de kalender. Medwin wilde niets van het plezier missen en Wanda wilde haar zeer knappe en lange Oostenrijker tijdens alle gelegenheden maar wat graag aan haar arm hebben.

"We moeten echt afwachten, wat de gevolgen zullen zijn van de grote wereldomspannende veranderingen voor onze organisatie Wanda. Ik kan geen ja of nee zeggen op jouw vraag, of je vanuit het Verenigd Koninkrijk kunt werken, totdat we daar in februari vermoedelijk een beter beeld van hebben," zei Patty tot besluit tegen Wanda.

Op het werk had ze het drukker dan ooit, dus Wanda had zich voorgenomen, om haar plannen gewoon door te zetten en niet meer te wachten op toestemming om te verhuizen. Als ze stom genoeg waren, om haar niet in haar functie te proberen te behouden, dan moest dat maar zo zijn. Ze wist dat ze geen moeite zou hebben, om goed emplooi te kunnen vinden in Engeland. Zeker nu het erop leek, dat Lou's eerste keus op Kingston was gevallen.

Een prachtige plek om te wonen aan de rivier de Theems. Wellicht kon Wanda een functie in een kantoor van de General in Londen bemachtigen. Het zou uiteindelijk misschien wel veel beter uitpakken. Dat was meestal het geval voor Wanda. Blijf positief en laat je meevoeren op de energiestromen. Dat was altijd haar motto geweest.

Wanda had diverse keren met Medwin gesproken over de plannen om naar Engeland te gaan. Hij had altijd enthousiast geleken. Waarom leek hij nu ineens tegen dat idee te zijn?

Hij was ontzettend ongezouten en bot.

"Ik denk niet, dat ik het leuk vind om in Engeland te wonen. Hoewel ik er nooit geweest ben, heb ik Engelsen altijd een moeilijk volk gevonden," was alles, dat hij erover te zeggen had.

Wanda herinnerde hem eraan, dat Jay en Lou in Londen geboren waren. Hij zag hen echter niet als Engelsen. Zij waren Australisch.

Toen herinnerde ze hem eraan, dat Clara en de kinderen bij wie ze in Athene hadden gelogeerd allemaal Engels waren. Zij waren heel anders had hij gezegd. Zij hadden altijd in andere landen gewoond.

Uiteindelijk besloot Wanda, dat ze maar beter niets kon zeggen. Het onderwerp laten rusten. Het nieuwe jaar afwachten en hem meenemen, zodat hij het uit eerste hand kon ervaren. Hij zou het er ongetwijfeld naar zijn zin hebben.

"We hebben dat feestje op Al's boot op zaterdagavond mijn lief." veranderde Wanda van onderwerp. "Wat zal ik aantrekken?"

Ze maakten zich klaar om naar bed te gaan. Medwin had net de lakens open geslagen. Hij vond het heerlijk zich tussen hun bijzondere zijdezachte lakens te laten glijden.

"Aantrekken? Ehh. Op dit moment zie je er adembenemend uit. Ik wil er niet aan denken, dat je iets aantrekt. Hug en Fug dartelen door mijn hoofd," antwoordde Medwin, terwijl hij de naakte Wanda vastgreep en haar in het zijden laken wikkelde.

Wanda kronkelde en slingerde, haar huid werd gestreeld door het superzachte laken. Medwin wiegde haar ingepakte lichaam in zijn sterke armen, terwijl hij rechtop aan het hoofdeind van het bed zat.

Toen hij haar heen en weer bewoog, voelde het zijden laken zo heerlijk zacht aan zijn huid. Wanda's armen waren strak tegen haar lijf in het laken gewikkeld. Ze kusten en speelden een tongspelletje met hun monden.

Medwin zag Wanda's tepels zwellen onder het laken. Zijn vingertoppen prikkelden ze zelfs nog meer. Zijn vingers bewogen zich daarop naar Wanda's voeten, haar lichaam door de zijde heen masserend. Een teen stak uit het laken. Medwin nam het in zijn mond en begon te zuigen.

Wanda wilde ook zuigen.

Ingepakt en al gleed ze naar Medwin's tenen.

Door het zijden laken heen voelde ze zijn kloppende harde penis en wreef haar poes er met ongelofelijke kracht tegenaan. Haar rug kromde. Medwin zoog nog steeds aan haar tenen, terwijl ze zichzelf naar een overheerlijk orgasme bracht.

Het laken wegtrappelend, begon Wanda Medwin's penis te zuigen. Hij kreunde in verrukking en tilde haar snel op, zodat hij met een almachtige stoot bij haar kon binnendringen. Een climax bereikend, terwijl hij haar stevig vasthield, vielen ze terug in de zijden lakens.

Uiteindelijk slaakten ze een diepe en tevreden zucht, wensten elkaar welterusten en gleden terug onder de lakens. Zware hoofden die in hun zinnenstrelend zachte kussens wegzakten.

Medwin had ervoor gezorgd, dat hun speciale witte veer op het nachtkastje klaar lag, maar die werd deze avond niet in hun spel betrokken. Hij zou Wanda de volgende ochtend wakker maken met zachte strelingen over haar hele lichaam, één van haar favoriete manieren om een dag te beginnen.

Een andere favoriete bezigheid was, het kijken naar Medwin's stevige billen en sterke atletische lichaam, terwijl hij zijn scheerritueel uitvoerde bij de wastafel in badkamer, die aan hun slaapkamer grensde.

Hij zong of neuriede vaak mee met een liedje dat uit de radio op het nachtkastje klonk. Ze staarde dan simpelweg naar hem en vroeg zich af, hoe ze ooit het geluk had gehad, om de liefde van deze geweldige man te winnen. Soms zongen ze samen mee en barstten ze in lachen uit als ze maar wat klanken verzonnen, omdat ze de eigenlijke woorden van het lied niet kenden. Vaak leidde hun gelach tot speelse kussengevechten of worstelpartijtjes op het bed. Ze waren tot over hun oren verliefd.

Wanda dacht er ook over na, hoe het toch kon zijn, dat Medwin zo goed gewend geraakt was aan een actieve rol in het huishouden. Hij had laatst een Duits kookboek gekocht en was heel handig geworden achter het fornuis. Zijn moeder had hem al haar speciale trucjes geleerd voor het wassen van de dure lycra sportkleding en het leek er zelfs op, dat hij ervan genoot, om de was te doen. Wanda en Lou waren nooit zo van het strijken geweest, maar nu hadden ze meesterstrijker Medwin, die hen vroeg, of ze kledingstukken hadden, die hij voor ze kon strijken. Zo lief.

Het leven leek zo perfect.

Al's boot wemelde van de mensen. "Hoop dat we niet aan boord van een mogelijk zinkend schip stappen," zei een aarzelende Medwin. "Ziet ernaar uit, alsof er al veel te veel mensen op zijn."

Feestgangers hadden zich er op gekleed, om te indruk te maken. Alle mooie mensen van Amsterdam. Zo veel prachtig uitziende jonge vrouwen en heel veel lange knappe mannen.

Wanda en Medwin hadden een kamer in een nabijgelegen hotel geboekt, met oog op een uitbundig avondje. Ze waren normaal gesproken geen zware drinkers maar vanavond zouden ze misschien de bloemetjes eens buiten zetten.

Al vierde niet alleen de start van de feestdagen, maar ook het behaalde immense succes voor zijn reclamebureau. Catering was ingehuurd en zorgde voor een overvloed aan voedsel en drank. Hij had zelfs een liveband geregeld, die onder een luifel op het dek van de boot speelde, plus een top DJ voor in de pauzes van de band. Wauw!

Ze hadden gedanst en gelachen. Het was een geweldige avond. Tot 'zij' haar move maakte. Nee. Niet Patty.

Zij was maar kort op het feestje, en had een man op sleeptouw met wie ze naar een andere afspraak ging.

Al had Medwin voorgesteld aan een atlete, die hij zou inzetten in een reclame voor een gezondheidsdrankje. Ze deed triatlons en mountainbikewedstrijden. Al dacht, dat ze Medwin wellicht aan wat contacten kon helpen voor zijn sportreisbureau. Behoorlijk aantrekkelijke dame, dus Wanda was blij dat het gesprek erg zakelijk bleef. Ze had echter gezien, dat de vrouw bewonderend naar Medwin bleef kijken toen ze daarna met anderen in gesprek waren.

Wanda was nog maar nauwelijks naar het toilet, of de vrouw stapte op Medwin af om opnieuw met hem een gesprek aan te knopen.

Toen Wanda terugkwam, stond de vrouw aan haar lange blonde haar te draaien en knipperde ze met haar grote donkere wimpers, terwijl ze giechelde en heel dichtbij Medwin stond te praten. Het gesprek ging nu over de vele hete en zweterige prestaties, die ze met haar sporten had geleverd. Hij keek nu op een totaal andere manier naar haar en Wanda had bijna het gevoel, dat ze hen stoorde. Gelukkig hadden Wanda en Medwin eerder al besloten, dat het tijd was om te gaan, althans dat dacht ze.

"Wel. We gaan dus weg mijn lief?" zei Wanda tegen Medwin, terwijl ze pontificaal tussen de twee door liep.

"Ik denk echt, dat die sportgezelschappen je wat op kunnen leveren, dus neem contact met me op," zei de jonge vrouw tegen Medwin en overhandigde hem haar visitekaartje.

Terug in hun hotelkamer waren de zorgen, die Wanda eventueel had over de vraag, of Medwin zich tot die vrouw voelde aangetrokken, snel verdwenen.

"You are so beautiful," begon Medwin te zingen. Hij trok Wanda zachtjes naar zich toe, om nog steeds volledig gekleed op het bed te gaan liggen. Ze kusten en praatten. Hij zong verder en keek Wanda diep in haar ogen, terwijl hij haar vertelde hoe mooi ze was. Wat een geweldig mens. Hoe zijn leven volmaakt was geworden, toen hij haar ontmoette.

Ze moeten wel een uur hebben gelachen en gepraat.

Beseffend hoe moe ze allebei waren, zei Medwin eindelijk, "we moeten maar gaan slapen, denk je niet?" Maar terwijl de woorden over zijn lippen kwamen, had Wanda de rits van zijn broek al open.

Alleen de wetenschap van haar hand in de buurt van zijn penis was al genoeg. Zonder haar uit te kleden, had Medwin zijn nu zeer grote en kloppende penis zo gemanoeuvreerd, dat deze haar slip opzij duwde en in haar hunkerende vagina dook. Ze staarden in elkaars ogen en bewogen wellustig als één.

"Zo mooi!" fluisterde Medwin opnieuw en opnieuw, terwijl ze beiden tegelijk in een hoogtepunt schoten, zo sterk, dat de aarde leek te schudden.

Waarom werd werk altijd zo geschift rond die tijd van het jaar? Plotseling moest alles vóór de Kerst af zijn. Mensen werden gek van de extreem hoge werkdruk in de paar dagen, dat ook nog eens veel te veel werd gefeest. Wanda en Medwin leken daarop geen uitzondering.

Tegen de tijd dat ze in bed lagen, waren ze beiden volledig uitgeteld. Normaliter eerst altijd veel geknuffel, maar de afgelopen week, sinds die nacht in het hotel, hadden ze niet één keer seks gehad. Uiterst ongewoon.

Wanda kwam die middag stilletjes het huis binnen geslopen. Ze kwam vroeg thuis en had besloten Medwin te verrassen. Hij was in de woonkamer aan de telefoon en had haar de deur niet horen openen. Het gesprek klonk onrustbarend vreemd. Wanda wachtte er onwillekeurig mee, om haar aanwezigheid kenbaar te maken en luisterde mee. Medwin giechelde en praatte als een tiener, die op het punt stond op een spannend afspraakje te gaan.

"Waar ging dat in godsnaam over?" wilde Wanda weten, toen een inderdaad zeer verraste Medwin, eindelijk zijn telefoongesprek beëindigde.

Die vrouw van Al's feestje. Ze zat achter Medwin aan voor een afspraak. Vertelde hem, dat ze wat van zijn successen op sportgebied had opgezocht en dat ze er erg van onder de indruk was.

Zijn ego werd flink gestreeld. Ze beloofde, dat ze misschien wat reisgezelschappen voor hem in petto had. Ze maakten een afspraak, om elkaar volgende week te ontmoeten. Het moest of dan plaatsvinden, of hij zou mogelijk de kans missen om die potentiële klanten binnen te halen.

Wanda dwong zichzelf, om niet te zeggen, dat het allemaal veel te intiem klonk. Ze kon zien, dat Medwin erg geschrokken was, dat ze het gesprek had meegekregen. Misschien had hij een beetje geflirt. Iedere man zou hetzelfde doen. Een bloedmooie vrouw die de juiste dingen zei, om je een goed gevoel over jezelf te geven. Allemaal zeer natuurlijk, maar Wanda vond het helemaal niks.

Wanda werd voortdurend door mannen benaderd, maar ze had er geen moeite mee het heel snel zeer duidelijk te maken, dat ze een partner had en dat ze vond, dat die wending in het gesprek ongepast was. Jammer dat Medwin niet hetzelfde had gedaan. Zakenkans of niet. Wanda kon het niet helpen, dat ze zich teleurgesteld voelde.

"Ik moet Mino voor 6 uur bellen, dus dat moet ik nu even doen mijn schat," zei een beschaamde Medwin.

Uit de toon kon Wanda opmaken, dat het gesprek niet lekker verliep. Ze vroeg zich af, waarom ze de moeite had genomen, om eerder naar huis te komen.

Medwin had Mino verteld, dat hij op Kerstavond bij hem zou zijn zo ook de twee dagen ervoor. Op eerste Kerstdag zou hij op tijd naar Holland terugvliegen, om te dineren met Wanda, Jay en Lou. Met de diverse nieuwe afspraken die hij in Amsterdam en Wenen had gemaakt, realiseerde hij zich nu, dat hij Mino de ochtend van de dag voor Kerst pas zou zien en alleen die ene dag en avond.

Mino was niet blij. Hij eindigde het gesprek, door te zeggen dat hij wilde, dat zijn vader dan maar helemaal niet kwam. Medwin was geschokt. Mino had nog nooit zo tegen hem gesproken.

"Gaat het mijn lief?" vroeg Wanda, toen Medwin na het gesprek de keuken in kwam. Omdat ze geen Duits sprak, wist Wanda niet waar ze het over hadden gehad. Nu stond Medwin in tranen voor haar.

"Hij haat me!" riep Medwin terwijl hij in huilen uitbarstte.

"Het komt wel goed," zei Wanda en nam de verdrietige Medwin in haar armen. Nadat hij de inhoud van het gesprek had uitgelegd, zei ze. "Het klinkt als een achtjarige, die gewend is zijn zin te krijgen. Gewoon een kleine woede-uitbarsting. Maak je geen zorgen. Je zult een geweldige Kerstavond hebben met Mino en je familie. Alles komt goed. Ga je vanavond trainen?" Wanda bedacht, dat hij wel wat afleiding kon gebruiken.

De Inferno afdaling waaraan Medwin deelnam, was over een paar weken. Terug naar de top van de Schilthorn voor één van de oudste en langste afdalingen ter wereld. Ruim duizend skiërs zouden meedoen.

Deelnemers begonnen aan de race, door zichzelf van het beroemde restaurantplatform bovenaan de verraderlijke helling naar beneden te storten. Net zoals James Bond deed in de film 'On Her Majesty's Secret Service'.

Medwin liet zich eindelijk door Wanda overtuigen. Het kwam wel goed met Mino. Vanavond zou hij trainen met het plaatselijke mountainbiketeam, op het speciaal daarvoor aangelegde terrein in de buurt. Het werd al laat. Hij moest gaan. Een goede training zou zijn hoofd leeg maken.

"Geniet ervan mijn lief," zei Wanda, terwijl ze hem hielp zijn spullen bij elkaar te pakken. "Ik heb het eten klaar, als je thuis komt. Ik hou van je."

Hij stopte even, om te zeggen hoeveel hij van haar hield en hoe hij zich door haar altijd veel beter voelde over dingen. Hij hoopte, dat ze straks niet te moe was om door hem gegrepen te worden.

'Mmm', dacht Wanda. 'Daar kijk ik naar uit.'

De dolle feestdagen waren voorbij. Jay was een week in Holland gebleven en had Oudejaarsavond met zijn vrienden gevierd. Oud en Nieuw zoals het in Holland heette. Het oude jaar afsluiten en het nieuwe jaar verwelkomen. In Oostenrijk noemden ze het Silvester. Ongeacht de naam was het voor iedereen een gezellige tijd. Behalve voor Lou misschien.

Die nacht toen Wanda en Medwin na Al's feestje in het hotel logeerden, had Wanda op de ochtend van hun thuiskomst ontdekt, dat er geld miste van haar nachtkastje. Ze wist precies hoeveel geld er lag. Ongewoon voor haar om te doen, maar ze had het geld geteld om te kijken of het genoeg was, om mee uit te kunnen gaan.

Besloot dat het niet genoeg was en had het gewoon bovenop het ladenkastje laten liggen. Ze zouden wel langs een geldautomaat gaan, om op te nemen, wat ze nodig hadden.

Eerst dacht ze, dat ze misschien gek werd. Medwin had niet gezien, dat ze het geld daar had gelegd. Het was 35 euro. Ze wist het precies. Niet heel veel geld maar ze wist, dat ze het daar had laten liggen.

Lou was niet in haar moeders kamer geweest. De enig andere persoon in huis die avond, was Danny. Lou vroeg aan hem, of hij misschien het toilet boven had gebruikt en het geld op het nachtkastje had zien liggen. Nee. Ging nooit naar boven.

Gedurende de daaropvolgende dagen mekte Lou op, dat Danny meer geld had dan normaal. Ze kreeg een knoop in haar maag bij de gedachte, dat Danny het misschien van haar familie had gestolen. Haar moeder was zo goed voor hem geweest. Hij was altijd welkom en hielp hem vaak met verschillende problemen. Lou hield van Danny en hij van haar. Hij was deel van de familie. Hij zou zoiets nooit doen. Erover liegen, was ook ondenkbaar.

"Ik vind het zo vervelend Wanda. Het is ongelofelijk. Toen ik Danny een paar keer vroeg waar hij het geld vandaan had, zei hij uiteindelijk, dat hij het had verdiend, door een klusje voor jou te doen. Vervolgens zei ik tegen Lou, dat het aardig van jou was, dat je hem wat werk had gegeven. Lou wist er niets van. Ze zei slechts, dat ze moest gaan en het volgende moment had ze opgehangen." Danny's moeder was buiten zichzelf.

Wanda voelde zich op de ergst mogelijke manier bezeerd. Een vertrouwd en geliefd persoon om wie ze gaf. Hoe had hij zoiets kunnen doen? Ze kon hem niet meer over de vloer hebben.

Lou besloot, dat ze ook niet langer een verhouding met hem kon hebben. Het was een moeilijk besluit, maar hoe kon ze hem ooit weer vertrouwen? Hij had gelogen. Hij had van haar moeder gestolen. Onmogelijk om daarna wat voor relatie dan ook voort te zetten.

Danny schreef een lange brief met excuses aan Wanda met het volledige geldbedrag erbij. Ongetwijfeld verstrekt door zijn moeder. Wanda stuurde een brief terug, waarin ze schreef dat ze hem uiteindelijk zou kunnen vergeven, maar dat ze het niet kon vergeten. Dat hij zijn mooie relatie met Lou kapot gemaakt had. Dat zou straf genoeg zijn. Ze hoopte, dat hij van de ervaring zou leren en wenste hem succes in zijn verdere leven.

Het was een verdrietige tijd voor Lou. Vrienden namen haar met Oud en Nieuw op sleeptouw. Haar hart begon minder zwaar te voelen. Ze overtuigden haar ervan, dat het zo beter was. Ze zou al snel naar Londen verhuizen en op de universiteit een heel nieuwe wereld binnenstappen. Eigenlijk dus beter, dat ze niet hoefde te proberen een langeafstandsrelatie met Danny te onderhouden. Lou begreep hun punt maar het deed nog steeds veel pijn.

Wanda kon niet met Medwin mee naar de Schilthorn. Er moest een grote bedrijfspresentatie klaargemaakt worden, om op dezelfde dag als de race in München te worden getoond. Plannen werden er op afgestemd en Wanda zou met die groene Italiaanse wagen naar München rijden. Medwin zou zich de dag na de race bij haar voegen. Hij zou de auto mee terug nemen naar het huis van zijn ouders en de rest van zijn spullen erin laden om zijn verhuizing naar Holland compleet te maken. Zij zou van München naar Brussel vliegen voor het tweede deel van deze belangrijke presentatie, waarbij medewerkers uit de hele wereld aanwezig zouden zijn.

Hun ene nacht in München was één van de meest gepassioneerde nachten ooit. Medwin was zo geïnspireerd door de Infernorace. Het maakte het beest in hem wakker. Heel tevreden over zijn resultaten en opgewonden, omdat hij eindelijk volledig naar Nederland verhuisde, wilde hij ongeremd feesten. Hug en Fug maakten hem gek.

Medwin wilde niet wachten, tot ze bij hun hotelkamer waren en had Wanda mee het toilet in gelokt in de bar waar ze hadden afgesproken. Heel chique. Supergrote toiletruimte met extra grote hokjes. Overal marmer.

Medwin deed de deur op slot en droeg Wanda op, om te zwijgen. Hij hield zich ook volkomen stil. Elk kledingstuk dat Wanda droeg, werd uit gedaan. Hij moest haar naakt zien en elke centimeter van haar lichaam likken. Hij spreidde haar benen en fluisterde dat ze zich moest voorstellen, dat ze gespreid vastgebonden was. Ze mocht zich geen millimeter verroeren. Zijn gezicht was al snel verstopt in haar poes. Haar lichaam begon te schudden door de erotische explosie van begeerte.

Ze schoot achteruit tegen de wand, terwijl Medwin zijn broek op de grond liet vallen. Hij wilde haar nog verder likken, maar ze kon het niet langer aan. Zijn hoofd achterover houdend, maar nog steeds roerloos, voelde ze plots zijn enorme penis in zich komen. Het stilzwijgen hield aan. Medwin stootte als een razende in haar lichaam, zo hard dat ze dacht dat ze daadwerkelijk door de muur zou gaan. Hij kwam met een almachtige kreun. De stilte was doorbroken.

"De auto is helemaal ingeladen. Ik heb één fiets en twee paar ski's achter moeten laten. Heb ook maar één snowboard bij me. Geweldig al die ruimte in die groene Italiaanse wagen. Die dakdragers zijn ook uiterst handig."

Medwin wilde blijven praten, maar Wanda moest terug naar de vergadering. Ze had gezien, dat ze een telefoontje van hem had gemist, terwijl haar telefoon op stil stond en zich had geëxcuseerd, dat ze even naar het toilet moest. Zodoende kon ze even kort met hem praten.

"Er zijn veel hoge piefen in de vergadering mijn lief. Ik moet echt weer terug. Mijn presentatie komt zodadelijk aan de beurt en het is één van de belangrijkste discussiepunten. Wordt heel moeilijk, nog andere telefoontjes van je te beantwoorden, dus ik hoop dat alles goed gaat. Ik zal je tijdens de lunchpauze proberen te bellen," antwoordde Wanda. "Goede reis. Hou van je."

"Krijg nou.. ….????!!!" riep een ontstelde Medwin.

Hij had die groene Italiaanse wagen onophoudelijk flink gas gegeven en steeds bij hoge toeren geschakeld, alsof hij op zijn motor reed. Hij wilde de rit van 900 km graag snel afleggen.

Waarom had hij het oliepeil niet meer gecontroleerd?

Sneller dan toegestaan en het verkeer uit Wenen voorbij scheurend, had hij nog maar 110 km afgelegd. Plotseling, terwijl hij aan het inhalen was, viel de motor uit.

Ternauwernood aan een ongeluk ontsnapt, kwam hij eindelijk op de vluchtstrook tot stilstand. Hij tilde de motorkap op en er kwamen rookwolken omhoog. Elk alarmlichtje op het dashboard brandde.

'Shit! Dit is niet goed,' dacht Medwin.

• HOOFDSTUK NEGENTIEN •

TWEE UUR VERSTREKEN. Moest hij zijn vader bellen, om te vragen of hij hem op kon komen halen? Wanda had natuurlijk haar telefoon nu uitstaan, maar ze zouden snel lunchpauze hebben. Medwin had het in ieder geval voor elkaar gekregen, om veilig aan de kant van de weg te komen. Had genoeg kleren bij zich, dus kon ook de kou aan. Een paar kilometer terug rennen naar een benzinepomp, was goed geweest voor de nodige lichaamsbeweging en een toiletbezoek. Zijn moeder had voldoende eten en drinken ingepakt voor zijn hele reis.

"Wat bedoel je hij is er gewoon mee opgehouden?" zei een verontruste Wanda, toen ze eindelijk een mogelijkheid vond hem te bellen.

Ze was totaal niet te spreken over zijn opstelling. De auto was oud, zei Medwin. Waarschijnlijk het best om hem daar achter te laten en de sloop te vragen, om hem op te halen. Wellicht kon hij zijn vaders auto gebruiken.

Wat? Wist hij niet hoeveel die groene Italiaanse wagen voor Wanda betekende? Alle geweldige avonturen die ze ermee hadden beleefd. Altijd volledig betrouwbaar. Eén hapering in Frankrijk nu tijden terug. Dat was een vrij grote reparatie geweest, maar sindsdien reed haar zeer bijzondere auto als een zonnetje.

Wanda hield van die auto. Jay ook. Het had hem de kans geboden, om te leren rijden. Lou wilde, dat Wanda haar daarin zou helpen leren rijden. Het plan was, om met haar lessen te beginnen, zodra ze naar het Verenigd Koninkrijk waren verhuisd. Wanda was al bezig met de voorbereidingen, om de auto in Engeland te registreren.

Medwin klonk weer als het verwende jongetje met een teveel aan speelgoed.

"Ik heb Europese dekking, wat ook behelst, dat de auto indien nodig met een oplegger naar Nederland teruggebracht wordt. De papieren liggen allemaal in het dashboardkastje. Ik zal de pech melden en hen je telefoonnummer geven, zodat ze rechtstreeks met jou contact op kunnen nemen. Stuur me een sms, als alles in orde is. Mijn telefoon staat wel op stil, maar ik houd het in de gaten. Ik zal ze vertellen over ons noodgeval. Ze zijn alweer met de vergadering begonnen, dus ik kan maar beter naar binnen gaan. Doe voorzichtig. Hou van je. Zie je hopelijk vanavond."

Medwin had heel weinig gezegd. Hij wist, dat Wanda niet blij was met zijn reactie. Wat beschamend, om hier op een sleepwagen te moeten wachten, was het enige dat hij dacht.

Wanda kwam thuis en zag dat de groene Italiaanse wagen zoals gewoonlijk in de voortuin geparkeerd stond. Medwin was net klaar hem uit te pakken. De chauffeur van de sleepwagen had super efficiënt gereden en daardoor de afstand in minimale tijd afgelegd. Hij was direct rechtsomkeerd gegaan, om de nachtelijke reis terug naar Oostenrijk te maken. Een zeer bekwaam vakman.

"Ik hoop, dat het oké is, als ook deze fiets in de eetkamer staat?" vroeg Medwin. "Is eveneens veel waard. De meeste van mijn andere spullen passen in de kelder," vervolgde hij.

'Werkelijk?' dacht Wanda. 'Kan er zo nog iemand aan tafel zitten?' Ze had alleen niet de moed, om dat te zeggen.

Na alles wat hij die dag had moeten doorstaan, was ze gewoon te blij, om hem veilig thuis te hebben. Ze had zich zorgen om hem gemaakt en vroeg zich af, of ze aan de telefoon misschien niet te kortaf was geweest.

Er stonden ook zes paar sportschoenen op een rijtje langs de muur.

"Moeten al die schoenen hier blijven staan?" vroeg ze met een glimlach.

Medwin deed zijn best, om te vertellen over het vernietigend effect van vocht op dure sportschoenen. Ze konden niet in de kelder staan en zijn ruimte in hun inloopkast was al tien paar normale schoenen rijker geworden. Ze konden het best daar blijven staan, concludeerde hij.

Het voelde voor Wanda, alsof haar grenzen enigszins overschreden werden, maar opnieuw glimlachte ze alleen maar.

En toch dacht ze onwillekeurig, dat Medwin veranderd leek. Een nieuwe eigenwaan wellicht? Misschien was hij gewoon opgelucht, dat ze deze mate van toewijding in hun relatie hadden bereikt. Kon ook zijn, dat hij heel erg moe was. Meest waarschijnlijke was, dat Wanda er teveel over piekerde.

Dingen verbeterden niet na die avond, dat Wanda met al die twijfels was gaan slapen. Zelfs de knuffels leken te verdwijnen.

Was dat moment van hartstochtelijk de liefde bedrijven in München echt nog maar zo kort geleden?

Medwin vertelde Wanda heel weinig, over hoe het ging met zijn sportreizen. Scheen echter naar heel veel vergaderingen te gaan. Wanneer ze er met hem een gesprek over probeerde aan te knopen, zei hij enkel dat hij tevreden was, met hoe de zaken verliepen.

"Dat is fijn," zei ze alleen maar. Ze wilde hem niet het vuur aan de schenen leggen. Ze was ervan overtuigd, dat hij het haar zou vertellen, als hij echte successen te delen had.

Op een avond, toen Medwin volkomen onbereikbaar had geleken, bekende hij iets aan Wanda.

Iets dat Wanda in geen miljoen jaar had zien aankomen.

Terwijl ze luisterde naar wat hij te zeggen had, werd ze vervuld van een ongelofelijke angst en verdriet.

"Vandaag stond ik bij de spoorwegovergang. Het normale eeuwige wachten op het voorbijrazen van de trein, voordat de bomen weer omhoog gaan. Die treinen zijn vast nog een eind uit de buurt als de lichten gaan knipperen en het getingel begint. Stommeriken zijn het, die nog onder de slagbomen door willen, voordat ze omlaag zijn. En als de trein eenmaal voorbij is, lijkt het altijd een eeuwigheid te duren, voordat ze weer open gaan."

Hij sprak ongewoon langzaam en met een vreemd starende blik in zijn ogen.

"Ik had mijn vader net daarvoor aan de telefoon. Het gaat niet goed met hem. Met mijn moeder ook niet. Ze vinden het zo moeilijk, dat ik definitief hun huis heb verlaten. Ze zeiden dat Mino bijna nooit meer langskomt, om hen te zien. Ik vertelde, dat ik over twee weken vijf nachten blijf slapen. Ik ben nog niet eens zo lang weg. Mino zal er wel aan wennen. Het leek weinig te helpen. Ze kunnen het gewoon niet begrijpen," vervolgde hij.

"Daarna belde ik Mino. Hij zei, dat hij nooit meer met me wil praten en hing op," eindigde Medwin nog langzamer, terwijl hij begon te huilen.

"Ik heb werkelijk overwogen, om mezelf voor die sneltrein te werpen."

De tranen namen nu toe, terwijl hij de laatste woorden eruit perste en begon te beven.

Wanda nam hem in haar armen, zoals ze bij een verdwaald en bang kind zou doen. Wat kon ze in hemelsnaam zeggen, om hem te troosten?

Ze kon geen woorden vinden. Ze bracht hem naar boven het bed in en trok de dekens over hem heen, terwijl ze teder zijn wangen streelde.

"Alles komt goed mijn lief," waren de enige woorden die ze wist uit te brengen.

Medwin bleef twee dagen in bed. Wanda herkende hem niet. Waar was die positieve man met die glans in zijn ogen gebleven?

Ze probeerde hem enthousiast te maken over het geplande bezoek aan Engeland in maart, om Jay's verjaardag te vieren.

Welke musical wilde hij graag zien in het theater? Wellicht konden haar vrienden in de muziekbranche ook wel kaarten voor een concert voor ze regelen. Ze zou kijken, wie er optraden.

"Echt Wanda? Dat zou fantastisch zijn!"

Medwin draaide op de derde dag eindelijk bij, toen hij hoorde dat ze kaartjes voor Bryan Adams had gescoord. Hij sprong uit bed en zong

"Back in the summer of '69. Oh yeah!"

Medwin was die zomer van dat jaar geboren. Het was één van zijn lievelingsnummers.

Plotseling schoot het door Wanda's hoofd dat hij 17 jaar jonger was. Het was helemaal nooit ter sprake gekomen.

Het leeftijdsverschil was geen probleem, maar nu dacht ze ineens, dat hij misschien nog behoorlijk wat volwassenheid nodig had.

Ongelofelijk, hoe opgewekt en levendig hij de daaropvolgende week werd. Evenzo ongelofelijk was het, hoe snel dingen tussen hem en Wanda onlangs waren veranderd.

Ze bedreven de liefde een paar keer die week, maar het was zo anders. Bijna mechanisch. Absoluut geen Hug en Fug die hun seksleven aanmoedigden.

Meneer Energie zelfe, was veranderd in Meneer 'Ik heb slaap nodig'.

Wanda dacht terug aan haar huwelijk met Larry. Ze herinnerde zich, hoe hun seksleven precies zo was geworden, zodra de passie vervlogen was. Dat had echter tien jaar en twee baby's geduurd. Hoe kon het met Medwin zo snel gebeurd zijn?

Misschien had hij gewoon tijd nodig, om te wennen na die grote definitieve verhuizing vanuit zijn dorp. Het was echt een heel grote stap voor hem geweest. Wanda besloot het gewoon af te wachten. Weldra zouden ze allemaal heel veel plezier hebben in Londen. Dat zou het vuur wel weer aanwakkeren.

Hoe Wanda ook probeerde Medwin aan te moedigen, om een reparateur voor die groene Italiaanse wagen te zoeken, hij kwam met het ene excuus na het andere.

Uiteindelijk had hij schaamteloos tegen haar gelogen.

"Ze zeggen, dat de auto het geld niet waard is, om te laten repareren. De zuiger is er finaal doorheen gegaan. Heeft een nieuwe motor nodig."

Iets in zijn gezicht, terwijl hij dat Wanda vertelde, maakte dat ze in twijfel trok wat hij zei. Opnieuw besloot ze niet aan te dringen. Het was belangrijk, dat hij zich op zijn gemak voelde over de verhuizing naar Londen. Ze wilde dat hun reisje de komende maand perfect was, dus zou ze geen onrust zaaien.

"We kunnen altijd een goedkope vlucht naar Londen boeken," had Wanda als enige antwoord gegeven.

"In de tussentijd mag ik van kantoor die oude Jaguar gebruiken, waar niemand in wil rijden. Rijdt als een beest. Ik kan vragen of het ook goed is als jij erin rijdt. Mag hem alleen in de nabije omgeving gebruiken, maar als we ergens anders heen moeten is het sowieso toch fijner, om de trein te nemen."

Als Medwin de volgende week in Oostenrijk was, zou ze een monteur die ze kende vragen, om die groene Italiaanse wagen naar zijn garage te brengen om een gedegen offerte voor de reparatie uit te brengen.

"Ik moet hier een paar dagen langer blijven Wanda," zei een zeer geanimeerde Medwin, tijdens de tweede dag van het verblijf bij zijn ouders.

Hij klonk eindelijk weer blij, dat Wanda ook wilde, dat hij daar wat langer bleef. Het brak haar hart om te zien, dat de man, van wie ze zoveel hield, bijna suïcidaal was geworden.

Mino logeerde met Medwin bij zijn ouders. Daar waren ze dolgelukkig mee.

Wanda was ook opgelucht, dat ze met haar geliefde auto kon doen wat ze wilde, terwijl hij weg was.

De vierde dag dat Medwin weg was, vroeg ze het hem.

"Weet je nog dat je een man genaamd Willem hebt ontmoet bij dat feestje van de rugbyclub, waar we met Denise heengingen? Nee? Het was een poosje geleden. Hoe het ook zij, hij blijkt automonteur te zijn en heeft een garage in de buurt. Denise had het toevallig met hem over de auto. Hij belde me en zei dat hij hem graag op zou komen halen, gratis, om er even goed naar te kijken en om te zien of een reparatie nuttig is. Kan ik net zo goed doen hè?"

Een zeer bedeesde Medwin antwoordde, dat hij dat prima vond.

Ze kon Willem bellen en een afspraak maken.

Een dag later had ze het antwoord. Medwin had de auto duidelijk niet laten bekijken. Het was zeker niet interessant, vermoedde ze. Wanda probeerde er niet aan te denken, dat hij daadwerkelijk zou hebben gelogen.

"Er moet veel gebeuren aan de motor, maar al het andere verkeert in goede staat," zei Willem. "Geweldig plaatwerk. Interieur lijkt gloednieuw. Als we morgen beginnen, heb je de auto binnen twee dagen terug. Kost je mogelijk tweeduizend euro, maar ik denk dat het dat waard is," bevestigde hij.

Medwin had al een sms gestuurd, dat hij die avond met zijn familie op stap ging. Hij zou haar de volgende avond bellen. Had een paar goede afspraken in Wenen de volgende dag en moest vroeg beginnen.

Wanda stuurde hem een sms terug, om te zeggen, dat dat geen probleem was. Ze gaf het ook door over de auto en vroeg of hij het goed vond, als ze Willem groen licht gaf.

"Dat is prima. Spreek je morgen," zei de sms die ze terug kreeg alleen maar.

De volgende avond ook geen telefoontje van Medwin. Wanda probeerde hem te bellen, maar zijn telefoon stond uit.

Om de één of andere reden voelde Wanda zich bijna opgelucht.

"Ik dacht, dat Medwin inmiddels al terug zou zijn mam," zei Lou. Haar hoofd liep over van al het schoolwerk en de opdrachten, die ze af moest ronden. Niet lang meer en ze zou voor altijd klaar zijn met de middelbare school.

Alles liep gesmeerd voor goede IB resultaten, zodat de Kingston Universiteit studie voor het grijpen lag. Yeah!!

Wanda lichtte Lou in over de nieuwe afspraken die Medwin in Wenen had en zei, dat ze niet precies wist, wanneer hij terug kwam.

Uit Wanda's gezichtsuitdrukking kon Lou opmaken, dat er iets niet in orde was. Het voelde voor haar eveneens een beetje alsof haar grenzen werden overschreden, toen Medwin het huis overnam met al zijn spullen. Maar omdat ze haar moeder geen ongemakkelijk gevoel wilde bezorgen, had ze gewoon een grapje gemaakt over zijn flitsende sportuitrusting. Namelijk een bijzonder boeiend gespreksonderwerp als ze klasgenoten over de vloer had.

De knappe atletische vriend van haar moeder bood een interessante afleiding van alle schoolverplichtingen en hun zorgen over het feit, dat ze allemaal zouden uitwaaieren, zodra ze klaar waren met school.

Wanda vertelde Lou, dat ze niet zeker wist, welke kant alles met Medwin opging. Ze waren zo verliefd, maar het leven gooide ze een paar grote dilemma's voor de voeten. De grootste daarvan was, hoeveel Medwin zijn zoontje Mino miste.

Ze vertelde Lou over het voorval bij de spoorwegovergang.

"Oh mam. Dat is vreselijk! Kan ik iets doen om te helpen?"

Wanda vervolgde, met te vertellen, hoe opgelucht ze de afgelopen paar dagen was, omdat ze wist, dat Medwin gelukkig was met Mino. Dat betekende alles voor haar. Ze geloofde oprecht, dat hij daar hoorde te zijn. Ze werd er ziek van als ze eraan dacht hoe verdrietig hij was geweest, omdat hij Mino niet vaak genoeg zag.

Wanda werd erdoor verscheurd, bijna net zo erg als Medwin.

Medwin belde Wanda de volgende ochtend. Eerst kon hij alleen maar keer op keer zeggen, dat hij meer van Wanda hield dan van het leven zelf.

Uiteindelijk zei hij, dat zijn liefde voor Mino een compleet ander verhaal was.

Hij had Mino op de wereld gezet en droeg die verantwoordelijkheid voor altijd. Mino had hem zo hard nodig.

Hij begon te huilen. Toen hij enigszins kalmeerde, vervolgde hij.

"Het zit zo Wanda. Wat ik meer nodig heb, dan wat dan ook ter wereld, ben jij. Ik voel me zo verward. Jou vinden en jou in mijn leven hebben. Dat was het aller-geweldigste ooit. Ik houd zoveel van je."

Wanda begon ook te huilen. Uiteindelijk wist ze uit te brengen, dat ze hem over tien minuten terug zou bellen, als ze hopelijk kalmer konden praten. Toen kwam de echte klap.

"Gisteravond drong Mino erop aan, dat ik naar zijn huis kwam voor het avondeten. Zijn moeder moest me spreken. Hij wist niet waar het over ging, maar hij was zo blij, dat hij mij zijn nieuwe computerspel kon laten zien." Medwin ademde diep en pauzeerde, alvorens hij verder ging.

"Nina had een speciaal diner bereid. Toen ik over de drempel stapte, realiseerde ik me iets. Dit ongelofelijke gevoel van verantwoordelijkheid en misschien was het ook een gevoel van ergens thuis te horen. Ik weet het niet precies."

Wanda had haar hand over de hoorn gelegd, zodat Medwin niet kon horen, dat de tranen waren teruggekeerd.

"Ik heb Mino naar bed gebracht en zijn gezicht straalde zo engelachtig. Hij knuffelde me met zo'n verlangen. Toen glimlachte hij gewoon en zei, hij hoe blij hij was, dat ik daar was."

Wanda had zelf twee kinderen opgevoed.

Ze kende die blik. Ze kende het gevoel dat die teweegbracht.

Een gevoel dat alleen een ouder kent.

"Nina en ik hebben daarna uren gepraat. Ik ken haar al zo lang, maar we hebben nog nooit op die manier gesproken. Ze vertelde me, dat ze heel lang en diep had nagedacht, toen ik definitief mijn ouderlijk huis verliet. Als er een mogelijkheid bestond, dat we het opnieuw zouden kunnen proberen, zou dat haar zo gelukkig maken."

Wanda wilde niet meer luisteren, maar in plaats daarvan zei ze enkel "oké".

"Ze miste me bijna net zo erg als Mino deed. Al die tijd daarvoor, toen ik zo dichtbij woonde en ze me vaak zag, was het niet zo erg. Toen ze me vervolgens niet meer zag, begon ze zich af te vragen, waarom we jaren geleden eigenlijk uit elkaar waren gegaan. Ze zei, dat ze wil dat ik terug kom, zodat we weer een echt gezin kunnen vormen. Mino is mijn enige kind en hij is zo kostbaar voor me. Ik weet niet wat ik moet doen Wanda. Het enige waar ik aan denk, als ik hier ben, is dat ik naar jou terug wil."

Wanda was in een soort staat van verdoving geraakt.

Op de één of andere manier was ze buiten zichzelf getreden en keek ze van een afstand naar dit gesprek. Hoe opgelucht ze ook was, dat Medwin blij was om bij Mino in Oostenrijk terug te zijn, ze had nooit stil gestaan bij de mogelijkheid, dat hij en zijn vrouw het opnieuw zouden proberen.

Ze merkte, dat ze duizelig werd en haar vingers begonnen te tintelen.

"Ik denk, dat we beter morgen verder kunnen praten mijn schat," kon ze alleen maar uitbrengen. "Slaap lekker."

Wanda had op bed gelegen terwijl ze met Medwin praatte.

Zodra ze ophing, voelde ze zichzelf in het matras zinken alsof het een soort schuimen wolk was.

"Misschien was het allemaal een nachtmerrie," dacht ze. Ze zou nu gewoon gaan slapen en er bij het ontwaken achter komen, dat dingen helemaal niet waren, wat ze momenteel leken te zijn.

Niet dus.

Wanda werd de volgende dag vroeg wakker, maar besloot, dat ze het vandaag niet zou aankunnen, om naar kantoor te gaan en viel in plaats daarvan weer in slaap. Toen ze voor de tweede keer ontwaakte, trof ze op haar telefoon een tekstbericht aan van Medwin.

"Vader zag een geweldige baan in de krant. Ik belde ze vanochtend en ze willen, dat ik vanmiddag langskom. Je nam je telefoon niet op. Bel je na het sollicitatiegesprek. Hou van je. X"

Wanda staarde naar haar telefoon en las de tekst opnieuw en opnieuw.

Een geweldige baan? Waar hád Medwin het over?

Later die dag werd alles duidelijk.

"Het is, zoals je altijd zegt mijn lief. De speling van het lot. Mijn vader leest die krant normaal nooit. Wie weet, waarom hij hem gisteren kocht? Zijn oog viel zomaar op deze vacature. Een groot internationaal verschepingsbedrijf op zoek naar iemand voor de functie van hoofd van Oostenrijkse Verkoop. Moet spoorwegervaring hebben," het geluid van Medwin's overenthousiaste stem leek in Wanda's hersenen te echoën.

Hij vervolgde, "het gesprek ging zo goed. Ze belden me, toen ik op weg naar huis was, om te zeggen, dat ik de baan heb."

"Ik begin over twee weken. Ze weten, dat ik mijn eigen onderneming heb met sportreizen en ze vinden het oké, als ik daarmee door ga zolang het geen belemmering vormt voor wat ik voor hen moet doen. Het is echt helemaal perfect."

Medwin stopte kort, om een enorme zucht van blijdschap te laten horen.

"Ik denk, dat we wel terug kunnen naar ons eerste plan en dat ik een appartement in Wenen koop. Dan kun je bij mij zijn, wanneer het kan.

Ik zie Mino doordeweeks en hij is in het weekend bij mij. Dan kan ik naar zijn voetbalwedstrijden en naar de dingen van school die middenin de week vallen. Zal hij geweldig vinden. Wat denk je?"

Wanda's hoofd suisde. Hoe zat het met Nina die hem terug wilde? Geen woord daarover.

Wanda hield zielsveel van Medwin, maar ze zou een mogelijke hereniging van een gezin absoluut niet in de weg gaan staan. Hij had het echter niet eens genoemd. Als er ook maar de kleinste kans bestond, dat het zou werken, moest Medwin zijn uiterste best daarvoor doen. Hoe kon hij nou daar over zwijgen?

"En hoe zit het met Nina?" vroeg Wanda eindelijk.

Medwin probeerde Wanda ervan te overtuigen, dat hij niet van Nina hield. Hij werd die avond meegesleept in het moment, toen hij met haar en Mino in het huis was, maar hij zag echt niet voor zich, hoe het ooit weer zou kunnen werken. Hij hield zoveel van Wanda.

Woorden schoten Wanda tekort. Als er een kans bestond dat Medwin en Nina het konden bijleggen, was ze er met haar hele hart van overtuigd, dat ze het moesten proberen.

Ze hadden samen een zoon op de wereld gezet. Al was er maar het kleinste sprankje hoop, dat zij een echt gezin konden vormen, dan was dat het pad dat Medwin moest nemen.

Deze gedachten met Medwin delen, was niet eenvoudig voor Wanda.

Ze spraken twee uur.

Wanda herinnerde Medwin ook aan de grote veranderingen, die binnenkort in haar leven zouden plaatsvinden. De verhuizing naar Londen. Een nieuwe baan vinden. Zag er echt niet naar uit, dat ze haar huidige functie vanuit het Verenigd Koninkrijk zou mogen voortzetten. Er moest een nieuw huis gevonden worden met Lou, Jay en PJ. Ze zou het vreselijk druk hebben. Lou en Jay helpen op de universiteit. Het was hoogst onwaarschijnlijk, dat er tijd zou zijn om vaak heen en weer naar Wenen te vliegen. Ze dacht echt niet, dat het zou werken.

Terwijl Wanda die woorden sprak, brak haar hart. Ze wilde dat Medwin de juiste beslissing voor zijn gezin maakte, maar tegelijkertijd wilde ze hem niet loslaten.

Niet in staat de tranen tegen te houden, vervolgde ze met het delen van haar gedachten en gevoelens.

"Ik houd zo veel van je mijn schat, maar ik zou me altijd afvragen, of het mijn schuld was, dat jij niet bij je gezin bent. Je moet deze verzoening echt een kans geven," Medwin huilde, terwijl hij sprak.

Hij vertelde Wanda, dat hij de gedachte niet bij haar te kunnen zijn, niet kon verdragen. Haar niet kunnen vasthouden of de liefde met haar kunnen bedrijven. Niet samen lachen en al die waardevolle momenten beleven. Hij zag niet voor zich, hoe hij een leven zonder haar zou kunnen leiden. Het zou voor Mino al veel beter zijn, als hij in Wenen woonde. Dat was alles, wat hij nodig had. Hij zou deze geweldige baan hebben, zodat hij het zich makkelijk kon veroorloven vaak naar Londen te vliegen, om haar te zien en zij kon naar Wenen komen, wanneer ze de kans had. Hun liefde was zo sterk, dat ze het konden laten slagen.

Toen eindelijk zijn tranen stopte, zei Medwin, dat hij spijt had, dat hij ooit had verteld, wat Nina had gezegd. Het met haar opnieuw proberen, zou onmogelijk zijn. Wanda moest al die ideeën echt uit haar hoofd zetten.

Hij zou over twee dagen terug in Nederland zijn en haar ervan overtuigen, dat ze bij elkaar moesten blijven, ook al woonden ze niet in hetzelfde land. Hij hield veel te veel van haar, om haar ooit te laten gaan.

Wanda wilde Medwin zo graag geloven, maar om de één of andere reden zei haar gevoel iets anders. Ze kreeg Medwin zo ver, dat hij ermee instemde, dat ze erover na zouden denken en er niet over zouden praten, voordat hij terug was.

Ze hadden een verjaardagsfeestje op de avond, dat hij met het vliegtuig zou arriveren. Het zou leuk zijn, om af te spreken, elkaar daar te ontmoeten, alsof ze op een spannende date waren.

"Oké mijn lief. Laten we verder praten, wanneer je terug bent. Kom gewoon rechtstreeks vanaf het vliegveld naar het feestje. Ik ga vanaf kantoor en dan zie ik je daar. Datzelfde huis aan de gracht in Amsterdam, waar we eerder zijn geweest. Maar een klein stukje lopen vanaf Centraal dus de trein nemen is het handigst."

Wanda hing op, volledig uitgeput. Ze zou die nacht niet slapen. Hoe lang ze ook over dingen nadacht, de uitkomst was steeds hetzelfde. Verstikkende pijn over het besef, dat ze afscheid moest nemen van haar buitengewone liefde. Het was ondragelijk.

Die twee dagen leken maanden.

"Wilde nacht?" vroeg Damon. "Ik beloof je niks aan Medwin te vertellen, als ik hem vanavond zie."

Hij wilde haar niet vertellen, hoe slecht ze eruit zag. Misschien kon hij haar aan het lachen maken en vervolgens suggereren, dat ze haar kapsel moest laten doen of zoiets.

Wanda keek hem aan in dezelfde verdoofde en verwarde staat, waar ze nu al zoveel dagen in zat.

"Sorry partner. Heb gewoon heel veel aan mijn hoofd. Bijna niet geslapen vannacht," antwoordde ze, terwijl ze een kleine glimlach op haar gezicht probeerde te toveren.

Uiteindelijk moedigde Damon haar aan, om even een bezoekje aan de kapper te brengen. Kleding was in orde. Het haar laten doen en een beetje frisse lucht zouden misschien helpen, om de zwaarmoedigheid te verdrijven. Ze vertelde hem niet over de gesprekken met Medwin.

Wat als hij erop terug kwam en hij haar kon overtuigen dat ze bij elkaar moesten blijven?

Terwijl ze 'wel gefeliciteerd' zongen, dacht Wanda dat ze zou gaan gillen, als nog één iemand haar zou vragen, waar Medwin was. Ze had die dag geen enkele sms van hem ontvangen. Hij had een vlucht geboekt die om 7 uur's avonds zou arriveren, dacht ze.

Het was al bijna 10 uur en hij was er nog steeds niet. Ze had verwacht, dat hij niet later dan 8 uur op het feestje zou zijn.

Ze had de luchthaven gebeld en wist dat de vlucht op tijd geland was. Maar geen antwoord, toen ze Medwin's telefoon had geprobeerd te bereiken.

Moest ze de politie bellen? Wat zou ze hen moeten vertellen? Kon ze toegeven, dat hij wellicht had besloten, om nooit meer terug te komen?

Dat zou het beste zijn, probeerde ze zichzelf te overtuigen.

Constante bezoekjes aan het toilet om de aandrang tot huilen te stoppen en het feest daarmee niet te verpesten, maakten Wanda volledig hyper. Twee keer sneller praten dan normaal. Lachen om dingen, die niet persé grappig waren. Dansen als een malloot.

Als Medwin op kwam dagen, wilde ze, dat hij zag, dat ze plezier had.

Toen het 11 uur werd en ze nog steeds niets vernomen had, besloot ze, dat ze het best kon proberen, om thuis te komen. God zij gedankt voor de auto van de zaak en het feit dat ze niet veel had gedronken. Had er anders behoorlijk meelijwekkend uit kunnen zien. Ze wist stilletjes weg te glippen.

Haar huis naderend, zag Wanda er een vreemde auto geparkeerd staan. Ze raakte behoorlijk geïrriteerd, nu moest ze de buurt door, op zoek naar een parkeerplek in de straat. De auto was vast van iemand die bij een buur van haar op bezoek was. Een ramp om een parkeerplek te vinden. Wat onbeschoft, dat iemand dacht, om gewoon in haar voortuin te kunnen parkeren.

Toen Wanda eindelijk te voet terug bij het huis kwam, nadat ze twee straten verderop had geparkeerd, zag ze vanuit de verte een man dingen inladen in de auto, die voor haar huis geparkeerd stond. Ze zou eens een hartig woordje met hem spreken.

Eenmaal het huis bereikt, zonk haar hart haar in de schoenen. Het was Medwin.

Wanda en Medwin vonden knuffelend en huilend hun weg naar de bank.

"Ik houd zoveel van je en ik vind het zo erg," kon Medwin enkel uitbrengen. Hij bleef het herhalen.

Uiteindelijk kalmeerde hij een beetje en begon hij in korte vreemde zinnetjes te praten. Hij kon niet bellen, of het haar via sms vertellen. Hij wist niet, wat hij moest zeggen. Wilde het feestje niet verpesten door haar daar met dit besluit te treffen.

Makkelijker om zijn spullen uit het huis te halen, als zij of Lou niet thuis waren. In het duister van de nacht, zodat anderen hem niet zagen.

De auto was van zijn vader. Al zijn spullen waren nu ingeladen. Hij zou de volgende dag vroeg terug naar Oostenrijk rijden.

Wanda was verbouwereerd. Ze bleef denken, wat een geluk het was, dat Lou die nacht bij een vriendin logeerde. Ze had niet graag gehad, dat ze zag in wat voor staat zij beiden verkeerden. Of dat ze het plotselinge vertrek van Medwin zou meemaken.

Ze huilden en klampten zich langdurig aan elkaar vast, voordat Medwin verder kon gaan.

Een dag eerder had zijn vader een familiebijeenkomst belegd. Nina had met haar schoonvader besproken, dat ze het met Medwin opnieuw wilde proberen. Ze had die dag vrij genomen, om de bijeenkomst, die Medwin's vader bijeen had geroepen, bij te wonen. Zijn moeder was er ook.

Geen van hen had weet van Medwin's grote liefde voor Wanda. Het enige dat zij wisten, was dat Medwin een kamer bij een Australisch gezin in Holland huurde.

Nu Medwin binnenkort met die geweldige baan in Wenen begon, was er naar hun overtuiging voor hem absoluut geen reden meer, om nog een minuut langer in Nederland te blijven.

Het had ook geen zin, om die geboekte vlucht te nemen. Deze werd terstond geannuleerd.

Medwin's vader had besloten, dat het tijd was, om strenger tegen zijn zoon op te treden. Nina was voor hen even kostbaar als Mino en was zo'n geweldig persoon. Ze waren allemaal blij, dat ze vertrouwen had in een verzoening met Medwin. Hij moest daar samen met haar aan werken en zijn verantwoordelijkheid nemen.

Medwin moest zijn vaders auto meenemen en al zijn spullen ophalen in Nederland en meteen thuiskomen bij zijn gezin in Oostenrijk, waar hij thuis hoorde.

Zijn vader stond te trillen van de spanning, terwijl hij zijn standpunt vertolkte. Medwin's moeder kon slechts huilen en smeekte hem, om te doen, wat zijn vader zei. Nina had bijna niets gezegd.

"Ze keek enkel naar me met een bedroefd verlangen," zei Medwin. "En alles wat ik kon bedenken, was wat jij had gezegd, over dat dit de juiste keuze voor me is. Dat ik bij mijn gezin moet zijn, als het zou kunnen werken. Ik weet, dat ik het op zijn minst moet proberen, maar ik zie niet in, hoe ik zonder jou moet leven," eindigde een huilende Medwin.

"Het is de beste keuze," bevestigde Wanda, bevend en in slow motion.

Geen woord werd er verder meer gesproken die laatste nacht. Zodra de tranen eenmaal minderden, pakten Wanda en Medwin elkaars hand, om voor de laatste keer de trap naar hun slaapkamer op te gaan.

Omhelzingen waren wanhopig en heftig. Ze konden het niet aan, om elkaar los te laten. Hun tranen maakten de zachte zijden lakens zo vochtig, dat ze hun hoofdeind naar de andere kant van het bed moesten verhuizen.

Terwijl hun naakte lichamen uit elkaar bewogen om opnieuw hun plaats te vinden, lagen ze plots op armlengte afstand van elkaar en keken ze mekaar diep in de ogen.

Medwin kuste Wanda's hals teder aan beide zijden. Hij kuste hunkerend haar lippen. Hij kuste haar borsten met zo'n smachtend verlangen.

Wanda voelde haar hele wereld in elkaar storten. Naar deze geweldige man kijkend, kon ze de gedachte, dat dit misschien de laatste keer was, niet verdragen. Zijn innig kussen bezorgde haar rillingen over haar hele lijf. Ze wilde hem liever dan wat dan ook in de wereld, maar tegelijkertijd wist ze, dat ze hem op moest geven.

Terwijl hun lichamen verstrengelden, ging Medwin's penis Wanda als vanzelf binnen. Elkaar stijf omarmend, waren ze nog eenmaal totaal één.

Langzame wellustige bewegingen maakte, dat ze beiden begonnen te beven. Ogen wijd gesperd, toen ze allebei tegelijk een orgasme bereikten. Tranen welden op in hun ogen, toen ze hun omarming aanspanden en in slaap vielen, totaal leeg en uitgeput.

Een paar uur verstreken. Wanda werd zich ervan bewust, dat Medwin de omhelzing had losgelaten.

• HOOFDSTUK TWINTIG •

'NAAR HET TOILET,' dacht ze even, maar al snel viel ze weer in slaap. Toen ze de volgende ochtend vroeg wakker werd, begreep Wanda, dat Medwin was vertrokken. Haar wereld kwam tot stilstand.

"Ik ben de hele dag in bed gebleven Lou," zei de nog steeds verdoofde Wanda met een afwezige blik, toen Lou die middag laat haar slaapkamer binnen kwam.

Lou stelde geen vragen. Ze zag meteen, dat al Medwin's spullen weg waren. Uit alles wat haar moeder haar eerder had verteld, snapte ze dat het voorbij was.

Haar moeder omhelzend, huilden ze samen in stilte.

Lou besloot, dat ze daarna gewoon over haar voorbije dag zou praten. Het was de hoogste tijd voor wat afleiding.

Terwijl ze op bed lagen, vertelde Lou over de opmerkingen van haar tekendocent over het schilderij, dat ze die dag had afgemaakt. Het was een onderwerp waar Lou en Wanda vaak over spraken.

Haar leraar gaf duidelijk de voorkeur aan abstracte kunst. Lou schilderde de meest prachtige stillevens, maar in zijn visie stelde dat niet bijzonder veel voor. Dat gespreksonderwerp bracht ze altijd aan het lachen.

Deze keer kon Wanda niet veel meer opbrengen, dan een flauw glimlachje.

Lou omhelsde haar moeder opnieuw. Ze beseften allebei, hoe gezegend ze waren, dat ze zo'n hechte en liefdevolle band hadden.

Lou sprak over de pijn, die ze had, toen haar relatie met Danny uitging. Wanda vertelde, hoe goed het was, dat Medwin terugging naar zijn gezin.

Lou was Danny kwijt. Wanda had, zo leek het, Medwin verloren. Ze hadden allebei droevige en pijnlijke gedachten, maar bovenal geweldig mooie herinneringen, om te koesteren.

Voor altijd en eeuwig zouden Wanda en Lou er voor elkaar zijn. Zo'n onschatbaar kostbare liefdevolle band. Ze waren intens gelukkig met elkaar en gingen voort met groots en meeslepend leven.

"We moeten eten mam," zei Lou na een tijdje met gezag. "Ik zal naar beneden gaan en kijken, wat ik in elkaar kan flansen."

Wanda's gedachten verplaatsten zich naar, hoe gelukkig Medwin nu zou zijn, dat hij zijn dierbare zoon Mino weer bij zich had. Ze kon zich ook voorstellen, hoe blij Mino zou zijn, dat zijn ouders zich hadden herenigd.

Wanda besloot op dat gegeven moment, om gewoon door te gaan met het geweldige leven dat ze had. Ze zou Medwin mailen, om hem te vertellen, hoe blij ze voor zijn gezin was.

Ze zou hem niet vertellen, dat zelfs ademhalen zoveel moeite kostte.

"Ik kom met je mee naar beneden," zei Wanda met herwonnen kracht.

Wanda's telefoon ging over. Lou nam op.

"Mam. Het was Willem. Hij zei dat ik moest doorgeven, dat die groene Italiaanse wagen helemaal gerepareerd is en weer loopt als een zonnetje. Hoe cool is dat. We kunnen er volgende week mee naar Jay rijden en een geweldige tijd hebben, als we in Londen zijn verjaardag vieren."

Wanda glimlachte. Dat was geweldig nieuws. Ze zou weer grote avonturen beleven met Lou en Jay in die groene Italiaanse wagen.

Daarna dwaalden haar gedachten af naar de vraag, of Medwin veilig in Oostenrijk was aangekomen.

Op dat zelfde moment ontving ze een sms.

"Veilige rit naar huis. Heb rustig aan gedaan. Veel stops om mijn ogen te drogen en voor het happen van frisse lucht. Jij zult altijd de liefde van mijn leven zijn. Blijf over je dromen en mezelf herinneren adem te halen. E-mail je snel. Je bent zo mooi en ik ben voor altijd de jouwe. XX"

"Hij is veilig thuis," vertelde Wanda aan Lou, nadat ze haar keel had geschraapt. "Misschien sla ik het avondeten over, oké," wist ze nog uit te brengen voordat ze heftig begon te trillen en terug haar bed in kroop, om de tranen opnieuw tot haar toe te laten.

"Neem je tijd mam. Ik ben hier.

www.ingramcontent.com/pod-product-compliance
Lightning Source LLC
Chambersburg PA
CBHW060519180626
46817CB00002B/409